LA SOIE ET LA MONTAGNE

DU MÊME AUTEUR

aux éditions Robert Laffont

LE VRAI GOÛT DE LA VIE
UNE ODEUR D'HERBE FOLLE
LE SOIR DU VENT FOU
LA GRÂCE ET LE VENIN
LA SOURCE AU TRÉSOR
L'ANNÉE DU CERTIF
LE PRINTEMPS VIENDRA DU CIEL
LES GRANDES FILLES
LA GLOIRE DU CERTIF
LA VALLÉE DE LA SOIE

Dans la collection « Ailleurs et Demain »

LE TEMPS INCERTAIN
LES SINGES DU TEMPS
SOLEIL CHAUD POISSON DES PROFONDEURS
UTOPIES 75
(en collaboration avec Ph. Curval,
Ch. Renard et J.-P. Andrevon)
LE TERRITOIRE HUMAIN
LES YEUX GÉANTS
L'ORBE ET LA ROUE
LE JEU DU MONDE

Dans la collection « L'âge des étoiles »

LE SABLIER VERT
LE MONDE DU LIGNUS

Aux éditions Seghers

LES GENS DU MONT PILAT
(coll. « Mémoire vive »)

MICHEL
JEURY

La soie et la montagne

LA VALLÉE DE LA SOIE **

ROMAN

ROBERT LAFFONT

ISBN 2-221-08997-9

À Thérèse,
à sœur Claire-Marie Boucher ;
à tous mes cousins, cousines
et amis du Pilat, de Pélussin,
Lyon, Saint-Étienne, Lorette,
La Grand-Croix...

LA SOIE ET LA MONTAGNE

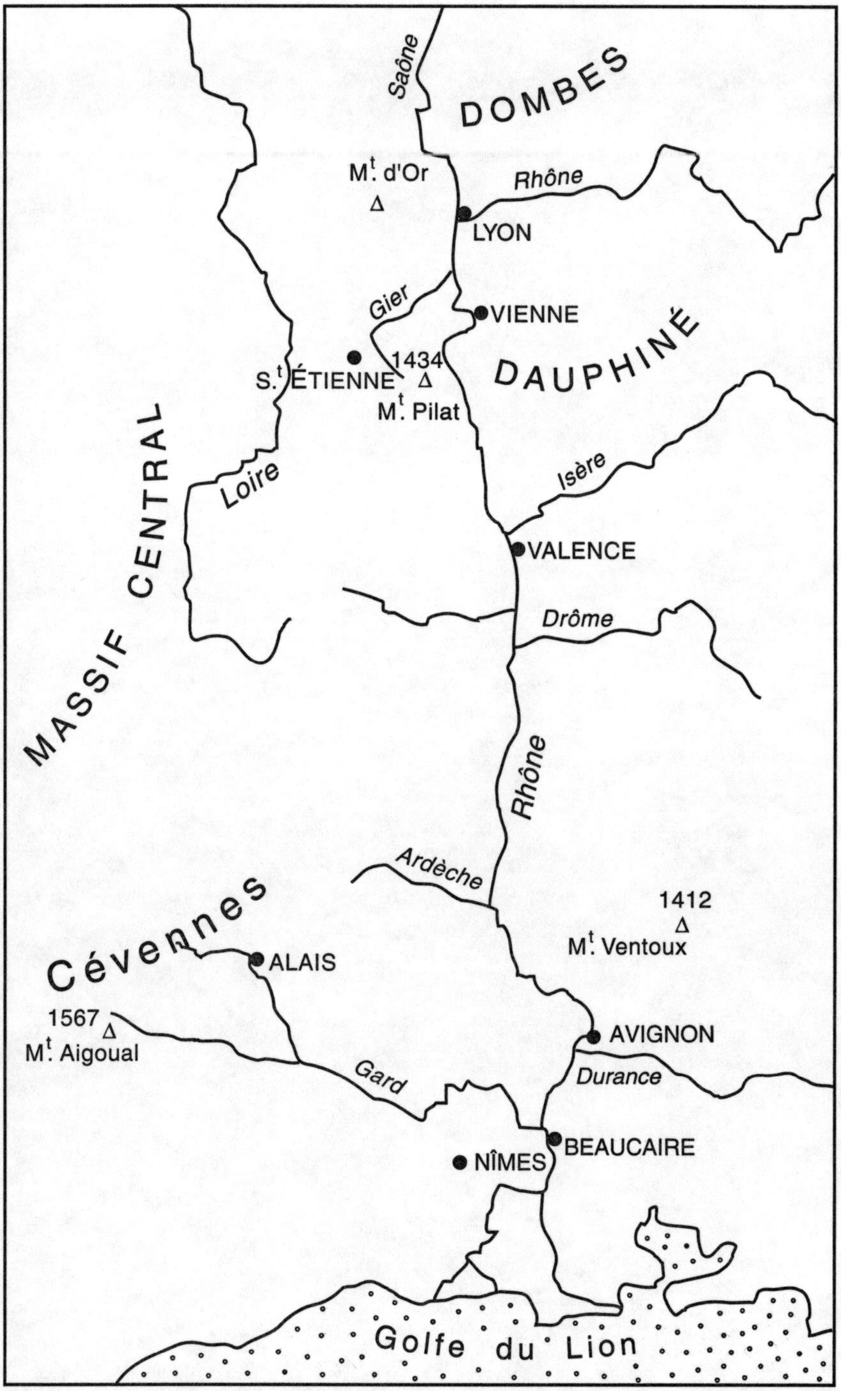

Principaux personnages de *La Vallée de la soie (t. 1)*

Alexandrine, née en 1826. Fait son apprentissage à la filature Favière, puis au moulinage. Elle gagne la confiance de la famille Favière ; Valentine Favière l'engage comme demoiselle de compagnie et « maîtresse de chant » de ses enfants. Elle épouse en 1845 Charles Rabanel. Devient veuve en 1846 et hérite partiellement de Mme Adrienne Favière, sa belle-mère.

Famille Favière, des Trois-Vallées (Gard) :

Les quatre enfants de François Favière, dit François III :

François Favière, dit François IV, né en 1784. Maître de fabrique aux Trois-Vallées ; plusieurs filatures et un moulinage légués à son fils François-David.

Louis-Xavier, né en 1790. Après une carrière militaire, se fixe à Lyon où il s'établit comme marchand de soieries. Il a toujours montré beaucoup de bienveillance pour Alexandrine ; il est le parrain de sa fille Marie. Il les accueille à Lyon en 1847.

Gabriel, né en 1792. Vit de ses rentes, aux Trois-Vallées.

Adrienne, née en 1794 ; morte en 1844. Jamais mariée ; mère de Charles Rabanel, elle a voulu le mariage de son fils avec Alexandrine.

François-David Favière, fils de François, né en 1808. Maître de fabriques aux Trois-Vallées.

Charles Rabanel, né en 1817 ; mort en 1846. Contremaître aux fabriques Favière. Épouse Alexandrine en 1845. Leur fille Marie naît après sa mort, en 1847.

Valentine Chavanier, épouse Favière, née en 1814. A employé la jeune Alexandrine comme maîtresse de chant de ses enfants. Marraine de la petite Marie.

Théo Favière, fils de François-David et Valentine, né en 1836. Étudie à Lyon, au collège, puis à l'école professionnelle La Martinière.

Famille Jourdan :

Virgile-Paul, né en 1791, ancien sergent de la Grande Armée, muletier et paysan, et sa femme Marie, née en 1800 : parents de Paul et Alexandrine.

Paul, né en 1822. S'engage dans l'armée, puis devient fermier en Algérie.

Marie Rabanel, née en 1847 à Lyon ; fille d'Alexandrine Jourdan et de Charles Rabanel. Porte le prénom de sa grand-mère.

Famille Pieyre :

Louis, né en 1800, « baile » (maître valet) du Grand-Mas, le mas de la famille Favière.

Marguerite, dite Margot, son épouse ; née en 1806, magnanière du Grand-Mas.

Leur fille, Juliette, née en 1826 ; épouse de Victor Jan, réfugié polonais.

Pierre Jurieu de Joncourt, né à Lyon, en 1820. Fils d'un négociant en soie ; préfère le théâtre et la poésie au commerce. Envoyé aux Trois-Vallées, en punition, par sa famille. Il rencontre Alexandrine qui s'éprend de lui. Grand voyageur.

Thirza Tabusse, née en 1818, aux Trois-Vallées. Veuve ; ouvrière à la filature, puis au moulinage Favière. Devient la meilleure amie d'Alexandrine, malgré leur différence d'âge. Elle la suit à Lyon.

1

Un matin à Fourvière

Lyon, 1849

À l'occasion d'une belle matinée de printemps, Louis-Xavier Favière me proposa une excursion sur la colline de Fourvière, pour parler de mon avenir, me dit-il, tout en admirant le plus beau panorama du monde.

Je n'étais jamais encore allée à Fourvière, cette « colline où l'on prie », en face de la Croix-Rousse, la « colline où l'on tisse » ; on ne priait guère ici, de la chapelle à la cathédrale, que de la façon catholique ; quant au panorama, je me disais : Il ne peut guère différer de celui qu'on distingue du sommet de la Croix-Rousse, que je connais bien.

Le cocher, après un long détour par les quais du Rhône puis de la Saône, nous laissa au pont Saint-Vincent, qui traverse la Saône à quelques pas du Griffon, le quartier de la Fabrique. Louis-Xavier décida de faire l'ascension de la colline à pied, jusqu'à la Chapelle et peut-être jusqu'à l'Observatoire, voire aux Aqueducs. On prit par la montée des Anges, et Louis-Xavier se mit à marcher devant moi, comme pour me prouver qu'il avait, en bon Cévenol, toujours le pied à la montagne.

Il me demanda si je connaissais son âge, mais je ne compris pas qu'il souhaitait s'entendre rajeunir par ma bouche.

— Vous êtes né en 1790, répondis-je sottement. Vous avez deux ans de plus que votre frère cadet, M. Gabriel... c'est-à-dire cinquante-neuf ans.

— J'oubliais : vous n'ignorez rien des Favière.

Il éclata de rire et je m'empressai de rectifier ma bévue.

— Quand on vous voit trotter ainsi, comme un cabri en haut de l'Aigoual, on vous donnerait tout juste cinquante ans !

— Tout juste cinquante ans, répéta-t-il sur un ton rêveur. Cela fait quand même plus de deux fois votre âge !

Le visage un peu amaigri, les favoris blanchis, il gardait un teint rose de jeune homme, encore avivé par l'effort de la montée et l'animation du bavardage. Il avait la taille bien prise et guère d'embonpoint sous son gilet serré. Il ne retenait pas les gestes de ses longs bras et de ses belles mains lisses et blanches ; il parlait haut, avec assurance mais aussi avec tact et convenance ; il riait gaiement sans se gêner, mais sans jamais se moquer de personne.

Son regard bleu et brillant se fixait sur vous un instant, puis semblait se retirer en lui-même, comme si, après vous avoir photographié, il vous étudiait dans son esprit avec toute son attention et toute sa bienveillance. J'entendais dire qu'il était trop généreux, que sa bonté aveuglait son intelligence.

Un tisseur nommé Henriet, qui ne travaillait quasiment que pour lui, m'avait soufflé un jour : « Laissez causer ! Oui, M. Favière est bon pour les braves gens et les ouvriers honnêtes ; il est peut-être trop accommodant pour les mauvais, pourtant ça ne l'empêche pas de faire ses affaires. Je ne sais pas quel est son secret, mais je pense qu'à sa mort, quand on connaîtra sa fortune, plus d'un sera étonné ! » Son secret ? Pour moi, Louis-Xavier était près de Dieu, même s'il ne fréquentait guère le temple.

Il me toucha le bras et je sursautai vivement, tant je m'étais enfoncée dans mes pensées.

— Voyez, dit-il en balayant le paysage d'un de ses gestes qui enveloppaient la création entière. N'est-ce pas beau ?

J'en convins d'un signe et murmurai les vers du cantique fameux qui avait toujours exprimé le plus vrai de ma religion : « Quand je contemple / Les cieux, les mers, / Et cette terre / Et sa beauté, / J'adore, ô Père, / Ta majesté. »

De Fourvière, le regard se pose sur un panorama à la fois vaste et foisonnant de vues les plus variées, moins majestueux mais infiniment plus riant que celui de l'Aigoual. Nous étions arrivés place de l'Antiquaille ; à nos pieds s'étendait toute une partie ancienne de la ville, étagée en amphithéâtre, entremêlée d'arbres et d'enclos de vignes, un peu comme nos terrasses cévenoles.

Tout au-dessous, on découvrait le plus beau de Lyon, de hauts et larges édifices, dont quelques-uns étaient de vrais palais, les quais, les rues, les places, avec leurs nombreux monuments, encadrés entre le Rhône et la Saône, qui les embrassaient de chaque côté et allaient se rejoindre à l'extrémité de la ville.

À notre arrivée sur la colline, le brouillard voilait encore les lointains de la vallée ; il s'éleva peu à peu, s'éclaircit, devint transparent comme une gaze de soie. Déchiré par le vent, embrasé par le soleil, il se dissipa en lambeaux, révélant la campagne alentour, dans la fraîcheur de ses prairies et la grâce de ses jardins.

Des millions de reflets dansèrent sur les eaux calmes de la Saône, où voguaient une quantité prodigieuse de barques et de bateaux de toutes formes et de toutes tailles.

Au-delà parurent une immensité de plaine, que Louis-Xavier appela le Dauphiné, et, se dressant derrière la plaine, et bien au-dessus, une haute chaîne de montagnes qu'il n'eut pas besoin de nommer, car je savais reconnaître les Alpes, avec l'énorme mont Blanc, dont le sommet glacé colore parfois la lumière en arc-en-ciel. Ce matin-là, pourtant, j'eus beau chercher, la main en visière sur les yeux, je ne pus distinguer le mont, « le plus haut d'Europe », comme le prétendait mon compagnon.

— Et donc, le plus haut de France ? demandai-je.

— Non. Le mont Blanc fait partie de la Savoie, qui est un duché de Sardaigne.

Je me tournai vers les gais vallons d'Oullins, au confluent de la Saône et du Rhône ; puis je laissai mon regard revenir à ma gauche, par-dessus la rivière, sur la colline jumelle de Fourvière, la Croix-Rousse et le Plateau, royaume ou république des tisseurs et canuts... Le faubourg, avec ses rues grimpantes et tortueuses, sans cesse coupées d'escaliers étroits et bordées de hautes maisons, me parut cent fois moins sombre que je ne l'avais vu à mon arrivée.

Ce n'était pas seulement à cause du soleil, du point de vue ou du printemps ; la compagnie de Louis-Xavier, sa bonté pour moi et la confiance qu'il savait susciter dans mon cœur, métamorphosaient à mes yeux le spectacle de la ville et du monde.

Il ne voulut pas s'asseoir pour admirer le paysage ni pour parler, car il craignait sans doute de sembler un vieil homme fatigué ; on marcha donc, et d'un bon pas, en suivant les allées et montées de la colline, en direction des Aqueducs. Je voyais Louis-Xavier peiner par moments et reprendre son souffle à pleine bouche ; je m'inquiétais pour la descente, et je le pressai de s'arrêter en feignant d'être moi-même lasse.

Il refusa d'abord, mais une providentielle averse nous obligea à nous réfugier dans un café. Je pris une limonade, lui une bière lyonnaise, très mousseuse et pétillante.

— Aucun des métiers que pratiquent ici hommes et femmes ne saurait vous convenir, dit-il après avoir bu deux gorgées.

Je sentis mon cœur se serrer et la pâleur gagner mon visage ; je joignis les mains et le regardai. Il insista en souriant gravement.

— Mais non, et vous le savez bien. Votre amie Thirza a déjà essayé bon nombre d'états dans la préparation des soies, le tissage, la couture, sans grand succès, j'en ai peur. Les métiers de la soierie sont quasiment des arts qu'il faut apprendre dès sa jeunesse pour les maîtriser.

Il sortit sa tabatière qu'il me tendit d'un geste aimable ; sur mon refus, il glissa quelques brins de tabac dans sa narine et soupira :

— Voulez-vous devenir compagnonne chez les canuts, épouser un maître d'atelier ? Ma foi, vous le pourriez, en étant d'abord *apprentisse,* avec les petites filles, après avoir ravalé votre fierté et essuyé cent quolibets par jour. Le métier Jacquard vous captive ? C'est une merveille que tous les tisseurs d'Europe ont adoptée, mais il ne serait rien sans l'éducation du ver, le filage, le moulinage... et naturellement le commerce. À Lyon, il se traite plus d'affaires importantes au café Grand, spécialement autour du poêle, que dans les ateliers et même les magasins !

« Vous avez travaillé à la couture et vous vous êtes ennuyée... ma foi, comme je me serais ennuyé moi-même ! Vous avez appris les rues du quartier en livrant les pratiques, ce qui n'est pas inutile. Maintenant, voyons d'autres activités, par exemple les metteuses en *mains,* qui ouvrent les flottes ou écheveaux reçus aux magasins, trient et classent les fils et les réunissent en mains.

— Le mettage en mains a pour but de former des catégories de fils de la même grosseur, dis-je.

— Très juste. Le plus souvent, cette opération précède l'envoi à la teinturerie. L'habileté professionnelle des ouvrières est capitale. Vous, Alexandrine, moulinière fort expérimentée, pourriez sans aucun doute accomplir cette tâche après quelques mois d'exercice. Pourquoi ne vous l'ai-je pas proposée ? Parce qu'elle est très fatigante, pour les bras, les épaules, le dos et surtout les yeux. Elle est aussi monotone et fastidieuse ; les metteuses en mains doivent travailler très vite et elles sont enfermées dans des locaux exigus, peu éclairés et peu aérés.

— J'ai observé ces travaux, avouai-je, et... et...

— Et ils ne vous attirent guère ? Comme je vous comprends !

Louis-Xavier me parla ensuite de quelques autres métiers que l'on trouvait dans le travail de la soie : la cannetière qui prépare la trame des tissus ; l'ourdisseuse qui prépare la chaîne ; le monteur, presque toujours un homme, qui transforme le métier pour changer d'un tissu à un autre ; la remetteuse qui doit passer les fils de la chaîne dans les mailles du *remisse*...

Puis il revint aux canuts, ou tisseurs : le maître d'atelier, les compagnons, les compagnonnes, les apprentis et apprentisses.

— Vous avez vu vivre ces braves gens, souvent en peine de joindre les deux bouts, même les maîtres, et ne parlons pas des ouvriers ! Et toujours dans l'angoisse de la morte-saison : la *morte,* ce mot terrible... Oubliez les plus favorisés, comme notre ami Henriet, qui a un atelier bien éclairé, au cinquième étage. Pensez à ceux des étages inférieurs, qui doivent surveiller des milliers de fils de soie dans une demi-obscurité !

Il nomma ensuite les divers commis des magasins : le rondier, le commis de balance, les commis de vente.

— Encore un métier d'homme, et pourtant il me semble que les femmes, un jour...

Il ne finit pas sa phrase, il me regarda longuement, un

voile de tristesse dans les yeux ; puis il se mit à rire, mais sans gaieté.

— Ma chère Alexandrine, il n'y a dans la soierie qu'une place pour vous : la mienne !

Était-ce une moquerie ? Le feu me monta aux joues. Il ne m'avait encore jamais raillée, mais peut-être était-il las de mon inconstance et de mes prétentions. Je demandai à voix basse :

— Comment dois-je le comprendre, monsieur ?

— Comme une chose très sensée. Il vous faudra connaître toutes les sortes de fils et toutes les variétés d'étoffes de soie, toutes les opérations qui mènent de la graine de ver au tissu fini et apprêté. Vous devez savoir tout ce qu'il est possible d'apprendre sur les travaux et les métiers de la soierie, sans pratiquer tout de bon la plupart. Ainsi, vous pourrez tenir un commerce comme le mien et tant d'autres, seule ou en association, car le marchand étant en haut de la pyramide ne doit rien ignorer de la base et des côtés.

— J'espère que vous ne plaisantez pas, dis-je d'une voix blanche. Cela me plairait, mais je suis bien sûre que c'est hors de ma portée. D'abord, je ne serai jamais assez savante, ni assez riche, car je me doute bien qu'il faut beaucoup d'argent pour être fabricant. Et puis je suis une femme !

Les « fabricants », comme les Jurieu de Joncourt, les Chavanier et Louis-Xavier Favière, étaient en réalité des marchands, qui achetaient la soie grège, la faisaient mouliner, préparer, teindre, puis tisser à façon, par le canut ou tisseur, et la revendaient sous forme d'étoffe.

On parlait toujours à Lyon de la Fabrique et des fabricants, ce qui m'avait beaucoup intriguée à mon arrivée, car ces fabricants ne fabriquaient rien !

Louis-Xavier vida le fond de son verre, renifla trois brins de tabac et prit ainsi le temps de la réflexion.

— Dans quelques années, dit-il, vous serez assez savante. Quant à la fortune, je crois qu'elle vous sourira, de quelque façon. Oui, vous êtes une femme, charmante et forte à la fois, et vous êtes jeune : je pense très sincèrement qu'avant dix ans les plus hautes positions et les plus difficiles seront ouvertes à votre sexe dans le commerce et l'industrie. Vous êtes patiente, intelligente et courageuse. Je prédis que vous posséderez un jour votre magasin et que vous mènerez, avec autant de douceur que de fermeté, toute une bande de commis !

Il baissa les yeux, promena les doigts sur son front, puis coiffa son chapeau, fit mine de se lever, et se rassit aussitôt.

— Excusez-moi, chère Alexandrine, nous n'avons parlé que de la soie : ce n'était pas du tout mon intention. J'aurais dû vous écouter, je n'ai fait que pérorer. Voici une belle occasion perdue. Enfin, j'espère que nous en aurons une autre.

Il me fixa dans les yeux, quêtant je ne sais quel pardon ou je ne sais quelle permission ; mais je ne sus que dire et tournai la tête.

2

La ville et la soie

Lyon, 1850

À la mort de Charles Rabanel, mon mari, j'étais partie vivre à Lyon, où m'invitait Louis-Xavier Favière qui se proposait d'être le parrain de mon enfant et de gérer mon héritage ; il m'avait offert un logement dans une de ses maisons, rue des Feuillants, au Griffon.

Thirza, mon amie de toujours, me rejoignit un peu plus tard.

Marie naquit au printemps 1847.

Dès que la sage-femme et Louis-Xavier me le permirent, j'allai travailler à l'atelier de couture, joint à une boutique de vêtements féminins, que Louis-Xavier avait ouvert aux Terreaux.

J'eus alors la première grave déception de ma nouvelle vie. Je ne pus guère m'entendre avec Mme Agathe, la jeune patronne de l'atelier ; elle était la maîtresse de Louis-Xavier, qui avait acheté ce commerce pour lui donner une position, et elle voyait en moi une rivale. De plus, je n'étais pas très exercée à la couture et nullement préparée à servir dans un magasin ; enfin, je me sentais enfermée dans cet espace étroit, et on ne me trouvait bonne qu'à livrer les paquets.

Cela me servit au moins à connaître la ville, surtout le quartier de la presqu'île, de la Croix-Rousse, en passant par le Griffon, le quartier de la soierie, où j'habitais moi-même.

Je me sentais aussi enfermée dans la ville. Je m'échappais dès que je le pouvais, vers les « côtes » escarpées de la Croix-Rousse, vers les rives de la Saône, vers la campagne, presque au bout de la Grand-Rue... Et je suivais volontiers dans leurs excursions du dimanche, vers l'île Barbe ou le Mont-d'Or, Louis-Xavier et ses neveux, Théo et Henri, les fils de François-David et Valentine.

Thirza se mit en ménage avec un compagnon, ouvrier chez un maître canut... Elle voulut devenir compagnonne et apprendre les tâches qui sont celles de la femme dans le tissage de la soie : ourdisseuse, remetteuse, canetière... Mais elle avait trente ans passés, elle était trop vieille pour devenir prompte et adroite dans aucun de ces métiers. Elle dut assez vite renoncer.

Quant à moi, j'avais les moyens de vivre sans trop me soucier d'un salaire. Prenant la suite du notaire des Trois-Vallées, Louis-Xavier gérait mes rentes et l'héritage de ma fille : il me versait cent vingt francs par mois sur ma dot et cinquante francs pour ma fille : c'était bien plus que ne gagnaient une famille ouvrière et même un maître d'atelier.

Je poursuivais mon vieux rêve : tout connaître de la soie. J'avais passé ma jeunesse entre la magnanerie, la filature et le moulinage. Je désirais fort découvrir la suite.

Et aussi le commerce, puisque les marchands étaient les vrais maîtres de la soie !

Étais-je heureuse à Lyon ? Question inavouable pour une huguenote enfuie de sa montagne. Après chaque voyage dans les Cévennes, je retrouvais la ville avec soulagement et effroi.

Quelquefois, je sentais un regret, un désenchantement monter en moi ; le besoin secret tapi dans mon cœur, dans mon corps, me rappelait son existence. Mais je chassais vite ces états d'âme.

Le temps à Lyon était souvent gris et maussade. De chaque côté de la Grand-Côte et des autres montées de la Croix-Rousse, aussi bien que des rues transversales, se dressaient des maisons à quatre ou à six étages, serrées les unes contre les autres et se disputant l'air et le jour. Les toits noircis par la fumée des usines s'élevaient à peine au-dessus du brouillard de la rue, que le vent des deux fleuves déchiquetait et dispersait peu à peu. Lyon, ville de feu, de bruit et de brume !

Le bruit m'affolait. Quand je courais dans les ruelles, les escaliers ou les passages couverts de la Croix-Rousse, le « bisse-tan-claque-pan », le vacarme des métiers tournant follement au-dessus et autour de moi, me fouettait le sang comme une musique guerrière. Je songeais alors que je ne pourrais plus m'en passer, mais ce vacarme me poursuivait jusque dans mon sommeil et se mêlait à mes cauchemars.

Et le jour, quand j'étais bien éveillée, comme la montagne me manquait !

Théo et Henri, mes anciens élèves de chant, étaient tous les deux à Lyon. Henri, douze ans, étudiait dans une pension de la Guillotière. Théo, bientôt quinze ans, venait d'entrer à l'école de la Martinière, pour apprendre le commerce et l'industrie.

Il logeait chez ses grands-parents maternels, les Chavanier, à la Croix-Paquet, tout près des Feuillants ; il me présenta à sa famille et à ses amis comme son ancienne institutrice. Il me confia un jour qu'il me préférait alors à Mlle Henrion, cette vieille fille triste comme un bonnet de nuit et qui séchait sur pied.

— Et nous étions tellement plus heureux avec vous !

J'étais assez flattée, mais je le fus moins quand je découvris qu'il s'amusait à déformer les psaumes les plus sacrés, pour les changer en couplets malséants et faire valoir son esprit auprès de ses condisciples. Je le blâmai franchement et ne lui cachai pas ma honte. Il prit d'abord le parti de rire.

— Alexandrine, vous êtes jeune et jolie, ne soyez pas bégueule !

— Et vous, ne vous croyez pas obligé de dire des infamies pour charmer les imbéciles !

Nous restâmes fâchés plusieurs semaines, puis Théo vint se jeter à mes genoux en me priant de lui pardonner.

— Je jure de ne plus le faire ! Tout est la faute de mes grands-parents qui me traitent comme un enfant.

— Soyez patient. Vous rentrerez bientôt aux Trois-Vallées.

— Aux Trois-Vallées, pour seconder mon père, ah non ! Autant me faire pasteur. Je travaillerai à Lyon, ou peut-être à Paris, pour mon grand-oncle Louis-Xavier ou pour M. Jurieu.

Loin des Cévennes et du bon pasteur Couderc, je me sentais moi-même moins attachée à ma religion. Certes, je lisais toujours la Bible, je fréquentais le temple, mais c'était moins par ferveur que pour échapper à l'emprise étouffante d'un catholicisme touchant à la bigoterie. Je discutais de la religion et de la vie avec ce gamin, qui livrait fougueusement ses doutes et sa révolte.

Il me supplia alors de l'aider à quitter ses grands-parents pour s'installer chez son grand-oncle, qui n'était plus, selon lui, qu'un protestant de façade.

— Alors, vous voulez donc devenir catholique ?

— Certes point ! Comment croire en Dieu quand l'homme a inventé... la machine à vapeur, l'éclairage au gaz...

Il n'en finissait pas de compter sur ses doigts : le télégraphe électrique, la photographie, le stéthoscope, le chloroforme, et tant d'autres choses.

— Avant la fin de ce siècle, Xarine, l'homme aura tout inventé.

— Je n'en crois rien.

Pour me complaire, il ajouta, avec un gros soupir :

— Enfin, l'amour est éternel.

Et moi, pour le refroidir :

— Seul l'Éternel est éternel, Théo !

À quelque temps de là, Mme Valentine m'envoya une lettre au sujet de ses fils. Je répondis, après mûre réflexion, que Théo était mieux chez ses grands-parents au moins jusqu'à seize ans. Je craignais qu'il n'eût trop de liberté près de son grand-oncle et peut-être qu'il n'eût l'occasion de rencontrer ces femmes de mauvaise vie, grisettes, modèles, cocottes, que Louis-Xavier fréquentait assidûment.

Mais Théo apprit, d'une façon ou d'une autre, que j'avais contesté sa demande auprès de ses parents et il m'accusa avec sa franchise naturelle :

— Xarine, vous m'avez trahi !

Une nouvelle fâcherie s'ensuivit, plus longue que la première. Mais Théo aimait trop nos rencontres et nos querelles pour bouder éternellement.

Un accord fut trouvé pour son logement : il passerait deux jours par semaine chez son grand-oncle... sous ma surveillance, car sa mère et sa grand-mère étaient persuadées toutes les deux que j'avais beaucoup d'ascendant sur lui et que je veillais sur sa pratique religieuse et son respect de la morale et de la vertu.

En 1845, M. Ferdinand de Joncourt, un des marchands les plus connus du Griffon, avait « déposé son bilan », c'est-à-dire qu'il avait fait faillite et mis la clef sous la porte en laissant de lourdes dettes. Le commerce de la soie était difficile ; et si tel fabricant habile et diligent bâtissait en quelques années une jolie fortune, tel autre, à un pas, se ruinait plus vite encore.

— Mon cher père n'a jamais su compter, racontait Pierre. Il détestait Lyon, il n'aimait la soie qu'en jolies robes sur le dos des grisettes, qu'il n'avait de cesse de leur ôter. Et il a appris à ses dépens qu'une robe coûte encore plus cher à trousser qu'à tisser !

Pierre, qui avait rêvé d'une carrière d'acteur dans sa prime jeunesse, ne souhaitait nullement succéder à son père ; la faillite de celui-ci le poussa à relever le gant. Nanti d'un providentiel héritage, encouragé par Louis-Xavier, il créa sa propre compagnie de commerce, sous le nom de Jurieu, qui était la première moitié du patronyme familial.

Un long voyage de commerce en Orient, un autre en Amérique le tinrent éloigné de France. Depuis notre rencontre chez les Favière des Trois-Vallées, il m'écrivait des lettres qu'il oubliait parfois de donner à la poste et que je recevais avec des mois de retard. Elles étaient peu personnelles, parfois de simples notes sur les lieux qu'il traversait, les pays où il vivait.

Tels quels, ces courriers occupaient une grande place dans ma vie. Je passais des soirées à répondre, en m'aidant d'une grammaire et d'un dictionnaire. La fatigue me brouillait la vue, je m'endormais souvent sur mon écritoire, la tête entre les bras. Sans cette obligation de répondre à celui que j'aimais toujours et qui m'intimidait non moins qu'autrefois, je n'aurais jamais fait l'effort d'apprendre toutes les règles du français.

Je raturais, recommençais, je gâchais beaucoup d'encre et de papier. Je lisais aussi, les poèmes de Musset, de Lamartine, de Victor Hugo, des récits de voyages pour la jeunesse que me prêtait le jeune Théo, et puis les romans en vogue : *Les Mystères de Paris, Les Illusions perdues, Oliver Twist, Carmen, La Mare au diable...* J'étudiais des modèles de lettres et apprenais par cœur certaines définitions de mon *Vocabulaire,* cadeau de Mme Valentine.

Je vis Pierre une dizaine de fois à peine, en deux ans, de

1847 à 1849, et je réussis toujours, en bonne huguenote, à contenir et à cacher mon émotion.

Il avait beaucoup changé, mon petit Bonaparte de 1841 ; il se montrait d'une gentillesse un peu distante ou bien moquait distraitement ma dignité de veuve. Nous ne pouvions jamais être seuls plus de quelques minutes, alors ces minutes étaient gaspillées.

— Je ne dois pas vous compromettre, disait-il en riant.

Ou bien :

— Vous êtes devenue veuve si vite que vous voici de nouveau presque jeune fille !

Et une autre fois, avec un soupir mystérieux :

— Votre si prompt veuvage n'entrait pas dans mes plans.

Cette réflexion me blessa et je passai une nuit blanche à en supputer le sens : ses plans ? Enfin, je ne le laissais pas indifférent, c'était une consolation.

Lorsqu'il m'invitait à une promenade dans la ville ou sur la Saône, à un spectacle forain ou au théâtre de Guignol, c'était toujours en compagnie d'un groupe nombreux de jeunes gens et de jeunes filles, parmi lesquels, bien sûr, Théo et Henri Favière.

Je riais même de le voir se mettre en frais pour des drôlettes de seize ans. Sur la Saône, nous prenions un de ces bateaux munis de cerceaux et recouverts d'une toile, qu'on appelait *brèches,* et qui étaient menés par des batelières, souvent des jeunes femmes ou des jeunes filles de blanc vêtues, quelquefois fort avenantes.

Il leur faisait les yeux doux et s'écriait parfois :

— Celle-ci est à croquer, n'est-ce pas ?

Il ne manquait jamais d'apporter des cadeaux pour Marie : des rubans, des bonnets, des poupées et des robes pour les vêtir...

Ma petite fille aimait les poupées, mais, comme je l'habillais simplement pour ne pas aggraver sa coquetterie naturelle, elle était jalouse de leurs vêtements, qu'elle finissait par déchirer, ou bien elle cassait les poupées.

Au début de 1850, Pierre lui rapporta des États-Unis une poupée noire, fort gracieuse, « un modèle assez rare », dit-il.

— L'abolition de l'esclavage est aujourd'hui la grande affaire de l'Amérique, m'expliqua-t-il.

C'était aussi sa passion du moment. Il ajouta avec une intention fielleuse que certains protestants des États-Unis étaient parmi les pires défenseurs de l'esclavage et les maîtres les plus cruels.

Marie fut effrayée par la poupée noire. Elle n'avait jamais vu de nègres. Je n'en avais jamais vu non plus avant de venir à Lyon, mais ils n'étaient pas rares dans cette grande ville et on pouvait toujours en croiser quelques-uns aux foires et aux fêtes. Je lui racontai que les enfants nègres étaient de beaux et bons enfants, que Dieu les aimait comme les enfants blancs ou jaunes ; elle était encore trop petite pour comprendre mes explications, mais elle finit par accepter la négresse, qui devint sa préférée.

Thirza haussait les épaules.

— Il ne sert à rien de parler aux enfants avant quatre ans, disait-elle en répétant ce qu'elle avait entendu dans nos montagnes.

Pierre affirmait le contraire, et il adressait de longs discours à Marie, en la vouvoyant.

— Écoutez-moi, petite demoiselle. Écoutez le bon langage de Paris, qui est le vrai français et chassera de vos oreilles le vilain parler lyonnais. Et écoutez encore ceci, qui est l'anglais, la langue que l'on parle dans la grande Amérique.

Et il la charmait avec des sons qu'elle ne comprenait pas, mais qui chantaient dans son cœur. Elle devinait comme moi qu'il lui disait : « Vous êtes jolie et gentille. Vous serez plus tard une dame très élégante et très belle ! »

Et Théo s'empressait de renchérir.

— Elle ressemblera à sa jolie maman, et elle portera les plus belles robes de soie de Lyon...

— Et les pantalons les plus charmants ! ajouta Pierre une fois.

Je m'exclamai qu'il passait les bornes. Théo éclata de rire.

— Le progrès va si vite que le pantalon sera démodé quand notre Marie sera dame.

J'essayais d'arrêter ces jeux qui me semblaient inconvenants.

— Messieurs ! Songez que cette enfant n'a pas trois ans !

Pierre n'avait cure de mes protestations.

— Je vous emmènerai au Nouveau Monde, mademoiselle Marie. Nous visiterons New York, Boston, Philadelphie. Nous irons sur les traces de Chateaubriand et d'Atala.

Théo s'inclinait et balayait le sol avec son chapeau.

— M. *de* Jurieu sera trop vieux pour vous, mademoiselle Marie. Vous n'aimerez que moi, votre gentil cousin.

Marie battait des mains.

— Mon gentil cousin ! Gentil cousin !

Et Pierre faisait mine de s'en aller, tout dépité.

Je finissais par être presque jalouse de ma fille.

Quand nous étions seuls une minute, Pierre me regardait, rêvait, soupirait et se taisait.

En présence de Théo et de ses amis, ou même des seules batelières, il parlait d'abondance et se laissait aller aux aveux. Il me toisait alors avec un sourire qui me pinçait le cœur.

Il se flattait de grandes ambitions : il comptait surtout développer à l'étranger la maison Jurieu et Cie, vendre des soieries aux Anglais et aux Américains, acheter des cocons en Chine, et ainsi faire oublier à jamais la faillite de son père.

— Et puis je dois rembourser certains créanciers que la vente des actifs n'a pas permis de dédommager, m'avoua-t-il. Je n'y suis pas tenu par la loi, mais...

Il dit une fois, parlant à la cantonade, mais en me fixant dans les yeux :

— Si je n'avais pas vécu avec les protestants des Cévennes, si je n'avais pas connu Mlle Alexandrine Jourdan, je serais sans doute moins acharné à restituer ces dettes qui ne sont pas les miennes et qui se montent à près de quatre cent mille francs... guère moins que mon récent héritage !

Mais, pour mener à bien ses projets, il avait besoin de soutiens et d'alliances : il était fiancé à une fille de banquier plus très jeune, Mathilde Lambert-Gondi.

Le père, Mathias Lambert-Gondi, était actionnaire fondateur de la Banque de Lyon et de l'Omnium de banque, qu'il dirigeait toujours ; son appui pouvait être précieux pour la société Jurieu et Cie. Les banques de Lyon étaient toutes, à l'époque, très liées aux maisons de soieries ; elles appartenaient souvent aux « seigneurs de la soie », et les Lambert-

Gondi comptaient parmi les plus riches et les plus puissants des maîtres du commerce, de l'industrie et de la finance.

Je m'en serais voulu de gêner le beau mariage qu'il se préparait à faire... quoique Pierre ne me parût guère pressé de mettre la bague au doigt de Mlle Lambert-Gondi.

Il me dit en riant, un jour, devant ses amis, devant Théo et une batelière qui le caressait d'un regard flatteur :

— Ah ! il est dommage que vous soyez veuve. Ce serait plus facile si vous étiez mariée !

Son effronterie me blessait, mais mon cœur, resté engourdi des années entières, se réveillait doucement. Je l'aimais toujours. J'étais sûre, maintenant, que je n'aimerais jamais un autre homme, de toute ma vie.

Et l'impatience me gagnait : j'attendais depuis si longtemps d'être à lui.

3

Émile Chambet, commis

Lyon, 1851

Quelques mois après l'excursion à Fourvière, Louis-Xavier me proposa de travailler avec ses commis, d'abord au « service des maîtres », et plus tard à la vente. J'étais la seule femme parmi ces hommes. Il admirait en secret les socialistes, Saint-Simon, le père Enfantin, Flora Tristan.

— L'entrée d'une femme au magasin, me dit-il, est ainsi l'occasion d'un grand progrès social.

Il me confiait des réflexions qu'il celait, je crois, à tous ses amis ; il me répéta que les femmes seraient un jour égales des hommes dans le commerce et l'industrie.

— Encore faut-il qu'elles le veuillent, et vous pouvez être une de celles qui ouvriront la voie. Mais je vous préviens : ce sera difficile et je ne vous en voudrais pas si vous renonciez.

Un commis de ronde ou « rondier », Claudius Pacalon, vieux garçon de quarante ans passés, m'aida et me protégea un certain temps. Je passai quelques semaines au magasin même, où je m'initiai aux différentes activités du fabricant Louis-Xavier Favière ; puis je commençai les tournées, les rondes chez les canuts, avec Claudius, qui se montra bien vite un peu trop entreprenant. J'étais capable de lui rabattre le caquet, mais il me fallait le ménager car je croyais avoir besoin de lui. Cette situation m'était fort désagréable : Louis-Xavier en fut averti, quoique je n'eusse pas songé à me plaindre.

En accord avec Pierre, il confia alors mon instruction au commis principal de la maison Jurieu, Émile Chambet, dont tout le monde vantait les grandes qualités.

Sans être associés — ils le devinrent beaucoup plus tard —, Pierre et Louis-Xavier travaillaient souvent ensemble, et leurs activités se complétaient utilement.

Grâce à ses courtiers de France et de l'étranger, grâce à sa succursale de Paris et à ses relations personnelles, Louis-Xavier recevait beaucoup de commandes, surtout de façonnés, luxueux et chers. Mais ses employés, pour la plupart un peu âgés, manquaient de verdeur et d'initiative. Éduqués par leur bon maître, ils ne savaient pas se montrer assez exigeants auprès des teinturiers, dessinateurs, liseurs et tisseurs ; je crois aussi qu'ils étaient trop peu nombreux. Bref, la maison Favière vieillissait avec son propriétaire ; elle s'en allait à son déclin.

Célibataire, n'ayant pas de successeur en vue, et de plus en plus intéressé par d'autres activités, telles que le gaz d'éclairage et les chemins de fer, Louis-Xavier ne songeait guère à développer ses affaires de soierie.

Les commis de Pierre et ses chefs de service étaient jeunes, actifs, fougueux même ; ils avaient aussi une réputation de dureté avec les teinturiers, les ouvrières, les tisseurs et tous les maîtres d'atelier. Poussés par la hâte de se faire une place au soleil, ils accomplissaient leur tâche avec un zèle féroce. Gare au tisseur qui avait pris du retard à la besogne : « Pas de trou ni de brou ! s'écriaient les rondiers en argot lyonnais. Faut que tu rendes ta pièce aujourd'hui ! » Gare à ceux qui laissaient passer dans le tissu un crapaud, des trames tirantes ou une *impanissure !*

Chez Pierre Jurieu, on veillait à la fois à la qualité et aux délais, on livrait les commandes à temps, et la maison commençait d'acquérir une bonne renommée.

Plutôt que d'engager de nouveaux employés, Louis-Xavier préférait transférer à son jeune confrère, voisin et ami certaines commandes, les plus urgentes et les plus faciles : surtout les unis, comme les failles, les taffetas, les satins...

Les deux magasins, l'un place Tolozan, l'autre rue du Griffon, se trouvaient à deux coins de mur et à une distance égale à la longueur du pont Morand. Construits sur un modèle presque universel, ils se ressemblaient entre eux et ressemblaient à tous les autres, celui de Louis-Xavier étant peut-être plus grand et plus cossu, celui de Pierre Jurieu mieux éclairé et plus animé.

Ils avaient chacun deux portes ouvertes sur le palier, l'une conduisant à la salle des ventes, le côté commerce, l'autre au service des maîtres, le côté industrie. Les acheteurs et les commissionnaires entraient dans la première pour examiner les étoffes et remettre leurs commandes aux commis de ventes ou parfois au marchand lui-même ; les canuts, c'est-à-dire les *maîtres* d'atelier, se pressaient dans la seconde pour prendre la soie, séparée en chaîne et trame, et rendre leurs pièces tissées.

Cette première porte s'ouvrait sur un couloir conduisant à une vaste salle où se tenaient les employés du service : le chef, les rondiers, les brasseurs de *roquets* préposés au dévidage, les commis chargés des pesages, des vérifications ou des expéditions... Une banque traversait le milieu de la salle : un comptoir bas et massif, encombré de pièces de chaîne, enroulées par les ourdisseuses sur des chevilles en bois dur et formant des rangées de cocons géants.

Derrière la banque, à l'abri d'un grillage, comme des oiseaux ou des lapins, se tenaient les commis, certains assis, d'autres allant et venant. Contre les murs s'entassaient des coffres à trames, des rayons pour les peignes à tisser, des paquets de chevilles, des balles de roquets. Des soies de toutes sortes et de toutes origines pendaient au plafond, attachées à des crocs ; on voyait des grèges, des trames, des organsins...

Les casiers des maîtres, numérotés, renfermant le livre de comptes de chacun, s'alignaient dans un autre sens. Devant les cages des commis, deux hautes balances de cuivre servaient à peser l'une les soies que l'on donnait aux canuts, l'autre les pièces tissées que l'on recevait en retour.

Bien des maîtres soupçonnaient les commis de manipuler ces balances, de tricher sur le poids pour les voler, les marchands leur versant une commission sur la « gratte ».

Je puis dire que ce n'était pas le cas chez Louis-Xavier, le huguenot, qui ne l'eût pas permis par pure et simple honnêteté. Chez Jurieu, on était honnête par intérêt bien compris. Émile Chambet avait l'œil à tout et ne laissait passer le moindre manquement, mais, en revanche, il allait fort sur les rabais pour défauts.

C'était un homme d'une trentaine d'années, plutôt petit et replet, le front dégarni, le ventre rond sous son gilet, ce qui ne l'empêchait pas de mener tambour battant les tâches à lui confiées ou qu'il s'inventait : il dépassait tout le monde en vivacité et en entregent, ses façons n'étaient pas celles d'un commis et on l'eût dit en plus d'une occasion intéressé à l'affaire de son patron.

Il ne cessait de traverser le couloir du magasin pour passer du service des maîtres à celui de la vente, ce qu'il était seul à faire ; il troquait souvent le veston du commis pour la redingote du fabricant, et il s'appuyait sur une canne à pommeau d'ivoire : une canne de bourgeois. Il semblait connaître de façon intime les gens du quartier, riches et pauvres ; il appelait la plupart des hommes et quelques femmes par leur nom de baptême et parlait à tous et à toutes familièrement.

Il se rendait très souvent au magasin Favière, où il traitait les employés, en général plus âgés que lui, d'un air protecteur et presque paternel. On le voyait aussi, quelquefois, se hausser sur la pointe de ses souliers pour chuchoter à tel ou telle de mystérieuses confidences dans le tuyau de l'oreille. Il savait le court et le long de toutes les affaires et, comme il disait, connaissait l'envers de la tapisserie aussi bien que l'endroit.

Je ne tardai pas à deviner que son ambition reléguait fort loin la mienne. Je songeai : Voilà un petit monsieur qui ne fera pas toute sa vie des rondes et des pesées !

Il habitait avec sa mère une grande maison vétuste, aux Terreaux, assez près des magasins pour qu'il pût être là, chaque matin, parmi les premiers, rondiers ou dévideuses, sitôt le départ des garçons de peine venus balayer les salles. S'il ne partait pas lui-même en ronde, il sortait souvent dans la rue, pour bavarder avec les *rendeurs* des teinturiers et des apprêteurs, qui venaient rapporter, dans de lourdes charrettes à quatre roues bâchées, appelées camions, la soie en flottes ou en pièces qu'on leur avait confiée la veille.

De nombreux camions sillonnaient le quartier à grand bruit, répandaient l'odeur des chevaux et des relents de teinture, puis s'arrêtaient, laissés à la garde d'un chien juché sur le siège du cocher. Des livreurs en descendaient, portant sur l'épaule de lourds ballots enveloppés de serpillières.

« Monsieur Émile » les connaissait tous, il se mêlait à eux, sortait un flacon de liqueur de sa poche, offrait à boire, échangeait échos et rumeurs, se renseignait sans avoir l'air de rien sur l'activité des autres marchands, jetait parfois un œil sous l'emballage des paquets, avec la complicité goguenarde d'un rendeur.

Il procédait de la même façon avec les maîtres qui venaient remettre leur commande chez un fabricant voisin ; il ne réussissait pas toujours, mais certains canuts ne pouvaient s'empêcher de lui donner à admirer les façonnés dont ils étaient fiers. De cette manière et par toutes sortes d'agissements et de pratiques, souvent au bord de la friponnerie, il se tenait averti de tout ce qui se faisait sur la place de Lyon et même à Paris ou à l'étranger. Il était surtout curieux des nouveaux dessins qui plaisaient à la clientèle.

— C'est que les temps ont bien changé, m'avoua-t-il une fois. Un fabricant du siècle dernier, nommé Briasson, a fait fortune avec deux dessins, ses robes *à l'éclipse* et ses robes *à la comète,* que l'on voyait jusqu'à la cour de Versailles sur les paniers des grandes dames. Mais, au fabricant d'aujourd'hui, combien faut-il d'années, et combien de dessins, pour s'enrichir ?

— Enfin, disait-il à chaque heure ou occasion, avec un profond soupir, on n'en sait jamais trop pour réussir !

Un jour, en milieu d'après-midi, après avoir visité plusieurs ateliers et deux teintureries, nous fûmes de retour au quartier sous un beau soleil. Il tira sa montre de son gousset et me regarda.

— Nous avons le temps de marcher jusqu'à la rue du Bât-d'Argent. À cette heure-ci et par ce temps, nous pourrons voir la moitié des fabricants de Lyon !

Il me désigna plusieurs personnages en redingote flottante et chapeau de soie, qui allaient deux par deux, lentement, entre la rue Lafont et la place de la Comédie, ou se tenaient en groupes de trois ou quatre à la terrasse des cafés, parlant à bâtons rompus, avec de grands gestes, ou bien en échangeant des signes et prenant des airs de conspirateurs.

Je connaissais beaucoup de noms : ces messieurs étaient de gros marchands, de bonne ou moins bonne réputation ; et certains ne payaient pas de mine. Émile donna quelques saluts qui lui furent rendus assez aimablement.

Sans doute, plus d'un négociant enviait à la maison Jurieu ce commis habile et zélé, comme d'autres se méfiaient peut-être d'un employé trop malin pour son rang.

Émile eut à un moment un haussement d'épaules assez méprisant, appuyé d'un moulinet de sa canne.

— Vous ne risquez guère de rencontrer M. Favière ou M. de Jurieu en train de flâner dans les parages, sauf lorsqu'ils reçoivent des acheteurs étrangers. M. de Jurieu préfère voyager pour voir ses clients et ses fournisseurs, et M. Favière préfère s'occuper d'actions et d'obligations.

Cinq heures sonnèrent à l'hôtel de ville, tous ces bourgeois se quittèrent en hâte et partirent dans toutes les directions. Émile s'arrêta pour les observer, puis leva les yeux et on aurait presque cru qu'il se mettait à rêver.

— C'est l'heure d'expédier le courrier d'affaires, dit-il. Une tâche que ces messieurs laissent rarement aux employés.

Il sourit d'un air gourmand.

— Le courrier de Paris, le courrier de Londres, le courrier d'Italie, d'Amérique, peut-être même de Chine !

Un homme d'environ quarante ans, au visage cramoisi sous une épaisse barbe noire, s'approcha soudain d'Émile, qu'il dominait de la tête, et lui frappa l'épaule de sa large main.

— Me présenterez-vous cette aimable veuve, Chambet ?

Je guettai l'homme, à l'abri de mon voile, et lui me lorgna sous ses paupières rougies, en balançant son chapeau.

Émile se troubla soudain et se mit à balbutier :

— Mme Rabanel est la veuve... euh... la nièce de M. Favière. Elle est venue à Lyon... M. Philibert, fabricant de la rue des Capucins...

— Mais pas capucin lui-même, ha, ha ! On est bien jeune, si je ne me trompe, pour être veuve ?

L'homme était un mufle, le premier peut-être que je rencontrais à Lyon ; mais je lui savais gré d'avoir mis dans l'embarras le suffisant M. Chambet.

Je demandai, sur un ton que je souhaitais froid et hautain :

— Dois-je vous dire mon âge ?

Il remit lentement son chapeau sur sa tête frisée.

— Mais non. Je vois bien que vous avez vingt ans.

Il donna une bourrade à Émile, au milieu de la poitrine, ce qui fit chanceler le commis ; puis il se retourna vers moi.

— Je suppose que vous allez bientôt vous remarier ? Alors, un bon conseil : n'épousez jamais ce jeune homme, il a un livre de droit et avoir à la place du cœur ! Et il joue trop bien la comédie !

Le marchand Philibert leva sa canne de jonc au-dessus de sa tête, comme un baladin qui salue son public, puis s'inclina et s'en alla dignement vers la rue des Capucins.

Émile serrait son portefeuille sous le bras, les mains tremblantes, le visage blême, la bouche à demi ouverte, et je l'entendais quasiment suffoquer. Il posa sur moi son regard d'un vilain gris délavé, cligna plusieurs fois les yeux, et je le vis prêt à pleurer de rage ou d'humiliation.

— Non, non..., dit-il à voix basse, sur le ton d'un homme humilié et blessé.

Puis il respira et se redressa de toute sa taille.

— Alexandrine..., je veux dire madame Rabanel, ne croyez pas ce que vient de dire ce... cet olibrius. Je ne suis pas... je suis un homme sensible, j'ai un cœur... comme tout le monde. Je sais des centaines de vers de M. de Musset, il y a des années que je ne joue plus la comédie et... je crois que je ferais un bon mari...

En attendant de devenir un bon mari, il se montrait respectueux et dévoué ; il veillait à ne pas me fâcher ni me blesser et jamais ne m'ennuyait avec ses avances. Je supposai qu'il était trop occupé à chercher quelque riche héritière pour regarder une femme simple, sans fortune et sans état.

Mais il parlait peu de lui-même et de sa vie, et pour ainsi dire jamais de son passé. Et longtemps je me demandai ce qu'il entendait par cette réflexion : « Il y a des années que je ne joue plus la comédie. » J'appris pourtant qu'il avait passé son enfance place Saint-Vincent et qu'il voyait de ses fenêtres la Saône et ses bateaux. Les blanches batelières qui régnaient sur le fleuve l'avaient beaucoup fait rêver. Et, aujourd'hui encore, le seul divertissement qu'il avouait s'offrir de temps en temps, c'était une promenade en bateau du pont de la Feuillée à l'île Barbe.

En l'écoutant et en participant à ses activités diverses, je découvrais chaque jour quelque chose de nouveau sur le travail et le commerce de la soie, le monde des fabricants, leurs affaires et leur vie. Mais, chaque jour, je mesurais un peu mieux l'étendue de mon ignorance. Je compris qu'il me faudrait des années pour savoir tenir un magasin, traiter avec les maîtres et faire affaire avec les commissionnaires, c'est-à-dire seconder utilement Louis-Xavier, ce qui était mon désir le plus cher.

Je prenais plaisir à parler de Pierre avec Émile Chambet. Le commis ne tarissait pas d'éloges sur son maître, qu'il admirait beaucoup et qu'il servait en toute loyauté, du moins il le jurait. Il me questionnait habilement sur notre rencontre de jeunesse et nos relations actuelles ; il ne tarda pas à soupçonner les sentiments que j'avais eus pour « le jeune M. de Joncourt » et que j'avais peut-être encore pour l'important M. de Jurieu.

— Il vous écrit pendant ses voyages, n'est-ce pas ? Quelle chance vous avez ! Que faites-vous de ses lettres ? Gardez-les, gardez-les. Quel trésor ce sera un jour !

Ses rapports avec Pierre n'étaient pas tout à fait ceux de commis à maître. Je supposai qu'ils se connaissaient avant qu'Émile ne devînt un employé de la maison Joncourt ou Jurieu. À mon tour, je le questionnai :

— Avez-vous toujours travaillé dans le commerce de la soie ?

Il se mit à rire et ne répondit pas tout de suite.

— Certes, non, fit-il après un long soupir. Vous avez deviné... ou bien M. de Jurieu vous a raconté mon histoire. Non ? Mais vous savez qu'il était féru de théâtre, au temps de sa jeunesse, pas si lointaine. Eh bien, c'est au théâtre que nous nous sommes connus. Je suis un ancien acteur, madame. J'ai essayé d'apprendre mon métier à M. de Jurieu, et il m'a vite dépassé. Mais ce n'était qu'un caprice pour lui ; son destin l'appelait ailleurs que sur les planches. Quant à moi, je me suis un jour retrouvé sans engagement, obligé de louer mon maigre talent sur les champs de foire pour survivre. M. de Jurieu m'a repêché dans une baraque foraine, et je suis devenu son employé. De l'époque où l'on jouait la comédie ensemble, il nous revient quelquefois une certaine complicité. Mais je veux oublier ce temps et n'être plus qu'un bon commis de magasin. Le meilleur si possible !

Un ancien acteur : j'avais enfin l'explication de la remarque qui m'avait tant intriguée. Il me regarda soudain très froidement.

— Vous m'avez fait parler plus que je n'aurais dû. S'il vous plaît, ne revenez jamais sur ce sujet ! Et n'en dites pas un mot à M. de Jurieu.

Tout en travaillant dur à la maison Jurieu et Cie, il apprenait le droit et l'art de la finance. Il se passionnait pour les sociétés anonymes qui étaient une nouvelle sorte de compagnie de commerce. Il me montra une fois un billet de cinq cents francs de la Banque de Lyon, qui représentait le montant de ses économies.

— Regardez-le bien, me dit-il, vous ne le verrez plus, car je vais m'en servir pour acheter cinq actions de la maison Jurieu, qui va devenir prochainement une société anonyme. Ah ! les sociétés anonymes, quelle belle invention !

Louis-Xavier l'enviait à Pierre et demanda à son ancien courtier de le lui céder ; mais Pierre ne voulut tout d'abord rien savoir. Émile lui-même hésitait ; il accepta enfin et se chargea de convaincre Pierre. Il prit donc la place de commis principal de la maison Favière, tout en gardant un pied dans la maison Jurieu. Il devenait ainsi un personnage de plus en plus important.

Et je commençai à m'inquiéter des manœuvres et des intrigues que je sentais se tisser autour de mon protecteur, Louis-Xavier, qui avait soixante ans et pas d'héritier.

4

Le soir du loup

Lyon, 1851

Émile Chambet eut l'idée, peut-être pas si désintéressée qu'elle me parut d'abord, de favoriser des sortes de retrouvailles entre Pierre et moi. En fait, il tenait à se rendre indispensable, de toutes les façons possibles.

Il me dit que Pierre, étant fiancé, ne pouvait pas se montrer seul en compagnie d'une jeune et jolie veuve. Il ajouta en riant :

— Si vous voulez bien passer pour *ma* fiancée, M. de Jurieu aura l'air de nous chaperonner et de faciliter nos rencontres.

— Vous plaisantez ?

— Certes non. J'ai déjà soumis le projet à M. de Jurieu qui l'approuve.

La honte au cœur, après avoir regimbé pendant des mois, je consentis à ce vilain jeu.

Nous étions alors en 1851. J'étais veuve depuis quatre ans. Je me souvenais d'une réflexion de Pierre aux Trois-Vallées : « Une femme mariée, à condition qu'elle le veuille, est une femme *libre...* »

Une veuve était plus libre encore ; du moins, je le croyais.

J'acceptais à regret la complicité que m'offrait Émile Chambet pour favoriser mes relations avec Pierre. J'avais rêvé de retrouvailles plus romanesques, ou romantiques, je ne sais.

Alors j'acceptai de passer pour la fiancée d'Émile, par commodité. Le commis se montrait à la fois flatteur et discret ; il s'excusait même avec élégance de devoir quelquefois jouer les fiancés attentionnés. Il riait de lui-même et m'invitait à le moquer.

Je disais souvent les quatre vers de Lamartine que Pierre avait recopiés pour moi et m'avait envoyés dans une lettre d'Italie :

Ainsi, toujours poussés vers de nouveaux rivages,
Dans la nuit éternelle emportés sans retour,
Ne pourrons-nous jamais sur l'océan des âges
Jeter l'ancre un seul jour ?

L'arrangement était commode, ainsi, nous pouvions nous promener en ville et aller au théâtre sans éveiller aucune suspicion. Je faisais parfois semblant de me disputer avec Pierre ou Émile, ou tous les deux, et il arrivait que la dispute devînt vive et que la colère prît l'un de nous.

Enfin, Émile m'annonça qu'il me conduirait prochainement, en cabriolet, à la propriété des Jurieu sur la route de Bourg, par Miribel. Nous étions censés visiter les fabriques de drap de Montluel, car selon le commis « il y avait beaucoup d'argent à gagner dans l'habillement de la troupe, peut-être plus que dans la soie ». La propriété était un domaine situé à la limite de la Dombes, une région pour la plus grande partie sauvage et recouverte d'étangs, qui soufflait parfois ses vapeurs mauvaises jusqu'à notre Croix-Rousse.

Quelques riches Lyonnais louaient là des terrains de chasse. Joseph Jurieu de Joncourt, le grand-père de Pierre, avait trouvé refuge entre Montluel et Meximieux, à cinq ou six lieues de Lyon, à l'époque de la Terreur, quand Fouché et Collot d'Herbois régnaient sur la ville. Ferdinand, le père de Pierre, avait acheté un bien plus près du Rhône, à l'écart des marais pestilentiels. Pierre croyait que ce pays serait un jour défriché, cultivé, riche et peuplé.

— C'est notre Amérique, la terre est quasi donnée. Je peux avoir cinquante hectares pour le prix d'un autour de Lyon !

— Un jour, approuva Émile, la Dombes sera drainée, les étangs mis en exploitation, et l'on fera des récoltes magnifiques, tant de poissons que de céréales. Sans parler de la chasse !

Je songeai : Quel bonheur de quitter la ville pour un jour ou deux ! J'admirais les bois de bouleaux, les pauvres maisons cachées dans la verdure, les étangs brumeux, et toute la sauvagerie des lieux, mais la raison première de mon bonheur n'était pas le paysage. Oui, j'étais heureuse, et j'avais le cœur serré par un grand tourment.

Ma vie allait s'engager dans un chemin sans retour et, sur ce chemin, il y avait le manquement aux lois de la religion. Comment pourrais-je encore faire la leçon au jeune Théo Favière si je choisissais de vivre dans le péché ? Et que penserait Marie de sa mère, quand elle serait une grande personne ?

On arriva au manoir de Préval vers le milieu de la journée : ce n'était qu'une grosse ferme aménagée en maison de villégiature, avec des cabinets de toilette, des poêles dans les chambres et même une *salle à bains* ! Un couple d'un certain âge, les Grabon, assez grossiers et quasi muets, accueillait et servait les maîtres sans la moindre civilité. Tout cela ne ressemblait guère à mes rêves de jeune fille. Bien que l'on fût encore en été, un grand feu flambait dans la cheminée.

— Il le faut pour chasser les miasmes des marais, nous expliqua Pierre.

J'avais trop chaud et pourtant je ne pus résister à l'envie de m'approcher du feu qui me rappelait les flambées de mon enfance, au Mas-Haut. C'était une imprudence, la chaleur me monta aussitôt à la tête, je vis trente-six chandelles et me trouvai mal un court moment. Je revins à moi dans un fauteuil ; je ne sais si j'avais eu le temps de m'y jeter ou si les deux hommes m'y avaient portée.

Pierre s'empressait, tout effaré, car jamais il ne m'avait vue en état de faiblesse. Il me fit boire un verre de vin aromatique, puis un second. Je ne tardai pas à être un peu grise.

Émile nous annonça qu'il allait conduire les Grabon chez leur fille, qui vivait à Montluel, où elle travaillait avec son époux à la fabrique de drap. Lui-même dînerait et dormirait dans une auberge où il avait ses habitudes et ne rentrerait que le lendemain.

Il me jeta un regard insolent que je ne lui avais jamais vu.

— Vous et M. Jurieu serez seuls à Préval cette nuit. J'espère que vous n'aurez pas peur, ma chère fiancée !

— En tout cas, répondis-je, si nous étions attaqués par des loups et des brigands, je ne compterais pas sur vous pour me défendre.

Il salua Pierre d'un geste de connivence et il ajouta qu'il partait tranquille, me laissant en de bonnes mains. Je compris alors que cet homme avait réussi à s'immiscer dans ma vie et que je n'étais pas près de m'en défaire.

De retour à ma chambre, je trouvai les cadeaux de Pierre, une chaîne en or avec une croix huguenote. Je me récriai que ce bijou valait une fortune et que je ne pouvais l'accepter.

— Personne ne croira que mon fiancé m'a offert un si riche cadeau. J'espère que le bijoutier vous le reprendra.

— S'il m'arrivait malheur, vous pourriez le vendre.

Mais je le lui rendis et il n'insista plus. Il m'aida à ouvrir une boîte de carton où je savais d'avance trouver une robe de soie.

— J'ai fait tisser la soie par Savinien Henriet, un des meilleurs tisseurs de la Croix-Rousse. Je l'ai fait coudre pour toi par la meilleure couturière de Mlle Agathe !

— Mais... si elle ne me va pas ?

— Crois-tu que je n'y ai pas songé ? Mlle Agathe l'ajustera à ton gré, dès notre retour à Lyon. Aujourd'hui, c'est moi qui jugerai. Et je te demanderai seulement de la mettre et de la quitter aussitôt. Tant pis si elle te serre aux hanches !

Je ne pus m'empêcher de me rappeler sa réflexion : Une robe de soie coûte plus cher à trousser qu'à tisser. Mais, avec moi, il ne risquait pas de se ruiner.

J'avais aussi une chemise de nuit et un service de table en faïence de Bordeaux.

Pierre me demanda si j'avais déjà été photographiée.

— C'est-à-dire si j'ai eu mon portrait en daguerréotype ?

— Le daguerréotype est démodé.

— J'ai refusé à Théo Favière de tirer mon portrait.

— Alors, tu le feras pour moi, pour moi seul, dès notre retour.

Émile avait déposé un énorme bouquet de glaïeuls. Pierre me demanda de vêtir ma robe de soie ; il proposa de m'aider à m'habiller, mais je refusai tout net. Le repas, de poisson et de gibier, nous était servi devant la cheminée où rougeoyaient des braises. Je grignotai des miettes de poisson, mais, quand on arriva à la viande, mon estomac se ferma et je ne pus avaler une bouchée.

Pierre avait apporté un paquet de bougies et les éclaira toutes, si bien que la pièce fut illuminée dans ses moindres recoins. J'avais la tête en feu et les pieds gelés ; j'entrepris de ranimer les braises du foyer, Pierre me retint.

— Une étincelle sur ta robe, ce serait dommage. Ou ôte-la !

Il me regarda d'un air de défi, je soutins son regard et, en un tournemain, quittai ma robe. Je m'affairai à la braise en jupon et revins à table à demi dévêtue. Pierre me versa un verre de vin.

— Bois, Xarine, bois. Tant pis si tu taches ton corsage, j'aurai moins de scrupules à le froisser !

Plus tard, je soufflai l'une après l'autre toutes les bougies. Hors d'haleine, je faillis tomber et Pierre me soutint dans l'escalier. Je ne pouvais m'empêcher de me rappeler ma nuit de noces avec Charles, mon légitime époux... des mois après notre mariage. Quand Charles m'avait serrée dans ses bras, sur la paille d'une bergerie, tandis que la neige couvrait la montagne, j'essayais d'imaginer que l'homme qui m'étreignait était Pierre.

Puis j'avais oublié. Et maintenant, j'étais avec Pierre, et Pierre me serrait dans ses bras, et bientôt nous serions ensemble dans le lit préparé pour nous et je connaîtrais enfin le bonheur. Mais j'avais peur : ce moment, je l'avais trop attendu, je me sentais coupable, pécheresse, sous le regard de Dieu, j'étais paralysée.

— Tu trembles, dit Pierre. As-tu froid ? Je vais te réchauffer !

Je pensais encore à Charles, à notre marche sous la neige, aux loups qu'il avait effrayés en jouant un air de violon. Je les entendais hurler, et la neige me gelait la peau et le cœur. Je cessai de résister aux gestes de Pierre : j'écoutai les loups.

J'écoutais hurler *un* loup. Pierre se figea, leva la tête.

— Tu l'entends aussi !

— Un loup ? Si tôt dans la saison... si près des maisons... à moins de vingt kilomètres de Lyon, ça ne peut pas être un loup.

— On croirait un chien qui hurle à la mort !

Pierre enfila sa veste, annonça qu'il prenait un fusil pour chasser la bête, qu'elle fût chien ou loup. Je me glissai sous la couverture en l'attendant ; un coup de feu éclata et je mordis l'oreiller. Pierre revint en maugréant.

— Je ne l'ai pas seulement vu, j'ai tiré au jugé.

— Était-ce un loup ou un chien ?

— Ce sera notre loup, dit-il en riant.

Alors, nous fûmes au verset 4 du chapitre V du cantique de Salomon : « Mon bien-aimé a avancé sa main par le trou de la porte, et mes entrailles se sont émues à cause de lui. »

Un peu plus tard, l'animal inconnu se remit à hurler ; soudain, ces plaintes farouches firent arder mes sens et je rendis à Pierre son étreinte, et à chaque cri il me serrait plus fort et me possédait avec plus de fougue.

Le matin, nous eûmes une forte dispute au sujet du collier, que je refusai définitivement. Je ne sus jamais quel était ce chien ou ce chien-loup qui avait hurlé toute la nuit sous ma fenêtre.

Ce fut notre loup.

5

Émile et les canuts

Lyon, 1851

J'allais récitant les leçons qu'Émile me donnait à apprendre, seule ou en sa compagnie ; je visitais les teinturiers, les tisseurs, les ateliers de finissage. « Selon que la teinture doit être obtenue crue ou cuite, elle est trempée dans des bains différents... »

Parfois Émile me confiait à un rondier que je suivais dans sa tournée, tôt le matin, et avec qui je parlais seulement de la soie, des métiers, de la ville. Ce n'était jamais Claudius Pacalon...

Et je récitais, à mi-voix, ou bien tout bas : « La teinture se fait en flottes ou en pièces. Les matières colorantes rouges ou violettes sont le bois du Brésil, le bois de santal, la garance, la cochenille... »

Je baissais les yeux pour regarder où je posais les pieds, éviter les trous entre les pavés, les immondices et les débordements du ruisseau. Je marmonnais : « Les façonnés sont les tissus où l'ornement par le dessin est obtenu grâce à des croisements de fils effectués par les organes du métier... Le métier Jacquard a pour but de tisser les étoffes façonnées par le travail d'un seul ouvrier... »

Émile insistait :

— On ne sait bien que si l'on sait dire ; et on ne sait dire que si on sait expliquer !

Mais les autres commis ricanaient.

— Quand serez-vous assez savante pour aller faire vos confitures ?

Toute la journée, on longeait des murs grisâtres, tachés

de vert par l'humidité, percés d'une multitude de fenêtres derrière lesquelles les canuts et compagnons poussaient les battants des métiers du matin au soir, presque sans répit, du moins tant qu'ils avaient de l'ouvrage. De la plupart des fenêtres tombait le bruit monotone, assourdi, des métiers tapant, grinçant et sifflant aux étages ; on eût dit le rongement des vers dans la magnanerie mêlé au sifflement des chaudières de filatures et au claquement des poulies et des mécaniques de moulins, le tout bien cadencé, presque chanté en musique.

À certaines places, ce vacarme devenait si fort qu'on ne s'entendait plus causer ; parfois, il vous berçait tant qu'on hochait la tête comme une bête assommée ; plus loin, la cadence vous prenait les jambes et vous portait dans les montées et les escaliers.

Je disais en mesure : « Les genres principaux d'étoffes unies sont la faille, les taffetas, les sergés, les satins et les velours... »

Les montées étaient souvent aussi raides que les pentes de nos montagnes. Pour descendre la rue de la Grand-Côte, il fallait retenir son pas sur le pavé en tirant le corps en arrière ! Il y avait aussi des passages en escaliers, des montées couvertes, des labyrinthes de venelles. On voyait des maisons à flanc de rampe où le cinquième étage d'une rue devenait le rez-de-chaussée sur la rue au-dessus. Vers la place Michel-Servet, à deux pas de chez Louis-Xavier, il existait une bâtisse où l'on pouvait pénétrer au rez-de-chaussée par le quai Saint-Clair, au septième étage par la place et au quatorzième et dernier étage par la rue des Fantasques, bien nommée !

En entrant dans le couloir d'une maison, appelé ici « allée », on perdait l'air vif de la rue et on avait les narines empestées par la senteur des cabinets d'aisances, qu'on nomme à Lyon les « communs » dans les quartiers d'ouvriers et les « privés » dans les maisons bourgeoises.

Les odeurs de la ville me gênaient maintenant plus que le bruit, qui souvent me poussait et m'entraînait. Celles qu'on respirait certains jours, quand soufflait le vent du sud, dans les vieilles maisons de la Croix-Rousse, étaient cent fois plus fétides que la puanteur des babots, les chrysalides mortes, dans la bassine des fileuses.

Les Lyonnais m'avaient dit que je m'habituerais vite :

— Bientôt, vous ferez pas plus de cas du *bocon* que d'un pet d'oiseau !

En attendant, je me pinçais toujours le nez et je récitais pour oublier le bocon : « Les genres principaux de façonnés sont les taffetas façonnés, les damas, les satins lamés, les droguets, les brocarts... »

Je pataugeais dans la crasse bourbeuse des escaliers et ajoutais à ma litanie la définition du brocart, en me retenant de rire ou de pleurer, et comme parlant aux anges : Étoffe de soie, brodée d'or et d'argent... Car dans ces bâtisses humides, sales et malodorantes, des gens habiles produisaient des merveilles.

Souvent, les allées d'entrée traversaient les bâtiments, sortaient de l'autre côté et joignaient ainsi deux rues : on disait les « allées qui traboulent » et, plus tard, ce fut les traboules tout court.

Au début, je n'osais guère m'y aventurer pour passer d'une rue à l'autre, de peur de me perdre dans les entrailles de la ville et aussi parce que j'avais le sentiment d'entrer chez des inconnus, un peu comme si, dans mon pays, j'avais coupé par la cave, les étables ou le couloir d'un mas voisin en montant ou dévalant les traversiers ! Mais, si l'on voulait éviter toutes les traboules, on doublait la longueur du chemin.

Alors, je m'élançais bravement ; en quelque semaines, je n'eus plus d'hésitation ni d'appréhension, même dans la pénombre. Et quand l'allée traboulait près de quelque fosse débordante, que les « fiacres » de Vénissieux, c'est-à-dire les vidangeurs de Lyon, n'avaient pas curée à temps, j'arrêtais de respirer, je songeais à ma chère montagne, et le doux parfum des plantes sauvages flottait dans mon souvenir, si présent, si fort, qu'il chassait un instant l'affreuse peste.

Qu'il était loin, mon cher Aigoual !

À côté, au-dessus, jusqu'au toit, partout dans les vastes maisons de la Croix-Rousse, et aussi dans les masures de Saint-Georges et Saint-Just, sur l'autre rive de la Saône, vivaient et travaillaient les tisseurs. Quand on pénétrait chez un canut, on se trouvait dans une pièce très grande et très haute, à la fois petite usine, avec trois hautes fenêtres pareilles aux baies des filatures, et logis d'une famille, comprenant la cuisine, la chambre, la soupente et même quelquefois une sorte de petit salon, grand comme un mouchoir de poche, entre les métiers et le galandage de la cuisine.

Les métiers, les jacquards ! Ils occupaient, bien sûr, la plus grande partie de la salle. C'étaient des machines portées par quatre pieds en madrier de sapin, énormes, compliqués, pleins de mécaniques et touchant au plafond par leur sommet. La première fois que j'entrai dans un atelier, déjà abasourdie par le bruit, je restai longtemps à bayer de surprise devant la largeur de cet outil, que j'imaginais plus modeste, plus ressemblant à un moulin.

Je regardai le tisseur assis sur sa banquette, pousser le battant, appuyer sur la marche ou pédale et mettre en branle tout le métier, et ainsi lancer la navette et les cartons percés, tandis que l'étoffe s'enroulait sur le rouleau de devant. Et le bruit des machines emplissait l'atelier, et le bruit des ateliers emplissait la maison, et le bruit des maisons emplissait le quartier.

Bisse-tan-claque-pan ! chantait le métier. C'était ce que tout le monde croyait entendre, mais moi je mettais sur cette musique l'air et les paroles de Fanfan la Tulipe : En avant, la Tulipe, en avant, et clac ! et pan ! C'était le chant de la soie, le chant de Lyon.

Le long de la façade étaient placés deux métiers dits en « première vue », les mieux éclairés, puis, un peu en arrière, au moins deux autres dits en « seconde vue », souvent des métiers d'*armures,* servant aux unis, plus simples, plus modestes que les jacquards. Dans un coin, on voyait un dévidoir pour la trame, un rouet ou une canetière pour les canettes ; au milieu, un énorme poêle en fonte, muni d'un four et d'un dôme pour recouvrir les marmites, et qui servait tant à cuisiner qu'à chauffer la salle.

Il n'y avait pas un pouce d'espace perdu. Une échelle montait à la soupente, réduit ménagé dans la hauteur de la pièce, au-dessus de la cuisine ou de la chambre des maîtres, et servant de logement aux enfants et aux apprentis et apprentisses, parfois aux compagnons et compagnonnes. L'atelier avait une très grande contenance et la hauteur du plafond permettait ainsi de gagner une bonne surface, pour l'habitation, dans la partie que les métiers n'occupaient pas.

Entre le « bourgeois », sa femme et ses enfants, les apprentis et compagnons, c'étaient souvent dix personnes, quelquefois douze ou quinze, qui vivaient et travaillaient là, au milieu d'un boucan à vous sonner la tête, dans un air qui sentait le moisi, le remugle, la teinture de soie, l'huile de machine et le poisson rance.

Tous ces pauvres gens avaient le teint pâle et jauni de ceux qui n'ont jamais le corps fouetté par l'air frais et la peau baignée par le grand soleil. Beaucoup d'ateliers me faisaient l'effet de bateaux-prisons où des bagnards de tous âges semblaient enchaînés à une besogne sans fin et une vie sans espoir. Avec l'habitude, mon nez et mon oreille s'aguerrirent, mon regard devint bienveillant, et je trouvai par comparaison les plus clairs et les plus spacieux de ces logis-ateliers pareils à des cours de ferme au lieu de geôles.

Quelques-uns me furent bientôt accueillants, comme celui de la famille Henriet : Savinien, sa femme Joséphine, leur fille aînée Louisette et leurs quatre garçons, installé au cinquième étage d'une maison de la Grande-Rue, bien tournée vers le sud et le soleil. Le fils aîné, Jules, travaillait comme commis à la maison Favière et avait une chambre rue du Griffon. Les Henriet, qui étaient riches parmi les canuts, grâce à leur industrie et à leur savoir-faire, possédaient une demi-douzaine de métiers Jacquard et deux logements voisins.

Le plus grand réservait une bonne place à l'habitation et hébergeait quatre ou cinq compagnonnes et apprentisses. On y blaguait, chantait, jacassait comme au moulinage.

Émile acceptait quelquefois une assiettée de soupe versée par Mme Joséphine ; je faisais de même avec plaisir. Plus d'un commis contait fleurette à la fille de la maison, demoiselle de dix-sept ans, menue, vive, jolie, gaie comme un pinson... sauf quand elle s'était levée du pied gauche et montrait son humeur de chien.

Certains lui pinçaient le menton ou caressaient ses frisettes d'un beau châtain clair et brillant. Elle leur tirait la langue.

— Allez donc voir Guignol, vous serez mieux à votre aise qu'à lutiner les demoiselles !

— On irait bien avec vous, mam'zelle Louisette !

Le tintamarre, aussi fort qu'ailleurs, sinon plus, n'empêchait pas le maître d'atelier de philosopher avec les visiteurs, de moquer les rondiers et de chapitrer les compagnons et apprentis.

Émile Chambet montait chez les Henriet bien plus que ce n'était utile pour son travail, et il m'entraînait parfois, sous prétexte de me faire mieux connaître la vie des tisseurs. Je le soupçonnais d'avoir un béguin pour la jeune Louisette, quoiqu'elle eût à peine dix-sept ans ; et je pensais qu'il se servait de moi pour rendre jalouse la jeune fille.

Je me trompais, je le vis bientôt ; il s'intéressait peu à Louisette, sinon par politesse et galanterie, mais il avait de longues discussions avec le maître, Savinien Henriet, le seul canut à qui je l'entendais dire « monsieur » au lieu de l'appeler par son nom de baptême. Et Henriet répondait sur un ton mi-rieur, mi-impatient :

— Monsieur Émile, c'est toujours *la même* avec vous. Je vois ben que vous changerez pas, entêté que vous êtes !

Émile parlait assez bas, je n'entendais que des bribes de ses paroles, le reste se perdait dans le bruit des mécaniques et d'autres échanges de propos ; je ne pouvais deviner à quoi il s'entêtait aux yeux du maître d'atelier. Mais celui-ci lançait ses répliques bien plus haut pour se faire entendre par-dessus le bacchanal qui ne cessait presque jamais, et il n'oubliait pas de gourmander en même temps les compagnons et apprentis.

— Le Joset, y a pas assez de *tiranture* dans ta longueur ! Eh ben, monsieur Émile, sûr qu'on a du travail, et même qu'on *cigrole* souvent sa navette quinze heures par jour. Mais ça ne vaut pas *les autrefois,* y a trop de brassage aujourd'hui !

Le brassage, la bête noire des canuts, c'est le montage du métier entre deux façonnés, par exemple pour changer le nombre de chemins, c'est-à-dire les espaces du dessin. Cette opération compliquée fait perdre beaucoup de temps au maître d'atelier, quand il s'en charge lui-même ; et quand il la donne au monteur, elle lui coûte beaucoup d'argent.

Et Émile de soupirer :

— Ah ! les autrefois sont bien finis, monsieur Henriet. Aujourd'hui, il y a la mode qui change tous les ans et même plus souvent, et la clientèle qui veut le dernier cri du jour !

Henriet grommelait, mais pour la forme, car ses affaires allaient bien :

— Les autrefois, on travaillait un an, deux ans sur le même montage. Et, à présent, on doit s'estimer content quand on a tiré cent aunes sans mettre le métier en déroute ; et puis on perd bien des heures entre chaque pièce, et le magasin vous fait attendre tantôt le dessin, tantôt la trame.

— Pas chez nous, monsieur Henriet, pas chez nous. Ou enfin, c'est bien rare, et par cas de force majeure.

Henriet hochait la tête.

— Je dois dire que ç'a toujours été plaisant de travailler pour M. Favière.

— Et puis, il vous faut penser à ce que je vous ai dit.

— Ma foi, je vais y *broger* un peu plus.

— Ma proposition vaut encore, mais elle ne vaudra pas toujours.

— Ah ! vous êtes trop bon, monsieur Émile.

Je ne savais quelle était cette mystérieuse proposition. D'abord, je m'en souciais comme de colin-tampon ; mais les cachotteries d'Émile me mirent bientôt la puce à l'oreille. Il me sembla que le commis intriguait pour son profit et peut-être au détriment de la maison Favière. Un jour que la langue lui allait comme une navette de tisseur, il me laissa entendre ses réflexions.

— Tous les fabricants ne sont pas de riche famille. Quelques-uns que je connais bien sont des chefs d'atelier, qui possèdent cinq ou six métiers, comme M. Henriet, et ont mis un beau jour mille ou quinze cents francs de côté. Alors, ils ont acheté une balle de soie, même une demi-balle pour commencer, ils l'ont fait teindre et ourdir et l'ont tissée pour leur compte avec leurs compagnons. Ils ont vendu l'étoffe, et c'est peut-être le plus difficile quand on ne connaît pas bien le commerce ; et, avec le produit de la vente, ils ont acheté une autre balle de soie, ou quelquefois deux si tout est bien allé. De maîtres ouvriers à façon, ils étaient passés maîtres ouvriers marchands. Certains ont mangé leur chemise dans l'aventure, d'autres sont devenus petits marchands, ils ont appris à mener leurs affaires et ils font travailler leurs voisins.

— Et si je comprends bien, vous proposez donc à M. Henriet de devenir marchand, au risque de faire la concurrence à MM. Favière et de Jurieu ?

Il répondit par un rire gêné.

— Oh ! les maisons Favière et de Jurieu ne craignent point la concurrence.

— Et vous n'avez pas peur que M. Henriet vienne à manger sa chemise... dans l'aventure ?

— Je suis là pour le patronner et le prémunir.

Les questions chagrinaient le commis, qui semblait regretter d'en avoir trop dit, et cela piquait ma curiosité. J'insistai encore :

— Si l'argent lui faisait besoin, vous pourriez même lui prêter quelques *cents de francs* ?

Émile se tut un moment, je sentis son rechignement et mis les points sur les *i*, comme par naïveté.

— Je suis sûre que vous avez de belles économies.

Il parla enfin, à contrecœur :

— M. Henriet peut payer sa balle de soie sans aucun emprunt.

Il ne desserra plus les dents de toute la journée ; et, les jours suivants, il se garda bien de revenir sur le sujet. Mais à force de l'observer et d'écouter les maîtres d'atelier et les autres commis, quelquefois d'indiscrète façon, car je voulais en avoir le cœur net, je compris qu'il espérait s'associer avec Henriet pour fonder un magasin. À la première occasion, je sondai le gué de l'affaire et demandai, toujours sur le ton le plus innocent :

— N'avez-vous jamais pensé à devenir marchand ?

J'avais touché la corde sensible ; il tira sa montre de son gousset pour se donner une contenance, haussa les épaules et soupira :

— L'époque n'est guère propice aux petits marchands.

— Du petit, on vient au grand.

— Aujourd'hui, il vaut sans doute mieux acheter deux actions avec ses économies que les mettre sur deux balles de soie !

Je crus qu'il mentait de peur que ses patrons n'apprennent son projet d'avoir un magasin, mais je vis bientôt qu'il était sincère.

— Un jour, et avant dix ans, les sociétés en commandite et surtout les sociétés anonymes auront plein pouvoir sur le commerce et l'industrie. À ce moment-là, si on veut nager en grande eau, il faudra avoir de belles et bonnes actions. Rappelez-vous ce que je vous dis aujourd'hui !

N'empêche, il continua de pousser Henriet à s'installer marchand, et je continuai de me demander quelle était son idée. Je finis par reconnaître que je n'étais pas assez instruite ou peut-être assez maligne pour comprendre les plans et les visées d'Émile Chambet.

Je commençais à avoir un peu peur de lui. Un événement survint qui me le fit voir sous un tout autre jour.

Je n'ignorais pas sa répugnance pour les traboules qu'il évitait tant qu'il pouvait. Quelquefois, l'odeur de la « moutarde », comme disaient les commis par politesse, y était plus forte que dans les escaliers ou les maisons, et sans doute Émile avait-il le nez délicat. En outre, il portait souvent quelque argent sur lui, en pièces ou billets, pour des règlements ou des avances aux maîtres ; peut-être craignait-il pour sa bourse dans l'obscurité de certains passages. Je ne voyais rien d'étrange dans sa crainte ou son dégoût, mais je me disais : Qu'il fasse un effort pour les surmonter, comme moi qui viens de la montagne et qui ai dû m'habituer, bon gré mal gré.

Un fin d'après-midi, nous fûmes surpris ensemble sur les pentes de la Croix-Rousse par un orage soudain. Le grondement du tonnerre fut d'abord très assourdi entre les hautes maisons de la montée. Puis un éclair sembla jaillir du sol même, presque sous nos pieds... Ce n'était rien d'extraordinaire, et j'avais souvent vu à l'Aigoual des phénomènes atmosphériques bien plus effrayants.

Enfin de grosses gouttes commencèrent à tomber, et je courus pour me réfugier dans une traboule que je connaissais, un peu plus haut. Je m'aperçus alors qu'Émile n'était plus près de moi. Je me retournai et je le vis, quelques pas en arrière, s'adosser à un mur et jeter sa canne loin de lui. Je crus qu'elle lui avait échappé, à cause d'un malaise. Je m'approchai en hâte, la ramassai pour la lui tendre. Il me rabroua d'une voix rude.

— Lâchez ! Lâchez donc ! Vous pouvez attirer la foudre !

J'obéis et le tirai par le bras vers la traboule.

— Venez vous mettre à l'abri !

Il résista fortement, puis, à l'entrée du passage, il se mit à trembler de tout son corps et, si des gens ne l'avaient pas poussé pour entrer, il fût sûrement resté dehors, malgré sa peur de l'orage.

Il fit quelques pas à l'intérieur en marmonnant. Je crus qu'il priait, cela m'eût bien étonnée, mais j'avais déjà vu des gens sans foi appeler la grâce du Seigneur dans des moments d'extrême détresse. Mais non ! Je surpris les mots d'Émile et ils me parurent quasiment insensés : « ... encore des insomnies... cette main me brûle... une eau si noire, si noire... » Je conclus que des bribes de ses anciens rôles lui revenaient en mémoire sous l'effet de l'émotion.

Et je ne me trompais pas : il se mit à réciter une longue tirade, puis une autre, en changeant de voix. Le tonnerre roulait toujours au-dehors, comme un écho que les deux collines, Fourvière et la Croix-Rousse, se renvoyaient sans fin.

Émile disait ses répliques, et moi je me retenais de rire. Il s'agrippa soudain à mon bras, j'eus un geste pour le repousser ; mais il grelottait si fort que son frissonnement se transmit à mes propres membres, et je fus sans force un moment.

Pauvre Émile, pincé entre deux effrois, je le sentais à mon côté tout piteux, rendu presque infirme par la peur.

Enfin, l'orage s'arrêta, et je traînai mon *claquedent,* plus mort que vif, jusqu'à la rue.

6

Louisette

Lyon, 1851

Les commis perdaient leur temps, avec délice, chez Savinien Henriet, pour la soupe et le verre de vin que leur offrait volontiers maîtresse Joséphine, et naturellement pour les beaux yeux de Louisette. Ils n'écoutaient que d'une oreille les discours du bourgeois qui commentait les journaux, *Le Républicain, La Tribune de Lyon...,* mais se faisait un point d'honneur de ne jeter qu'un coup d'œil à *L'Écho de la Fabrique,* ce « journal de gros marchands », disait-il.

Mon temps à moi ne valait guère pour la maison Favière, je fus donc promue commise de ronde, en charge de l'atelier Henriet, le seul que je visitais régulièrement et pour ainsi dire en titre.

J'apprenais là tout ce qu'il fallait savoir sur la soie et le tissage, sauf les tours de main du métier, et je m'instruisais beaucoup, en même temps, sur la vie des canuts et de leurs femmes et filles, des compagnons et des ouvriers. M. Henriet me parla le premier des sociétés de devoir ou secours mutuel, des associations fraternelles et de la Société d'instruction primaire, qui avait ouvert plusieurs écoles à la Croix-Rousse et à la Guillotière. Il commença même à me seriner au sujet de ma fille.

— Promettez-moi de l'envoyer aux institutrices communales quand elle aura l'âge !

Mais l'idée ne me plaisait guère. Je craignais que Marie, en fréquentant les enfants du quartier, ne se mît à parler lyonnais, à dire *que* pour qui, *te* pour tu, et à déformer le français à chaque mot ; alors, je ne promis rien du tout, mais je versai une cotisation à fonds perdu pour son « devoir mutuel ».

Henriet me dit un jour les mêmes mots qu'Émile :

— Dans dix ans, ou vingt ans, les sociétés mèneront le monde.

Ils ne parlaient pas des mêmes sociétés.

Louisette me toucha discrètement le bras.

— Madame, vous ne croyez pas que les hommes sont bêtes ?

Je ne sus que répondre. Je n'étais pas loin de penser que Savinien Henriet et Émile Chambet avaient raison tous les deux, chacun suivant son idée ; je croyais moi aussi à l'avenir des sociétés, autant celles de commerce que celles de devoir mutuel.

Mais je trouvais que beaucoup d'hommes se souciaient trop de l'avenir et pas assez du présent et de la vie de tous les jours.

Une autre fois, Louisette me confia à voix basse :

— J'espère que je ne coucherai plus dans la soupente quand toutes ces choses magnifiques seront arrivées.

La mère Henriet surprit sa réflexion et grommela :

— Eh ben, moi, j'espère que tu épouseras un brave tisseur et que tu auras une grande chambre au fond de l'atelier.

Louisette lança un rire moqueur qu'elle étouffa aussitôt du bout des doigts.

— Je sais, dit-elle, la chambre des bourgeois, des *barjois,* comme on dit à la Croix-Rousse.

Elle prononça le mot lyonnais sur un ton de grand mépris.

— Et on aura une vilaine commode en noyer, on mettra dessus le bouquet de fleurs d'oranger de mon mariage, de préférence sous un globe, pour qu'il dure toute la vie. Enfin, ce qu'on appelle la vie... Et du papier huilé aux fenêtres, et puis un poêle en fonte, un garde-manger en sapin blanc, trois chaises boiteuses et à moitié dépaillées, plus une en bon état pour le barjois !

Elle se tordait les mains et fixait sur sa pauvre mère un regard de feu et de flammes. Et moi, je souriais, tout étonnée de l'entendre parler en bon français et non en jargon d'entre Saône et Rhône. Elle reprit sa litanie :

— On aura même des estampes au mur, le bourgeois et moi : *Le Juif errant, Notre-Dame de Fourvière*... Et un chat en plâtre sur la cheminée, et une cage de canaris près de la fenêtre...

Soudain, elle eut un fou rire invincible, elle se tint les côtes un moment, puis essuya d'un revers de main les larmes qui coulaient sur ses joues rougies.

Sa mère la moucha comme un baby et me prit à témoin :

— Avisez-moi cette *bôye,* madame, elle va avoir l'âge d'être compagnonne, et elle se tient comme un petit *gone* !

Ce qui signifiait à peu près : voyez cette sotte, à son âge, qui se conduit comme un petit enfant. Plus tard, je demandai à Louisette où elle avait appris le vrai français.

— Sous le roi, mon père disait qu'on devait tous parler la langue de la république en même temps que celle du peuple. Je l'écoutais bien quand j'étais petite, et maintenant j'écoute les messieurs et les dames. Et puis... je lis des livres, dans ma soupente, un moment tous les soirs. Un compagnon qui m'aime bien m'offre la bougie. Comme il est très laid, il me dit : « Quand tu te seras rendue aveugle, tu ne verras plus mon nez et tu voudras peut-être m'épouser ! » Mes parents ont peur du feu dans la soupente, ils me permettent quand même d'aller emprunter un livre une fois par mois à la bibliothèque publique.

Elle ajouta qu'elle ferait n'importe quel travail pour s'en aller de la Croix-Rousse, et qu'elle épouserait n'importe qui... même M. Émile, mais jamais un canut ni un compagnon tisseur !

— Vos parents vous laisseraient-ils partir ? demandai-je.

— Oui, car je les déçois, je ne sais pas remettre, ni tenir le rouet à canette, je ne suis qu'une bouche à nourrir, et ils ont peur que je finisse par débaucher le meilleur compagnon !

À quelques semaines de là, j'engageai Louisette pour s'occuper de ma fille, aux gages de vingt sous par jour, plus la nourriture, l'habillement et la plus grande chambre de mon logement.

Elle lisait si bien qu'elle passait une bonne partie de son temps la tête dans les romans, mais elle avait pour moi le mérite de parler le français et non le lyonnais, ce baragouin, ni langue ni patois.

7

Tu dois retourner à la grande ville

Cévennes, 1851

J'allais en Cévennes une fois par an. Mais, en 1851, je revins une seconde fois aux Trois-Vallées, ma mère étant fort mal, sans qu'on pût savoir au juste quelle affection la rongeait.

Elle avait cinquante ans et en paraissait bien dix de plus. La maladie était surtout dans son cœur ; ses enfants loin d'elle, mon frère qui ne donnait presque jamais de ses nouvelles, Marie Jourdan n'avait plus de raison de vivre, et elle n'en trouvait même pas dans la Bible, qu'elle ne lisait plus du tout.

J'avais espéré lui apporter un peu de contentement et peut-être la rendre plus allante, mais elle ne put ou ne voulut se lever pour m'accueillir et me reprocha vivement de n'avoir pas amené ma fille. De fait, tant qu'elle eut la force de parler, elle ne cessa de m'accabler de griefs et de blâmes sans doute mérités, et moi, j'avais tant besoin de pardon ! Et elle aurait eu tant besoin d'être en paix avec elle-même...

Mon père, tout au contraire, revivait en ma présence. Dès le premier jour, il avait remarqué en moi un grand changement : il me regardait et souriait. Il me disait que mes yeux brillaient et que je n'avais plus le teint pâle que la ville me donnait au début. Il cherchait en même temps des mots qu'il ne trouvait pas et le courage d'exprimer le fond de sa pensée. J'aurais bien aimé lui faire savoir que je vivais mon veuvage sans désagrément, mais c'était impossible.

Nous marchions dans la montagne comme au temps des mulets, quand j'avais douze ans et que je le suivais par crêtes et *valats.* Nous citions l'Ecclésiaste et d'autres livres, mais je n'osais parler du Cantique. Pourtant je n'imaginais pas d'autre façon de lui dire que j'étais heureuse ; un verset me venait sur la langue : « Mon bien-aimé est à moi, et je suis à lui ; il paît son troupeau parmi le muguet... » Et je songeais : Il paît son troupeau parmi les fils et les étoffes de soie. Et aussi : J'ai promis de n'aimer que lui d'amour.

Je ne pouvais pas prononcer de tels mots devant mon père. Alors que j'étirais mes membres et respirais à pleine gorge l'air du matin, il me complimenta une fois de plus sur mon teint et ma bonne santé.

— La grande ville est meilleure pour toi que je ne pensais.

Et j'osai enfin lui dire, avec modestie, la vérité qu'il pressentait. « J'étais endormie, mais mon cœur veillait... » Et je le vis qui cherchait la suite du verset V, 2 dans sa mémoire. « Et voici la voix de mon bien-aimé... » Et je vis les mots les plus doux de l'Écriture et du monde courir sur ses lèvres, en silence.

Je visitai mon amie Juliette, qui avait aussi trouvé le bonheur avec son Polonais, Victor Jan, mon ancien amoureux. Lui était maintenant contremaître à la grande filature des Favière ; ils avaient trois enfants, elle ne travaillait plus à la fabrique ; elle se laissait aller à une douce mollesse et elle était devenue fort grasse.

J'aurais eu plaisir à évoquer avec elle notre enfance, le Grand-Mas et le moulinage. Mais, à la première occasion, elle ne manqua pas de me confier dans le tuyau de l'oreille que certaines gens m'accusaient encore de la mort de mon mari.

— Tout le monde sait bien que c'était un accident ! dis-je.

— Oh ! certes, mais un accident arrivé par ta faute.

Je sentais le feu de la honte sur mon front et mes joues. Elle n'avait pas complètement tort, Charles était mort un peu par ma faute... et beaucoup par sa faute à lui. Et Juliette soupirait :

— Pauvre Charles, s'il m'avait choisie, il vivrait encore et nous serions riches.

J'eus vite compris qu'elle jalousait mon héritage, ou plutôt l'héritage de ma fille. Il est vrai que je vivais très bien des rentes de la dot que Mme Adrienne m'avait reconnue ; c'était autant que le gain de son homme et presque quatre fois le salaire d'une ouvrière travaillant toute l'année au moulinage.

Je n'avais pas honte de cet argent, puisque Dieu avait voulu que je l'eusse, mais Juliette n'était pas la seule jalouse des Trois-Vallées, et bien des gens me regardaient de travers ; j'osais à peine me montrer au bourg.

Les derniers moments de ma mère advinrent pendant que j'accompagnais mon père dans une course en montagne, avec ses mulets. Rien ne laissait présager cette fin hâtive, son agonie dura moins d'une heure, une voisine, par chance, se trouvait là et l'assista. J'eus le sentiment qu'elle avait choisi de quitter ce monde en l'absence de son époux et de sa fille, pour nous punir une dernière fois de n'être pas tels qu'elle nous aurait aimés.

Mon père se trouva alors l'homme le plus seul du monde. Il était brouillé avec ses sœurs et n'avait jamais fréquenté la famille de ma mère qui le tenait en piètre estime ; j'étais impuissante à le consoler, et il commençait déjà à noyer son chagrin dans le vin.

Je décidai de rester un certain temps près de lui. Il avait la soixantaine et, bien que sa santé me parût assez délabrée et qu'il eût des idées très noires, il pouvait vivre encore, grâce à Dieu, de longues années. Surtout si je l'aidais à retrouver son enjouement naturel !

En repartant pour la ville, au contraire, je l'abandonnerais à son sort, et l'ennui, la boisson précipiteraient sans doute le déclin de ses forces. C'était pour moi un choix difficile. La rente versée par les Favière me permettrait de vivre sans aller à la fabrique, j'aurais pu aider mon père au mas, agrandir la magnanerie... À la pensée de cette vie, celle de toutes les femmes cévenoles, une douce émotion me pressait le cœur. Mais pouvais-je l'imposer à ma fille, née pour un autre destin ? Et Pierre ?

Je m'ouvris de ce cas de conscience à M. François-David, qui me proposa de m'embaucher à son nouveau moulinage, où il manquait d'une surveillante. Son industrie se développait encore à l'époque, et il engageait régulièrement de nouvelles ouvrières ; pourtant il manquait toujours d'hommes et de femmes connaissant bien la soie et les machines de fabrique. Je serais occupée toute l'année ; mon père pourrait louer le Mas-Haut à mi-fruit et venir habiter le bourg. Je me récriai tout de suite :

— Il y a cinq ans que je n'ai pas mis la main au moulinage !

— N'ayez crainte, vous aurez vite retrouvé votre savoir-faire.

Je demandai quelques jours pour répondre. Comme j'avais coutume autrefois, je fis seule l'ascension de l'Aigoual pour voir clair en moi et décider dans la solitude de la montagne. D'abord, je cherchai un itinéraire qui me permît d'éviter le passage où Charles était tombé dans le gouffre, par ma faute sans doute. Puis je songeai que ce serait lâche. Je ne croyais pas aux fantômes, et je demandai à Dieu de me donner assez de force pour affronter ma conscience et mes souvenirs. Je fus exaucée et je trouvai la paix dès que j'eus gagné les premières hauteurs. J'aimais toujours autant ma chère montagne... Mais je ne pouvais renoncer à mon rêve : posséder un jour un magasin à moi, comme celui de Louis-Xavier ou de Pierre, même tout petit.

La fabrique au sens lyonnais du mot était au cœur du miracle de la soie, et ce que nous appelions ici « fabrique », filature ou moulinage, n'était qu'une simple usine où l'on tirait, tournait, tordait, embobinait le fil, sans jamais tenir les deux bouts de la filière ni maîtriser l'organisation, et sans jamais toucher l'étoffe ! Se cantonner à une seule activité de cette immense chaîne, c'était comme casser les pierres pour construire un palais, sans jamais voir le maçon ni le charpentier, sans jamais poser un pied sur la première marche de l'escalier.

Et je savais bien qu'en revenant vivre et travailler aux Trois-Vallées je serais comme un marin de paquebot chassé de la mer et réduit à mener une barque sur la rivière de son village.

Mais, pour sauver mon père de la solitude et du malheur, je pouvais le faire. Pour mon père que j'aimais tant, je pouvais !

Je montai passer la journée au Mas-Haut avec lui et je l'accompagnai aux champs. À un moment, il arrêta son travail, se redressa, leva les yeux au ciel et dit sur un ton grave et impérieux :

— Depuis que ta mère nous a quittés, j'ai relu le Lévitique : il y a des choses abominables dans ce livre !

Je guettai un instant les environs de nos champs. Pourvu que personne ne l'ait entendu !

Mais mon père s'écriait, sans souci d'être écouté :

— La loi des juifs dit que les hommes ne doivent pas être traités comme des esclaves. Au lieu que les esclaves doivent être traités comme des hommes. Ce n'est pas la parole de Dieu !

En ce temps-là, on parlait beaucoup de l'esclavage, enfin aboli par la république. Certains d'entre nous avaient oublié que les enfants d'Israël, aux temps bibliques, avaient leurs esclaves et leurs servantes, que la Loi leur donnait permission d'acheter aux nations voisines. Et, à cause des événements heureux de notre époque, d'autres se souvenaient et éprouvaient de la honte à penser que les commandements dictés à Moïse par l'Éternel permettaient et réglaient l'esclavage. Mais cela se passait à plus de deux mille ans de notre temps !

Mon père se tut, baissa la tête et s'appuya des deux poings sur sa houe. Je m'approchai de lui et posai la main sur son épaule, il la prit soudain et la serra dans les siennes.

— Pars, ma grande fille, dit-il avec douceur. Laisse donc ton vieux fou de père déraisonner et blasphémer.

— Non, j'ai décidé de rester pour vous aider au travail.

Il saisit mon autre main et joignit les deux.

— Non, il te faut rentrer maintenant à la ville et me laisser. Tu dois m'obéir, car je te dis la volonté de Dieu. Tu dois retourner à la grande ville, où tu es... où tu es bien aise.

C'était une façon décente pour lui de dire : la ville où tu es heureuse. Et, soudain, il me prit dans ses bras.

— Va. Pars aujourd'hui même, demain au plus tard.

8

Mon amie Brunette

Lyon, 1851

Pierre épousa enfin cette riche héritière, Mathilde Lambert-Gondi, qui lui était, disait-il, assez indifférente. Son mariage ne changeait rien pour nous, du moins il me l'assura sur un ton solennel.

Je pris mieux conscience de ma situation. J'entendis dans mon cœur ce mot magnifique et terrible : *maîtresse.* Les protestants cévenols ne l'employaient que pour désigner les favorites des rois, et c'était une façon de flétrir les tares de l'Ancien Régime.

Nous nous retrouvions, de temps en temps, à Lyon, pour une promenade, un spectacle ou un souper, dans l'inévitable compagnie de notre chaperon, Émile Chambet, ou à l'alentour, la Dombes, le Mont-d'Or, de l'autre côté de la Saône, une hauteur boisée, très fréquentée par les Lyonnais.

Un jour, Émile me conduisit à Montluel, un gros bourg de trois mille habitants, au bord d'une petite rivière calme et ombragée, que dominait un coteau planté de vignes. Nous étions censés visiter, là aussi, une manufacture de drap ; j'étais vraiment curieuse de cette activité, mais Émile me tira en direction de l'auberge. Pierre n'arriva qu'à la nuit tombée, aussi fourbu que son cheval, il nous dit qu'il était venu de Lyon à bride abattue, sans presque donner à sa monture le temps de souffler. Sitôt couché, il s'endormit dans mes bras, comme un enfant, et peu après il se mit à parler dans son sommeil. Au dortoir de la fabrique, j'avais souvent entendu des filles marmonner en dormant ; ça me semblait un effet d'une très grande fatigue. Et les personnes d'âge, aussi ; la Bombudo grommelait parfois dès qu'elle était assoupie. Pierre, lui, prononçait des phrases entières, d'une voix basse quoique nette. Je voulus le réveiller, je le poussai un peu à l'épaule ; alors il se tourna et se tut un moment. Je commençais à m'endormir à mon tour quand il se mit à crier :

— Mon oreille ! Mon oreille ! Non, non, ne la coupez pas !

Je faillis pouffer de rire. Je me dis : Ce n'est qu'un mauvais rêve, ça ne vaut pas la peine de le réveiller pour si peu. Mais il continua à discuter et à gémir. La curiosité, qui est un vilain défaut, m'engagea à l'écouter.

Je crus deviner que des brigands, dans son rêve, l'avaient arrêté sur la route et menaçaient de lui couper l'oreille. Il les suppliait de l'épargner. Après un moment de silence, il poussa un cri de terreur.

— Tout de suite ? Je ne peux pas, je n'ai pas un seul billet sur moi, seulement quelques pièces ! Ah, mon oreille, mon oreille...

Je le secouai alors pour le libérer du cauchemar, mais je ne pouvais m'empêcher de rire. Il gémit enfin : « Vous l'avez coupée, aïe, aïe, aïe ! » Il se réveilla en sursaut, porta la main au côté de sa tête. Il dut être bien soulagé de voir qu'il avait toujours son oreille ! Et il se rendormit aussitôt.

Ce genre de cauchemar ne me semblait pas naturel. Plusieurs fois, je respirai autour de lui, et même sur lui, une odeur étrange, inconnue. Ayant lu un peu plus tard un article de journal sur les effets de l'opium, je me demandai si Pierre n'avait pas, dans ses voyages, pris l'habitude de fumer cette espèce de pâte qu'on disait très appréciée des artistes et des poètes.

Une autre fois, rendez-vous fut pris environ trois lieues au-delà de Montluel, en tournant à droite sur la route de Meximieux. Là se trouvait une grotte fameuse au village de La Balme.

J'attendis Pierre un jour entier à La Balme et je désespérais de le voir. J'étais seule dans cette bourgade, car mon « fiancé » avait dû repartir pour Lyon. Je me décidai à visiter la grotte avant de rentrer. Je n'avais pas envie de voir la chapelle de la Vierge qui est construite à l'intérieur, mais je me trouvais avec une demi-douzaine de personnes et un guide qu'il fallait suivre pour ne pas risquer de se rompre le cou.

Je fus donc à la chapelle avec les autres. La température était douce, le silence troublé seulement par des bruits d'eau coulant ou tombant goutte à goutte. La lumière des cierges préservait le secret de la nature sauvage autour du plâtre de Marie. Je ne fus pas choquée ni repoussée ; au contraire, j'éprouvai un sentiment de réconfort et presque de félicité.

À un autre lieu de la grotte se trouvait un lac, que l'on gagnait en escaladant puis en redescendant des sortes de gradins produits par l'érosion de l'eau. On nous offrit de traverser le lac sur une petite barque, mais on nous prévint que ce serait assez long, presque une heure l'aller et le retour. Je n'étais pas pressée, je commençais à penser que Pierre ne viendrait pas et j'aurais aimé que cette excursion à l'intérieur de la terre ne finisse jamais. À Lyon, j'avais pris l'habitude d'aller en bateau et j'acceptai la promenade sans aucune appréhension.

Les flambeaux qui nous éclairaient se reflétaient dans l'eau, aussi pure et claire que celle de nos montagnes. Le guide me demanda d'en tenir un quelque temps, et je jouai à projeter des ombres sur les murailles, comme une enfant. Ce qu'on appelait un lac n'était en réalité qu'un canal étroit et tortueux, encombré par des saillies du roc qui gênaient souvent la navigation. Il fallait quelquefois se courber pour les éviter et même, à un endroit, s'agenouiller dans le fond de la barque pour passer sous une voûte. Là, une jolie jeune femme brune commença à haleter et faillit se trouver mal ; je lui tins la main un moment et cherchai de bonnes paroles pour la rassurer. Le guide nous avait demandé de ne pas parler haut, à cause de l'écho qui pouvait être dangereux. Je ne croyais pas qu'il y eût le moindre danger, mais j'obéis pour ne pas le contrarier, et je chuchotai des mots de réconfort à l'oreille de ma voisine.

Je réussis à ranimer le courage de la dame brune qui me remercia en s'accrochant à mon bras.

— Vous m'avez sauvé la vie, m'amie !

Elle examina mon visage à la lumière changeante des flambeaux.

— Mon Dieu, comme nous nous ressemblons !

Elle était encore plus brune que moi, s'il était possible.

— Je voudrais tant savoir votre nom, dit-elle. Je suis Hortense Vauverrier, mes amis m'appellent Brunette... vous devinez pourquoi, ha, ha !

Je lui dis que je m'appelais Alexandrine veuve Rabanel.

— Oh ! vous êtes veuve, c'est merveilleux !

Elle me donna un petit coup de tête complice.

— N'avez-vous pas un diminutif, un petit surnom d'amitié ? J'aimerais tant le connaître, dites !

Elle posait sur moi ses grands yeux noisette au regard tendre, sous les longs cils ; elle avait le visage d'un ovale parfait, le nez droit, finement sculpté, avec des narines frémissantes qui semblaient toujours humer un parfum secret et délicieux. Comme je ne pensais pas la revoir après la sortie de la grotte, je lui avouai qu'on m'appelait quelquefois Xarine.

— Oh ! comme c'est joli. Xarine... Brunette-Xarine, comme c'est joli ! Et vous êtes Lyonnaise, bien sûr, cela se sent.

— Depuis quatre ans seulement.

Elle ne voulut plus me quitter. Elle décida même de changer d'auberge pour rester avec moi. Pierre arriva un peu plus tard, ils se connaissaient déjà. Ce furent des exclamations de surprise, des embrassades, elle l'appelait « monsieur Pierre », lui « mademoiselle Brunette ».

Hortense Vauverrier habitait à Lyon, rue Puits-Gaillot, entre la rue du Griffon et la place des Terreaux, dans le quartier de la Fabrique ; j'étais passée plus d'une fois, sans m'arrêter, devant son atelier de mode, associé sous la même enseigne à un magasin de parfums. Une demi-douzaine de jeunes femmes et de jeunes filles travaillaient pour elle ; à Paris, on les aurait appelées « grisettes ». Son atelier ressemblait fort à celui de Mlle Agathe, mais il était sa propriété, alors que Mlle Agathe était simple gérante d'un commerce appartenant à M. Louis-Xavier.

J'appréciai bien vite sa gentillesse et sa générosité, je m'aperçus, non sans surprise, que j'étais proche d'elle et que je me plaisais en sa compagnie. Sa conversation à bâtons rompus, moins frivole qu'elle ne semblait de prime abord, me distrayait, m'aiguillonnait, me charmait souvent et me mettait quelquefois, comme on dit, du cœur au ventre. Quoiqu'elle fût Lyonnaise de naissance, elle disait préférer de loin Paris à sa ville natale ; elle affichait pour ce qui venait de la capitale un engouement sans mesure. Elle se piquait, bien sûr, de causer à la parisienne ; à mon grand plaisir, nous évitions ainsi ces mots et expressions lyonnais que je comprenais mal et me refusais d'adopter. Elle possédait une petite chienne blanche très frisée, nommée Cerise, un nom à la mode... de Paris. Et Cerise se prit tout de suite d'affection pour moi.

— C'est un signe, dit Brunette, les chiens ne se trompent pas !

J'eus enfin une amie lyonnaise, toujours prête à me renseigner, à m'expliquer les mystères de la ville et à m'aider en cas de besoin.

Sur ces entrefaites, ma chère Thirza se trouva de nouveau dans une situation pénible. Trop vieille pour apprendre le travail du tissage, elle était lente et maladroite à la couture ; elle ne parlait assez bien ni le français ni le lyonnais pour réussir dans le commerce. Elle était restée longtemps sans pouvoir s'attacher à un homme et n'avait pas assez de foi pour trouver un réconfort dans la religion.

Je lui prêtais beaucoup d'argent, et ces sommes commençaient à peser sur mon budget ; pourtant, elle me reprochait mon indifférence à son égard, elle me laissait voir que j'étais devenue avare de mon amitié. Elle prenait mon argent et s'en allait en soupirant et en haussant les épaules :

— Tu me paies pour que je te montre mes talons !

Elle fut bien plus jalouse lorsque je connus Brunette. « Cette bonne femme qui est toujours à ta queue ! » Il est vrai que Mlle Hortense me pressait et me poursuivait et que j'étais très flattée de ses attentions. Thirza me fit une scène des plus pénibles et me jeta qu'elle n'était restée dans cette affreuse ville que pour me tenir compagnie. Elle me cria son âge, trente-trois ans.

— Bientôt trente-quatre, et je suis trop vieille pour m'habituer comme toi aux saletés de la ville !

Et elle ajouta méchamment :

— Toi, tu files des jours d'or et de soie, tu es bien aise comme un poisson dans l'eau au milieu des infamies !

Elle finit par trouver un peu de paix et peut-être de joie avec un compagnon tisseur. Mais, sous prétexte qu'il appartenait à une société ouvrière pourchassée par les soldats et les gendarmes aux ordres du prince-président, il fut arrêté et déporté, et on ne le revit jamais. Thirza me dit alors :

— Puisque je suis maintenant seule et que tu n'as plus besoin de moi ni envie de me voir, je vais rentrer dans les Cévennes.

Je n'essayai pas de la retenir, et elle partit en claquant la porte. On était à la fin de décembre et de mauvaises nouvelles commençaient à arriver du Gard et de l'Hérault : les journées des 3 et 4 décembre avaient été assez calmes aux Trois-Vallées ; quelques républicains, vrais ou supposés, avaient quand même été arrêtés et jetés en prison.

D'après les renseignements que nous avions, et qui étaient très incomplets, les journaux ne paraissant plus ou fort peu, la situation était bien plus grave et les persécutions plus cruelles dans le Gard que dans la région de Lyon. Je conseillai à Thirza de surseoir à son retour ; elle prit alors une place d'ouvrière en moulinage à Chavanay, sur le Rhône, à huit ou dix lieues de Lyon. Elle connaissait bien ce travail, elle pourrait vivre en paix dans une petite ville et se remarier si elle le souhaitait. Voilà ce que j'espérais pour elle, et je serais toujours là pour l'aider à s'établir.

Mais, à Chavanay pas plus qu'à Lyon, elle ne put s'entendre avec les contremaîtres ; elle rentra un soir, sans prévenir, quelques semaines après son départ.

— Le patron a trouvé que je mettais tous les jours mon bonnet de travers ! me dit-elle en riant. C'est vrai que j'étais souvent d'une humeur massacrante. Tu me manquais trop !

Elle passa brusquement du rire aux larmes, elle me prit dans ses bras en pleurant et jura qu'elle ne pourrait jamais habiter loin de moi. Je pensai : Simple prétexte pour vivre à mes crochets ! Je ne lui en voulais pas, même si je ne répondais guère à son affection.

C'était la fin de l'année.

— J'avais envie de passer les fêtes près de toi, dit-elle, mais je repartirai après le jour de l'an, promis !

Le jour de l'an vint et s'en alla, et l'Épiphanie que l'on célébrait à Lyon presque autant que le jour de l'an. Thirza était toujours là, et je n'osais lui rappeler sa promesse. Le 11 janvier, malgré les événements, les suites du coup d'État, les persécutions et proscriptions, Brunette tint à fêter sainte Hortense, sa patronne, en ma compagnie. Les protestants ne font pas grand cas des saints du calendrier, et les coutumes catholiques, fort suivies à Lyon, m'étonnaient encore.

Ma nouvelle amie invita généreusement l'ancienne ; elle sentit mieux que moi la détresse de Thirza. De tout le jour, elle ne s'occupa que d'elle ; si j'avais été d'un naturel jaloux, c'eût été à mon tour de souffrir. Thirza commença par bouder et résista longtemps aux avances de Brunette ; à la fin, elle se laissa gagner par la bonne humeur de notre hôtesse, elle but avec nous, s'amusa et rit aux larmes. Après la fête, Brunette lui offrit une place dans son atelier de chapeaux.

Je pus croire un certain temps que Thirza avait trouvé, grâce à sa nouvelle place et à la protection de Brunette, une certaine tranquillité d'existence qui lui permettait de songer sereinement à l'avenir. Elle fut de nouveau la Thirza que je connaissais et que j'aimais tant, toujours éveillée comme une potée de souris et « le diable au corps », disait Brunette avec un sourire de complicité.

Autour de nous, le monde changeait. Le 2 décembre 1851, Louis Napoléon chassa l'Assemblée : ce fut ce que les républicains appelèrent le coup d'État du 2 décembre. Le prince-président se fit approuver par un plébiscite quelques semaines plus tard.

Louis-Xavier et Pierre avaient en leur for intérieur des idées républicaines, pourtant ils ne les affichaient guère : comme tous les marchands de Lyon, ils souhaitaient avant tout la paix civile qui donne essor au commerce.

Le jeune Théo, lui, criait et chantait haut ses sentiments républicains ; mais il n'était qu'un gamin de seize ans.

Pour moi, qui avais été bercée par les belles histoires de l'Empire et élevée dans la révérence à Napoléon le Grand, j'avais encore, à l'époque, beaucoup d'admiration pour Louis Napoléon. Je rêvais quelquefois d'un nouvel Empire, au service de l'industrie, comme le premier avait été au service de la guerre et des conquêtes.

9

L'amant et le fiancé

Lyon, 1852

— Vos fiançailles éternelles avec Émile Chambet commencent à faire jaser !

Brunette me gratifia d'un bon sourire, comme chaque fois qu'elle m'adressait une réflexion désagréable.

— Je n'ai pas choisi de jouer cette comédie, avouai-je. On me l'a imposée et je fais contre mauvaise fortune bon cœur.

Elle insista, en posant sa main sur la mienne :

— Vous devriez être... plus éloquents, tous les deux.

Je la regardai sans comprendre.

— Émile et moi ? Plus éloquents ?

— Oui, comment le dire ?

Elle avait raison, Émile dut en convenir : sa tutelle ne nous protégeait plus des bavardages ; Pierre s'amusait de la situation.

— Nous allons être obligés de prendre un autre chaperon.

— Oui, monsieur, vous devez à tout prix éviter des soupçons qui pourraient revenir aux oreilles de M. Lambert-Gondi.

— Ah ! il est vrai que mon cher beau-père n'apprécierait guère que je trompe sa fille après quelques mois de mariage !

J'éprouvais dans ces moments-là une honte affreuse. Si mon père avait su ! Je payais cher le court bonheur de mes rencontres avec Pierre. Je songeais : Cette vie ne peut durer.

Brunette connaissait bien, trop bien, tous nos secrets ;

Émile me recommandait sans cesse d'être complaisante avec elle.

— Faites-lui bon visage, je vous prie. Si elle *nous* trahissait, ce serait un grand malheur.

Il fut décidé de tenir conseil, tous les cinq, car Thirza était des nôtres. Cela se passait dans un bateau sur la Saône, mené par les charmantes batelières tout de blanc vêtues. Brunette s'adressa à Émile sur un ton moqueur :

— Dieu sait qu'on vous aime bien, cher Émile, mais regardez-vous et pensez à votre âge, bientôt quarante ans, si je ne me trompe. Vous êtes bien trop vieux pour notre Xarine, et vous êtes trop petit aussi. Si encore vous étiez riche !

Émile marmonna en caressant pensivement le pommeau de sa canne qu'il serait peut-être riche un jour. Brunette éclata de rire.

— C'est le mal que je vous souhaite. En attendant, on trouve que vous êtes bien mal assortis, Mme Rabanel et vous !

Pierre me regardait, j'étais écarlate, j'avais envie de disparaître au fond de la Saône. Il demanda à Brunette ce qu'elle proposait. Notre modiste prit un air gourmand.

— Il faut que nos deux tourtereaux jouent mieux leur rôle, qu'ils aient air un peu plus énamourés... Et aussi qu'on les voie plus souvent ensemble, qu'ils voyagent tous les deux, qu'ils aient l'air d'avoir des projets communs. Les gens devront penser qu'Émile presse Alexandrine, qu'elle lui cède un peu, mais pas trop, qu'elle le fait languir, parce qu'elle n'est pas tout à fait décidée et qu'elle attend qu'il monte en grade dans les affaires.

Émile voulait toujours me conduire le plus loin possible, et Pierre préférait que nous restions tout près de Lyon, car c'était commode pour lui. Cela devenait un jeu entre ces deux anciens acteurs, ce qui m'agaçait fort. Quand nous allions vers le Mont-d'Or — Pierre nous avait interdit de dépasser Chasselay et Marcilly —, il devenait de plus en plus tyrannique avec moi.

Me tenir en compagnie du commis, c'était marcher au bord d'un abîme, en équilibre sur un mur. Du moins, je m'en persuadais à certains moments. Et puis, à d'autres, je le trouvais, malgré mes efforts d'imagination, insignifiant et inoffensif.

Un jour que Pierre m'avait donné rendez-vous au Mont-d'Or, dans l'après-midi, je demandai à Émile de partir tôt le matin et de me conduire à Villefranche, par Anse, c'est-à-dire bien au-delà des limites assignées. J'avais entendu citer le proverbe : « Depuis Anse jusqu'à Villefranche est la plus belle lieue de France. » Je me représentais un paysage d'une beauté rare. Le massif du Mont-d'Or me semblait très joli, et je me disais que la région d'Anse devait être encore plus magnifique.

On sortit de Lyon avant le jour, sous un temps gris et brumeux, et la pluie se mit à tomber sur la route d'Anse. On s'arrêta dans ce village, pour mettre le cheval à l'abri ; je n'avais vu que des terres, des prés et des vignes qui jonchaient la plaine. Alors, Émile balaya d'un geste le panorama.

— Vous ne verrez rien d'autre du côté de Villefranche. Le proverbe a pour sens de vanter la fertilité de la terre, qui est très grande dans toute la vallée de la Saône, et là encore plus qu'ailleurs. Entre Anse et Villefranche, les vaches sont grasses, les chapons charnus et les fermiers riches comme Crésus !

Il se moquait ouvertement de ma naïveté. On repartit en profitant d'une éclaircie, mais la pluie nous rattrapa un peu plus loin ; le cheval était fourbu, et je fus en retard à notre rendez-vous. Pierre était à l'heure, ce que je n'avais pour ainsi dire jamais vu.

Il venait de patienter quelques minutes et se mangeait les sangs ; il nous demanda aussitôt des explications sur un ton menaçant. Émile commença d'inventer un mensonge, je l'arrêtai et dis la vérité. Pierre insulta Émile et lui cria qu'il était chassé et qu'il pouvait rentrer à Lyon à pied ou à la nage !

Émile répondit avec quelque insolence, en brandissant sa canne, d'un geste sans doute machinal. Pierre le prit par le col et le secoua fort.

— Vous allez peut-être me battre à coups de canne, mon petit Émile ?

Émile se démena pour se libérer de la poigne de Pierre et perdit sa canne dans la lutte ; je me jetai entre les deux hommes et tentai de les séparer. Pierre se retourna vers moi, me saisit le bras en s'écriant que j'étais la plus coupable des deux. Il me tordit le poignet et me commanda de me mettre à genoux. J'éprouvai alors un sentiment étrange, de rage, d'humiliation et... une sorte de volupté.

Je criai, me débattis et tombai en faiblesse, non de douleur mais d'émotion. Émile, à son tour, tenta de s'interposer.

— Lâchez-la, monsieur, vous devriez avoir honte de vous conduire ainsi avec une femme !

Pierre le repoussa d'une seule main ; Émile voulut rendre le coup.

— Lâchez-la, je vous le commande !

Son poing effleura l'épaule de Pierre, qui gronda :

— Ha, ha ! Il me le commande !

Émile était un homme faible physiquement, plutôt maladroit. Sa façon de dire « je vous le commande » était ridicule ; il s'en aperçut et devint très rouge. Pierre me lâcha et éclata de rire.

— Vous n'avez rien à me commander, Émile. Rappelez-vous que vous êtes un employé, rien de plus. Un serviteur !

Il prit le bras d'Émile d'un geste vif et adroit, et le força à reculer jusqu'à la porte.

— Et si votre fiancée aimait qu'on la traite ainsi ? Vous ne connaissez rien aux femmes, mon ami, ce qui s'appelle rien. Même quand vous étiez acteur, le métier le plus propice du monde aux amours de rencontre, vous n'avez jamais été aimé ne fût-ce qu'un jour, un soir, une nuit. N'est-ce pas ?

Émile lui lança un regard de haine et répondit avec effort :

— Qu'en savez-vous ?

— Je le sais. Est-ce que vous vous regardez quelquefois ? Et rappelez-vous les rôles qu'on vous donnait dans la troupe Vital. On vous faisait jouer des nabots, ce qui vous allait bien. Même au théâtre, vous n'aviez pas le droit d'être aimé !

Émile s'étrangla :

— C'est faux !

Pierre poursuivit, enfonçant toujours plus un couteau dans le cœur du pauvre commis :

— Ne rêvez pas d'Alexandrine, Émile, même dans le secret de votre cœur. Vous ne la toucherez jamais !

Émile le défia du regard.

— Et vous... et vous... Vous n'avez pas plus de talent pour le commerce que pour la comédie. J'espère pour Alexandrine que vous en avez davantage en amour.

Il me regarda d'un air implorant ou pressant, je ne sais, puis sortit sous la pluie battante, en oubliant sa canne. Je le rappelai.

— Venez ! Tout est de ma faute !

Il ne répondit pas, je me lançai à sa poursuite. Il avait été humilié si fort devant moi que je le crus capable d'un acte furieux. Son regard m'avait brûlée au passage. Je craignais qu'il ne fût en train d'imaginer je ne sais quelle vengeance.

Je courus sous la pluie en criant son nom. Plusieurs fois il me sembla l'apercevoir ou l'entendre. Le soir tombait, l'ombre s'épaississait. Je fus vite trempée jusqu'aux os, l'eau plaquait mes cheveux sur mon visage et mes vêtements sur mon corps.

Je n'espérais plus le rattraper, je me retournais tous les quatre pas. Mon espoir, c'était que Pierre me poursuivrait à son tour, me rejoindrait et me ramènerait par force, m'aiderait à me sécher et...

De colère, je me précipitai au hasard, prise d'une envie de me jeter la tête contre un mur ou un arbre.

Je me perdis dans une touffe de roseaux, tombai dans un fossé boueux, remplis mes bottines et trempai le bas de ma robe. Je me relevai, traversai un chemin et appelai encore : Émile ! Émile ! Mais je pensais : Pierre ! Pierre ! Je ne savais que faire, je me mis à l'abri sous un portail. Presque aussitôt, deux bras me saisirent. Je me débattis et criai : « Pierre ! » C'était Émile. Je le repoussai d'un coup de coude dans la figure.

— Êtes-vous devenu fou ? Pierre pourrait vous chasser pour ce que vous lui avez dit !

— Allons, rassurez-vous, nous nous connaissons depuis longtemps. Et M. de Jurieu a trop besoin de moi.

Il me tenait encore par un bras, et je crus qu'il voulait m'embrasser.

— Pardonnez-moi, dit-il. J'ai oublié une minute que nous n'étions fiancés que pour la frime !

Il me lâcha enfin et on se précipita à l'auberge, sous

l'averse qui redoublait. Je tremblais de froid et d'anxiété. Pierre nous attendait-il ? Qu'allait-il faire en me voyant revenir avec Émile ?

Il était là, dans la salle commune de l'auberge, face à un feu magnifique qu'une petite servante attisait. Il fit mine de ne pas voir Émile et me toisa de la tête aux pieds en riant.

— Vous ressemblez à une bohémienne, Xarine.

Il ajouta qu'il n'avait pas jugé nécessaire de me courir après : il avait pensé que j'étais assez grande pour rentrer toute seule.

— J'ai loué cette salle jusqu'à l'heure du souper, pour que vous puissiez vous sécher devant un bon feu... Déshabillez-vous vite !

À ce moment, Émile s'avança, tête basse en triturant ses mains potelées.

— Excusez-moi, monsieur, je regrette mes paroles.

Pierre haussa les épaules.

— Ah oui ! Je regrette aussi les miennes. Vous êtes un homme précieux, Émile. Pour le commerce et d'autres choses...

Il me sembla que le défi des deux hommes, contrairement à tout ce que j'avais pu penser, se terminait par une sorte d'égalité, et aussi qu'un secret du passé les liait l'un à l'autre. Pierre ramassa la canne d'Émile qui traînait sur le sol et la lui jeta.

— Voilà votre marotte, cher vieux fou !

Plus tard, Pierre me força à me déshabiller complètement, avec l'aide de la jeune servante. Je me défendis, il m'arracha pour ainsi dire mes vêtements, et je m'abandonnai à son bon plaisir.

Je rencontrai un jour dans la Grand-Côte le rondier Claudius Pacalon, piètre mise et l'air misérable, qui s'accrocha à mon bras.

— S'il vous plaît, madame Rabanel, écoutez-moi !

Je vis bien qu'il désirait me raconter ses misères, mais je n'avais guère envie d'entendre ses plaintes. Je me rappelai qu'il avait quitté la maison Favière pour la maison Jurieu, et celle-ci pour une autre ; en tout cas, je ne l'avais vu de longtemps. Il essaya de m'entraîner dans un estaminet, je le priai de me parler tout en continuant à monter la côte, pour l'obliger ainsi à économiser son souffle. Il commença par avouer qu'il ne s'était pas toujours conduit très dignement avec moi.

— Mais j'ai fait ce que j'ai pu pour vous aider...

C'était vrai, je le reconnus volontiers.

— Et maintenant, dit-il, c'est vous qui pouvez me sauver la mise en profitant que Chambet Émile n'est pas ici.

Louis-Xavier avait dépêché Émile en Italie, pour rencontrer des fournisseurs et étudier les méthodes des fabricants et marchands lombards.

— Expliquez-vous, dis-je à Claudius.

— M. Favière me protégeait quand j'étais chez lui. Émile Chambet m'a persuadé habilement d'aller chez M. Jurieu, et je me suis laissé prendre à cette ruse. Une fois, chez M. Jurieu, Émile a commencé à me débiner à ses amis, à me causer toutes sortes de chicanes et d'embarras. Il s'est arrangé pour mettre sur mon compte une mauvaise affaire ou deux...

J'avais déjà compris qu'Émile, devenu commis principal de la maison Favière, continuait à faire la loi à la maison Jurieu. La mésaventure de Claudius Pacalon ne me surprenait guère. Le pauvre rondier avait donc été chassé de son emploi ; il en cherchait maintenant un autre, à tous les bouts de la ville.

— Émile me fait mauvaise réputation auprès des marchands qu'il connaît... et il en connaît bon nombre. Il veut me réduire à la besace !

— Pourquoi vous en veut-il tellement ?

Claudius baissa la tête.

— Je me suis vanté... Ah, je suis bien puni ! Je me suis vanté d'avoir eu un baiser de vous quand nous étions de ronde ensemble. Je veux bien vous demander pardon à genoux si vous m'aidez à revenir chez M. Favière tant qu'il n'est pas là !

— Mais, quand il reviendra, tout recommencera.

Claudius eut un geste d'impuissance.

— J'ai une femme et trois enfants.

— Ce n'est pas beaucoup d'enfants, mais c'est peut-être encore trop pour un homme comme vous.

— Ne raillez point. Je suis assez puni.

On s'arrêta au milieu de la Grand-Côte, tous deux au bout de notre souffle.

— Je vais m'occuper de votre cas, dis-je après avoir repris ma respiration. Je ne suis pas sûre que vous le méritiez, mais il n'est pas écrit : À chacun selon son mérite.

Je ne pus m'empêcher de rire, je le vis serrer les poings de colère. Je fouillai mon réticule et sortis une pièce d'or de vingt francs Louis-Napoléon Bonaparte.

— Je n'ai que ça, dis-je. Notre Napoléon n'était pas encore empereur, pourtant il avait déjà sa jolie barbiche.

Claudius saisit la pièce si vivement qu'il me pinça les doigts, puis il se pencha à mon oreille.

— Je jure que je suis un loyal sujet.

— Allez vite acheter le pain et la viande pour votre famille. Et pas plus d'un litre de vin à la fois. Je parlerai à M. Favière, je vous le promets. Allez !

Je le regardai dévaler la Grand-Côte et me demandai s'il n'allait pas boire ou jouer la moitié du louis.

Après réflexion, je décidai de ne rien dire à Louis-Xavier, pour ménager Émile, car je craignais sa vindicte, non pour moi mais pour ceux qui m'étaient chers ou vivaient près de moi. Si j'obtenais de Louis-Xavier que Claudius reprît sa place à la maison Favière contre l'avis d'Émile, celui-ci combinerait peut-être une nouvelle vengeance, plus masquée et non moins cruelle. Non seulement je n'étais pas prête à en découdre avec lui, mais le cas de Claudius Pacalon ne me semblait pas le meilleur prétexte pour engager une lutte incertaine.

J'attendis le retour d'Émile pour défendre devant lui le cas de Claudius Pacalon et, à ma grande surprise, j'eus gain de cause pour ainsi dire sans discussion.

10

Un inconnu à mes trousses

Lyon, 1852

Pierre et moi nous rencontrions de temps en temps sans le paravent d'Émile. Le commis s'inquiétait souvent du manque de prudence de son maître.

— M. de Jurieu, me dit-il, joue à se perdre. Il a peut-être de bonnes raisons de garder rancune aux Lambert-Gondi ; mais ce sont des gens puissants et fort capables de ressentiment et de vindicte. Il devrait songer à vous, et même vous faire quitter Lyon quelque temps, pour préserver votre tranquillité et peut-être votre avenir.

Je le soupçonnai d'abord d'inventer cette menace.

Dans quel but ? pour se venger ? pour m'éloigner de Pierre ? pour me tenir sous sa coupe ? Tout cela à la fois, peut-être. Je le savais maître en intrigues et ses intentions m'avaient toujours semblé difficiles à déchiffrer.

Nous dînions quelquefois à Lyon même, dans une espèce de guinguette, du côté des Brotteaux, qui se remplissait de populaire le samedi et le dimanche, mais qui était presque vide au milieu de la semaine. « On s'encanaille ! » disait-il.

C'est là qu'un soir il me parla longuement de Mathilde, sa femme, et des Lambert-Gondi, sa belle-famille. Je sentais bien qu'il avait retenu longtemps ces confidences et qu'il avait besoin de s'épancher.

Je l'écoutai, le cœur battant, en retenant mon souffle. Voici ce qu'il me raconta enfin, d'une si voix si basse et altérée que j'étais obligée de prêter l'oreille à ses paroles et de pencher la tête vers ses lèvres :

— Tu connais Mathilde, tu l'as vue à notre mariage, je sais que tu y étais, tu te cachais mal. Une femme de vingt-neuf ans, très belle, malgré son air froid et son allure guindée qui cachent une âme de feu. Voilà une demoiselle qui a la richesse et la beauté et qui est l'héritière d'une grande famille de Lyon. Gracieuse comme elle est, comment a-t-elle pu coiffer sainte Catherine et rester fille encore des années ? Bien des gens se sont posé la question le jour de la cérémonie. L'amour, Xarine, elle l'a trouvé, très jeune, pour son bonheur et son malheur.

« Mathilde n'est pas la première jeune fille de bonne famille à aimer un joli abbé et à être aimée en retour. À dix-sept ans, donc, elle a partagé une passion avec un certain abbé Jérôme Lefranc. D'après ce que j'ai entendu, c'est non seulement un très beau garçon, mais un homme courageux, ardent, un peu fou... tout ce qu'il faut pour enflammer une jeune pensionnaire.

« Tiens, laisse-moi sauter tout de suite à la fin de l'histoire. Sais-tu où est maintenant Jérôme Lefranc, curé défroqué ? Au bagne ! Républicain, pris les armes à la main en décembre l'an dernier ! Sur un bateau, à Cayenne ou en Algérie... on le cherche. Ils s'écrivent encore, Mathilde et lui, mais elle n'a pas eu de lettre depuis des mois. Il est peut-être mort. Je reviens en arrière.

« L'abbé Lefranc a été envoyé loin de Lyon par son évêque. D'abord pas très loin, dans la Loire, je crois. À vingt ans, Mathilde est partie le rejoindre, ses parents l'ont rattrapée et mise au couvent. L'abbé a été nommé dans un village de montagne, du côté de Grenoble, Mathilde s'est échappée du couvent et l'a encore rejoint. Elle disait à l'époque : « Même s'ils l'envoient au Monomatopa ou je ne sais quoi, je le retrouverai toujours ! » Mais les Lambert-Gondi ont encore mis des agents sur sa piste et l'ont ramenée une fois de plus, et l'ont enfermée dans une maison de santé. Et Mathilde s'est évadée de nouveau !

« Et de nouveau elle est partie avec son Jérôme, qui avait quitté l'habit entre-temps. Ils ont vécu en se cachant, comme des misérables. Et Mathilde s'est faite servante pour gagner son pain. Chapeau bas ! Elle avait alors vingt et un ans et pouvait se marier sans le consentement de ses parents. Mais il y a quand même l'*acte respectueux,* comme on dit, qui doit être adressé trois fois à la famille par notaire. Et les parents, qui avaient perdu la piste de leur fille, l'ont retrouvée à cette occasion.

« Les parents ont attendu le dernier moment pour agir. Leurs hommes de main sont arrivés le jour de la célébration dans le petit village de la Nièvre, où vivaient Mathilde et Jérôme. Ils ont roué de coups le pauvre Jérôme en criant : « Sale défroqué, tu mérites pis que la mort ! » Ils l'ont quasiment estropié des organes de la génération et abandonné dans un fossé. Mathilde a eu sa robe de mariée arrachée et ils l'ont emmenée plus qu'à moitié nue.

« Son père l'a fait alors séquestrer par un couple de rustres dans je ne sais quelle campagne. À quelque temps de là, il a appris que sa fille était grosse. Mathilde a juré que l'enfant n'était pas de son fiancé, mais que les hommes de main de son père l'avaient forcée et plus tard les fils de ses hôtes de même. Les Lambert-Gondi ont appelé une malhonnête sage-femme, une faiseuse de fausses couches moyennant *pécune,* comme tu penses bien.

« L'affaire a failli mal tourner, et Mathilde a été ramenée à Lyon, fort malade. Elle a été guérie, hélas ! les professeurs de la faculté de médecine ont dit qu'elle n'aurait plus jamais d'enfant.

« Tu comprends maintenant ? Savoir certains secrets, c'est comme tenir le loup par les oreilles ! Il y a eu deux crimes dans cette intrigue, et même trois !

Pierre ajouta que Mathilde restait fidèle par la pensée à son Jérôme, qu'elle n'avait cessé de lui écrire, qu'elle essayait de l'aider encore, elle avait eu le courage de demander une audience à l'archevêque. J'étais horrifiée et pleine d'admiration. Mathilde avait connu un amour magnifique : protestante, éprise d'un pasteur, elle l'aurait épousé, ils auraient eu de beaux enfants et une vie simple et heureuse.

Mathilde me semblait victime des préjugés de sa famille, des servitudes de la richesse et du manque de scrupules de son père et surtout de la religion papiste !

Je pris la main de Pierre. Un long silence se fit entre nous. Je regrettais un peu qu'il m'eût raconté l'histoire de Mathilde, mais ce n'était pas indiscrétion ou irrespect de sa part. Il avait eu besoin de partager des secrets trop lourds. Je me rendais compte qu'il aimait sincèrement sa femme ; je ne l'estimais que plus, mais c'était pour moi amer et déchirant.

Il s'en alla, demanda à la patronne si elle pouvait nous louer une chambre. Elle n'en avait pas sur place, elle lui en proposa une à cent mètres de là, « bien chaude et propre ». Le mari, qui était pompette comme j'ai rarement vu un homme, nous conduisit en balançant une lanterne dans un brouillard épais, qui estompait la lueur des rares réverbères. Nous nous forcions à la gaieté, Pierre me tenait par la taille, nous faisions mine de tituber pour imiter notre guide qui trébuchait dans le brouillard. À un moment, il glissa sur le pavé humide et resta allongé, tout geignant. Je me penchai pour lui porter secours, mais Pierre m'entraîna.

— Ce n'est qu'un ivrogne. Viens.

— Où allons-nous ?

— Le centre de la ville n'est pas si loin, un kilomètre, guère plus. Allons à l'hôtel. Il ne manque pas d'hôtels à Lyon. Hôtel du Nord, rue Lafont. Hôtel Bayard, rue Tapin... Oui, oui, ha, ha ! Hôtel des Colonies et du Chemin de fer, de Milan, de Notre-Dame, des Quatre-Nations, du Commerce, des Courriers...

Et moi, je marmonnai :

— Tant d'hôtels ! Quelle grande ville que Lyon !

— J'ai une meilleure idée, dit-il. Si nous allions chez moi ?

Je me récriai que c'était une folie. Il affirma que, si nous passions par la rue des Feuillants, personne ne nous verrait. Nous avancions dans un brouillard glacé. Je serais volontiers montée en fiacre, mais, par ce temps, on n'en voyait aucun. Pierre reprit la conversation que nous avions eue en mangeant.

— Mathilde ne peut plus avoir d'enfant...

— J'ai bien compris.

— Pour elle, c'est un irrémédiable malheur. Pas pour moi, puisque nous en aurons un ou même deux, toi et moi, Xarine ! Marie ne sera-t-elle pas contente d'avoir un petit frère ?

Il disait cela légèrement, j'étais grise, je pensais : Il est fou ! Et je riais. Il me prit soudain par les épaules.

— Tu élèveras notre fils comme tu l'entendras. À sa majorité, il saura la vérité, même bien avant. À quinze ans, tiens, il pourra comprendre. Ah, il faudra peut-être que tu te maries. Nous te chercherons ensemble un bon parti...

Il s'échauffait, je me débattis.

— Tu penses tout de bon cela ? Et si c'est une fille ?

— Nous recommencerons !

Il réfléchissait à mi-voix et le brouillard étouffait ses mots.

— Pourquoi pas Émile Chambet ? Émile m'est dévoué comme un chien et je suis sûr qu'il sera riche un jour.

— Émile ! Jamais !

Me retenant de sangloter, je dis que c'était impossible, non, pas Émile. Il me prit les poignets, serra.

— Bah, nous chercherons quelqu'un d'autre. Et puis n'importe, tu resteras fille. Je trouverai un moyen...

Il me secoua le bras, l'épaule, de toutes ses forces.

— Comprends-tu ? N'ayant pas d'enfant légitime, je trouverai le moyen que notre fils hérite de moi et, qui sait, des Lambert-Gondi !

Je me tus et songeai. Je ne pouvais m'empêcher de rêver à cette folie : un fils qui serait l'héritier de Pierre !

Il insista, me pressa contre lui et m'embrassa.

— Dis-moi oui, Xarine !

Il me questionnait et me fermait la bouche en même temps.

— Le sang te bout, rien que d'y penser, n'est-ce pas ?

Oui, la tête me tournait, oui, j'avais envie de cette folie ! Pierre me serrait les poignets.

— Je le veux !

C'était un mot de trop, je compris en un éclair que je devais m'enfuir pour reprendre mes esprits. Je réussis à me libérer d'un coup de reins et je jouai des talons. Je l'entendis rire, puis m'appeler, puis se lancer à ma poursuite.

Je courus longtemps dans le brouillard. J'arrivai près du Rhône, le brouillard devenait plus épais. Je devinai le pont Morand devant moi, il conduisait tout droit à notre quartier, mais j'étais à bout de souffle et Pierre allait me rattraper, et je céderais, et je ne pourrais plus revenir sur ma promesse.

Alors, je pris par le quai de la rive gauche, tantôt

marchant, tantôt courant. Le brouillard, les lumières qui se reflétaient faiblement sur le fleuve créaient une atmosphère de rêve. Les gouttelettes humides me glaçaient la peau et, pourtant, je ressentais dans mon corps, dans mon sang, une étrange chaleur. Une part de moi-même aurait voulu rebrousser chemin, rattraper Pierre et se plier à ses désirs ; une autre était devenue machinale et ne savait plus que courir.

Plusieurs fois, je crus entendre des pas derrière moi ; je n'y prêtai guère attention, la ville n'était pas déserte. Et, bientôt, j'eus la sensation d'être suivie. Un pas, toujours le même, toujours à la même distance, assez près, mais rendu plus lointain par l'ouate du brouillard. Je m'arrêtai, mon suiveur s'arrêta. J'eus d'abord un peu peur, puis je me dis : C'est Pierre, c'est sûrement Pierre... J'attendis. Une voiture passa et faillit se jeter sur moi. Le cocher jura. Personne ne se montra. Je serrai sur moi le col de mon manteau et repartis. Rapidement, j'entendis de nouveau les pas.

Étais-je suivie par un malandrin, un malfaiteur qui se préparait à m'attaquer pour me voler ? Qu'attendait-il ? Puis je songeai aux « hommes de main » de M. Lambert-Gondi... Des vauriens aussi, sans nul doute. Si c'était l'un d'eux ? Mais que pouvait-il chercher ? Il nous aurait guettés, Pierre et moi, depuis notre rendez-vous ! Ils étaient peut-être deux, le second se chargeant de Pierre quand nous nous étions séparés. Et le mien attendait peut-être l'occasion de me jeter dans le Rhône !

Non, non, c'était bien trop extravagant. Dans mes montagnes, j'aurais ri de ces soupçons ; seulement, je n'étais plus en pays protestant, où l'on ne voyait pas une bourse volée tous les dix ans. Je vivais au cœur d'une moderne Babylone ! Je me forçai à rire tout haut. Un autre rire sonna en écho, du moins je le crus. Je commençai à avoir peur pour de bon, je me mis à courir en m'éloignant des bords du Rhône. Je ne savais plus si j'avais passé ou non le pont La Fayette.

Je ne voulais pas rester près du Rhône, de peur que mon poursuivant n'eût l'intention de m'y jeter. Je n'osais pas appeler au secours, de peur d'être obligée d'expliquer à un agent de police pourquoi je courais toute seule dans la nuit. Je m'appuyai contre un mur, haletante, je guettai le pas mystérieux, mais je n'entendis plus que les battements de mon cœur.

Je respirai fort et repartis vers le Rhône. Il me sembla bientôt reconnaître devant moi le pont de la Guillotière ; de l'autre côté du fleuve se trouvait donc le quai de l'Hôpital. En traversant, je m'aperçus que j'étais sur le pont Lafayette, qui menait au quai de Retz, à quelques pas de mon quartier : j'avais donc tourné en rond sur la rive gauche !

Et soudain, j'entendis de nouveau le pas. Je me retournai, j'aperçus la silhouette d'un homme assez petit, drapé dans une longue redingote et coiffé d'un chapeau haut de forme.

Il avançait à grands pas et passa près de moi en portant la main à son chapeau. Je ne pus le voir de face, ni même distinguer son profil, mais j'eus le sentiment qu'il ressemblait un peu à Émile.

Émile qui nous guettait ? À moins que Pierre ne l'eût chargé de veiller sur nous en secret ?

Je racontai mon aventure à Brunette, qui connaissait tous les secrets de la ville, et tous les nôtres ; elle prit le cas très au sérieux.

— Émile ? Oui, ce pourrait être Émile. Ou bien quelque agent d'une société secrète. Il en existe encore, contre la volonté du gouvernement ! Et payé par M. Lambert-Gondi, bien sûr !

— Mon poursuivant, dis-je, a tout fait pour que je le remarque. Pourquoi un agent d'une société secrète aurait-il agi ainsi ?

— Pour t'aviser que tu étais sous surveillance. Premier avertissement.

Elle réfléchit, le menton dans sa main.

— Mais tu as raison, je penche pour Émile.

Elle me conta alors une anecdote qui me glaça le sang dans les veines.

— Ce ne sont peut-être que des ragots, dit-elle avec un sourire gourmand, enfin je te donne mon histoire pour ce qu'elle vaut. Cela se passait il y a une douzaine d'années.

Émile Chambet appartenait à la troupe d'un certain Vital, dit Bertrand, qui jouait des espèces de mélodrames pour le populaire, à Lyon et surtout dans les petites villes de la région. Beaucoup d'histoires de brigands, des contes à dormir debout... Émile n'avait rien de mieux pour gagner sa vie. Un jour, il en est venu à se disputer un rôle avec un acteur nommé La Fiole : c'était un rôle de borgne, avec un bandeau sur l'œil et complètement défiguré, mais tu penses bien que je n'ai jamais vu la pièce. Et c'est La Fiole qui a eu l'emploi, et Émile a suivi la troupe pour faire les doublures. D'après ce qu'on sait, il n'a jamais pardonné à son rival. Quelques années plus tard, La Fiole a été victime d'un méchant attentat, une nuit, à Lyon. Il a reçu un jet d'huile de vitriol sur le côté de la figure, comme si un seul œil était visé, et il l'a perdu. Il est devenu borgne et il a été défiguré, comme le personnage du rôle. Bien sûr, on n'a jamais pu savoir si Émile était pour quelque chose dans ce crime, on dit pourtant que chez les acteurs et les mauvais garçons beaucoup le soupçonnaient, et peut-être le soupçonnent encore.

Je frissonnai en songeant à l'huile de vitriol, arme des femmes jalouses et des hommes lâches. Je l'avais peut-être échappé belle, dans la nuit de Lyon ! Et pourtant, il me plaisait de penser que le commis était un homme vindicatif et cruel ; cela donnait du piquant à nos relations, et sa jalousie ne me prêtait plus à rire.

Mais je me sentais maintenant assez forte pour me mesurer à lui, le moment venu.

Quelques jours plus tard, Brunette me dit que, renseignements pris, tout bien pesé, mon poursuivant était sans doute un agent des Lambert-Gondi « et autres banquiers ».

— Ces gens-là, m'expliqua-t-elle, ont prêté beaucoup d'argent à Pierre pour son commerce, et ils surveillent leur magot comme le lait sur le feu ! Aussi, ils gardent un œil sur les fréquentations de ton chéri : ils savent que son père a été ruiné par les femmes, et ils ont voulu te faire savoir qu'ils étaient sur le qui-vive. À bon entendeur, salut !

Elle se caressa le bout du nez, puis ajouta, en baissant la voix :

— Je me demande s'ils n'ont pas dans l'idée de mettre un jour la main sur la maison Jurieu.

Ainsi, je ne savais toujours pas à quelle sauce je serais mangée : la sauce Chambet ou la sauce Lambert-Gondi.

11

Thirza près de moi

Lyon, 1852

J'avais un peu oublié Thirza. Je pensais qu'elle aimait bien Brunette, sa maîtresse, et que ce sentiment était partagé. Ce fut vrai durant une période de quelques semaines ou quelques mois, puis leurs relations commencèrent à se gâter ; Brunette me prévint, alors que j'étais tout absorbée par mes propres soucis :

— Ton amie a le cœur gros, on dirait que la mélancolie la mine. La ville ne lui convient pas. Elle en subit toutes les tentations, mais n'y trouve que peu de satisfaction et nulle paix.

Thirza ne serait jamais venue à Lyon si elle n'avait souhaité me suivre dans mon aventure ; et voici que je l'abandonnais à la solitude et à la tristesse. J'aurais dû courir à elle, la serrer dans mes bras, lui donner la preuve de mon affection et de ma pitié. C'est ce que je me promis de faire tout de suite, aujourd'hui, demain ou bientôt. Ainsi étais-je devenue, comme tenue en laisse par la passion, l'envie, la peur.

Car je me croyais de nouveau suivie dans les rues, les montées et jusque dans les allées qui traboulaient. Dès la tombée du jour, et parfois même au milieu de l'après-midi, il me semblait entendre un pas assourdi derrière moi. Mais je ne voyais jamais personne, ce n'était qu'imagination et divagation.

— Thirza !

Je passais par une traboule, vers la Grand-Côte, en compagnie de Joséphine Henriet, et Thirza descendait en courant, échevelée, poursuivie par des gamins qui se moquaient d'elle. Quand elle me vit, elle s'arrêta une seconde, puis tourna les talons et s'engouffra dans une autre traboule, en face. Peu après, j'entendis un cri de femme, et Joséphine me dit :

— Allons voir.

Elle essaya de chasser les petits gones, ils firent semblant de s'égailler et revinrent tout de suite. Alors, nous vîmes Thirza étendue, gémissante au bas d'un escalier, un ivrogne la regardait, son litron à la main, figé de surprise. C'est sans doute en voulant l'éviter qu'elle était tombée, je crus qu'elle s'était cassé un membre. Joséphine devina avant moi ce qui arrivait.

— Seigneur, oh ! Seigneur !

Je compris moi aussi et me jetai à genoux devant Thirza. Joséphine se pencha, mit une main sous la jupe de mon amie, puis releva la tête et me fit signe de chasser les gones qui guettaient aux deux bouts de la traboule.

— Je crois qu'il est trop tard.

Je ne savais pas Thirza grosse ; elle venait de perdre son enfant, et je n'avais pas seulement pensé une fois qu'elle était faite comme tout le monde et pourrait être mère !

À genoux, presque étendue sur le pavé, je la serrai dans mes bras, pendant que Joséphine ameutait les passants et que l'on courait chercher un docteur. J'essuyai la sueur sur son visage.

— Je vais te faire porter chez moi, c'est bien plus près.

— Et moins haut, dit-elle. Mais je vais salir.

— Oh ! Thirza...

— Oh ! ma Xarine !

Un médecin arriva enfin, suivi d'un agent de ville, et des femmes envahirent la traboule en nombreuse troupe. Je fus repoussée par ces matrones qui savaient tout ce qu'on doit savoir des fausses couches et dont l'une se vantait même d'être à moitié sage-femme. Elle recommanda un *cataplasme humiliant sur le domaine :* du pur lyonnais pour dire « cataplasme émollient sur l'abdomen ». Thirza perdit connaissance... ou bien fit semblant, à cause de sa honte d'être ainsi, quasiment exposée au public.

Le docteur décida qu'elle devait être transportée à l'hôpital, qui n'était pas très éloigné. Thirza se réveilla alors et se débattit, en criant qu'elle refusait d'aller à l'hôpital, mais elle fut maîtrisée et emportée. J'allai lui rendre visite ; on ne me laissa entrer que deux jours plus tard ; je pénétrais pour la première fois dans un grand hôpital, je fus remuée en voyant réunie tant de misère, et aussi indignée par la saleté des lieux et des gens.

Après des soins sommaires, Thirza fut autorisée à sortir. Elle n'avait presque pas pu dormir durant son séjour, elle me dit que les salles des malades étaient cent fois pires que les pires dortoirs de fabrique. Je la ramenai chez moi dans la voiture de M. Favière, et elle s'endormit tout de suite. Ainsi, elle s'éveilla dans mon lit, je me tenais à son chevet depuis plusieurs heures ; elle se dressa soudain à demi et jeta ses bras autour de mon cou.

— Xarine, emmène-moi loin d'ici, loin de cette ville !

Je manquai dire que Lyon était la plus belle ville du monde ; je me contentai de répondre :

— Oui, oui, nous allons partir dans la montagne dès que tu seras guérie.

— Mais je suis guérie, fit-elle. Quand partons-nous ?

Elle se réveilla en sursaut dans la nuit et se mit à trembler ; je crus que c'était de peur, c'était de froid. Je m'étais assoupie et j'avais laissé le poêle de la chambre s'éteindre. Je mis une courtepointe par-dessus ses couvertures et rallumai le poêle.

Au matin, Thirza tendit le bras et toucha mon épaule. Je pris sa main, alors elle se jeta à demi hors du lit et m'étreignit, et je sentis ses larmes mouiller mon cou.

— Xarine, est-ce mal de pleurer sur son propre sort ?

Je lui caressai les cheveux. J'avais envie de crier : Jamais, au grand jamais, un homme ou une femme de notre religion n'a pleuré sur son sort ! Mais, tout au contraire, je lui dis à l'oreille :

— Pleure, ma Thirza, pleure. C'est si doux !

12

La succursale

Lyon, 1852

Louis-Xavier Favière avait la soixantaine passée, il souffrait d'asthme, et de je ne sais quelle maladie mystérieuse dont il ne parlait jamais. Il laissait peu à peu la conduite de son commerce à Émile, se réservant la finance, qu'il pouvait régir de n'importe où.

Il appréciait beaucoup le climat du mont Pilat, un massif très boisé et pittoresque, qui se trouvait seulement à quelques dizaines de kilomètres de Lyon, entre Saint-Chamond et le Rhône : on pouvait s'y rendre en une demi-journée par le coche d'eau et la diligence. Louis-Xavier passait de temps en temps une semaine ou deux chez un moulinier de Saint-Chamond. Il se faisait conduire tous les jours dans la montagne et il visitait les mouliniers des villages environnants, Pélussin, Chavanay, Maclas.

Il gardait un fort mauvais souvenir des révoltes de canuts en 1831 et 1834, et Émile accusait les tisseurs lyonnais d'être responsables, par leurs coûts, de la faillite des Joncourt. L'un, conseillé par l'autre, décida d'établir une succursale dans la Loire, et ils choisirent Pélussin, un gros bourg au pied du mont Pilat. Pélussin possédait de nombreux moulinages, quelques filatures et assez de rivières pour en construire un grand nombre. Sans être abondant, le mûrier croissait sur les pentes ensoleillées, vers le Rhône, et l'on voyait de-ci de-là de petites magnaneries où se pratiquaient des *éducations* d'une ou deux onces. Les filles du Pilat étaient réputées habiles, intelligentes et courageuses... et assez pauvres pour courir aux fabriques gagner quelques sous.

Pélussin était, de plus, situé à mi-distance entre le chemin de fer de Lyon-Saint-Étienne et la vallée du Rhône, où la batellerie assurait encore le plus gros des transports, tandis que le chemin de fer se construisait peu à peu tout au long et relierait bientôt, assurait-on, Lyon à Marseille et à Nîmes, et peut-être un peu plus tard Paris à la Méditerranée. La route Loire-Rhône, ouverte depuis 1848, reliait Chavanay à Saint-Chamond par Pélussin ; néanmoins, la circulation des personnes et des marchandises était encore lente et difficile à travers le Pilat.

— Il faudra sans doute attendre plusieurs années, m'expliqua-t-il, avant de pouvoir installer dans cette région des ateliers de tissage, appelés à remplacer à l'avenir l'industrie des canuts. Mais il n'est pas trop tôt pour préparer le changement.

Il me proposa de m'occuper de la succursale, sous la régie d'Émile, qui se rendrait à Pélussin au moins deux fois par mois.

— Je n'ai plus l'âge de m'en charger moi-même, mais vous, Alexandrine, si vous ne craignez pas de quitter Lyon... je vous crois capable d'organiser et diriger un établissement d'importance.

— Je suis une femme, les montagnards m'accepteront-ils ?

Il me regarda longuement, avec son sourire plein de malice et d'affection.

— Vous avez un passeport qui ouvre bien des portes.

— Et lequel ?

— Vous êtes veuve. *Veuve*... N'oubliez pas de porter votre voile quand vous rencontrez les gens d'affaires !

Il ajouta quelques précisions alléchantes.

— Vous aurez une grande autonomie, vous pourrez acheter la soie grège pour le compte des établissements Favière, rendre la soie ouvrée, suivant les commandes de la fabrique, à Lyon, et pas seulement celles de la maison Favière, mais d'autres qui pourraient être faites à un bon prix. Vous devrez administrer toute l'affaire comme si c'était votre propre commerce. N'est-ce pas ce que vous avez toujours souhaité ?

— Oui, monsieur, dis-je. Mais ces ateliers de tissage que vous voudriez créer, je ne saurai pas m'en occuper.

— Cela ne se fera pas tout de suite, il faudra des années. Vous consulterez des gens d'état, des mécaniciens, des hommes d'affaires. Émile vous aidera.

Émile ! J'aurais pu dire que je n'avais aucune envie d'être aidée par Émile, cependant la proposition était si belle que je préférai me taire. Et, au fond de moi, au plus secret de mon cœur, je me croyais assez forte et assez maligne pour réussir.

Mais je devrais quitter Lyon... Et Lyon, c'était Pierre. Si je partais, rien sans doute ne nous empêcherait de nous rencontrer aussi souvent qu'avant. Mais le voudrait-il ?

Il ne me parlait plus que par sous-entendus de son désir d'avoir un fils de moi. C'était assez pour me rappeler qu'il n'oubliait pas cette idée merveilleuse et folle ; et il lui suffirait d'insister dans un moment où la brûlure des sens ôte à l'âme sagesse et volonté, pour me ravir un consentement qui engagerait toute ma vie.

Ainsi, je me trouvais devant deux propositions aussi attirantes l'une que l'autre, et exigeant l'une et l'autre de très grands sacrifices. Pierre m'offrait de faire la fortune de mon enfant... si j'en avais un et que ce fût un fils, au prix d'un renoncement à toute réussite personnelle et d'une intrigue aventureuse, pleine de risques et de périls.

Louis-Xavier m'offrait l'occasion de réaliser mon vœu le plus cher, régir une affaire de soierie, du fil grège à l'étoffe tissée et façonnée. Mais il me faudrait vouer toutes mes forces, tout mon savoir, toute mon âme peut-être à cette entreprise.

Au cours de l'été 1852, j'acceptai la proposition de Louis-Xavier.

— On va mettre la main à l'œuvre le plus vite possible, dit-il. J'ai soixante-deux ans, et le temps me presse.

Je demandai à Pierre un délai de quelques mois pour répondre à la sienne. Il me répondit en riant :

— Dieu décidera pour toi et tu te trouveras un matin devant le fait accompli !

13

L'arrivée au mont Pilat

Le mont Pilat, 1852

Je fis mon premier voyage à Pélussin, en compagnie d'Émile et de Thirza.

On partit par le vapeur à roues sur le Rhône. Le fleuve qu'on voyait presque tous les jours, depuis la berge lyonnaise, paraissait bien différent vu sur le pont du bateau : majestueux et puissant, roulant ses eaux vertes, lourdes et trompeuses, parmi les peupliers, les saules, les roseaux, les joncs et les hautes herbes, puis se brisant soudain, comme un torrent, sur des rochers invisibles. On quittait Lyon, son ciel dévoré par les fumées ; à travers un paysage estompé, on frôlait Vienne, qui semblait une ville dans un jardin. À droite, déjà, le Pilat dominait la vallée de ses forêts et de ses côtes rocheuses ; et sur la gauche, dans le lointain, blanchissaient les cimes neigeuses du Dauphiné.

On arriva à Chavanay un peu avant midi. Sur le quai, Émile échangea des signes avec un homme d'environ quarante ans, vêtu en bourgeois mais un fouet sous le bras et qui nous salua, Thirza et moi, en soulevant son chapeau très haut et en s'inclinant très bas :

— Jules Doivieux, moulinier à Pélussin.

Je comprenais mal les rapports entre Émile, simple commis, et ce M. Doivieux, maître de fabrique et sans doute fort riche. Je pressentais là quelque secret d'affaires. Puis « M. Jules » proposa à Émile d'aller prendre un canon au Café de la Mairie.

— Les dames nous attendront dans la voiture.

Il montra du manche de son fouet une jolie calèche à

deux chevaux, que surveillait un gamin. C'était un assez bel homme, petit, très droit ; le visage carré, le teint rougeaud, les yeux étroits, le nez un peu fort et de longs favoris bouclés ; mais son regard fuyait et ses lèvres molles formaient un sourire mi-moqueur, mi-flagorneur.

Émile refusa en disant qu'il nc buvait pas de vin le matin.

— Et puis, ajouta-t-il, nous avons affaire à Chavanay, où je dois présenter Mme Rabanel à quelques commerçants, avant de gagner Pélussin, ce qui fait, si je ne me trompe, six ou sept kilomètres de route. Nous n'avons pas de temps à perdre.

Jules Doivieux approuva en soupirant.

— La route est assez bonne depuis qu'elle a été refaite en 1848 ; toutefois, elle n'arrête pas de monter. Enfin, nous arriverons pour dîner, si nous n'avons pas d'embarras.

Il nous fixait, tour à tour avec insistance, Thirza et moi. Sur la route, il nous demanda si l'une de nous était encore demoiselle... Émile Chambet me lança un coup d'œil de reproche. J'étais veuve depuis plus de six ans, je n'aimais pas les voilettes et j'avais seulement mis un ruban gris de cendre à mon chapeau. Je fis mine de n'avoir pas entendu la question ; mais Thirza se pressa de répondre que nous étions veuves toutes les deux.

— Quelle coïncidence ! s'exclama Jules Doivieux. Savez-vous, mesdames, que vous avez devant vous un veuf inconsolable ?

Thirza rit de cette fadaise ; je la voyais prête une fois de plus à tomber dans les filets d'un homme sans scrupules et à souffrir mille misères et cent chagrins. Et s'il nous fallait travailler à la succursale avec cet homme peu sérieux, cela s'annonçait mal.

À la première auberge à l'entrée de Pélussin, quartier Notre-Dame, il conduisit ses chevaux dans la cour et les arrêta à grands cris. Émile protesta faiblement qu'il n'avait pas faim et plutôt envie de jeter le cœur sur le carreau : le voyage en bateau le dérangeait toujours.

— Jetez, mon ami, jetez !

Durant tout le repas, Jules Doivieux n'arrêta pas de faire les yeux doux à Thirza, qui jouait de la prunelle en retour.

Je comprenais son besoin d'affection et de protection : puisque Jules Doivieux s'intéressait à elle, pourquoi ne pas favoriser une amourette qui les mènerait peut-être au mariage ? Le moulinier n'était sans doute pas un mauvais homme ; plus instruit, moins brutal qu'un compagnon, il avait sûrement assez d'argent pour n'être pas tenté de dilapider la paye d'une ouvrière.

Je découvrais une région, où abondaient les fabriques et surtout les moulinages. Et la nature, avec ses pentes sauvages, mais moins abruptes que celles des Cévennes, ses vastes prairies peuplées de vaches rousses, ses forêts épaisses, où dominaient les sapins et les hêtres, me semblait tout autant que chez moi le « temple du Seigneur ». Des sommets, la vue s'étendait très loin, tout le long du Rhône et jusqu'aux neiges éternelles des Alpes. Ma foi religieuse, rongée et étouffée par la ville, me revint alors avec une force intacte. « Quand je contemple / Les cieux, les mers, / Et cette terre / Et sa beauté... »

Pélussin était une jolie petite ville au pied de la montagne, d'où l'on voyait couler le Rhône, à la limite de la Loire et de l'Ardèche. Trois ou quatre vallées s'y joignaient en descendant vers le fleuve tout proche. La plupart des usines étaient des moulinages qui utilisaient la force de l'eau.

Au bas des pentes, assez douces, les châtaigniers abondaient, entre les prés peuplés de vaches et de chèvres. Plus haut s'étendaient des forêts de sapins, épaisses et sombres. La ville, tout en longueur, s'étalait le long d'une vallée, très étroite et profonde, et en épousait le penchant.

Jules Doivieux nous conduisit à l'auberge Gerin, quartier de Virieu, où nous étions logés, et plus tard il nous fit visiter un local à vendre pour installer la succursale. Je demandai le prix, Émile prit soudain le mors aux dents et déclara que je n'avais pas à me préoccuper de la question, qui ne regardait que M. Favière et lui-même. Thirza bougonna qu'il avait dû se lever le cul le premier.

Enfin M. Jules nous emmena visiter son moulinage ; Thirza me prit le bras et je la sentis trembler contre moi. Nous retrouvions avec grande émotion une atmosphère et des entours pareils à ceux des Trois-Vallées, où nous nous étions connues et où nous avions passé les jours de notre jeunesse. Un couloir voûté, quelques marches à descendre, une bouffée d'air moite qui vous prend au gosier, et M. Jules de nous expliquer qu'il fallait une grande humidité pour apprêter et tordre le fil de soie.

— Vous ne pouvez savoir, mesdames, comme le fil de soie devient cassant dès qu'il sèche un moment.

On échangea des coups de coude pour ne pas éclater de rire. Et le bruit ! Je n'avais pas entendu depuis longtemps ce tintamarre d'orage et de cascade, ces cliquetis, ronflements, claquements qui me parurent bien plus forts que les bisse-tan-claque-pan des métiers Jacquard. C'était la différence d'une mélopée au piano et d'une cacophonie de fanfare à son paroxysme. La variété, la force et la continuité des bruits ôtaient tout repos à l'ouïe. Et nous respirions à l'unisson des bouffées douces, où se mélangeaient le parfum de la soie mouillée et des odeurs de bois frotté, d'huile et de graisse chauffés par la friction. Entre chaque bouffée, nous nous regardions, au bord des larmes et nous retenant de rire.

Les premières dispositions furent prises pour l'installation de la succursale dès ce jour : la soie grège arriverait des filatures de la région ou, comme il y en avait peu, de Lyon, de la Drôme, peut-être des Cévennes. Elle serait ouvrée aux moulins de Pélussin ; les commandes de Lyon seraient transmises aux mouliniers par la succursale, qui retournerait une partie de la soie, une autre part étant destinée à d'autres fabricants ou courtiers.

Il fut décidé que Thirza resterait à Pélussin pour s'occuper de notre logement. Presque à la fin de notre voyage de retour, le surlendemain, Émile se pencha vers moi et me parla à l'oreille :

— Je vous sais capable de garder un secret, Alexandrine. Celui que je vais vous dire n'est pas bien grand, mais vous devrez faire semblant de l'ignorer encore quelque temps pour la bonne marche de nos affaires. Jules Doivieux vous a sans doute paru un bon vivant, comme on dit ; et certes il l'est. Il est même ce qu'on appelle un prodigue. Il aurait pu être un bon commis voyageur, et rien ne dit qu'il ne finira pas ainsi : ce n'est point un sot métier. Comme maître de fabrique, il ne vaut rien, hélas ! Ayant succédé à son père, il laisse ses affaires aller à vau-l'eau, il fait la noce et il est aujourd'hui noyé de dettes... Eh oui, Jules Doivieux ne sait pas administrer ses biens, ni conduire ses affaires, ni même retenir son argent. Cependant, il connaît bien le métier du moulinage, les machines et la soie, et il ne sera jamais réduit à la besace.

— Et c'est cela votre secret, Émile ?

— Jules Doivieux est quasi ruiné, il est dans l'obligation de vendre sa fabrique. Et comme il *nous* doit beaucoup d'argent, il ne peut guère vendre à un autre acquéreur, s'il s'en présentait un. Mais nous devons être prudents et ménager son orgueil.

— Mais puisque M. Doivieux est un de *nos* fournisseurs, comment peut-il nous devoir de l'argent ?

Émile me regarda dans les yeux et répondit sur un ton benoît :

— Parce que *nous* lui en avons prêté.

— L'argent que *vous* lui prêtiez, n'était-ce pas un serpent caché sous des fleurs ? Ne l'avez-*vous* pas aidé à se ruiner ?

Il me regarda à sa façon matoise et faussement candide.

— M. Favière ne songeait qu'à aider un homme aimable et un fournisseur d'excellente marchandise. Quant à moi, je mentirais si je n'avais pas vu d'avance l'issue de cette affaire. J'ai pensé, je l'avoue : si Jules Doivieux ne peut rembourser, nous aurons toujours la ressource d'acheter son affaire.

Émile ne maniait pas que l'huile de vitriol ; il manœuvrait à sa guise Louis-Xavier et peut-être Pierre. Pour son intérêt personnel ou par goût de l'intrigue ? Les deux sans doute. Jamais il ne m'avait fait si peur.

— Si Jules Doivieux consent à nous vendre son affaire, dit-il, M. Favière souhaite que nous le gardions comme gérant. Ma foi, c'est vous qui déciderez, Alexandrine.

Il m'étudiait en hochant la tête, d'un air patelin. Moi ? Moi ! Un instant, je me sentis grisée par le pouvoir qui m'était donné, à vingt-six ans, sur la vie d'un homme plus âgé et plus important que moi, et sur beaucoup d'autres personnes que je ne connaissais pas encore. Et, l'instant d'après, je fus accablée par le poids de la charge que Dieu me confiait à porter.

14

Aventures au mont Pilat

Le mont Pilat, 1852

Quelques jours plus tard, je m'installai dans une maison de Virieu, le quartier haut de Pélussin, au pied de la montagne.

Ma fille toussait toujours, peu mais régulièrement, et l'air du bord du Rhône lui donnait des étouffements. Le médecin me demanda si je ne pourrais pas l'envoyer dans une région plus élevée. Je songeai aux Cévennes ; c'était bien loin, et Marie ne serait pas heureuse dans un mas de la montagne, au milieu de gens qui parlaient patois. Des offres de pension me furent faites en Suisse et en Savoie, toutes fort chères.

À quelques jours de là, Louis-Xavier me dit :

— J'ai mieux à vous proposer pour Marie. Une chance extraordinaire : Dieu nous la donne. Une ancienne institutrice, qui habite un hameau à près de mille mètres d'altitude, dans le Pilat, serait disposée à s'occuper d'un jeune enfant. Je dois le renseignement au notaire de Pélussin, Me Malassagny.

Cette ancienne institutrice était de Saint-Étienne et ne supportait pas non plus l'air de la ville : à Saint-Étienne, on respire une épaisse poussière de charbon, pire encore que la poussière de soie... On m'assura que la demoiselle Lucie Savas était jeune, charmante, instruite et *propre*.

Je n'hésitai plus : Marie me suivrait au Pilat et irait en pension à Grangent, chez la demoiselle.

Peu après, Mlle Lucie descendit de la montagne pour me rencontrer à Pélussin. C'était une femme plus jeune que je ne pensais, petite, mince, avec de jolies boucles châtain clair sous la capote qui lui moulait la tête. Elle me plut tout de suite et j'acquiesçai sans plus tarder à ses conditions.

Ma fille, qui écoutait derrière la porte, se précipita et se mit à trépigner en criant qu'elle n'irait pas à la montagne, qu'elle avait peur du loup et qu'elle n'aimait pas le lard.

— Oh, oh, fit Mlle Lucie en riant, la barbe lui en fume. Oh ! Marie, n'est-ce pas que la barbe vous fume ?

Marie se toucha le menton et haussa les épaules.

— Je n'ai pas de barbe parce que je suis une jolie petite fille !

Et elle se remit à taper du pied et à brandir les poings. Je me retournai, curieuse de voir comment l'institutrice allait tirer son épingle du jeu. Mlle Lucie ne se fâcha pas tout de bon ; au lieu de cela, elle feignit la stupéfaction, mi-moqueuse, mi-admirative.

— Oh, Marie, elle cassera tout si on ne la *marie* sur l'heure !

Ma fille prit la réflexion au pied de la lettre, elle arrêta de taper du pied, se tut, fronça les sourcils et regarda fixement Mlle Lucie.

— Mais je ne veux pas me marier. Ou alors... ou alors... je veux épouser mon cousin Théo !

Mlle Lucie eut un grand geste gracieux en pinçant sa jupe et esquissa un pas de danse.

— Et si nous parlions plutôt des fées ? Vous croyez aux fées, mademoiselle Marie ? Savez-vous que le Pilat est leur pays préféré ?

À ma première visite chez elle, Mlle Lucie me prit à part et je la suivis dans un pré derrière sa petite chaumière de Grangent.

— Je vous dois un secret, dit-elle. Je fournis le vivre et parfois le couvert à un républicain qui se cache par ici... (Elle ajouta en baissant la voix) Il me faut vous le dire puisque, si nous étions dénoncés, vous pourriez être interrogée par les gendarmes. Je sais, j'aurais dû vous prévenir avant. Enfin, c'est à vous de décider si vous préférez reprendre votre fille...

Elle porta soudain les mains à sa poitrine.

— Oh ! mon Dieu ! mon Dieu !

Ses lèvres devinrent très pâles, son regard chavira. Je la

vis sur le point de défaillir et me précipitai pour la recevoir dans mes bras, avant qu'elle ne tombât sur l'herbe. Elle était menue et ne pesait presque rien. Je m'occupai de la ranimer, puis de la réconforter. Elle me regarda, éperdue d'inquiétude.

— J'aime tellement votre petite Marie. Si vous la reprenez... Dites, vous me la laissez ?

Je lui laissai Marie ; l'idée ne m'était pas venue une seconde de la reprendre. Je lui donnai cinquante francs pour son républicain.

Thirza s'était embauchée au moulinage Doivieux, elle me comblait de ses marques d'affection et de reconnaissance : elle avait enfin un travail qui lui convenait, et cela pour la première fois depuis notre arrivée à Lyon. Et un homme qui lui plaisait aussi, ce qui semblait encore plus miraculeux !

L'établissement de la succursale m'occupait du matin au soir, et même la nuit, car, malgré ma fatigue, les soucis me poursuivaient pendant mon sommeil. J'étais obligée d'aller à Lyon deux fois par mois ou plus. Louis-Xavier me retint un jour pour me montrer les comptes de Jules Doivieux ; il rit en voyant ma perplexité.

— Emportez ce livre, dit-il. Vous le rendrez à M. Doivieux... pas sans l'avoir recopié. Ce sera en outre un excellent exercice pour vous !

Louis-Xavier gérait mes biens et l'héritage de Marie (c'est-à-dire la fortune léguée par Mme Adrienne). Les affaires des fabriques n'étaient pas très bonnes, les Favière remboursaient quand même assez régulièrement leurs emprunts. J'avais un peu d'argent, mais j'avais perdu tout à fait l'habitude de tenir des comptes et même d'écrire des chiffres. Je passai plusieurs nuits à recopier le livre-journal de Jules Doivieux qui était, par chance, tenu très lisiblement ; je m'arrêtais quand une crampe nouait mes poignets, quand mes doigts engourdis refusaient de m'obéir, quand mes yeux me piquaient si fort que je ne pouvais plus les tenir ouverts et, souvent, je tombais endormie, la tête sur mes bras, le corps glacé. Je gardais devant moi un bol contenant une décoction de mélilot ou d'herbe à Robert pour me baigner les paupières, mais, un matin, j'avais les yeux si rouges que Louisette me crut prise d'une maladie de la vue et que Thirza me demanda si j'avais pleuré.

Louis-Xavier m'avait laissé entendre que je pourrais avoir à montrer ma copie à un notaire si l'on achetait l'affaire de Jules Doivieux. Il me fit savoir par courrier que je devrais, en remettant le livre original, essayer d'emprunter celui de l'année en cours pour le recopier de même ; et peut-être les autres comptes de notre homme, si toutefois il en tenait. Il me priait encore de voir le notaire de Pélussin, Me Malassagny, pour évaluer avec son aide la situation de Jules Doivieux, que l'on savait très mauvaise.

Il m'envoya en cadeau un livre épais comme la Bible, mais de format plus carré, avec la tranche des pages colorée en jaune ou rose, ce qui le rendait assez engageant pour les novices, car on pouvait l'imaginer empli de choses récréatives. Récréatif, l'intérieur l'était moins : c'était le *Code français,* un livre de droit qu'Émile Chambet prétendait savoir par cœur. Il se divisait en nombreux codes particuliers : code civil, code de procédure civile, code de commerce, code d'instruction criminelle, code pénal, code forestier, code de la pêche fluviale, etc. Enfin, si j'arrivais à connaître le *Code français* presque aussi bien que la Bible, je pourrais peut-être un jour me passer des conseils d'Émile Chambet !

Pour me rendre chez le notaire, je me fis la plus belle toilette de toute ma vie, je posai mes atours de veuve inconsolable, je pris une robe de soie rose, cadeau déjà ancien de Pierre, des bas de soie de Ganges, ornés de fleurs roses, cadeau encore plus vieux de Thirza, je mis à mon chapeau un ruban rose et un peu de fard sur mes joues... mais je n'en avais pas besoin, car j'étais rouge comme un coquelicot à la pensée de paraître sotte et ignorante.

Me Malassagny me reçut de façon fort aimable et même galante ; j'eus le sentiment qu'il me trouvait à son goût : ce n'était pas pour me déplaire de la part d'un bel homme, encore jeune, au maintien aristocratique. Et puis j'avais grand besoin d'un conseiller savant et honnête. Et d'un allié sûr...

Me Malassagny me parut un homme de grand savoir, avant même d'avoir prononcé trois phrases. Et j'aurais misé mon douaire sur sa bonne foi.

Il m'accueillit en personne à sa porte, et je vis et sentis qu'il s'était mis en frais de linge et d'odeur ; ni clerc ni servante aux alentours : nous étions seuls, ce que j'avais souhaité sans oser l'espérer. Il me fit asseoir sur une espèce de bergère et, au lieu de se carrer dans son fauteuil, à l'abri de son bureau, il vint se placer près de moi sur un simple tabouret.

— S'il vous plaît, madame Rabanel, calmez-vous et dites-moi ce qui vous tourmente.

Je commençai à lui expliquer mon cas, mais il me coupa presque tout de suite la parole.

— Je suis au fait de l'affaire par M. Favière, et son factotum, M. Chambet. C'est Dieu qui vous envoie, je veux dire à la place de M. Chambet ! Je vais écrire sur-le-champ à Me Sacenas, de Saint-Chamond, le notaire de M. Doivieux. Je lui proposerai de nous rencontrer à quatre, ici même, mon confrère et son client, ainsi que vous et moi, dès que possible.

Ainsi fut fait, la proposition acceptée. Le lendemain soir, je fus invitée à dîner par les Malassagny, dans leur maison de Virieu, qui était presque un château. Je rencontrai deux mouliniers, MM. Paret et Forest, et leurs épouses, ainsi qu'une dame Rose Reybaud, marchande de soie et veuve comme moi. Je n'étais guère à l'aise ; je songeais aux ouvrières, qui avalaient leur soupe claire, après avoir été à la peine tout le jour, et qui s'entassaient pour dormir dans les dortoirs empestés.

Au moment de rentrer, je ne voulus pas laisser voir à mes hôtes que j'étais un peu grise et je refusai d'être raccompagnée.

— J'habite si près que ça n'en vaut pas la peine.

Je craignais aussi de trop parler : bien des choses me tourmentaient que je ne souhaitais confier à personne, pas même au notaire ou à sa femme. Bercée par mes pensées et mes espérances, je me perdis dans la nuit venteuse, éclairée d'un terne croissant de lune. La ville n'était pas grande, mais de forme compliquée, ou bien étais-je un peu plus soûle que je ne croyais.

Je marchai au hasard. Bientôt, je crus entendre un pas derrière moi, comme à Lyon, je courus quelques mètres, m'arrêtai pour écouter. Pas de doute, un homme me suivait ; je fus dégrisée sur l'instant. Cette persécution ne finirait donc jamais ? Mais ici, dans la montagne, je n'avais plus peur des sociétés secrètes, je me sentais défendue par mes amis et par l'Éternel même, qui m'avait prouvé sans équivoque Son souci de moi.

Je me retournai et marchai d'un pas ferme à la rencontre du mouchard, du gredin. Je le vis qui m'attendait, à la lueur de la lune, de profil, le chapeau ôté, à cause du vent, et sa barbe noire exposée à la clarté. C'était lui. Je criai :

— Que voulez-vous ? Venez me le dire en face si vous n'êtes pas un lâche !

L'homme s'avança alors vers moi, jeune, grand et maigre, autant que je pus en juger. Il leva son chapeau et s'inclina.

— Pardonnez-moi de vous surprendre ainsi, madame Rabanel. Je ne puis me montrer de jour. Je suis... le protégé de Mlle Lucie. Nous sommes trois, cachés dans la montagne, et les cinquante francs sont pour nous un bienfait de Dieu. Sauf que je ne crois pas en Dieu ! Je crois en l'homme et au peuple. De tout cœur, merci !

Il s'inclina une deuxième fois et s'enfuit, avant que j'aie pu dire un mot, les épaules courbées, les basques de sa redingote flottant derrière lui. Je le regardai disparaître dans la nuit, le cœur battant, et je souriais.

Me Malassagny me reçut une nouvelle fois à son étude, après avoir pris langue avec Me Sacenas et tâté le pouls de Jules Doivieux.

— Le moulinage Doivieux n'est pas à vendre...

Il guetta ma déception ; je n'étais pas déçue, mais plutôt soulagée.

— Enfin, dit-il, ce pauvre M. Jules ne tiendra pas longtemps. Ses dettes l'écrasent et il continue de perdre de l'argent. Vous représentez son principal créancier, M. Louis Favière, l'affaire ne peut vous échapper... si toutefois vous le souhaitez. C'est à vous de décider. Je suis là, naturellement, pour vous conseiller et je ne veux pas me soustraire à ma tâche.

Je demandai pourquoi Jules Doivieux perdait de l'argent.

— C'est bien la question. Vous avez vu ses comptes...

Je me sentis rougir.

— Il a confié son livre à M. Favière. Je l'ai vu, mais je n'ai pas tout compris.

— Savez-vous dans quel but il avait montré ses comptes à M. Favière ? Pour avoir un nouveau prêt ?

— Sans doute.

— Vous avez rendu le livre de comptes ?

— Oui, fis-je en baissant les yeux, mais j'ai gardé une copie. J'allais vous proposer de vous la remettre.

Quelques jours plus tard, le notaire me dit :

— Ce journal est mal tenu ou falsifié. Je crois que Jules Doivieux prend dans sa caisse l'argent de ses menus plaisirs. Pourtant, je le connais depuis toujours : c'est un brave homme. Ce qui lui manque, c'est une bonne et honnête femme à son côté.

Il feuilleta son code, beaucoup plus gros que le mien, et lut à haute voix.

— « Sera poursuivi, comme banqueroutier simple, le commerçant failli qui se trouvera dans l'un des cas suivants, savoir... »

Il lut deux ou trois articles. On se regarda, et je vis dans les yeux de Me Malassagny à la fois une sincère amitié pour moi et le plaisir du chasseur sur le point de rattraper son gibier. Je remarquai que Jules Doivieux n'était pas encore en faillite, le notaire se frotta les mains.

— Il n'est pas très loin de la banqueroute... Il y a banqueroute quand la faillite s'accompagne d'actes délictueux. Le moyen le plus simple de perdre Jules Doivieux serait sans doute de lui consentir le prêt qu'il vous demande.

— J'aimerais mieux le sauver, si je le peux.

— C'est tout à votre honneur, madame. Peut-être le sauveriez-vous en menaçant de le perdre... Je précise que la banqueroute simple est punie d'un mois à deux ans de prison et la banqueroute frauduleuse des travaux forcés. Je ne crois pas qu'il serait loyal de lui accorder un nouveau prêt, et je vais essayer de le convaincre de vous vendre sa fabrique à un prix honnête... c'est-à-dire à un prix un peu trop fort, compte tenu des dettes et de la vétusté des machines. Mais cela vaut mieux que d'en appeler à la justice.

— Si la vente est signée, M. Favière souhaiterait garder

M. Doivieux pour qu'il dirige la fabrique moyennant salaire, sans s'occuper du commerce.

— J'avoue que cette proposition pourrait persuader Jules Doivieux de traiter... car, les comptes apurés et les dettes payées, il ne tombera pas de gros deniers dans sa bourse.

— C'est-à-dire qu'il est ruiné ?

— Vous vendre son commerce, sa fabrique et l'ensemble de ses biens est pour lui le meilleur moyen d'échapper à la prison !

À peu de temps de là, Jules Doivieux me fit savoir qu'il désirait me parler seul à seule et m'offrit de me conduire à la campagne avec son cabriolet. Il ajouta tout bas :

— Je voudrais vous confesser une grave faute que j'ai commise.

J'acceptai donc de le suivre, pensant qu'il m'avouerait ses dépenses au jeu ou même ses falsifications d'écritures. Il me conduisit sur la route de Maclas, jusqu'aux ruines du château de La Valette. Il me parla d'Alexandre Dumas, je lui répondis que je n'avais rien lu de cet auteur, mais qu'un jeune homme nommé Théo, étudiant à Lyon et neveu de M. Favière, m'avait parlé du *Comte de Monte-Cristo* et des *Trois Mousquetaires*. Alors, Jules Doivieux m'avoua qu'il n'avait rien lu non plus d'Alexandre Dumas : il préférait les notices et brochures sur son métier, ainsi que les journaux.

— Surtout les journaux de Paris, dit-il avec fierté.

Je ne pouvais m'empêcher de penser : Vous devriez lire aussi le code de commerce, monsieur Jules !

— Enfin, dit-il, je sais que M. Alexandre Dumas est venu ici pour voir le château où il a situé quelque scène d'un roman sur les guerres de Religion. Ah ! les guerres de Religion, quel grand malheur pour le pays ! Grâce à Dieu, c'est bien fini. Je crois que les protestants avaient raison sur beaucoup de choses, d'ailleurs, je suis républicain, ajouta-t-il en baissant la voix. En tout cas, ceux des Cévennes nous envoient la meilleure soie, ils ne nous trompent jamais sur la marchandise et leurs comptes sont justes.

J'attendais qu'il voulût bien avouer : Les miens, hélas ! ne le sont pas toujours. Nous marchions aux abords du château, dans un lieu touffu, et, soudain, il me prit le bras et se mit à le secouer en tempêtant.

— Vous aussi, vous me croyez ruiné et obligé de passer sous la fourche des messieurs de Lyon ? Jamais, entendez-vous, jamais je ne vendrai aux Favière, ni aux Jurieu, ni à aucun Lyonnais !

— Ce serait dommage, surtout pour vous.

— Alexandrine, vous êtes veuve, je suis veuf, vous avez de l'argent et je possède une belle fabrique... nous pourrions mettre nos biens en commun et faire tête aux messieurs de Lyon !

— Je ne suis pas riche et vous avez des dettes à vous cacher derrière. Et, d'ailleurs, je n'ai aucune envie de m'associer avec un homme, encore moins de me remarier !

— Vous en aimez un autre, je le sais.

— Mêlez-vous de vos moulins !

— Pauvre de moi, je me conduis comme un imbécile ! Permettez-moi de...

— Rien du tout !

Il me tourna le dos, fit quelques pas, puis revint, l'air tout contrit. Je refusais encore de croire qu'il n'était pas un brave homme, et j'avais pitié de lui ; je lui tendis la main.

— Restons bons amis, monsieur Jules. Tâchez de ne pas faire trop de peine à Thirza et, de mon côté, je promets de vous aider autant que je pourrai dans cette mauvaise passe où vous êtes.

Je vis une lueur de colère s'éclairer dans ses yeux ; c'était un homme désespéré et près de perdre le nord. J'avais eu grand tort de me laisser conduire dans cet endroit désert où je me retrouvais seule avec lui.

On se regarda, je le forçai à baisser les yeux, il tourna les talons et s'en alla en trébuchant comme un ivrogne. Le cheval hennit en l'entendant approcher. Je me demandai si cet idiot allait repartir seul et me laisser rentrer à pied, les cheveux et les vêtements en désordre ; mais il me fit un signe par-dessus l'épaule.

— Venez. Rentrons.

Sur le chemin du retour, il me dit sèchement :

— Madame, je veux bien vous vendre ma fabrique, car vous êtes une honnête femme. Les messieurs de Lyon vous ont bien choisie !

15

Un cantique pour la république

Le mont Pilat, 1852

Devant Me Malassagny et Me Sacenas, Jules Doivieux consentit, tête basse, à vendre son affaire au prix fixé par le notaire de Pélussin et que j'avais approuvé en toute confiance. Je lui promis qu'il continuerait de gouverner son usine et qu'il n'aurait pas à baisser l'oreille devant les ouvrières.

Me Malassagny menait nos affaires bon train, le local pour notre commerce était acquis, et j'avais déjà un jeune commis, envoyé par Émile pour me seconder.

Je m'aperçus que Marie dessinait beaucoup d'oiseaux et de fleurs chez Mlle Lucie ; et, au cours d'une visite à Grangent, je vis que la jeune femme avait un beau talent pour peindre la nature, les animaux et les plantes. Je promis de lui trouver du travail pour la Fabrique.

À ma vive surprise, ma fille ne regrettait pas Lyon ; elle qui en ville réclamait toujours une nouvelle robe ou un ruban neuf ne faisait plus attention à sa toilette depuis qu'elle vivait à la montagne. Elle me demanda la permission d'accompagner Mlle Lucie à la messe. Allons bon !

Comme je devais me rendre à Lyon, je décidai de demander conseil à Louis-Xavier, puisqu'il était le parrain de Marie. Il me parla d'abord du retour d'Émile Chambet, qui avait fait du bon travail à Paris où il venait d'organiser une très grosse succursale.

Quand j'abordai le cas de Marie, je le vis aussitôt s'animer, son regard s'éclaira et il reprit des couleurs.

— Qu'elle aille à la messe ! C'est la joie et la poésie des petits paysans !

Un peu plus tard, Jules et Thirza vinrent m'annoncer leurs fiançailles, lui tête basse, elle rayonnante comme une drôlette de dix-sept ans. Mais peu s'en fallait qu'ils n'eussent à deux quatre-vingts printemps... Elle me serra dans ses bras.

— Tu m'as sauvé la vie, ma Xarine !

Sur ces entrefaites, les amnisties décrétées par le prince-président mirent fin à beaucoup de poursuites ; la plupart des républicains purent rentrer chez eux. Du moins, c'est ce que disaient les partisans du régime ; en réalité, bien peu sortirent des prisons, bagnes et pontons ; et des fugitifs qui se rendirent furent aussitôt arrêtés.

Quoi qu'il en soit, Just Rivoire, le protégé de Mlle Lucie, ancien instituteur comme elle, bénéficia de ces mesures de grâce et put se montrer ; mais il ne retrouva pas son emploi de maître d'école : telle était la loi.

Je le rencontrai et il me dit en riant qu'il était prêt à « mener les poules pisser » pour gagner sa vie. J'aimai son courage et sa gaieté et je ris un peu avec lui. Or le commis venu de Lyon pour me seconder ne pouvait supporter de vivre loin de la ville, et il était retourné à son quartier au bout d'un mois.

Just Rivoire possédait le brevet de maître d'école créé sous la monarchie par notre M. Guizot ; il avait une écriture élégante et se jouait des difficultés de l'arithmétique. Je lui proposai une dictée, pour estimer sa force en orthographe, moi qui en savais dix fois moins que lui. J'étais fort émoustillée de soumettre à ma volonté un jeune homme qui m'aurait en d'autres circonstances éblouie et intimidée. Le chapitre premier de l'Ecclésiaste me parut un bon exercice.

« Ce qui a été, c'est ce qui sera ; ce qui a été fait, c'est ce qui se fera, et il n'y a rien de nouveau sous le soleil. Y a-t-il quelque chose dont on puisse dire : regarde, cela est nouveau ? Il a déjà été dans les siècles qui ont été avant nous. »

Je lisais par-dessus son épaule et, en même temps, je respirai son odeur d'homme et j'étais fort troublée. Je l'aidai à relire, tête contre tête, le livre posé devant nous ; je me fis humble à mon tour, et ce fut un doux moment. Et c'est ainsi que j'engageai pour commis un ancien maître d'école.

Durant quelque temps, tout fut joie et félicité autour de moi : Marie était gaie comme un pinson, Thirza à l'aise comme un cochon qui se gratte. Boute-en-train, sans façon, gros travailleur, Just Rivoire apprenait gaiement son nouveau métier. Mais le retour d'Émile était suspendu sur notre tranquillité comme une épée de Damoclès, on essayait de l'oublier, et chaque jour gagné était une aubaine ; pourtant, le blaireau sortirait bien de son terrier, à la fin des fins.

Et un matin, près de midi, il fut là, épuisé comme il l'était toujours par le voyage de Paris à Lyon, puis de Lyon à Pélussin, en chemin de fer, diligence, coche d'eau et charrette..., et de fort méchante humeur.

Il commença par traiter Just Rivoire avec grossièreté :

— Ah ! voilà le maître d'école ! Et républicain en plus !

Il lui posa deux ou trois questions difficiles sur la qualité, la préparation et le prix des soies ; Just Rivoire ne put répondre car il commençait à peine à étudier cette partie de son métier. Émile se dressa de toute sa petite taille et frappa le sol de sa canne.

— On va vous régler votre compte sur-le-champ.

— Oh ! je peux le faire moi-même, à votre gré, répondit Just, puisque je tiens la caisse.

Et il sortit de la salle. Émile se mit à tourner autour de moi, les mains derrière le dos ; je fis semblant de ne pas voir sa fureur.

— Que se passe-t-il donc, mon pauvre ami ?

— Qui se couche avec les chiens se lève avec des puces !

— Quels sont ces chiens ? Où sont les puces ?

— Vous êtes une jeune femme coquette et sans expérience...

Il me toisa et je lui rendis son regard ; il détourna les yeux.

— Je suis arrivé à temps, du moins je l'espère.

Il continuait son manège, en me fixant de biais, de temps en temps ; je sus alors que je n'éviterais pas cet affrontement, que j'avais redouté et attendu à la fois. Mon ex-fiancé se croyait passé de commis à maître, en profitant de la faiblesse de Louis-Xavier.

Il s'arrêta devant moi.

— Vous ne dites rien, Alexandrine... À partir d'aujourd'hui, je prends nos affaires en main. Nous commençons par renvoyer le banqueroutier et le maître d'école républicain. Je veux bien que vous le fassiez vous-même si cela vous permet de sauver les apparences. Sinon, je m'en charge.

Le moment était venu, mon cœur battait la chamade, mon sang bouillait, j'étais presque heureuse.

— Non, dis-je sur un ton ferme. M. Favière a tenu à garder Jules Doivieux : vous m'en avez assurée vous-même.

— Je ne l'ai certainement pas dit.

Je me mordis la lèvre pour ne pas crier de colère. C'est ce qu'il espérait : me forcer à perdre contenance par la mauvaise foi.

— Nous ne reviendrons pas sur ce qui a été convenu, dis-je d'une voix tremblante de rage contenue.

Je me tenais à quatre pour garder mon calme, la respiration me manqua. Émile me regarda, avec un sourire patient et dédaigneux.

— M. Favière est trop bon. Il m'a donné carte blanche pour redresser vos erreurs, et je le ferai, croyez-moi, quoi qu'il m'en coûte. On va commencer par le maître d'école...

Il m'avait désarmée par sa bienveillance dans le cas de Claudius Pacalon : lorsque je songeais à notre premier vrai conflit, qui éclaterait forcément un jour, je n'imaginais pas dans mon innocence qu'il pût employer contre moi des moyens déloyaux. Et le pire de tous : le mensonge !

Je serrai les poings et avançai d'un pas.

— Parlons d'abord de Jules Doivieux. Il n'y a pas d'erreur, je sais par cœur vos propres mots. Vous m'avez dit : « M. Favière souhaite que nous gardions Jules Doivieux comme gérant. C'est vous qui déciderez. » J'ai décidé de le garder.

La vérité me semblait une force tellement irrésistible que je crus l'emporter d'emblée, rien qu'en disant le vrai. Mais Émile secoua la tête.

— Je n'ai pas dit ces mots. Si j'avais donné mon accord pour une affaire de cette importance, je vous aurais aussitôt envoyé une lettre pour confirmer.

— Ah oui ! dis-je avec une moue de mépris. Votre parole ne vaut pas plus que le vent de votre bouche.

Il blêmit, je tâchai de reprendre l'avantage. Ma faiblesse,

et aussi ma force, c'était de ne pouvoir utiliser comme lui l'arme abjecte du mensonge.

— Le cas de Jules Doivieux étant ainsi réglé, passons à celui de M. Rivoire. J'ai dû l'engager car le propre à rien que vous m'avez envoyé de Lyon m'a laissée en plan. Just Rivoire est un homme instruit, capable, sérieux : je le garde.

Émile parut céder sur Jules, mais je savais qu'il reviendrait à l'attaque. Il enchaîna sur Just Rivoire, à peu près dans les termes que j'attendais.

— Vous savez, n'est-ce pas ? que cet individu poursuit ses menées républicaines. Nous pouvons être accusés de complicité. Vous l'avez entendu, vous l'avez surpris, vous en témoignerez. Appelons les gendarmes... s'il n'est déjà parti !

Cette fois, je me sentis devenir louve, mon sang animal courut à travers mon corps et j'eus un frisson dans le dos.

— Vous ne ferez rien, si je ne le veux pas !

Il me fixa, les yeux plissés.

— Ah ! vous croyez !

— Oui !

Il frappa du poing sur le bureau.

— Vous allez prier ces deux hommes de s'en aller de bonne volonté, dans leur propre intérêt. Pour le maître d'école, c'est clair, ou il vide les lieux sans demander son reste, ou il se retrouve en prison dans une heure !

— Il peut vous entendre, il est toujours dans la pièce à côté.

— S'il m'entend, qu'il tire les conséquences. Quant à Jules Doivieux, il a le choix : ou il donne sa démission sur-le-champ et quitte la région, ou je fais une requête en annulation de vente, au nom de M. Favière, pour cause de banqueroute frauduleuse !

Il se retenait de crier et sa voix avait changé, elle était plus pointue, moins sûre. Ma résistance l'avait surpris, et maintenant il s'emportait, il tournait comme un ours en cage. J'avançai encore un pas, mais il s'écarta de moi.

— Allons voir le notaire de ce pas, dis-je.

— Inutile, Me Genas-Jonage, de Lyon, s'occupera de l'affaire. Je vous préviens : un tabellion de village ne vaut pas tripette devant nos hommes de loi !

J'enfilai mes gants, que j'avais quittés pour écrire, et je fis un geste de dédain.

— Nous verrons. Suivez-moi chez Me Malassagny, c'est à deux pas. Et Me Malassagny est un ami de M. Favière.

— Bon, nous profiterons de l'occasion pour lui signifier d'avoir à nous remettre tous ses dossiers.

Je voulus prendre mon sac, mais je me trompai et pris mon parapluie, je sortis et trébuchai sur le seuil. La lutte s'annonçait indécise, j'avais donné des coups, j'en avais reçu, je tremblais de fatigue... Et si je tentais une allusion à l'histoire du borgne ? Non, c'était ma meilleure cartouche, je ne devais pas la tirer encore.

Et maintenant nous étions dans la rue, marchant d'un bon pas, chacun d'un côté, moi devant, lui un peu en arrière. Je tenais mon parapluie comme une canne, lui serrait la sienne sous le bras, ainsi qu'un grand portefeuille, et trottinait pour me suivre. Il me rattrapa et grommela :

— Inutile de nous précipiter ainsi. Je viens de me souvenir que Me Malassagny a été premier clerc chez Me Genas et qu'ils sont restés liés, un arrangement sera sûrement possible. Allons au moulinage. Jules Doivieux sera bien obligé...

Il s'interrompit, tout essoufflé, et je le toisai avec mépris.

— Croyez-vous fin de vider votre sac en pleine rue ? Ce soir la ville saura tout de notre querelle !

Il tira sur son col et me jeta un regard plein de rancune.

— C'est de votre faute, vous m'échauffez les oreilles, vous me poussez à bout ! Las comme je suis de tous mes voyages !

— Allons au moulinage.

Je revins sur mes pas, prenant tout exprès le mauvais chemin, et il me suivit. Je me mis à courir.

— Pressons-nous, monsieur, il est midi.

Il sortit sa montre de son gousset.

— Midi ? Allons à mon auberge, il faut que je me repose.

— Venez chez moi vous réconforter.

— Chez vous ? Mais on nous verra.

— Eh bien, n'êtes-vous pas mon fiancé ?

J'avais gagné sinon la bataille, du moins la première manche, je n'en revenais pas.

Il s'arrêta au pied de l'escalier.

— Je ne cède pas sur le fond de l'affaire, dit-il.

Chez moi, c'était encore tout en désordre, avec mes caisses, paquets et malles en osier et, pour ainsi dire, pas de meubles. Je lui donnai ma seule bonne chaise et lui servis deux doigts de liqueur puis deux autres, qu'il but les yeux fermés, le bras levé.

— Je vous protégerai contre vous-même, Alexandrine !

— Vous n'avez pas peur que je vous empoisonne, Émile ?

Louisette préparait une omelette aux pommes de terre, le seul plat qu'elle sût bien faire. J'expliquai à Émile que ce n'était pas assez pour nourrir un homme de sa trempe.

— Aussi je ne vous invite pas...

Il aurait bien aimé être invité, je le voyais à son regard, non seulement à ma table, mais à ma chambre à coucher.

Je savais qu'il était sans pitié, d'autant plus dangereux qu'il pouvait sacrifier ses intérêts du moment, avaler des affronts et baisser l'oreille en attendant l'heure du berger. Je mesurais aussi le pouvoir que j'avais sur lui ; il s'était bien battu, mais j'étais aussi forte que lui, face à face.

— À votre place, je me méfierais, dis-je. Il y a des républicains dans ces montagnes et ils savent que vous les pourchassez. Soyez prudent !

Il me regarda dans les yeux, froidement.

— Oh ! soyez prudente, vous aussi. Vous avez une mignonne petite fille, naïve à suivre le loup dans le bois. Or on sait que les républicains vont parfois jusqu'au rapt d'enfants pour peupler les phalanstères qu'ils ont dans des lieux cachés... comme les forêts au sud de Saint-Étienne. Et ne dit-on pas que Victor Considérant est rentré en France à la tête d'une troupe de bandits.

Je m'écriai que Considérant n'était pas un bandit, mais un homme comme Victor Hugo. Émile brandit les poings.

— Pis qu'un bandit, un révolutionnaire, un Fouché, un Collot d'Herbois ! Croyez-moi, si votre fille tombait entre les mains de ses partisans, vous risqueriez de ne la revoir jamais !

Il baissa la voix, prit un ton doucereux :

— Nous n'allons pas nous chamailler pour des bagatelles. Je vous concède Jules Doivieux, pour le moment. Nous reverrons son cas dans un mois ou deux. Laissez-moi régler le cas du maître d'école. Aucun républicain dans nos affaires, je ne transigerai jamais sur cette règle.

Je compris, la rage au cœur, qu'il me fallait abandonner Just Rivoire. Mais Émile n'eut pas le plaisir de le chasser, l'ancien maître d'école connaissait mieux que moi la férocité de ses ennemis et le péril de les défier. Il avait déjà quitté son emploi à la succursale et son logement de Pélussin. Il n'avait pas même réclamé ses huit jours ! Je décidai de lui faire tenir, par Mlle Lucie, un mois de salaire, que je pris sur mon argent personnel.

Émile avait gagné sur ce point non à cause de ma faiblesse, mais parce que le gouvernement était de son côté. Cela me força à réfléchir, je compris mieux l'impuissance de mes ancêtres huguenots sous le pouvoir royal.

Et Louis Napoléon ne valait pas mieux que les rois, même s'il soutenait le commerce et les affaires.

Nous avions racheté en même temps que le moulinage de Jules Doivieux sa maison du Blanchet, au-dessus de Pélussin, vers les basses montagnes de l'est, le côté de Rive-de-Gier et Lyon. Elle était en fort mauvais état, et j'avais décidé d'entreprendre les réparations nécessaires pour l'habiter ou la louer. Ces travaux commencés, je décidai d'y passer une nuit, par envie de solitude, de communion avec la nature au bord des grands bois de hêtres et de merisiers.

Et puis il y avait au-dessus de la maison, en montant vers les crêts, un espace découvert d'où l'on pouvait voir le ciel tout entier. J'avais choisi cette soirée, à cause du temps clair ; la lune, au début du premier quartier, dessinait au fond de l'espace un tout petit croissant : j'espérais ainsi voir des millions d'étoiles.

Quand elles furent levées, je partis, ma lanterne à la main, car je devais suivre un sentier touffu et sombre. D'abord, je crus entendre hurler un loup dans la forêt épaisse des crêts : Baronnette, Montivert, Montieux... On m'avait dit que les loups étaient rares dans ces basses montagnes, mais qu'on les voyait ou les entendait parfois en hiver. Je me dis : On est encore en été, tu dois rêver. Peu après, il me sembla distinguer un pas étouffé et un remuement de branchages, non loin derrière moi. Je courus pour sortir du couvert ; ma lanterne me battait les jambes et mon imagination battait la campagne.

J'arrivai enfin sur le terrain nu, d'où j'avais l'habitude de regarder le ciel, les étoiles étaient au rendez-vous, pourtant moins nombreuses et moins brillantes qu'en hiver, et je fus un peu déçue. Enfin, mon souffle s'exhala et je ris de mes peurs.

Pierre savait nommer beaucoup d'étoiles ; moi je ne reconnaissais que le grand chariot et l'étoile Polaire, au-dessus des montagnes. Mais je savais le nom commun de toutes les merveilles qui peuplaient le ciel : la Création.

J'éteignis ma lanterne et je regardai de toute la force de mes yeux, de toute la candeur de mon âme, de toute l'allégresse de mon cœur. Puis, soudain, l'homme fut là, debout à côté de moi, silhouette noire à peine dessinée dans la pâle clarté qui tombait de la lune. Je n'eus pas même un sursaut, tant je me sentais loin d'ici et d'aujourd'hui.

— Comme vous êtes calme ! dit-il. Rien ne vous trouble donc ? Mes excuses, ce n'est que moi, Just Rivoire.

— Les républicains croient-ils en Dieu ?

— Je crois au Dieu de Victor Hugo, pas à celui de Pie IX et de Louis Napoléon !

Il leva la tête pour regarder avec moi, en silence, la toile infinie de l'univers. Il se rapprocha et je ne m'écartai pas. Il me dit qu'il était venu me remercier pour l'argent que je lui avais fait tenir par Mlle Lucie.

— Je déteste l'argent, mais il en faut pour vivre dans la société actuelle. Plus tard, la république l'abolira !

— Qu'allez-vous faire en attendant l'abolition ?

— Partir, émigrer... J'irai plus loin que Jersey, croyez-moi. La grande Amérique, voilà le pays qui m'attend.

— Il me semble que la grande Amérique est une république depuis bien longtemps, et l'argent n'y est pas aboli, que je sache.

Il soupira ; je le sentis de toutes les fibres de mon corps souffrir un cruel silence, et j'eus pitié de lui.

— Je veux vous aider, dis-je. Je peux cacher un proscrit.

— Non, ce serait trop dangereux. Vous avez de mauvaises fréquentations. Mais comme l'argent ne sera pas aboli avant longtemps et surtout pas par l'empereur, envoyez quand vous pourrez deux ou trois louis ou même un billet de cent francs à Mlle Lucie. Elle saura qu'en faire.

— Je viderai ma bourse pour la république.

L'on eut encore un moment de silence, puis je lui demandai de chanter un cantique avec moi.

— Jamais.

— Alors, la république n'aura pas un sou.

— Vous êtes une drôle de payse... Xarine !

Et il répéta après moi, à pleine voix : « Ô Dieu, Ton temple, / C'est l'univers. » Puis il s'en alla sans un mot.

16

Les goélands sur la mer écumante

Lyon, 1852

Plusieurs compagnons de ma connaissance avaient été arrêtés et emprisonnés au moment du coup d'État de décembre ; certains avaient été déportés à Cayenne ou en Algérie.

Le jeune Théo se prétendait républicain, mais un peu moins haut qu'avant. Pierre, Louis-Xavier, les Chavanier, Mlle Agathe et bien des commis de fabrique approuvaient Louis Napoléon. Et même Brunette, qui avouait pourtant une sympathie cachée pour les républicains, mais très, très cachée... Émile Chambet était un fervent partisan du prince-président, qui serait bientôt l'empereur des Français.

La majorité des canuts se taisaient et beaucoup affectaient de regarder de haut les événements ; l'opinion républicaine et même socialiste prévalait à coup sûr parmi eux et quelques-uns appartenaient aux cercles d'égalité et de fraternité, ou aux anciennes sociétés secrètes. Le souvenir des révoltes de 1831 et de 1834, et de la misère et du malheur qui s'en étaient suivis, les incitait à la résignation, et même à un certain mépris des affaires politiques. Contrairement aux craintes de Louis-Xavier, il n'y avait pas eu, ni en décembre 1851 ni à aucun moment dans l'année 1852, de mouvements d'insoumission à la Croix-Rousse.

Les proscrits étaient bien moins nombreux à Lyon que dans le Midi. Les fugitifs lyonnais étaient partis pour la Suisse ; quelques-uns rentrèrent dès avant les lois d'amnistie. Il y eut des interventions en haut lieu pour favoriser le retour de ceux de la fabrique, canuts, compagnons, monteurs... Le commerce fut lésé un certain temps par les troubles politiques ; mais les maisons Favière et Jurieu, qui avaient une bonne part de leur clientèle à l'étranger, ne souffrirent pas longtemps du marasme.

En décembre 1852, à la proclamation de l'Empire, une nouvelle prospérité s'annonçait déjà, alors que les prisons étaient pleines et des milliers de forçats en bateau pour Cayenne, à moins qu'ils ne fussent déjà au bagne. Le poète Lachambeaudie, prisonnier à bord du vaisseau *Duguesclin*, en rade de Brest, aperçut un jour l'aile blanche d'un goéland qui rasait l'étroit sabord de sa prison ; cette vision fugitive lui inspira des vers touchants, qui circulèrent dans Brest, puis dans toute la France.

Théo les apprit par cœur et les récita imprudemment dans les cafés, où il s'enivrait un peu trop volontiers, et jusque sur les places publiques.

J'ai vu les goélands sur la mer écumante
Dormir insoucieux au sein de la tourmente.
Si l'un d'eux quelquefois poussait des cris plaintifs,
C'était pour son doux nid perché sur des récifs.
Ainsi de nous, pauvres captifs !
Sur la paille des casemates
Et sur les humides sabords
De la plus vieille des frégates,
Nos âmes reposaient calmes et sans remords.
Si des pleurs se mêlaient à nos voix gémissantes,
C'est que nous regrettions nos familles absentes.
Mais du moins les oiseaux retournaient à leurs nids !
Et nous, les malheureux bannis,
Hélas ! reviendrons-nous vers nos foyers bénis ?

Émile Chambet trouvait cette poésie ridicule et s'amusait à chantonner : « Que font, font les républicains sur les pontons ? Ils font, ils font, ils font des vers des mirliton ! » Et Pierre à Théo :

— Tais ta gueule, imbécile. Tous ces malheureux prisonniers seront libérés pour ne pas déplaire aux États-Unis d'Amérique. Alexis de Tocqueville l'a écrit !

Un beau dimanche après-midi, Théo m'accompagna avec Marie à l'île Barbe ; sur le bateau, il se mit à déclamer sur un ton provocant le poème de Lachambeaudie qui était fort long et qu'il savait par cœur. La compassion sincère qu'il éprouvait pour les prisonniers de pontons me touchait fort, mais sa témérité m'inquiétait et je ne savais comment le lui dire sans le peiner et sans lui paraître lâche.

Il s'aperçut soudain de ma gêne, il s'approcha pour murmurer à mon oreille :

— Pardon, Xarine. Je souhaite que notre petite Marie vive sous la république et ne connaisse jamais de telles horreurs. Mais je me tairai maintenant, car je vois bien que je vous ai rendue triste.

Je lui répondis d'une pression de la main. Non, il ne m'avait pas rendue triste, mais fière ; je l'aimais à la fois pour son imprudence naturelle et pour la sagesse qu'il s'imposait. Je pouvais voir en lui un digne descendant des huguenots qui avaient résisté en Cévennes, et aussi, tout simplement, un jeune homme de cœur. Je cherchai un mot pour lui dire mon amitié, mon affection, et rien ne me vint que son nom de famille. Je prononçai tout bas : « Favière... » Il me regarda et sourit. À ce moment, une secrète entente naquit entre nous deux, et j'en éprouvai de la joie.

Plus tard, à l'île Barbe, nous étions dans la propriété de Louis-Xavier, sur le rivage, et Marie jouait sur le sable. Théo s'assit près d'elle et lui prit une poignée de cheveux.

— Je vais te tresser une natte, dit-il.

— Tu ne sais pas, répondit Marie. Les garçons ne savent pas tresser des nattes. Et puis tu me fais mal !

— Mais si, je sais. Je te coifferai le jour de ton mariage. J'aime beaucoup toucher les cheveux des jeunes filles.

— Tu es bête !

Il la lâcha en riant, elle le menaça du doigt, ils se regardèrent longtemps, comme pour se défier, mais ce n'était pas un défi, plutôt une promesse.

Il joua avec elle un moment ; il lui dit *La Guenon, le singe et la noix,* une fable qu'elle aimait beaucoup, puis *Le Corbeau et le renard* et *La Cigale et la fourmi,* de Jean de La Fontaine, qui la firent réfléchir et poser des questions. Elle l'écoutait, l'air sérieux, guettait ses gestes, son visage, ses yeux, au point de l'embarrasser.

Il posa un doigt sur son front.

— Si tu devais choisir entre la cigale et la fourmi, qu'est-ce que tu voudrais être ?

Elle chassa le doigt de Théo et fit la moue.

— Je crois que je voudrais être la cigale en été et la fourmi en hiver.

Théo battit des mains.

— Voilà une bonne réponse !

Il faisait froid, mais le soleil brillait. Le temps s'accordait avec la mélancolie et l'espérance qui étaient dans mon cœur. Je les regardais et je me sentais déborder de tendresse. Marie avait cinq ans et demi, Théo un peu plus de seize ans. Il aurait pu être mon jeune frère ; sa présence m'était très douce ; son entente avec ma fille me comblait.

Il se retourna soudain, me rendit mon regard et récita, pour moi : « Heureux qui, comme Ulysse, a fait un beau voyage... »

— Un jour, Xarine, je vous emmènerai en Amérique !

Ainsi fut scellée entre nous une longue et bonne alliance.

17

L'heure du loup

Lyon, le mont Pilat, 1853

Pierre finit par accepter mon installation au Pilat, comme une lubie qui ne durerait pas plus que le printemps. Il me rejoignit aux premiers beaux jours.

— Alors, c'est ici le Blanchet ? Décidons que je suis chez moi. Voulez-vous être ma servante, jeune dame ?

Je levai la main pour le souffleter et, comme d'habitude, je retins mon geste et tendis mes lèvres.

— Avoue que la paume t'a démangé deux secondes... Xarine !

Ainsi, j'étais asservie et j'y prenais plaisir. Nous ne nous étions pas vus depuis des mois et nous étions tous les deux dans une grande agitation ; Pierre tournait comme un ours emmuselé, et moi j'avais les pieds dans le feu. Nous nous poursuivions en riant, nous appelant à travers toute la maison et jusque dans les prés et les bosquets alentour. Il m'empoigna soudain par le bras.

— Émile m'a parlé de ton maître d'école républicain. Est-il parti pour de bon ?

— Mais qu'en sais-je, moi ? Ainsi, Émile Chambet te fait son rapport sur nos affaires. M. Favière est-il averti de ces façons ?

— Mais oui, ces façons, comme tu dis, font partie de notre entente. Nous nous préparons à réunir nos maisons, sous forme d'une société anonyme, dont nous partagerons les actions. Émile organisera tout cela au mieux. Je ne connais pas vos comptes, mais tu auras, naturellement, ta part.

— Quel rapport avec *mon* républicain ?

— Nous devons être prudents, à cause de nos actionnaires, qui pourraient retirer leur mise s'ils savaient que nous gardons des commis républicains.

Je ne pus m'empêcher de rire.

— Pour les ouvriers, c'est sans importance, n'est-ce pas ?

Pierre rit avec moi.

— Certes. Et, d'ailleurs, ils sont tous républicains !

Nous marchions dans un pré en nous tenant à deux pas l'un de l'autre, au cas où quelqu'un nous aurait guettés ; Pierre s'arrêta et m'appela.

— Alexandrine, je dois t'apprendre une triste nouvelle. Jérôme Lefranc, l'ancien amant de Mathilde, s'est suicidé à la prison du boulevard Diderot, à Paris, où par parenthèse il n'aurait pas dû se trouver, comme détenu politique. D'après ce que je sais, il allait être libéré, et il n'a pas supporté l'idée de se retrouver dans le monde sans... sans ce qui lui manque.

Ce fut l'oraison funèbre du pauvre défroqué. Pierre m'entraîna dans un bosquet.

— Personne ne peut nous voir ici.

Il me serra contre lui.

— Mathilde est maintenant résignée. Je ne serais pas étonné qu'elle veuille se retirer dans une propriété de ses parents. C'est un grand soulagement, mais cela ne change rien à notre vie. Alors, je te pose de nouveau la question : Alexandrine, es-tu enfin décidée à avoir un fils ?

Je l'étais moins que jamais. Au moment où s'annonçait la réussite de la succursale, où j'allais peut-être enfin réaliser mon vieux rêve de réunir l'industrie et le commerce de la soie... il m'aurait fallu tout abandonner ? Non.

J'écoutai à peine Pierre qui disait pour me rassurer que j'avais un peu de temps encore, que ça n'arrivait pas toujours aussi vite qu'on l'espérait, qu'il ferait ce qui lui incombait avec toute l'ardeur du monde et ne garantissait pas de réussir au premier essai.

— Bien sûr, tu seras obligée de revenir à Lyon quelques mois. Puis, à la naissance de notre fils, nous achèterons une maison à la campagne. Tu y vivras avec l'enfant, mais naturellement nous prendrons une nourrice. Tu seras libre, tu pourras voyager avec elle et le baby, tu recevras, tu...

— Mais, bien sûr, je devrai abandonner mon travail, ma succursale.

— Émile t'aidera à engager des hommes compétents pour tenir les guides. La succursale tournera fort bien sans toi, et rien ne t'empêchera de la visiter de temps en temps.

Mes lèvres tremblaient, Pierre me prit dans ses bras.

— C'est décidé : on s'attelle à la besogne dès cette nuit !

Je balbutiai :

— Oui, oui, oui.

Mes larmes mouillaient le cou de Pierre, je défaillais sous ses baisers. Et il me disait :

— Cet enfant, tu le veux ?

Je ne répondis pas, et il prit mon silence pour un acquiescement.

— Tu veux qu'il soit mon fils ?

Je me tus et il continua :

— Tu veux qu'il soit riche ? qu'il ait une belle instruction ? et qu'il fasse un grand mariage ?

Je me laissai tomber sur un banc, je fermai les yeux. J'entendais Pierre à une lieue, marmonner et s'exalter de son projet.

— Les Lambert-Gondi ne devront pas se douter que cet enfant est mon fils. Ce serait gênant, euh... dangereux. Ils vont être les plus gros actionnaires de notre société après Louis-Xavier et moi. La complicité d'Émile est plus que jamais nécessaire. Il veillera sur toi à ma place, car je devrai être très prudent. Il se chargera de trouver une sage-femme de confiance et de talent. Et, sois tranquille, comme toujours, il pensera à tout !

Je répétai :

— À tout ?

Pierre insista :

— Ma foi, le plus simple serait de faire passer notre fils pour le sien. Tu ne seras pas obligée de l'épouser. Ce sera suffisant que tu le voies de temps en temps. Ah ! j'ai peut-être une meilleure idée. On en reparlera.

Je l'écoutai délirer, le cœur serré, une boule dans la gorge. Il me demanda soudain si j'avais une robe de soie. J'en avais une dans ma malle, il me força à la vêtir tout de suite.

— Aujourd'hui est un jour de fête et, après, nous aurons une nuit de fête !

Une voiture s'arrêta devant la maison, Émile en descendit, le cocher l'aida à porter ses bagages. Pierre me poussa en riant.

— Va vite à la rencontre de ton fiancé. Dis-lui : Émile, vous voici enfin !

J'obéis avec une joie perverse.

— Émile, vous voici enfin !

— Pardonnez mon retard, ma chère fiancée, dit-il d'un air de bien sentir où le bât le blessait.

— Émile, dit Pierre, c'est à vous de mieux jouer la comédie. Nous allons nous exercer. Prenez Alexandrine par la taille. Oui, enlacez-la... mieux que ça. Vous êtes son fiancé, que diable !

— Monsieur de Jurieu, puis-je vous suggérer de crier un peu moins fort ?

Quand Émile posa les mains sur moi, je m'attendais à une crispation, à un dégoût, à une envie de fuir dans les bois. Mais le plaisir du jeu l'emporta ; troubler Émile m'amusait toujours autant. Pierre était là, il me fixait, le regard brillant de folles promesses, et je savais bien qu'à la fin je ferais tout ce qu'il voulait, trop heureuse de tomber à ses genoux et de me soumettre à ses désirs... qui étaient les miens.

Mais je ne renoncerais jamais à une vie qui me passionnait !

Un éclair s'alluma dans les yeux du commis, puis s'éteignit aussitôt, révélant ses sentiments, et je perçus son dépit et sa rancune.

Il ne pouvait dissimuler le goût qu'il avait pour moi. Quand il me touchait et me serrait sur le commandement de son maître, je voyais que la chair lui démangeait.

C'était la guerre entre nous, et je me battais avec mes armes.

Je pris ses mains et les posai sur mon buste, sur mes hanches.

— Émile, je ne suis plus une rosière, je suis une veuve de vingt-cinq ans.

— Vingt-sept, si je compte bien.

J'insistai pour le mettre mal à son aise en m'appuyant contre lui, en tâchant même de provoquer sa convoitise. Qu'il en perde la boule, pensai-je, qu'il nous tire sa révérence !

À l'auberge, on nous donna une table de coin, et je le fis placer à côté de moi sur une espèce de banquette, couverte d'un coussin qu'il fallait tout le temps relever, et, ainsi, nos doigts se croisaient et nos jambes se cognaient. En face de moi, Pierre riait aux anges, les mains sous le menton, les coudes sur la table. Nous désignant de l'index à la servante, il demanda un « vin pour les amoureux ». Il nous servit tous les deux, comme s'il était un bon oncle veillant à notre agrément. Et il se délectait autant que moi de voir le commis près d'avaler sa langue et passer du blême à l'incarnat. Louisette nous rejoignit à la fin du repas. Pierre s'écria :

— Voilà votre chaperon, mes amis, j'espère que vous serez sages et ne la mettrez pas dans l'embarras !

En rentrant, un peu plus tard, il me souffla à l'oreille :

— Tout cela est bon pour avoir un garçon !

Une vilaine pluie se mit à tomber, drue et froide, à quelques jours de l'été. On se mouilla pour aller à la voiture qui ne nous attendait pas comme prévu devant l'auberge, puis on se mouilla dedans car la capote était trouée. J'arrivai au Blanchet toute saucée et transie. Je prêtai ma chambre à Louisette et l'aidai à se frictionner par tout le corps avec un vieux drap. Elle me dit sur un ton de vieille complice qu'elle me souhaitait une bonne nuit, « ainsi qu'à M. Émile ».

Pendant ce temps, Pierre et le commis avaient allumé un feu de fagots dans la cheminée de la salle commune. Pierre me fit quitter ma robe, tordit mon jupon, me sécha les bras et les jambes comme j'avais séché Louisette. Émile se tenait devant les flammes, à se brûler la face. Pierre le railla :

— Tournez donc le dos au feu, mon ami. Et si, par mégarde, vous voyez de vos yeux votre fiancée en chemise, votre vue n'en sera pas blessée.

Il fut décidé que nous dormirions là, devant le foyer ; un matelas et des couvertures furent posés pour Émile dans la pièce voisine, que pas même une porte ne séparait de la salle commune.

Pendant nos embrassements, Pierre me regarda à la lueur des flammes.

— Tu sais qu'autrefois on appelait ce que nous faisons danser le branle du loup ? Alors, si nous entendons hurler un loup avant la fin de la nuit, c'est qu'il nous naîtra un fils dans le juste temps.

Ma raison aurait dû me souffler que les loups n'approchaient jamais aussi près des lieux habités, surtout vers l'été. Non... Je me souvins seulement que j'avais cru entendre les cris d'une bête le soir où j'étais venue guetter les étoiles. Je songeai : C'était un loup et il va encore hurler pour nous cette nuit !

Il me sembla que je venais à peine de m'endormir quand Pierre me secoua l'épaule.

— Écoute !

Je me réveillai emplie d'un bonheur qui bouillait dans mon corps, dans mon sang et débordait de moi. J'entendis le loup, comme à Préval, pour notre première nuit, comme le soir où je marchais dans la neige avec Charles, et que la peur me glaçait. Et maintenant je n'avais plus peur, j'appelais le loup de toute mon âme. Il était là. Pierre arracha notre couverture, tira le drap, et je vis que j'étais nue. Il me fit lever et je cherchai mes vêtements, il me cria de passer ma robe sans rien dessous, puis m'entraîna dehors.

— Allons au-devant du loup qui nous apporte notre fils !

La pluie avait cessé, la pleine lune roulait dans le ciel, le vent battait et soulevait ma robe de soie. Pierre me portait à moitié en me serrant contre lui.

— Entends-tu le loup ? Il est tout près !

Je fis semblant d'avoir peur. Et Pierre, riant :

— Encore plus près ! Sur toi, prêt à te dévorer !

Il m'appuya le dos contre un arbre.

— Au cas où nous n'aurions pas réussi dans la chambre !

Je me prêtai encore à cette fantaisie et, si incommode que fût ma position, je me croyais sur un lit de roses, au jardin d'Éden.

Au matin, je dis à Pierre :

— Ma réponse est non. Je ne veux pas renoncer à mes projets pour élever un enfant. Si Dieu m'en envoie un, je l'élèverai à ma façon, sans quitter mon travail... et sans l'aide d'Émile. Et il n'aura qu'un père, et tout le monde saura qui est ce père. Ici, à Lyon, jusqu'à l'hôtel des Lambert-Gondi !

Pierre haussa les épaules.

— Tu es folle ! Tu changeras d'idée quand mon fils sera là. Je me chargerai de te persuader.

Il tendit la main pour me caresser le visage, mais je m'écartai vivement de lui.

Je recrutai en remplacement de Just Rivoire un nommé Marius Jayol, ancien commis de passementerie de Saint-Étienne, venu respirer l'air de la montagne. Cet homme habile et d'âge rassis gardait beaucoup de relations dans le commerce, connaissait bien les soies et pouvait me suppléer à Pélussin.

Émile ne se mit pas en travers de mon chemin.

18

Retour aux Trois-Vallées

Lyon-Cévennes, 1853

Mon père se plaignait de sa santé, et je ne l'avais pas vu depuis presque une année. M. Gabriel Favière, qui écrivait en son nom, avait ajouté au bas de sa dernière lettre : « Je crois, ma chère Alexandrine, que tu devrais venir sans tarder... »

Avant de partir pour les Cévennes, je rendis visite à Louis-Xavier, qui me parla longuement des Favière. Depuis la mort de l'aîné des messieurs Favière, François IV, son fils François-David, neveu de Louis-Xavier, âgé maintenant de quarante-cinq ans, dirigeait seul les fabriques familiales, avec plus ou moins de réussite : il avait beaucoup emprunté et les intérêts de ses dettes mangeaient une grosse part de ses bénéfices.

— La situation de mon neveu n'est pas très bonne, me dit Louis-Xavier, ni dans ses affaires ni dans son ménage, ses soies sont de mauvaise qualité, mal filées, mal ouvrées. Valentine passe les trois quarts de son temps en villégiature, à Paris et dans les villes d'eaux, mais ne vient presque jamais à Lyon, et sa famille en est très fâchée. Mon neveu te proposera sans doute quelques arrangements pour les créances que nous avons sur lui, en ton nom et au nom de ta fille. Dès qu'il t'aura parlé, s'il le fait, écris-moi vite.

Que l'on pût produire aux Trois-Vallées des soies « mal filées » et « mal ouvrées » m'étonnait fort. L'envie me prit de vérifier par moi-même la qualité de ces marchandises ; je m'aperçus qu'il était très difficile de retrouver tel ou tel envoi dans nos magasins. Je me refusai à demander l'aide d'Émile, après notre conflit au sujet de la succursale ; et puis j'avais des doutes sur son rôle dans cette mauvaise appréciation de la soie livrée par les fabriques Favière.

Juste avant de partir aux Trois-Vallées, je pus enfin poser la main sur des flottes ouvrées par M. François-David, qui me parurent excellentes. Je décidai de continuer mes observations, si je le pouvais, aux Trois-Vallées.

Je regardai longtemps le bateau à roues creuser sa route entre l'eau du fleuve et le brouillard de l'espace. Le Rhône roulait ses fortes eaux, qui s'écrasaient sur les écueils de la berge dans un jaillissement d'écume ou bien s'étalaient au pied des arbustes d'un vert vif et jeune et se répandaient dans les champs de joncs. On s'amusait de voir les bateliers ployer la cheminée pour passer sous les ponts. Appuyée au bastingage, je me laissais bercer par le courant du fleuve et le balancement du bateau, tantôt près de la nausée, tantôt flottant vers l'ivresse. Qu'elle était douce la sensation d'être emportée vers le soleil et vers mon pays !

Déjà Lyon était loin derrière nous ; loin, les brumes des fumées d'usines, le ciel gris et baigné de pluie. Nous passions sous le Pilat, ses dures pentes de bois et de rocs, ses cimes enrubannées de nuages bas. En face, à vingt lieues peut-être, de petites touches blanches sur les crêtes des montagnes aux formes vagues dessinaient l'horizon du Dauphiné aux neiges éternelles. À Valence jaillit soudain, devant nous, la clarté du Midi. On vit les premiers oliviers ! Et les mûriers ! Le fleuve lui-même semblait presser l'allure, le bateau glissait à la surface de l'eau, comme s'il voguait sur la lumière. Puis ce furent, sur la rive droite, un haut donjon planté sur un rocher vertigineux, un château fort tout fendu de brèches. On croisait des îlots touffus, où le jaune des osiers perçait le vert des feuillages. Sur la rive gauche se dressa contre le ciel l'énorme pyramide du mont Ventoux.

Un soleil de feu inonda les collines et fit jaillir mille éclats à la surface du Rhône. Il me sembla entendre le chant des cigales au milieu du fleuve.

J'arrivai en Cévennes à la fin de la saison d'éducation de 1853. La récolte de cocons de l'année 1852 avait été bonne, quoique de nombreux cas de maladie fussent signalés, surtout dans les grosses magnaneries.

Mon père vendait toutes ses feuilles à Margot Pieyre, pour les magnaneries du Grand-Mas, et il s'était remis à courir la montagne avec deux ou trois mulets. Je le trouvai en belle santé, mais un peu exalté, citant trop souvent la Bible sans raison et parfois de travers. Il me regarda si longuement dans les yeux que je dus baisser la tête.

— Tu ne te remaries donc pas ? J'aurais eu de la joie d'avoir un petit-fils de ce côté-ci de la mer.

Mon frère Paul n'avait jamais daigné me faire savoir qu'il avait fondé une famille en Algérie, je ne connaissais sa vie que par ouï-dire. Je tentai d'expliquer à mon père que ma situation de veuve me donnait des avantages pour le commerce et que je tenais à les garder, du moins pour le moment.

— Ah ! le commerce ! dit-il sur un ton assez gai. Il faut bien des marchands pour faire tourner le monde comme l'Éternel l'a créé. Tu rouleras en carrosse, ma fille, mais prends garde de n'adorer jamais le veau d'or !

Je promis de tout mon cœur, et me demandai si je n'avais pas un petit penchant pour cet animal. Mon père me regarda avec un étrange sourire, comme s'il lisait en moi.

— Je vous ai fait venir, ton frère et toi, pour régler le partage de mon petit bien. Après, je serai libre de m'en aller. J'espère que Paul ne va plus tarder, j'aurais aimé qu'il m'amène ma belle-fille, mais il n'a pas pu ou pas voulu lui payer le billet.

Sa conclusion m'inquiétait : Après, je serai libre de m'en aller... Il pensait peut-être qu'après avoir réglé ses affaires il serait libre de mourir ? En attendant Paul, je le suivis un jour dans la montagne avec ses deux mulets chargés de lourds ballots. Après un long moment de silence, il se mit à me parler comme autrefois de la Bible et de ses campagnes sous Napoléon.

— Franchement, je pense que ce n'est pas de sa faute si Grouchy est arrivé trop tard à Waterloo. C'est l'Éternel qui l'a voulu.

Je posai la main sur son bras, il s'arrêta et me regarda en souriant avec bonté.

— Qu'est-ce qui te soucie, Alexandrine ?

— Père, pensez-vous que le Seigneur l'a vraiment voulu ?

Si Napoléon avait été victorieux, il aurait peut-être reconquis encore une fois l'Europe, la guerre aurait sans doute continué, beaucoup de gens seraient morts, beaucoup d'enfants ne seraient jamais nés ; Pierre n'existerait peut-être pas et moi non plus !

— Père, croyez-vous que Dieu a décidé tout ce qui arrive... ou n'arrive pas ?

Il m'observait avec le même sourire insistant et qui me parut éclairé par la lumière de la grâce. Il me regardait, et je voyais sur son visage, dans ses yeux, une bienveillance qui n'était presque pas de ce monde. Je sentis que je pouvais lui confier sans crainte tous mes secrets, mes peurs et mes espérances, et qu'il me comprendrait. Et, en même temps, je sus que je n'avais pas besoin de parler, car une entente silencieuse s'était faite entre nous, profonde et douce. Il me pria encore :

— Dis mieux ton idée.

— Je me demande si le Seigneur gouverne à la fois tous nos actes et les événements, grands et petits, qui ne dépendent pas tout à fait de nous. L'arrivée de Grouchy, Waterloo sont justes des exemples. La religion affirme qu'Il nous laisse libres... un peu libres... tout à fait libres... je ne sais pas... et en même temps que rien ne se passe qu'Il n'ait voulu. Comment est-ce possible ?

Mon père prit un air malicieux.

— C'est que, vois-tu, l'Éternel a plus d'un tour dans Son sac. Il s'arrange pour rattraper nos bêtises, nos faux pas, nos malices, nos malfaisances et, quelquefois, pour nous donner une bonne leçon en même temps. Et puis, d'autres fois, Il laisse tout aller, à croix et pile, à boule vue, et il n'y a plus qu'heur et malheur. Si on lit bien la Bible, on comprend que ça arrive par moments, on ne sait pas pourquoi, mais on voit bien que ça doit être ainsi. Il ne faut pas que la boucle soit trop serrée : si elle l'était, peut-être bien que la création en péterait... Alors, à ces moments, c'est à nous d'attraper la fortune par les cheveux, et qu'Il nous aide un peu !

Mon père bridait peut-être le mulet par la queue, en se mêlant de théologie ; mais il était sincère et je sentais qu'il avait cherché la vérité avec persévérance, dans la Bible et dans son cœur. Apaisée, je lui pris les mains et le remerciai en silence.

Puis nous chantâmes ensemble *Le Conscrit du Languedô*.

Je fis mes visites habituelles, aux Favière, à Margot, à Juliette. Margot s'inquiétait aussi pour le Grand-Mas, que les Favière entendaient vendre ; elle me répéta que les affaires de la famille n'allaient pas bien, que M. François-David manquait de commandes, qu'il était obligé de travailler à bas prix et que l'argent lui fondait dans les mains, comme le gras dans la poêle.

— Ah ! nos messieurs ont toujours trop de goût pour ces bouts de billets qui ne valent plus rien après quelque temps !

Soixante ans après la Révolution, le mauvais souvenir des assignats restait encore vif dans nos montagnes ; et même à Lyon, quelques vieux canuts refusaient encore d'être payés en billets.

Quelle était la vraie raison de cette décadence de la maison Favière ? Les autres maîtres de fabrique des Trois-Vallées semblaient jouir d'une bonne santé commerciale et financière, et tiraient de leurs filatures une soie d'excellente qualité, toujours appréciée. Les avis que je pus entendre étaient fort divers. Certaines gens pensaient que François-David se ruinait par ses emprunts qui portaient de lourds intérêts. Mais cela n'expliquait pas que le travail de ses fabriques fût aussi mésestimé à Lyon.

J'entendis d'autres explications.

« M. François-David s'en va en voyage, il n'a pas le temps de s'occuper des fabriques. Il est trop accommodant avec les contremaîtres, pas assez sévère avec les ouvrières. Il ne surveille pas sa marchandise, qui est mauvaise et mal payée... »

— M. François-David n'a plus l'Éternel avec lui, disait mon père. Au temple, il ne chante plus les cantiques, sauf quand il s'aperçoit qu'on le regarde, et alors il se trompe presque toujours. Il a construit de belles usines, acheté les meilleures machines que les hommes font aujourd'hui, il a voyagé, il s'est instruit sur toutes les façons de travailler. Et il voit tout cela, les fileries, les mécaniques, les chaudières, les moulins, et l'eau et la vapeur qui font tourner les roues et les engrenages, il scrute à se tirer les yeux de la tête, mais il ne voit plus Dieu.

Les autres maîtres de fabrique, qui faisaient leurs choux gras, leurs orges et leur pelote, savaient-ils mieux voir Dieu dans leurs machines et leurs fils de soie ? Le voyaient-ils même dans les yeux et le cœur de leurs petites ouvrières ?

J'allai visiter Juliette, mon amie de toujours, et la trouvai donnant le sein à son dernier poupard, un drôle de quelques mois prénommé Victor, comme son père.

— Ah ! mon Victor est un bien bon homme, il me rend heureuse comme je n'aurais pu l'être avec aucun autre. Mais aux fabriques, aux machines, hélas, il n'a jamais pu remplacer Charles. Personne ne remplacera jamais le pauvre Charles !

Elle me regarda avec un air d'indicible reproche, et je sentis la honte et le remords m'enflammer le visage.

Mme Valentine me reçut en maugréant ; amaigrie, mal coiffée, les traits tirés, les yeux hors de la tête, elle était en quelques années devenue une vieille femme.

— Théo m'a dit que vous aviez mis votre fille en pension dans les monts du Forez. Lyon est une méchante ville, n'est-ce pas ? J'aimerais pourtant bien y retourner...

— Qu'est-ce qui vous en empêche ?

— Je vais vous le dire. La fabrique lyonnaise trouve que notre soie ne vaut pas tripette, et il se dit dans toute la ville que mon mari est un propre à rien. Entre Bellecour et la Croix-Rousse, nous ne sommes pas bons à jeter aux chiens ! Mes parents ont honte pour moi et je n'ose plus paraître devant eux !

— J'ai vu un peu de votre soie à Lyon, dis-je, et je l'ai trouvée excellente. Je ne comprends pas plus que vous qu'elle soit dépréciée par les marchands et je me demande d'où peut venir cette méchante opinion sur vos fabriques, que l'on entend maintenant partout, c'est vrai.

— Vous me mettez un peu de baume dans le sang.

— J'aimerais visiter les fabriques pour voir la soie qui entre et celle qui sort. Mais il ne faudrait pas qu'on se doute de cet examen, même pas M. François-David. Pouvez-vous m'accompagner ?

— Vous accompagner ?

Elle se tordit les mains.

— Non, non, pardonnez-moi, j'ai bien trop peur.

— J'irai donc seule, madame. J'espère qu'on ne s'apercevra pas que je regarde la soie d'un peu près.

La Bombudo, elle, avait encore grossi ; elle ne se levait plus qu'avec l'aide de deux ou trois fortes personnes. Devenue veuve, elle avait fait installer son lit devant sa fenêtre et passait ses jours à guetter la rue. Elle appelait les passants qu'elle connaissait le mieux et, comme elle veillait à garder une bonne provision de vin de noix et de liqueur, elle ne restait jamais longtemps esseulée.

Elle me questionna sur ma vie à Lyon, mon travail, mes projets, ces montagnes où j'habitais maintenant et qui, lui avait-on raconté, ressemblaient beaucoup aux nôtres. Et Marie ? Marie connaissait-elle l'histoire de Caïn et Abel ? Théo Favière lisait-il la Bible ? Le mont Pilat était-il plus haut que l'Aigoual ? Les voyages en chemin de fer n'abîmaient-ils pas la santé ? La soie des Cévennes donnait-elle, comme on le disait, les plus beaux tissus de Lyon ? Pourrais-je trouver dans cette ville papiste un bon protestant pour me remarier ?

— Vois-tu, je me soucie pour ta petite Marie. Tu sais comme moi que Caïn, fils aîné d'Adam et Ève, fut aussi quelque temps fils unique, et alors il commença à devenir égoïste. Presque tous les enfants uniques le sont peu ou prou, et plus on a de bonté pour eux, plus ils deviennent méchants. Et c'est ce qui est arrivé à Caïn, comprends-tu ? Parce qu'il était venu le premier, il croyait en son cœur qu'il avait plus de droits que son frère Abel, venu le second... Et tu sais comment cette histoire a fini !

Le notaire, Me Aulas, me fit savoir qu'il désirait me rencontrer, et je me rendis à son étude. J'appris que les intérêts dus sur l'héritage de ma fille et sur ma dot n'étaient plus payés depuis deux ans par François-David. Louis-Xavier ne m'en avait rien dit.

Je n'eus pas besoin de réfléchir longtemps pour reconnaître dans cette affaire la main d'Émile Chambet. Même tactique que pour Jules Doivieux : on laissait le débiteur s'endetter toujours plus, on se montrait accommodant tant et plus, on lui prêtait ce qu'il demandait, comme on donne à boire à un ivrogne pour le pousser vers la tombe... Après avoir fait main basse sur l'usine Doivieux, pour le compte de ses maîtres, Émile se préparait à rafler la maison Favière des Trois-Vallées. Louis-Xavier en était-il averti ? S'en souciait-il ? Et Pierre ? Leurs établissements seraient bientôt réunis : le système des sociétés anonymes facilitait ce genre de choses, d'après ce que j'avais compris, chacun étant actionnaire de l'autre. Et Émile tirait les ficelles des deux côtés !

— M. François-David m'a chargé de vous proposer un arrangement, me dit le notaire. M. François lui a légué sa part du Grand-Mas, soit la moitié. Comme vous savez, un quart appartient à M. Gabriel. Bien entendu, le dernier quart, celui de Mme Adrienne, revient à votre fille. M. François-David souhaiterait vous céder un quart, en règlement des intérêts qui sont dus sur l'héritage de votre fille. Il y aurait sans doute une soulte à régler en numéraire. Votre fille serait à sa majorité propriétaire de la moitié du Grand-Mas.

J'étais fort tentée. Le Grand-Mas, ce lieu où j'avais vécu tant d'heures joyeuses de mon enfance et de ma jeunesse, que j'avais aimé plus que le Mas-Haut de mes parents !

J'écrivis tout de suite à Louis-Xavier pour lui rapporter la proposition et lui demander son avis. Il me répondit non moins vite :

« Ma chère Alexandrine, j'aimerais approuver sans délai cette acquisition, dont vous avez parfaitement les moyens, je le reconnais. Je pense comme vous que cette belle propriété doit rester dans notre famille et il me plairait fort qu'elle rejoignît le patrimoine de notre petite Marie, ma filleule. Pourtant je reçois de divers lieux des nouvelles assez mauvaises des éducations de vers à soie. Cela tient en partie au nombre toujours plus grand de magnaneries et au poids toujours croissant de la graine mise en incubation. La surface des magnaneries augmente beaucoup moins que la quantité de graines : autrement dit, on a de plus en plus de vers dans un espace égal. De bons connaisseurs de l'industrie séricicole m'affirment que cette situation est dangereuse. Nous avons donc, Pierre Jurieu, Émile Chambet et moi-même, décidé de varier nos sources d'approvisionnement en cocons.

« Il se pourrait que les magnaneries fussent bien dévaluées dans les prochaines années ; or le Grand-Mas doit sa valeur à ses plantations de mûriers et à ses éducations et il risque donc d'être davantage déprécié que d'autres fonds ruraux... »

Je me souvins que M. Gabriel critiquait aussi, depuis des années, l'entassement des vers et la saleté des magnaneries, mais personne n'écoutait ses avertissements.

J'étudiai la lettre de Louis-Xavier et m'arrêtai sur le post-scriptum, où je vis la marque d'Émile : « Dites à mon neveu, François-David, que nous lui prêterons volontiers selon ses besoins. » Ou autrement : Qu'importe le Grand-Mas, puisque nous aurons un jour tous les biens de la famille, les fabriques, les maisons, les terres !

Entre-temps, mon frère arriva, un vieux sac militaire aux épaules et une valise à la main. Ce retour aurait pu être une fête, nous avions tant désiré connaître sa famille, et j'aurais bien payé de ma bourse le billet de ma belle-sœur. Mais ses premiers mots furent pour annoncer la date de son départ : il n'avait aucune envie de prolonger son séjour, car il détestait, nous dit-il, les Cévennes et les Cévenols, la France et les Français.

— Si je quitte un jour l'Algérie, ce ne sera pas pour rentrer ici, ah non ! jamais. Ce sera pour aller dans les nouvelles colonies que nous ferons sûrement en Afrique, en commençant par le Sénégal.

Il parlait sur un ton précipité, avec un accent inconnu et de grands gestes, puis il baissait la tête, marmonnait des mots sans suite, à se demander s'il était ivre. Pourtant, il buvait à peine, il traitait notre meilleur vin de pisse de renard, notre eau-de-vie lui puait au nez, le vin de noix du pays n'était que du sirop pour les « Arbis », la nourriture aurait écorché la bouche d'un zouave... Mon père se taisait, mais les larmes lui venaient aux yeux.

Paul traîna çà et là, au bourg, il ne trouva aucune boisson à son goût et se plaignit d'un repas qu'on lui avait servi à l'auberge, en disant que pour un défricheur de terres nouvelles comme lui ce n'était qu'un grain de mil à la bouche d'un cheval. Il fit même un scandale public sur la place du village, il insulta des hommes de son âge, ses anciens camarades, disant qu'ils ne valaient pas tripette ni comme soldats ni comme paysans.

— Et républicains comme des renards ! Gibier de bagne !

Il cria qu'il avait honte d'être de ce pays et qu'il ne remettrait jamais les pieds en Languedoc ni même en France.

On dut appeler le pasteur Couderc pour le faire taire et le remettre sur le chemin de La Croix-aux-Vents. Mon père et moi, nous le regardions sans oser prononcer un mot. Mon père me dit :

— Je crois bien qu'il est malade, c'est le soleil des pays chauds qui lui a tapé sur la tête. Ça s'est déjà vu, d'après ce qu'on sait.

Fatigué de ses esclandres, Paul s'assit sur l'escalier, la figure entre les mains, rouge et soufflant. Je m'approchai doucement et m'assis sur une marche, à son côté. Il ne semblait pas même s'apercevoir de ma présence. Je posai une main sur son bras, il ne la rejeta pas ; je m'appuyai un peu contre lui et dis tout bas :

— Paul, tu te souviens d'autrefois ?

Je répétai son nom : « Paul, Paul... » Il écarta ses paumes de son visage, il avait les yeux rouges et les coins de la bouche tordus. Il lâcha un soupir, presque un râle, et marmonna :

— L'Algérie, c'est pas aussi bien qu'on croit. La Mitidja... il faut arracher la terre au marais... et les fièvres... Ah ! les fièvres !

Je lui pris les mains. J'avais entendu raconter toutes ces choses à Lyon, mais je n'en dis rien. Il me serra l'épaule.

— Ma femme est morte de la malaria. Une autre maladie, ça doit être le choléra, m'a pris mon petit à l'âge de deux ans. J'ai plus qu'une petite, qui vit avec les Arbis, comme une sauvagesse...

Après cette confession, Paul se conduisit honnêtement pour tout le reste de son séjour. Je l'accompagnai au bourg où il présenta ses excuses à ceux qu'il avait offensés. Il m'avoua qu'il avait grand besoin d'argent et qu'il souhaitait me céder sa part du Mas-Haut, ce que j'acceptai. Mais je ne pouvais disposer du prix tout de suite : j'empruntai à Me Aulas une modique somme que je lui remis pour payer son retour et acheter des vêtements de chrétien à ma nièce. Je promis de lui faire envoyer le montant de la vente dès que possible.

Après son départ, j'accompagnai une autre fois mon père et ses mulets dans la montagne.

Je m'assis sur le bord d'un rocher, la tête dans les mains, mon père s'accroupit près de moi et il fit les gestes que j'avais eus pour consoler Paul.

J'obtins aisément de M. François-David la permission de visiter ses filatures et son moulinage. Je m'aperçus que je ne connaissais pas plus de quatre ou cinq ouvrières sur les centaines qui travaillaient dans les fabriques Favière. Je vis, de loin, Victor Jan, qui m'évita, et je ne cherchai pas à le rencontrer.

Les fileuses et les moulinières travaillaient de tout cœur, comme autrefois ; elles n'avaient rien perdu de leur habileté, et la soie qui partait pour Lyon était toujours parmi les meilleures des Cévennes.

Je commençai à avoir mon idée sur cette affaire.

19

La grâce du veuvage

Lyon, 1853

À mon retour à Lyon, Louis-Xavier me dit que l'achat du Mas-Haut était une bonne affaire et une bonne action : ainsi, mon père pourrait y finir ses jours en toute tranquillité.

— C'est bien ce que vous souhaitez, n'est-ce pas ?

J'acquiesçai, et il ajouta que j'avais bien assez d'argent pour payer comptant la part de mon frère. Il m'observait avec un sourire bienveillant et aussi l'air de garder mille arrière-pensées dans la tête.

— Je vous trouve changée, Alexandrine. L'air de nos montagnes vous a vivifiée... ou bien est-ce autre chose ?

Je ne pus m'empêcher d'ajuster ma voilette qui tenait mal.

— Oh ! monsieur, savez-vous que j'aurai bientôt trente ans ?

— Vous êtes née en 1826 ? Avant que vous n'ayez trente ans, il passera beaucoup d'eau sous le pont Saint-Vincent ! Et puis...

Il se mit à me dévorer des yeux. Il avait pour moi estime et affection, mais je me doutais bien que, si nos âges avaient été plus en rapport, je lui aurais plu en tant que femme. Il joignit les mains sur son bureau et regarda le Rhône par la fenêtre.

— Vous êtes dans la splendeur de la maturité et vous avez reçu la grâce du veuvage. Avez-vous lu Honoré de Balzac ?

Je répondis que j'avais lu *Le Lys dans la vallée.*

— *La Femme de trente ans* est son meilleur livre, dit-il. Du moins, selon l'avis d'une amie, grande lectrice de romans. Savez-vous que ce pauvre M. de Balzac est mort l'an dernier, à l'âge de cinquante ans, lui ? Et déjà, on commence à l'oublier. En 1870, avec le triomphe définitif de la science et de l'industrie, personne ne le lira plus. *Vanitas, vanitatum, et omnia vanitas.* Enfin, vous connaissez l'Ecclésiaste aussi bien que moi !

Je le quittai, tourmentée entre mon désir de retrouver Pierre et ma volonté de régler une fois pour toutes notre différend. À ce moment, je songeai pour la première fois à une rupture. Mon corps avait besoin de Pierre, mais mon âme avait besoin de liberté.

S'il le fallait, je serais assez forte pour m'arracher à cette liaison qui me rendait esclave.

Lorsque j'entrai chez Brunette, ma décision était prise ; je m'étonnai de me sentir si calme, dans mon cœur et dans mon corps. Jusqu'alors, les effusions de mon amie m'avaient toujours paru un peu outrées, mais j'éprouvai à nos retrouvailles un plaisir aussi vif que le sien et ne le cachai guère. Ce furent des embrassades qui n'en finissaient pas, et je retenais avec peine mes larmes.

Déjà, la montagne me manquait ; j'avais besoin de dépenser l'énergie qui bouillonnait dans mon sang. En quittant Brunette, je descendis la Saône en vue de traverser au pont de la Mulatière, puis je changeai d'idée, rebroussai chemin, contournai le fort de la Quarantaine en direction de Fourvière.

Je songeai, entre rire et reproche : Que ferait à ma place une femme honnête ? Peut-être irait-elle prier à la chapelle de Fourvière pour remercier Dieu de ne pas lui avoir donné un enfant hors du mariage ?

Je courus un moment comme une folle, puis je me sentis lasse et redescendis par le Gourguillon. À un moment, je dus m'asseoir sur une pierre qui saillait d'un mur, et une brave femme qui habitait par là insista pour me porter secours.

— *Beauseigne,* on voit que vous êtes bien fatiguée, pauvre femme. Et maigre ! Vous mourez de faim !

Je me souvins que je n'avais pas mangé depuis de longues heures, presque une journée. L'aimable personne me fit boire un verre de liqueur des dames, en me vantant ce remède, souverain, me dit-elle, pour guérir les mois douloureux, les pertes et autres dérangements.

— Si vous en prenez assez, ajouta-t-elle, les grossesses sont moins pénibles et les couches avant terme très rares !

— Je suis veuve, comme vous voyez, dis-je, et je n'ai pas de grossesse en vue.

— Ah ! on ne sait pas. On ne sait jamais.

J'éclatai de rire. Puis je vomis aussitôt la merveille. Elle me força à boire une deuxième cuillerée. Elle me demanda si j'habitais loin, je répondis d'un geste vague ; elle me dit que je ferais mieux de rentrer chez moi et parla de chercher quelqu'un pour me raccompagner. Ce n'était pas la première fois à Lyon que j'étais ennuyée par une personne trop serviable. Je prétendis que la fraîcheur des quais me ferait grand bien.

Je me demandai soudain si je n'étais pas grosse ! Mais non, j'avais seulement pris, en mon âme, une résolution que mon corps refusait de toutes ses fibres, de toutes ses forces.

Arrivée à la Saône, je retardai encore le moment de rentrer chez moi ; au lieu de traverser au pont de Tilsit, je redescendis vers le pont d'Ainay, puis je revins au Griffon par le quai de l'Hôpital, et je me retrouvai enfin à mon logement, après une sortie de cinq heures, ma fatigue s'était envolée.

Me voilà libérée, pensai-je. À la grâce de Dieu. Mais il ne serait pas facile d'annoncer ma décision à Pierre.

Quelle chance qu'il fût en voyage ! Un billet de Thirza m'annonçait qu'une lettre d'Angleterre, assez volumineuse, m'attendait à Pélussin ; je n'avais aucune hâte de la lire, encore moins de répondre.

Les grosses chaleurs commençaient à s'en aller ; l'air du mont Pilat était souvent frais et doux, brassé par de grands vents, mouillé par de brusques averses presque froides, tandis que les nuages, venus des quatre coins de l'horizon, semblaient danser au-dessus de la montagne.

Je me promenai beaucoup dans la forêt, une des plus belles que j'eusse jamais vues. J'aimais surtout les hêtres puissants, les bouleaux à la peau si douce. Je lisais la Bible, je songeais à mon avenir, je vivais des moments de paix tels que je ne me souvenais pas d'en avoir jamais connu.

Marius Jayol se plaignait d'avoir trop de travail. « J'abonde plus à tout faire ! » Il me demanda d'embaucher un aide et j'y consentis. La succursale se mettait en bon ordre et fonctionnait rondement.

Après discussion générale, en présence d'Émile, on décida d'installer l'atelier de tissage à Chavanay, plus près de Lyon que Pélussin, tant par le Rhône que par la route et bientôt le chemin de fer. En outre, quelques tisseurs travaillaient déjà dans ce village et on pourrait facilement recruter des ouvriers.

Je laissai Émile se charger de cet établissement pour deux raisons : d'abord, il me fallait faire la paix avec lui pour quelque temps ; je ne pouvais me battre sur tous les champs à la fois. Et puis je savais que le tissage mécanique avait pour raison finale de remplacer mes amis canuts et de les réduire, par le fait, à la besace.

Je ne voulais pas être celle qui les pousserait à la ruine. C'était pure hypocrisie : pour garder les mains nettes, j'abandonnais à Émile un projet que ma conscience réprouvait. Mais j'étais aussi responsable que lui, je le savais, je me sentais impuissante. Comme disait Théo : « On n'arrête pas la mécanique. »

20

Le rockinchair

Le mont Pilat, 1853

Avant de partir, Pierre m'avait fait livrer une de ces chaises à bascule que les Américains appellent *rockinchair* et qu'il avait rapportée des États-Unis pour moi, du moins il le disait. Par beau temps, j'aimais l'installer dans le pré du Blanchet, devant la maison ou un peu plus loin, et me balancer doucement. Une sorte de demi-sommeil me prenait parfois et, ce qui était fort curieux, ma pensée restait aiguisée, quoique je fusse à moitié endormie. Je revoyais ma vie depuis mon très jeune âge, et des souvenirs que j'avais depuis longtemps oubliés se réveillaient soudain dans ma mémoire. Parfois, des rêves se mêlaient aux souvenirs ; ils me semblaient très vrais, pourtant je savais que c'étaient des rêves.

Il me fallait maintenant trouver en même temps l'occasion et le courage de rompre avec Pierre, puisque je l'avais décidé.

Il rentra un mois après mon retour des Cévennes et me rejoignit au Blanchet. À peine me dit-il bonjour. Il scruta ma maison, que j'aimais tant, d'un air de mépris et de dégoût.

— J'en ai assez de perdre mon temps à te poursuivre au fond de la *cambrouse* !

Il me fixa longuement pour m'imposer sa volonté.

— Jamais mon fils ne vivra ici !

Je voyais dans ses yeux plus de fièvre que de colère ; il me parut si agité que je remis à plus tard toute explication.

Il prit une hache au bûcher et fracassa mon rockinchair en mille morceaux, puis il s'en alla en criant :

— Je t'attends à Lyon.

Sur le seuil, il se retourna et me regarda encore, d'un air presque suppliant. Je songeai : Il attend peut-être que je me jette dans ses bras et implore son pardon. Je répondis : « Bon voyage ! »

Après son départ, je m'enfuis dans la forêt. Plus tard, la pluie me chassa des bois, et je rentrai trempée. Mes cheveux dénoués me pendaient sur la figure, mes vêtements collaient à ma peau, je claquais les dents ; je me sentais pourtant bien aise et presque heureuse.

Je ramassai les débris du rockinchair et les jetai au feu avec du bois sec.

21

Une grosse avanie

Le mont Pilat, 1853

Au Blanchet, Louisette m'aidait à toutes mes tâches ; elle prenait mes affaires plus à cœur que moi-même. Je soutenais de mon mieux Marius Jayol, tout en l'exhortant à la tâche.

Le moulinage Doivieux tournait très bien, mais les comptes étaient assez négligés ; Jules et Thirza s'étaient mariés sans tambour ni trompette, presque en catimini, comme il convenait à un veuf et une veuve. Les deux époux s'accordaient bien ; je voyais ma compagne des bons et des mauvais jours éveillée comme un chat qu'on fouette, toujours un pied en l'air, rajeunie de dix ans, et j'en étais comblée. Je me disais quelquefois : Enfin, tu as aidé ta chère Thirza à gagner sa part de *bonheur*... Le mot ne faisait pas peur, ici, comme en pays protestant ; on l'employait même à tort et à travers. J'avais lutté pour imposer Jules à Émile, et j'étais fière de ma réussite.

Un jour, Jules me tira près du bief, où le bruit de l'eau battant la roue à augets couvrait nos voix, et il me cria ses remerciements aux oreilles.

— Grâce à vous, je fais bon ménage avec ma femme, comme jamais avec ma pauvre Nohémie, paix à son âme.

Je le poussai d'une bourrade.

— Ayez l'œil à tout. N'oubliez jamais qu'à Lyon quelqu'un nous guette, vous et moi, comme le loup la brebis !

Une larme roula sur sa joue, c'était trop, et je songeai : Pourvu qu'il n'ait pas bu.

Un moulinage des environs, mal situé, à moitié démoli, garni de machines anciennes et en mauvais état, se trouva à vendre sur ces entrefaites, et Émile décida de l'acheter à son propriétaire, un nommé Gaudras, d'Annonay, pour le compte de la succursale. Je plaidai contre cette décision, car le prix était élevé et les dépenses nécessaires pour restaurer les bâtiments, réparer ou changer les machines et *moderner* l'ensemble s'annonçaient ruineuses. Mais le commis, d'ordinaire si économe des deniers de sa maison, s'emporta contre mon avis.

— Vous prendrez tout cela à charge, ce qui vous occupera votre temps, maintenant que vous n'avez plus de *rockinchair* pour vous balancer !

Il me regarda d'un air malicieux.

— Bien sûr, le passif de la succursale sera lourd...

Je ne savais pas très bien ce qu'étaient au juste le passif et l'actif. J'apprendrais bien, je relèverais ce défi.

— Très bien, dis-je, nous achetons, mais pas au prix demandé. Je vais aller à Annonay avec mon notaire pour négocier l'affaire.

Émile monta sur ses grands chevaux, fit tournoyer sa canne et me lança toutes sortes de menaces ; je crus qu'il était d'intelligence avec le vendeur pour gruger ses patrons. Comme Pierre voyageait sans cesse et que Louis-Xavier ne s'occupait jamais du détail de ses affaires, je pensai qu'il oubliait toute prudence et jetait le masque.

Devais-je le confondre, avec l'aide de Me Malassagny ? C'eût été bien imprudent ; je décidai qu'il valait mieux attendre une meilleure occasion.

Je ne tentai donc rien pour rompre l'affaire, je me défendis bec et ongles et obtins du sieur Gaudras une baisse d'un quart du prix convenu. C'était encore bien trop cher, mais ainsi les deux hommes pourraient sauver les apparences.

Ma succursale était chargée d'un faix insupportable, qui grèverait les comptes pendant des années. Avec les dépenses nécessaires pour réparer les bâtiments et remettre les machines en état, on accumulerait les pertes, et ces mauvais résultats seraient ma honte.

Mais, quand Me Malassagny m'avertit, il était trop tard.

— Pourquoi ne m'avez-vous pas demandé conseil avant d'accepter cette affaire ?

Pourquoi ? C'était à mourir de rire. Je n'avais rien dit au

notaire de Pélussin de peur d'accabler Émile, que je soupçonnais de malversation. Pauvre Xarine, bête à manger du foin !

Et qui rêvait déjà de ses premiers bénéfices !

— Il est clair, me dit encore le notaire, que M. Chambet se ménage une occasion de prouver à M. Favière que la succursale de Pélussin accumule les déficits et n'offre aucune espérance de profit à court terme.

— Il veut donc couler la succursale, et moi avec !

— Vous surtout, il me semble. Puis-je supposer qu'il y a là un dépit amoureux ? C'est à vous de savoir si vous souhaitez relever le gant ou si vous préférez renoncer.

Je répondis au notaire que j'allais continuer à mener mon affaire du mieux que je pourrais en attendant de voir plus clair dans mes comptes. Il m'approuva et m'assura de sa bienveillance.

Émile n'avait pas tenté de gruger ses maîtres : c'est moi seule qu'il voulait contrecarrer. Il avait trouvé un habile moyen de se venger : non seulement il m'avait rabattu mon caquet, mais il me coupait pour longtemps le chemin de la réussite.

Oh ! je pouvais courir chez Louis-Xavier pour pleurer misère et lui demander de réparer ma bévue, si c'était possible. Non, jamais cette humiliation. Jamais !

Je boirais le calice jusqu'à la lie, comme disaient les papistes.

Je décidai d'aller prier à la chapelle de Marie-Madeleine, un ancien ermitage situé en pleine forêt, vers le Collet-de-Doizieux. On rencontrait ainsi dans la montagne de petites chapelles, cachées au milieu des bois ; plusieurs étaient consacrées à ces saints ridicules, que les évêques ont inventés pour le besoin de leur commerce, comme saint Antoine ou saint Sabin. Mais Marie-Madeleine était dans l'Évangile, protestants et catholiques citaient presque pareillement les paroles de Jésus : « Il lui a été beaucoup pardonné parce qu'elle a beaucoup aimé... » La chapelle ressemblait à une simple grange, et on trouvait encore, autour, les ruines des cabanes de pierre où les moines avaient vécu. Je n'avais pas l'intention de pénétrer à l'intérieur, gâté, je le savais, par les ornements repoussants qui sont la marque des papistes. Mais la nature, autour de la chapelle, était sauvage et belle.

Et je disais au ciel, à la montagne, à la forêt, à la mer lointaine : « Seigneur, je ferai Votre volonté, donnez-m'en un signe. »

Le lendemain, j'avouai à Jules Doivieux et à Marius Jayol que nous avions fait une mauvaise affaire en achetant bien trop cher le moulinage Gaudras, sans que j'eusse la finesse de m'y opposer.

— À tous les deux, vous devrez me remettre cette ruine en état de fonctionner le plus vite possible.

— Cela représente au moins cinq ans de travail, madame, dit Marius Jayol en se frottant les mains.

— Nous le ferons pour vous en cinq mois ! s'écria Jules.

— Vous vous vantez, mon ami.

— On embauchera Just Rivoire, dit Jules. On le fera travailler en secret, la nuit.

— Just Rivoire ? Je le croyais parti en Amérique !

— Il n'est jamais allé plus loin que Saint-Chamond. Il a bien trop le béguin de Mlle Lucie... Mais c'est un homme courageux et adroit comme un singe.

— Je le paierai de mes deniers. Émile ne saura rien !

22

Le beau nom de Favière

Le mont Pilat, 1853

Le soir, comme j'arrivais chez moi, une silhouette d'homme se dressa sur le seuil de la maison. J'aperçus sous un chapeau relevé un jeune visage un peu féminin, avec de grands yeux sombres au regard rieur, une bouche fine et moqueuse, des cheveux longs et bouclés comme ceux d'une fille, et le visiteur me serra dans ses bras.

— Xarine !

— Théo !

— J'ai profité d'une circonstance imprévue. Des amis m'ont conduit à Chavanay où j'ai loué un mulet. Et me voici.

Il s'inclina et prit mes mains qu'il se mit à pétrir, sans que l'idée me vînt de les retirer. Il s'exclama :

— Venez vite ! Louisette et moi avons trouvé des œufs, du salé, et on a préparé à souper.

Il me poussa vers l'intérieur, Louisette sortit à ce moment et demanda si elle devait mettre des truffes dans l'omelette. Tout le monde ici disait « truffe » pour pomme de terre.

Je me retins de rire.

— Oui, Louisette, beaucoup de truffes, je n'ai jamais eu si faim de ma vie !

Je laissai Théo me conduire à la cuisine, puis m'aider à m'asseoir, avec toutes sortes de précautions, sur ma chaise devant le feu.

— Je vous fais un vin chaud avec des clous de girofle que j'ai rapportés pour vous.

La tête me tournait, je riais et les larmes coulaient sur

mes joues. Je riais en pensant aux Favière, à ma jeunesse, et je pleurais d'émotion, de fatigue, de gratitude. Je fermai les yeux et essayai de me balancer sur ma chaise, pendant que Louisette et Théo s'affairaient autour de moi. Je laissai César me lécher les doigts et demandai à Théo des nouvelles de sa famille et de ses études. Il s'assombrit tout de suite.

— Oh ! mes parents ne vont pas bien, vous le savez sûrement. Ma mère perd tout à fait l'esprit à certains moments. Mon père résiste mieux aux épreuves, mais je suis très inquiet pour lui. Ses affaires périclitent sans qu'on s'explique pourquoi, vous l'avez sans doute entendu dire...

J'acquiesçai d'un signe de tête. Il me tendit un bol de vin chaud que je pris sans oser le regarder. Oui, je le savais ; je l'avais vu de mes yeux. J'avais entendu bien des avis à ce sujet, mais je ne croyais pas que François-David sût ni administrer ses biens ni conduire ses affaires, et je le dis à mots couverts, sans avoir l'air très persuadée, car je voulais que Théo découvrît la vérité de lui-même. Et, naturellement, Émile Chambet faisait tout pour tirer profit de cette situation, comme pour Jules Doivieux, mais je ne pouvais avouer ce soupçon à Théo, du moins pas encore.

Je mangeai en silence la soupe qu'ils avaient bourrée tous deux d'épices et de condiments.

Théo ajouta qu'il estimait ses études finies et qu'il souhaitait travailler dans la fabrique lyonnaise : il comptait que Pierre Jurieu ou son grand-oncle Louis-Xavier l'engagerait bientôt pour lui apprendre son futur métier.

Avant la fin du repas, je m'aperçus que j'avais pris froid, à la chapelle ou pendant mon retour. Impossible de cacher mon état ; la fièvre me brûlait la figure, séchait mes lèvres et me donnait des frissons par tout le corps. Les yeux me piquaient, je voyais trente-six chandelles et, quand je me levai, les jambes me faillirent.

Après un deuxième vin chaud, Théo me prépara un mélange d'eau-de-vie et d'eau brûlante, qu'il appela « grog » ; c'était, me dit-il, une boisson inventée par les Américains dans les régions très froides et que les étudiants lyonnais appréciaient beaucoup par temps de gel ou de brouillard.

— Je sais bien que vous appréciez l'eau-de-vie, mon petit

Théo, et bien trop, et même quand il n'y a pas de brouillard ni de gel à Lyon.

— Il y a toujours du brouillard à Lyon, dit-il en riant, sauf quand il gèle à pierre fendre !

— Promettez-moi d'être plus sobre, maintenant que vous êtes un homme.

— Je vous promets d'être sobre comme un chameau, Xarine. Je décoifferai maintenant les dames au lieu des bouteilles !

Il m'aida à monter dans ma chambre. Lui pourrait dormir dans la chambre de Louisette que je lui montrai. Puis je me déshabillai à moitié et me glissai entre mes draps, toujours frissonnante. J'étais déjà un peu grise quand il m'apporta mon troisième vin chaud de la soirée ; la fièvre s'ajoutait aux fumées d'une légère ivresse. J'avais le corps glacé et la tête brûlante, je tressaillais de tous mes membres ; j'avais peur de la solitude. Lorsque Théo me proposa de rester près de moi, j'acceptai en riant ; en même temps les larmes me coulèrent par le nez. Il s'assit sur le bord de mon lit et je le regardai...

Il avait grandi, forci, la moustache sur sa lèvre commençait à devenir noire ; c'était un jeune homme, et quel beau jeune homme ! Je prononçai son nom à haute voix :

— Théo ! Théo Favière...

Il se mit à rire.

— Oui, c'est moi, Xarine.

— Quel beau nom !

— Théo ?

— Favière.

Je l'écoutais discourir sur ses découvertes et ses projets. Il était sûr de vivre l'époque la plus difficile mais la plus passionnante de tous les temps. Je sentais bien qu'il tentait de s'avantager à mes yeux dans l'espoir de paraître un homme mûr.

Je suivais mal son bavardage, à cause de la fièvre qui faisait bourdonner mes oreilles et brouillait mes pensées ; et je songeais à mille autres choses.

Je me persuadai que sa venue était la réponse du Seigneur à mes prières dans la montagne. Et, tout à coup, je sus que j'allais, grâce à Théo, prendre ma destinée dans mes mains, au lieu de m'user en vain le cœur à batailler contre Émile.

Je m'éveillai en sursaut au milieu de la nuit ; la chandelle que j'avais oublié d'éteindre jetait une pâle lueur dans la chambre, j'aperçus Théo assis sur une mauvaise chaise près de mon lit.

Je me dressai et criai :

— Théo ! Que faites-vous là ?

— Je veille sur vous, dit-il, comme vous avez veillé sur moi quand j'étais petit.

— Je n'ai jamais veillé sur vous. Je n'étais ni votre mère ni votre bonne.

— Vous veilliez sur moi par la pensée... et par l'amour. Je veux vous le rendre.

— Je ne suis pas malade. Allez vous coucher !

Il obéit sans discuter. J'étais furieuse ; je me sentais en faute et j'avais trop mal à la tête pour réfléchir. Pourquoi en faute ? Parce que les parents de Théo, François-David et Valentine, m'avaient aidée au temps de ma jeunesse et, maintenant qu'ils étaient dans le malheur, je ne faisais rien pour leur payer ma dette.

Je me promis de leur rendre leurs bienfaits au centuple... enfin, au centuple, c'était beaucoup. Je rembourserais au moins franc pour franc. Le sommeil me reprit et je dormis péniblement jusqu'au matin.

Je fis brûler une branche de saule et mis une pincée de cendres dans un verre d'eau que je bus très sucrée ; c'était une bonne recette du pays et, après un moment, ma fièvre tomba et mon mal de tête se calma.

Théo me demanda si je lui pardonnais.

— Mais quoi ? Qu'ai-je donc à vous pardonner ?

— D'être resté dans votre chambre cette nuit. Et d'avoir pris plaisir à vous regarder dormir.

— Je ne vous mettrai pas au piquet pour cette fois.

— Alexandrine, vous avez besoin d'un homme pour vous aider. Pierre Jurieu n'est jamais près de vous. Quand j'aurai vingt ans...

— Mais oui, Théo, je compte sur vous. Mais vous devez encore étudier, vous préparer. Vous n'êtes...

Il bondit vers moi pour arrêter le mot sur ma bouche.

— Si vous dites que je suis encore un gone, je m'en vais pour toujours !

Il posa son chapeau sur sa tête, sans l'enfoncer, et fit mine d'aller à la porte ; je le rappelai en mettant toute ma volonté dans ma voix.

— Revenez. Ne faites pas l'enfant.

Il esquissa une génuflexion, balança son chapeau.

— Je suis votre humble serviteur, Xarine.

Il se mit soudain à fouiller dans sa poche de gilet, froissa bruyamment un morceau de papier.

— Voici un billet de deux cents francs de la Banque de France.

Il déplia un vilain papier jaunâtre, puis un autre, tout gris et taché de vin, et un troisième rose et graisseux.

— Et voilà vingt-cinq francs sur la Banque de Lyon, et encore cent francs sur la Banque de Bordeaux et encore... et c'est tout ! Ne me demandez pas d'où vient cet argent, supposez que ce sont mes économies. Je vous demande de le remettre ou de l'envoyer à ma mère, sans lui dire d'où il vient. Elle en a plus besoin que moi.

Il essaya de me fourrer ses billets dans la main, puis dans le corsage ; je le repoussai et lui tapai sur les doigts.

— Si on nous voyait, que penserait-on ?

— Que ce n'est pas cher pour une nuit avec la plus jolie femme de Lyon ! fit-il en riant.

— Je vais les garder pour vous. J'enverrai à votre mère une somme équivalente sur mes économies à moi.

Ce soir-là, je me couchai dans un état de béatitude étrange. Pour la première fois depuis longtemps j'avais un clair sentiment de l'avenir.

Théo revint à Pélussin pour se reposer. Il passait la journée dans la montagne. Le soir, il nous rejoignait, Louisette et moi, devant nos livres de comptes ; il prétendit savoir assez de comptabilité pour être teneur de livres, métier qu'il méprisait, car il avait de bien plus hautes ambitions. Louisette le moqua.

— Bah, si vous ne réussissez pas comme maître, vous pourrez toujours devenir commis !

En fait, il me parut aussi à l'aise devant un gros registre qu'à jouer au gandin dans les rues de Lyon. Il nous montra nos erreurs, celles de Marius Jayol ; et il nous dévoila les artifices d'Émile dans le bilan de première année.

— Si c'était un commerce indépendant et non une succursale des Établissements Favière de Lyon, vous risqueriez un jour la prison pour banqueroute frauduleuse, ma pauvre Alexandrine !

Quelques semaines plus tard, Théo fut engagé par son grand-oncle, Louis-Xavier, en tant que jeune commis de magasin, sous la responsabilité d'Émile Chambet.

23

Premier jour d'exil

Le mont Pilat, 1854

Brunette m'écrivit au Blanchet, disant que Pierre s'impatientait et que, si je ne venais pas à Lyon prochainement, il me rejoindrait à Pélussin dès qu'il pourrait.

« Pauvre Pierre, il songe sans cesse à ce futur héritier et il n'a qu'une idée : bâtir la fortune qu'il lui transmettra en même temps que celle de sa femme. (Cela fera un beau magot !) Je sais que vous ne rechignerez ni l'un ni l'autre à l'occasion de rattraper votre fiasco, mais c'est à toi de l'encourager s'il se mange par trop les sangs ; et ne lui gâche pas son plaisir en lui disant que ce sera peut-être une fille... »

Ma passion était toujours aussi forte et vive, mais je tenais à rester l'absolue maîtresse de mon avenir. Au centre de cet avenir, je ne voyais plus Pierre ni cet enfant que nous n'aurions sans doute jamais. Je voyais l'héritier des Favière ; je voyais mon Théo.

Un jour, Pierre arriva vers le milieu de l'après-midi au magasin de Virieu, où je me trouvais avec Louisette et l'homme de peine. La neige avait commencé de tomber à la fin de la matinée. Je me rappelai le soir des loups, avec Charles, et je demandai à Pierre s'il n'avait pas fait de mauvaise rencontre en montant du Rhône à Pélussin.

Mon cœur battit la chamade, et je dus blanchir comme un linge. Pierre vit à coup sûr ma crainte et se prit à rire.

— Tant pis si Émile me fait les gros yeux !

Il secoua ses bottes et ses vêtements, sur lesquels fondaient encore quelques flocons, et il s'approcha du poêle, qu'il trouva presque éteint. Il se frotta les mains pour les réchauffer.

— Je vois qu'on ne jette pas l'argent par les fenêtres dans ce commerce ! Mon père est devenu riche ainsi, en économisant le bois et la chandelle. Une fois riche, il a continué d'économiser, et il est redevenu pauvre comme Job !

Transpercée par son regard qui me fouillait jusqu'à l'âme, je perdais la tête et tournais autour du poêle, sans même songer à le regarnir. C'était l'affaire de Louisette, et je me mis à la houspiller.

— Enfin, Louisette, Louisette, à quoi penses-tu ? Tu ne vois donc pas qu'il neige ?

Et la pauvre enfant se couvrit la figure de ses mains.

— Mais, madame, vous m'avez dit que nous n'avions plus un sou vaillant !

Pierre riait dans sa barbe.

— C'est ce qu'on rapporte aussi à Lyon, et on dit que la veuve Rabanel est partie garder les dindons !

Je me sentis perdue d'honneur et de réputation, et le sang me monta au visage ; je n'avais pas besoin de glace pour voir que je passais du blême à l'écarlate. Pierre ne pouvait tenir dans sa peau tellement il s'amusait.

— Veuve Rabanel, je vous vois rougir comme si on vous avait coupé la robe au cul !

— Oh ! monsieur Jurieu... Pierre... s'il vous plaît !

Tout fier de cette raillerie, du genre qu'on appelle à Lyon « gognandise », il raconta à Louisette, en se rengorgeant, que c'était la punition infligée autrefois aux femmes de mauvaise vie et que ça ne leur déplaisait pas toujours. Et Louisette, aux cent coups, qui bourrait le poêle à l'étouffer, se crut menacée d'un terrible châtiment et gémit en réponse :

— S'il vous plaît, monsieur, quelle punition ?

— Mais la robe coupée au cul !

— Oh non, non, s'il vous plaît !

Je ris aussi de son effarement, et Pierre, satisfait d'avoir mis la maison sens dessus dessous, me prit le bras pour m'entraîner.

— Si vous me montriez vos réserves de soie, madame Rabanel... Voyons un peu ce que vous avez à l'étage et vous me ferez découvrir le rez-de-chaussée ensuite.

J'avais l'esprit encore assez clair pour saisir les sous-entendus qui ne me laissaient aucun doute sur ses intentions. Je montai l'escalier derrière lui en essayant de le retenir, et lui me tirait, me portait même plus qu'à moitié. Je me débattais en gémissant tout bas : « Pas ici, pas ici ! » Sur le palier, il m'enleva complètement dans ses bras et me jeta sur mes flottes de soie ouvrée que je gardais dans une grande pièce à l'abri de la lumière, mais bien aérée. Dans la pénombre, je m'abandonnai, impuissante à lui résister une seconde de plus. Je protestai pour le dit :

— Non, non, Louisette et Marius vont nous surprendre !

Mais sa hâte me gagnait, je me laissais décoiffer et chiffonner, et je faisais de mon mieux pour lui faciliter la tâche. Il riait, oh ! comme j'aimais son rire.

— Louisette et Marius ? Qu'ils nous surprennent ! Je regrette seulement qu'Émile ne soit pas là pour nous tenir la chandelle, ça lui apprendrait à vivre.

J'imaginai Émile une bougie à la main, voyant son rival faire main basse sur les choses qu'il convoitait plus que le pain et le vin et s'enivrer de ce qui lui était défendu à lui-même. Je riais avec Pierre et partageais son ardeur avant de partager son plaisir.

Et, tout entière livrée à lui, raison perdue, je criais mon consentement.

— Cette fois, souffla Pierre à mon oreille, l'affaire est bien chevillée, je suis sûr que nous allons crever l'œil du diable !

— Oui, oui !

— As-tu pensé au prénom de notre fils ?

Je murmurai : « Pierre, oh ! Pierre... » Et il répéta son propre nom comme un chant de victoire avant de laisser aller sa tête contre ma poitrine.

J'avais connu des minutes d'une joie prodigieuse ; je sentis que le moment était venu. Si je ne brisais pas à l'instant, soûlée de bonheur, je n'aurais jamais la force de le faire. Et cette force me vint, les mots éclatèrent dans ma tête, tombèrent en pluie sur mon cœur : c'est fini.

Je me levai, rajustai ma tenue et regardai mon amant dans les yeux.

— Pardonnez-moi, nous ne nous reverrons plus, sauf

pour nos affaires communes. Nous resterons bons amis, si vous le souhaitez.

Il se dressa vivement, se couvrit le visage des deux mains, en silence, puis murmura dans un souffle :

— Xarine, Xarine, qu'est-ce que vous dites ?

— Je dis que tout est fini entre nous, Pierre.

— Tout ?

Il soupira si fort que je le crus près d'étouffer. Je répétai :

— Nous resterons bons amis, si vous le souhaitez.

Alors, il laissa retomber ses mains, serra ses poings et me fixa, le regard brûlant de colère ou de je ne sais quel sentiment plus cruel et plus fort que la colère.

— Bons amis ! Ha, ha, bons amis !

Il se mit à tourner en rond dans la pièce en cherchant ses vêtements.

— Oh ! Xarine... Je ne peux le croire. J'attends vos explications.

— Vous m'avez demandé de choisir entre la vie que je mène et qui me convient... et celle que vous vouliez m'imposer. J'ai choisi.

Il éclata d'un rire dur.

— Pierre Jurieu, on vous a préféré une succursale !

— Non, Pierre. On vous a préféré sa liberté.

— Je vous souhaite de mourir jeune.

— Je mourrai quand Dieu voudra me rappeler.

— Si vous devenez vieille, les regrets vous rendront folle !

Il rajusta son col et sa cravate, se pencha pour ramasser son chapeau, tombé au milieu des flottes.

— Je vous vois à cinquante, soixante ans, dans vos montagnes. Maigre et sèche comme un bois d'yeuse, courant derrière vos chèvres, sans jamais une minute de repos... pour ne pas penser au bonheur perdu de votre jeunesse.

— Taisez-vous !

Je regardais la porte, derrière laquelle se trouvait l'escalier, le salut ; mais je ne me décidais pas à fuir. Je me retournai, la tête haute.

— S'il vous plaît, soyeux généreux une dernière fois... pour les souvenirs de mon vieil âge.

Cette séparation était bien plus amère que je ne l'imaginais. Je ne pouvais m'empêcher de me voir, comme Pierre me voyait, revenue à mes montagnes, chargée d'ans et de regrets. Un affreux sentiment d'exil me serra le cœur, comme si j'avais perdu mon vrai pays, qui était l'amour de Pierre, et comme si je ne devais plus jamais être chez moi nulle part.

Il secoua les mains, chassa la poussière de soie sur ses doigts.

— Je me trompe peut-être...

— S'il vous plaît, partez.

J'avais soudain honte du lieu et de ma situation, la brûlure de mon front et de mes joues devenait cuisante.

— S'il vous plaît...

— Pourquoi écourtez nos adieux, Xarine ? Je me trompe peut-être, n'est-ce pas ? Vous comptez rester à Lyon, vous marier ? Si vous épousez Émile, je veux bien être son témoin... ou le vôtre, au choix.

— Pierre !

— N'est-ce pas une façon de rester bons amis ?

Je voulus crier : Adieu. Le mot ne put passer mes lèvres. Je courus vers la porte. Pierre me rattrapa d'un bond et me prit par le poignet.

— Me prendrez-vous comme parrain de votre premier-né ? Si c'est un garçon, le prénom de Charles me plaît beaucoup.

Je me débattis et le griffai au visage. Il me repoussa brutalement et je tombai à genoux parmi les ballots de soie. Il sortit sans se retourner.

Je songeai que j'avais claqué la porte sur le plus beau temps de ma vie. J'étais enfin, tout de bon, une femme libre.

Une boule de souffrance roulait toujours dans ma poitrine quand j'arrivai au Blanchet, mais mes mains ni mes genoux ne tremblaient plus et je pus faire assez bonne contenance devant Thirza venue aux nouvelles.

24

Qu'une douce chaleur fasse éclore leurs œufs

Cévennes, 1854

À la fin de l'hiver 1854, une lettre de M. Gabriel m'apprit que mon père était malade ; je savais le pauvre homme usé et sans espérance, et je décidai d'avancer mon voyage aux Trois-Vallées, prévu pour l'été. J'assisterais ainsi à la saison d'éducation qui se préparait entre espoir et souci.

« On affirme que la récolte 1853 a été dans toute la France la plus grosse, sinon la plus belle, de tous les temps : vingt-six millions de kilogrammes de cocons, écrivait M. Gabriel, mais cela ne me rassure pas. Nos sériciculteurs et magnanières se laissent emporter par un appétit de gain peu raisonnable et empilent ces pauvres magnans dans des conditions de place, de soin, d'aération de plus en plus malsaines, et Margot n'est pas la dernière à suivre cette mauvaise pente. J'ai beau donner l'alarme, rien ne sert, mais je dis à tous : "La récolte de cette année sera moins bonne que celle de l'an dernier, celle de l'an prochain plus faible encore, et dans cinq ans on sera au plus bas. Si vous ne changez pas vos façons, vous allez ruiner vos enfants !" »

Je décidai d'emmener Marie, car son grand-père ne l'avait pas vue depuis plusieurs années, et je désirais lui montrer la belle enfant qu'elle était devenue. Ce serait pour elle l'occasion de mieux connaître son grand-père et peut-être, hélas ! de le voir pour la dernière fois. Bien qu'inauguré depuis deux ans, le chemin de fer de Lyon à Valence ne fonctionnait pas encore, et je pris le coche d'eau pour Beaucaire, ce qui était toujours la façon la plus commode de voyager vers le Gard.

J'achetai avant de partir une nouvelle édition joliment illustrée du petit livre que je faisais lire dix ans plus tôt à Théo et à Henri Favière, *Les Enfants de la Bible.* Marie avait bien progressé — à sept ans, elle lisait presque couramment.

Quand je tirai le livre de mon sac à ouvrage, pendant le trajet, elle me le prit des mains de façon très impolie.

— Moi, je veux lire où il s'ouvrira tout seul, s'il y a une image.

Les pages s'écartèrent au chapitre de la fin que j'avais plus longuement feuilleté, et l'image montrait « Jésus au milieu des docteurs ». Elle lut la légende sans peine et me demanda pourquoi Jésus était malade ; je lui expliquai que ces docteurs-là n'étaient pas des médecins, mais plutôt des sortes de pasteurs, très savants dans la religion et les coutumes. Comme j'allais lire la première phrase du chapitre, elle mit un doigt sur mes lèvres.

— Moi !

Je commençai de dire que c'était une lecture trop difficile pour son âge, avec des longues phrases et des mots compliqués, elle ne me laissa pas le temps de finir.

Elle lut assez aisément la première ligne, malgré le nombre écrit en toute lettres :

— « Il y a mille huit cent cinquante-quatre ans, deux scènes... »

Elle leva la tête et son clair regard s'illumina.

— Mère, j'ai compris ! C'est l'année mille huit cent... mille huit cent... cinquante-quatre... depuis le jour de l'an... parce qu'on a commencé à compter à la naissance de Jésus.

En arrivant, elle tendit le volume à son grand-père sans même lui dire bonjour.

— Je lis la Bible parce que je suis protestante !

Et lui se dressa en se frottant les mains.

— La Bible ? Qu'est-ce que la Bible, Marie, qu'est-ce donc ?

— L'histoire de Moïse et de Jésus, répondit-elle avec assurance.

— Voilà qui est bien dit. L'histoire de Moïse et de Jésus, c'est le principal et quasiment toute la Bible.

Il rayonnait de satisfaction et de fierté.

J'appris que Suzon Perrier, la Bombudo, qui m'avait tant aidée et protégée pendant ma jeunesse, était morte en me léguant son âne.

Ce n'était pas Jou, que j'avais bien connu une douzaine d'années plus tôt, mais une bête jeune et vigoureuse, un magnifique baudet qui plut beaucoup à Marie. Elle décida qu'il serait à elle et, tout de suite, le baptisa Pharaon, à cause d'une lecture biblique que nous venions de faire.

Un petit berger nommé Moïse, par une étrange coïncidence, lui proposa de lui apprendre à monter la bête. Louis Pieyre, le *baile* du Grand-Mas, permit au drôle de délaisser un peu ses tâches habituelles pour s'occuper à celle-là. Marie, elle, renonça à la lecture et décida de passer tout son temps avec l'âne. Je protestai un peu, mais je la voyais si joyeuse et vive comme la poudre que je n'insistai pas trop. Pour commencer, elle monta sur une couverture ; puis Moïse dénicha aux écuries une vieille selle de mulet, à peine trop grande pour l'âne, et l'ajusta à sa taille. En quelques jours, Marie put mener Pharaon seule.

Bien sûr, au Grand-Mas, elle entendait brailler patois toute la journée. Pour moi, cette question était un tourment de tous les jours, aussi bien en Cévennes qu'à Lyon et au Pilat. Le plaisir de revoir après une longue absence mon pays, mes montagnes, mon cher Aigoual, le vrai temple de l'Éternel, m'était pour une bonne part gâché par le langage des gens que j'étais bien obligée d'entendre. Pour les catholiques, bredouiller un parler moitié maure moitié italien — l'Italie étant le pays du pape — me semblait assez naturel et excusable. Mais les miens ! Tous ces protestants qui savaient les Psaumes, les Proverbes, les Prophètes et parfois les Évangiles, comment pouvaient-ils offenser l'Éternel en usant d'une autre langue que celle du Livre ? Bien sûr, je répondais en français, ce qui indignait certains et gênait la plupart des autres.

Je m'ouvris de mon souci au pasteur Couderc, qui me répondit en riant :

— Crois-tu, ma fille, que l'Éternel a dicté à Moïse les Tables de la Loi en bon français de ce siècle ? La Bible est traduite de l'hébreu ou de langues plus anciennes encore, et ce sont les hasards de l'histoire et de la géographie qui nous l'ont donnée à lire en français en non en langue d'oc. Quelques-uns de nos montagnards, qui ne parlent guère que le patois, sont aussi bons chrétiens que les lettrés qui s'expriment dans le plus pur français de Paris. Oublie donc ta marotte !

Margot commença la mise en incubation de sa graine. Plus de couvaison au nouet ! L'incubation se faisait maintenant en totalité dans les castelets, les chambres d'éclosion dont l'usage se répandait dans toutes les éducations importantes. En d'autres régions, on parlait d'étuves, ou de couveuses. Les magnaneries du Grand-Mas formaient alors l'ensemble d'éducation le plus important des Trois-Vallées ; avec ses trente à quarante onces, elle égalait les vastes éducations de la plaine. Margot était très fière de ses grosses chambrées, mais la propreté des lieux souffrait fort d'un tel entassement.

Je souhaitais montrer à Marie toute la saison d'éducation et même lui demander quelques petits travaux simples, comme d'apporter les feuilles pour la nourriture des vers. Mais Marie s'écria que la magnanerie lui puait au nez et elle emmena les enfants du mas jouer avec l'âne.

J'essayai de l'intéresser à l'éducation des vers d'une autre façon, et je résolus de lui apprendre un poème sur le ver à soie que j'avais découpé dans une feuille de journal vers l'âge de dix ans et que je savais encore presque par cœur. Je commençai à réciter les premiers vers, ceux qui racontaient la couvaison à l'ancienne mode :

Quand l'arbre, dans nos champs, reprenant sa parure
Promet aux vers à soie une riche pâture,
Hâte-toi, jeune fille, en des réduits heureux,
Qu'une douce chaleur fasse éclore leurs œufs...

Marie renifla d'un air moqueur.

— Rien que d'écouter, ça sent le sale !

25

L'ombre sur le cheval

Cévennes, 1854

Lors de mon précédent voyage, mon père m'avait annoncé qu'il recommençait une lecture de la Bible de A jusqu'à Z, sans sauter une ligne, et il espérait que le Seigneur, avant de le rappeler, lui permettrait d'aller jusqu'aux derniers versets de l'Apocalypse de saint Jean.

« Celui qui rend témoignage de ces choses dit : Oui, je viens bientôt. Amen : Oui, Seigneur Jésus, viens... » En réunissant les deux Testaments, on avait mille cinq cents pages dans un livre écrit gros. Comme il lisait lentement, je songeai : Il en a pour plusieurs années, et le Seigneur nous le gardera jusque-là.

À ma grande surprise, il arrivait aux Épîtres de saint Jean apôtre, c'est-à-dire à trois ou quatre pages de l'Apocalypse et à une vingtaine de pages de la fin... Je craignais qu'il n'eût choisi cette échéance dans une sorte de pacte et qu'il ne se préparât à mourir dès qu'elle serait accomplie. Mais n'était-ce pas blasphémer que d'imaginer un pacte avec Dieu ? J'avais peur et pourtant je me disais : Ce serait le meilleur temps pour lui de rendre son âme. Il a vu sa petite-fille, elle lui a plu par ses réflexions sur Moïse et sur Jésus et son ardeur à monter son âne. Je suis près de lui, je pourrai assister à ses derniers moments et l'accompagner en terre. Il a encore toute sa raison, mais plus rien ne l'attache à la vie en dehors de nous deux... Il aurait la plus belle mort qu'un homme puisse souhaiter si le Seigneur le veut.

Et j'étais presque sûre qu'il souhaitait cette fin, qu'il priait peut-être pour qu'elle lui fût donnée.

Je devais courir deux fois par jour au Mas-Haut pour préparer ses repas et manger en sa compagnie en le forçant à avaler quelques cuillerées de soupe, quelques bouchées de lard et de pommes de terre ou d'omelette. Depuis qu'il avait fini sa lecture de la Bible, plus rien ne l'intéressait ; à certains moments, je crois même qu'il ne me reconnaissait pas, et je jasais comme une pie borgne par peur du silence.

Je voyais bien qu'il attendait la mort ; pourtant, je n'osais prier qu'elle vînt le prendre tout de suite. Je disais à mi-voix : « Seigneur, que Ta volonté soit faite ». Une fois que j'essayais de raconter mes projets, touchant la succursale de Pélussin et mon envie de conduire mon affaire de soie, il secoua la tête, puis posa sa main sur la mienne au bord de la table.

— Quand tu pries, dit-il, sache bien ceci : tout ce que tu demandes, tu l'as déjà reçu.

Ce furent les dernières paroles sensées et belles, quoique mystérieuses, que j'entendis dans sa bouche. Il s'affaiblit très vite et il eut des accès de fièvre délirante ; il revint plusieurs fois sur la mort d'un cavalier et de son cheval, pendant une campagne. L'homme et la bête avaient été frappés ensemble par un boulet autrichien, puis un soldat ennemi avait achevé le nôtre, un très jeune hussard, d'un coup de baïonnette. Le cheval noir, étendu sur la neige, n'était pas tout à fait mort ; mon père voulut mettre fin à ses souffrances en lui tirant une balle dans la tête, son sergent l'en empêcha d'une poussée sur le canon de son fusil. « Hé, Jourdan, ménage tes munitions. À la baïonnette ! » Mais le caporal Virgile-Paul Jourdan ne pouvait se décider à accomplir ce geste terrible ; il ajusta et pointa la baïonnette ; alors le cheval souleva la tête et le regarda d'un œil, du moins il le crut. Il posa la crosse du fusil sur le sol gelé. Le sergent l'appela : « Qu'est-ce que tu attends ? » Et soudain, une ombre immense passa sur le cheval, comme tombée du ciel, dans le jour pâle de l'hiver.

— Une ombre cent fois plus grande que celle d'un oiseau, dit mon père en me serrant le poignet. Quand j'y repense, après tant d'années, ce n'était pas possible, l'ombre n'est pas tombée du ciel. Elle est peut-être montée du cheval vers le ciel... Et le cheval était mort, je n'ai pas eu besoin de lui percer le cou de ma baïonnette.

Je posai la main sur son front brûlant de fièvre.

— Père...

Il me regarda et me parut avoir encore sa connaissance. Un peu plus tard, il bredouilla quelque chose au sujet de ses mulets.

— Je te promets de les garder au Grand-Mas, dis-je. Ne te soucie pas pour eux.

Je sentis qu'il était sur le point de s'en aller et, je ne sais pourquoi, je désirai de tout mon cœur le garder en vie un instant de plus. Peut-être pour qu'il me rassurât, car la peur m'avait prise. La fière huguenote, comblée par la grâce et sûre de son salut, avait la chair de poule et le sang glacé dans les veines. À ce moment où mon père se préparait à me quitter pour toujours, j'aurais aimé me rapprocher de lui une dernière fois, abolir les convenances qui nous avaient éloignés toute la vie. Je demandai à mi-voix, puis plus fort : « Papa, es-tu bien ? » Mais je crois qu'il ne m'entendit pas. Je m'étonnai d'être seule à son lit de mort. Peut-être avait-il par sa façon de vivre, dans ses dernières années, effrayé et chassé tous ses voisins. Enfin, je songeai : Voyons, pauvre sotte, nous sommes en pleine saison d'éducation et les voisins sont occupés aux magnaneries et aux mûriers !

À peine cette réflexion faite, Margot Pieyre toquait à la porte du mas et se précipitait dans la chambre. Elle s'agenouilla près de moi en faisant le signe de la croix, et je la sentis haleter et trembler contre mon épaule. Elle me toucha le bras.

— Il était temps que je vienne, je le savais.

Elle et mon père avaient toujours entretenu une amitié querelleuse et fidèle ; pas plus que lui, je n'étais gênée par sa religion. Je l'avais toujours vue se signer et je prenais son geste non comme une superstition, mais comme une marque de chaleur et d'impétuosité. Et j'avais pour elle la même tendresse qu'autrefois. Un peu plus tard, elle me proposa de prier ensemble. Mais les mots ne me venaient pas, je croyais voir encore l'ombre mystérieuse recouvrir le cheval blessé et s'envoler en emportant sa vie : divagation d'un esprit affaibli, j'en étais sûre, et pourtant je ne pouvais me délivrer de cette vision.

Enfin, Margot me serra la main puis me repoussa.

— Ferme-lui les yeux et va-t'en dehors un moment.

— Il n'est pas mort, protestai-je.

— Si, ma pauvre petite, c'est fini.

L'inhumation de mon père se fit en toute hâte, devant une assistance clairsemée, surtout de vieilles gens et des hommes, car les jeunes femmes ne pouvaient quitter les magnaneries. Virgile-Paul Jourdan avait été dans sa jeunesse un des hommes les plus estimés et populaires du canton ; mais lui, le joyeux vivant, avait fini ses jours dans une sorte de sainteté, ce qui ne plaisait pas à tout le monde, et la plupart de ses anciens amis n'avaient pas pris la peine de l'accompagner à sa dernière demeure. Il me semblait l'entendre citer l'Ecclésiaste au fond de son cercueil.

M. François-David étant absent, M. Gabriel représentait la famille Favière ; mais Juliette était là, elle me serra dans ses bras encore une fois, ce qui fit froncer les sourcils des vieux huguenots. En considérant les façons des gens, je vis que ma compagnie les gênait ; c'est à moi que s'adressaient les reproches muets des présents... et sans doute aussi des absents ; moi qui étais honnie et non mon père !

On ne m'avait pas pardonné la mort de Charles et mon départ, moins encore mon héritage.

Enfin, mon père prit place à côté de sa mère et de la mienne, de nos anciens et des enfants morts en bas âge, dont les tombes s'alignaient le long d'un mur de traversier, jusqu'au bord du béal qui amenait l'eau à tout le hameau. Le vieux et gros mûrier, qu'on appelait un sully, veillait sur le cimetière familial.

Je me souvins de quelques mots échangés avec Charles pour l'enterrement de ma *grand,* à cet endroit même, devant les tombes. Il s'était avancé vers moi, tête nue, son chapeau serré sur la poitrine, et m'avait dit d'une voix grave : « Tu as une famille, une maison, et tes ancêtres là, en terre, et c'est le plus beau de tout. » Et j'avais répondu sur un ton un peu exalté : « En nous chassant des cimetières, nos ennemis ont augmenté l'attachement que nous avons pour nos morts et pour notre terre ! »

Je fis descendre les mulets et le cochon au Grand-Mas et je donnai trois poules et quatre lapins aux gens du hameau.

Des nouvelles alarmantes provenaient des magnaneries de la plaine : on parlait de chambrées ravagées par la maladie, de vers portés au fumier à pleines brouettes, pêle-mêle avec les déchets et les restes de feuilles. Pourtant, ce que l'on pouvait savoir des cantons voisins, Ganges, Saint-Hippolyte, et jusqu'aux environs de Nîmes, était plus rassurant ; il y avait toujours eu, ici et là, des éducations ruinées par la maladie. D'après les témoins dignes de foi, on n'en comptait pas plus en 1854 qu'en 1850 ou 1840.

Beaucoup de vers moururent cette année-là au milieu du cinquième âge, peu avant de « monter » ; pourtant la récolte fut honorable. Quelques petites éducations avaient réussi aussi bien qu'avant 1849 ; soit avec de la graine italienne, soit même avec de la graine de pays ; mais, déjà, tous les gros éducateurs passaient commande de graine italienne pour l'année 1855.

Une lettre de Brunette m'annonça le prochain départ de Pierre pour Liverpool, en Angleterre ; de là, il comptait gagner New York, aux États-Unis d'Amérique. Il ne rentrerait pas avant plusieurs mois.

Un peu plus tard, Louis-Xavier m'écrivit de rentrer sans tarder, pour une raison importante, qu'il ne pouvait me révéler par courrier. Comme Marie se plaisait toujours beaucoup au Grand-Mas, en compagnie des enfants et de ses animaux, je décidai de la laisser à la garde de Margot jusqu'à la fin de l'été.

26

Nous n'irons pas nous battre contre le Czar, Xarine

Lyon, 1854

Dès mon arrivée à Lyon, j'allai tout de suite visiter Brunette, qui me fit gravement sa condoléance pour mon père.

— Je suis sûre qu'il est mort la Bible à la main. Vous avez bien de la chance, vous, les protestants.

— Oui, c'est vrai. Nous sommes...

Je faillis dire : Nous sommes élus. Eh bien, je ne me sentais pas une élue : j'étais une pauvre exilée, qui ne pouvait se retenir de rêver encore au pays de l'amour.

Je n'osais lui parler de Pierre ; elle devança mon souhait au moment où j'allais repartir.

— Pierre, me dit-elle, est allé faire un tour du monde. Il prétend qu'on peut maintenant traverser les États-Unis d'Amérique d'est en ouest, partie en chemin de fer, partie en diligence, partie à cheval, avec un détour par le Mexique. Et il a dit que s'il arrivait à... à... comment s'appelle donc cette ville au nom espagnol ? San Francisco ?... il comptait s'embarquer pour la Chine et le Japon et revenir par les Indes. Il affirme qu'on peut faire le tour du monde en cent vingt jours, à condition de ne pas s'arrêter plus de deux jours à chaque escale. Mais il a des affaires à traiter en Amérique et en Chine, alors ne l'attendons pas avant Toussaint, peut-être même avant Noël !

Elle me toisa soudain sans indulgence.

— Tu es troussée comme une vendeuse de cochons !

Elle prit une pincée d'épingles à la bouche et se mit à retoucher ma robe qu'une couturière des Trois-Vallées avait ajustée sans beaucoup d'adresse.

— Il faut t'en commander au moins deux à ta taille. Je m'en occupe, tiens-toi prête pour l'essayage. Eh oui, tu as grossi.

— Mais tout le monde me dit que je suis plus maigre.

— Tu as pris cinq bonnes livres depuis ton départ !

Elle arrangea coquettement ma voilette, puis fronça les sourcils.

— Et tes gants ? Tu oublies tes gants !

À la campagne, j'avais l'habitude d'aller les mains nues, mes gants me gênaient et je les enlevais sans y penser.

J'arrivai à la maison du quai Saint-Clair bien gantée, quoique tout essoufflée et le cœur battant. Jérôme, le vieux valet de chambre cévenol, me salua d'un air étrange, m'appela madame et me regarda comme s'il ne m'avait vue depuis dix ans.

— Monsieur vous attend depuis longtemps, allez !

Félicité, la cuisinière, me fit un signe amical, mais au lieu de se précipiter pour me serrer les mains, comme de coutume, elle disparut aussitôt dans sa cuisine. Le jeune Tienne s'esquiva en me voyant, encore plus vite que Félicité. Je songeai : Pourvu que ces pantomimes n'annoncent pas un malheur ! Car, depuis plusieurs années, disait-il, la santé de Louis-Xavier ne cessait de décliner : s'il mourait maintenant, je serais à la merci d'Émile.

Jérôme m'ouvrit la porte du bureau d'un geste où je crus voir plus de moquerie que de bienveillance. Louis-Xavier se tenait en compagnie d'un homme d'environ cinquante ans, mis avec élégance, qui sentait le flacon d'odeur. Ce bourgeois me prit le bout des doigts et se pencha sur ma main, tout en m'examinant sans avoir l'air de rien. Louis-Xavier le présenta sous le nom de Me Bernard Labbé, avoué à Paris ; j'avais la tête bourdonnante d'émotion et je compris « Barnabé ». Dès lors, je ne pus me sortir ce nom de l'esprit et il fut toujours pour moi Me Barnabé. Et je savais qu'un avoué était un homme de loi, entre le notaire et l'avocat... Me Barnabé prit un épais portefeuille et passa dans la pièce voisine. Louis-Xavier me saisit le bras pour me conduire à un fauteuil ; enfin, il s'assit sur un siège plus étroit, à ma gauche. Je le trouvai encore amaigri, mais l'air assez gai, rajeuni, un peu espiègle, une vive lueur dans le regard, comme un gamin qui prépare quelque tour.

Il me fit sa condoléance par une citation de l'Ecclésiaste, me questionna sur la mort de mon père et me dit que nous parlerions plus tard de mon séjour aux Trois-Vallées et de la saison d'éducation. Puis il se tut et me regarda dans les yeux.

— C'est une heureuse chance, très chère Alexandrine, que vous soyez arrivée assez tôt pour croiser ici même mon avoué parisien, car il est à Lyon pour une affaire importante et avantageuse, qui vous concerne. Voici en deux mots : je souhaite vous adopter, pour que vous portiez mon nom à côté du vôtre et que vous figuriez en bonne place parmi mes héritiers.

Sa voix s'enroua sur la fin de la dernière phrase, il tendit la main droite qu'il posa sur mon poignet.

— Je pensais depuis un certain temps vous proposer d'être ma fille adoptive ; la mort de votre père, pour qui j'avais beaucoup d'estime, m'a engagé à hâter ma demande. S'il vous plaît, Alexandrine, écoutez-moi encore avant de répondre. Vous connaissez l'affection que je vous porte, mais vous n'en avez jamais mesuré la vivacité. Sachez que, si j'avais eu vingt ans de moins et une bonne santé, je vous aurais sans doute demandée en mariage ; mais j'ai toujours su que votre cœur était pris et je ne me voyais pas dans le rôle du barbon complaisant. Mon âge étant, je me suis efforcé de donner à mes sentiments un tour paternel et je serais sincèrement heureux d'être votre second père pour le temps qui me reste à vivre.

« Nous remplissons l'un et l'autre les conditions d'âge et d'état exigées par la loi : essentiellement, vous êtes majeure, j'ai plus de cinquante ans et aucun descendant. Ah ! mais ce n'est pas tout. L'adoption n'est permise que dans deux cas précis : quand l'adoptant a aidé et secouru l'adopté durant six ans au cours de sa minorité ou quand l'adopté a sauvé la vie de l'adoptant, au combat, ou en le retirant de l'eau ou des flammes. Éliminons tout de suite le combat : nous n'irons pas nous battre tous les deux contre le Czar, Xarine, d'ailleurs l'empire c'est la paix !

Il sourit finement, tourna les yeux vers la fenêtre et promena un regard mélancolique sur les cimes des arbres, les toits, le ciel.

— Si vous étiez un jeune homme, nous pourrions essayer une fausse noyade ou un incendie opportun : il est toujours possible de saisir une occasion par les cheveux. Mais je n'ai pas envie de me tremper dans la Saône, moins encore dans le Rhône, ni de faire brûler ma maison et d'avaler des mètres cubes de fumée avant que vous ne m'emportiez dans vos bras ! D'ailleurs, les tribunaux ne sont guère dupes de telles mystifications.

« La première condition est plus facilement établie, surtout si les liens entre adoptant et adopté sont de notoriété publique. Deux ou trois témoignages, dont celui d'un notaire, d'un curé ou d'un pasteur, sont en général admis comme preuves suffisantes. Pour ma part, je ne vous ai guère aidée pendant votre minorité et je le regrette infiniment. J'ai essayé de me rattraper depuis votre veuvage, et je pense que cela sera compté à mon crédit.

« Je connais les juges du tribunal de première instance, je suis certain qu'ils ne chercheront pas midi à quatorze heures ni ne couperont les cheveux en quatre. Les preuves que nous présenterons seront agréées. Les Favière vous aiment tous, mes petits-neveux Théo et Henri plus que tous les autres. Mais, bien sûr, mon frère Gabriel songe d'abord à l'intérêt de ses enfants qui comptent au nombre de mes héritiers ; mon neveu François-David est fort en peine dans ses affaires...

« Pour obtenir qu'ils ne s'opposent pas à votre adoption, je vais négocier avec chacun d'eux et effectuer certaines donations qui préserveront leurs intérêts. Il me faudra contribuer aux finances de mon neveu et assurer par notaire les études, l'installation ou la dot de tous mes petits-neveux et petites-nièces. Ma fortune en sera écornée, mais point engloutie, rassurez-vous.

« Émile Chambet s'emploiera aux négociations, car il est seul capable de les mener à bien rapidement. Dès que nous aurons votre accord, il partira pour les Trois-Vallées.

« Mon autre projet, vous le connaissez, il est déjà presque réalisé : c'est de réunir mon commerce à celui de Pierre Jurieu. Nous sommes en train de constituer une seule société anonyme, les Soieries Saône & Rhône, dont nous sommes, lui et moi, les principaux actionnaires et, après moi, mes héritiers, vous la première. La famille Lambert-Gondi et d'autres banquiers détiendront une part importante, cependant pas assez pour prétendre à administrer la compagnie.

« Émile aura le titre de fondé de pouvoir et d'administrateur : il recevra des actions de la compagnie et aura un intérêt aux bénéfices. Je sais que vous ne l'aimez guère, mais c'est un homme habile et agissant ; il est sûrement notre meilleure garantie de réussite.

Ainsi, le pouvoir d'Émile grandirait encore, jusqu'au jour, peut-être pas si lointain, où quelqu'un se mettrait sur son chemin.

J'écoutais en silence, sur le qui-vive et le cœur serré. Louis-Xavier parla encore longtemps de toutes les dispositions qu'il comptait prendre, et je songeai : Il est malade, il est sûr de ne plus vivre très longtemps et il me donne à entendre son testament. Puis il s'essuya le front et sonna pour nous faire apporter de l'eau et du sirop. Je bus quelques gorgées et, comme il se taisait, je posai la question qui de toutes me tourmentait le plus :

— Vous avez parlé de preuves et de témoignages que le tribunal accepterait sans chercher midi à quatorze heures. Pourtant, ces témoignages seraient un peu... un peu faux ?

— Ils seraient néanmoins sincères et justes et ne causeraient de tort à personne. Ils aideraient à corriger une imperfection de la loi reconnue par les juges, et il n'y aurait aucune tromperie.

Je ne répondis pas et je pensai : L'Éternel qui nous voit et nous juge connaîtra pourtant la fraude. J'écoutai à peine Me Barnabé m'exposer les conséquences et les effets de l'adoption, mais, quand il parla du nom, je me pris à rêver de n'être plus la veuve Rabanel. Ainsi, j'aurais droit à porter un double nom et je serais Alexandrine Jourdan-Favière. Quel nom magnifique !

Louis-Xavier ajouta que la négociation avec les Favière serait longue et difficile et il souhaitait commencer tout de suite. Je rentrai chez moi et m'enfermai dans ma chambre pour prier, réfléchir, lire la Bible... On toqua bientôt à ma porte. C'était Brunette en compagnie de Théo Favière. Le jeune homme se jeta pour ainsi dire à mes genoux et me prit les mains.

— Est-il vrai que vous allez devenir ma cousine ? Quelle joie !

Je lui dis qu'il n'aurait pas dû, à son âge, connaître les secrets des grandes personnes. En même temps, je guignai Brunette qui n'avait pu s'empêcher de bavarder encore, j'en aurais mis ma main au feu. Théo éclata de rire.

— J'ai dix-huit ans, Xarine, je suis un homme. Et... et je vous aime. Je serais si heureux que vous soyez ma cousine !

Brunette me força à boire, puis me gava de petits fours qu'elle avait apportés. Ensemble, ils me dorlotèrent comme un baby, Théo répétait :

— Acceptez, acceptez d'être notre cousine, je vous en supplie !

Et il me serrait les mains et m'embrassait dans le cou. Brunette nous regardait en riant.

— Voyez comme il vous aime !

Plus tard, je me retrouvai seule, toujours indécise et tourmentée par le pire cas de conscience que j'eusse jamais connu. Mentir, si peu que ce fût, pour obtenir du tribunal mon adoption, la fortune et le nom des Favière, était-ce un péché pire que d'être la maîtresse d'un homme marié ? Dieu n'ignorait pas que j'étais trop faible pour résister à Pierre quand j'étais dans ses bras, et je croyais de toute mon âme qu'Il me pardonnait ma faiblesse ; mais Il savait que j'étais assez forte pour décliner une faveur payable comptant, en deniers de mensonge, si j'en avais seulement la volonté.

27

Louis-Xavier, mon ami

Lyon, 1854

Tantôt couchée tout habillée, je me jetais sans cesse d'un bord à l'autre du lit ; tantôt debout, je courais comme une folle à travers mon logement, je me cognais aux meubles et prenais mes vêtements aux portes.

Quand j'essayais de boire un verre d'eau, je pouvais tout juste avaler une gorgée qui faisait boule et refusait de descendre jusqu'à mon estomac brûlant. Je vis tomber le crépuscule sans savoir au juste que la nuit venait : il me semblait que le gris du ciel était celui de ma tristesse. Finalement, je pus boire une demi-tasse de sirop avec de l'eau. Épuisée comme si j'avais marché six heures dans la montagne, je m'endormis et, aussitôt, des cauchemars me mirent le cœur sens dessus dessous. J'ai toujours eu ce penchant à transporter les tourments du jour dans les rêves de la nuit.

Je me vis pourchassée de nouveau par un homme, qui était peut-être un voleur ou un agent des sociétés secrètes et qui changeait de visage à son gré : tantôt Victor Jan, et Pierre, et Louis-Xavier, et Émile Chambet, et Me Barnabé, et c'était quelquefois une femme, Thirza, Juliette, Brunette... Je fuyais vers le mont Sinaï où je serais à l'abri de ceux qui m'aimaient comme de ceux qui me haïssaient. Puis je me réveillais. Je buvais, je pouvais boire enfin, je me recouchais et, aussitôt rendormie, je retombais dans un autre mauvais songe.

Au matin, à peine étais-je debout que Théo arriva, essoufflé, rouge, les vêtements en désordre, et me supplia de devenir sa cousine et de me laisser l'aimer.

— Mon ami, croyez-vous qu'on aime sa cousine aussi fort ?

— Oui, quand elle s'appelle Xarine !

— Vous ne voyez pas que je suis en chemise de nuit.

— Je vous aime aussi en chemise de nuit !

Je réussis enfin à le chasser.

Je courus vers la Croix-Rousse, pour sortir du brouillard qui m'étouffait, mais je croisai trop de gens que je connaissais... et qui me reconnaissaient à peine. Des canuts et des épouses de canuts descendaient chez leurs marchands, leur rouleau de tissu sous le bras ou sur l'épaule, les commis rondiers allaient et venaient, je m'entendis appeler et m'échappai par une traboule. Je rebroussai chemin, plongeai dans la brume et me retrouvai sur les quais de la Saône. J'hésitai à traverser le fleuve par le pont Saint-Vincent pour aller à Fourvière, mais il y avait trop d'églises à mon goût, je revins vers mon quartier, songeant à me rendre au temple de la place du Change, je marchai un peu au hasard et arrivai devant l'église Saint-Polycarpe. Non, je ne voulais voir ni temple ni église ; je repartis vers les Terreaux. J'avais une faim de loup, envie de mordre autant que de ruer. Et d'abord, j'aurais sucé tout un cruchon... Je fis un pas pour entrer dans un café, et je me cognai contre deux hommes qui me regardèrent effrontément, l'un tenta même de me prendre par la taille. Je devais avoir une dégaine de fille perdue ou de folle, je m'enfuis et courus vers les quais du Rhône.

Ma conscience et ma foi me commandaient de dire non à Louis-Xavier, au risque de le blesser de la façon la plus cruelle ; mais renoncer à la fortune qu'il m'offrait m'était une douleur insupportable. D'ici à quelques mois, quelques années au plus, je pourrais hériter d'un des meilleurs commerces de soie de Lyon. Rien ne m'empêcherait alors de réaliser mes projets les plus ambitieux. Et ce qu'il fallait faire pour cela n'était qu'une minuscule entorse à la vérité, rien à côté de certain péché que j'avais commis longtemps sans honte et sans remords.

Je repartis le long du fleuve, je passai et repassai devant la longue façade de l'Hôtel-Dieu. Donner ou accepter un faux témoignage par amour, par passion, pour le bonheur, la paix, la prospérité de quelqu'un que j'aimais, je le pouvais, j'étais toujours prête à le faire ; mais je ne pouvais pas mentir pour être riche ; c'était clair comme le jour.

Je ne sais ce que Brunette devina de mon chagrin et de mon déchirement ; elle s'empressa autour de moi sans me poser de questions, puis elle me dit que je devais écouter la voix de mon cœur. Je lui sus gré de n'avoir pas prononcé le mot « conscience ». Je me souvins d'un verset de l'Ecclésiaste cher au pasteur Couderc... « Marche comme ton cœur te mène, et selon le regard de tes yeux. » Cette nuit-là, je dormis chez elle.

Au moment où j'allais partir, une sorte de tempête se leva soudain en moi, une onde violente et bienfaisante à la fois courut dans mes veines, je me sentis secouée comme un arbre sous le vent de l'orage, roulée comme un fétu de paille dans le fleuve en crue. En une seconde, mon chagrin, ma détresse, ma souffrance se changèrent en une détermination invincible.

Ma décision était prise, je savais ce que j'allais faire, rien ne m'arrêterait, et la certitude joyeuse d'être approuvée par le Seigneur me transportait au-dessus de moi-même. J'étreignis Brunette et la couvrit de baisers ; elle ne comprenait pas ce qui m'arrivait, mais elle acceptait ma pétulance comme elle avait accepté plus tôt mon accablement, nous riions ensemble, elle ne savait pas pourquoi elle riait, je ne savais pas pourquoi je pleurais encore un peu, sinon que les larmes qui filaient sous mes paupières n'étaient que les résidus d'un chagrin envolé, pareilles aux gouttes de pluie qui s'écoulent des feuillages après le retour du soleil. Je me sentais de nouveau, corps et âme, telle que je voulais être, telle que j'avais toujours été au fond de moi, depuis que je courais sur les chemins des Trois-Vallées, entre le Mas-Haut et la fabrique Favière... Favière, ce nom que j'aurais tant aimé porter à côté du mien !

Je quittai Brunette en lui promettant de lui donner bientôt de bonnes nouvelles. Elle tenta de me retenir.

— Il pleut !

Je me tortillai pour lui échapper, et on riait, on riait. Elle me fourra un parapluie dans les mains, je le pris sans l'ouvrir, je courus en soulevant ma jupe et ne pensai à m'abriter que cent pas plus loin.

Louis-Xavier m'accueillit en souriant, puis se moqua :

— Oh ! mon amie, je vous vois crispée et échauffée comme si vous teniez le loup par les oreilles, le feu aux joues et aux nerfs, et de plus trempée comme une soupe... Calmez-vous, allez vous sécher et vous me direz tout ce que vous avez sur le cœur.

Je m'accroupis à ses pieds et ma robe mouillée fit flac sur le plancher.

— Je me sécherai plus tard, dis-je, et je ne pourrai pas être calme avant de vous avoir dit... avant que vous sachiez...

Il prit mes mains.

— Bon, si c'est ainsi...

Je bredouillai et m'embrouillai dans mes explications ; il m'écouta sans m'interrompre, puis serra ma main et dit :

— Je comprends que vous ne puissiez accepter ce que vous appelez un faux témoignage, certes je le regrette, mais je n'en ai que plus d'affection pour vous.

Je m'appuyai contre ses genoux d'un mouvement calculé.

— Vous m'avez bien dit que, si vous aviez vingt ans de moins, vous m'auriez épousée ?

Je sentis une petite secousse dans son bras.

— L'ai-je dit ainsi ?

Sa voix trembla un peu.

— N'importe comment je l'ai dit, c'est vrai, mais, hélas ! ma jeunesse est loin.

— Était-ce une demande en mariage, monsieur ? Si oui, je l'accepte !

Il esquissa le geste de se lever.

— Oh ! Alexandrine, vous dites une folie !

Je le retins et le forçai à rester assis, je me pressai contre lui et mes vêtements ruisselaient sur les siens qui étaient secs.

— Monsieur, je veux être votre femme, et pas seulement pour l'état civil... je veux... je veux...

Il posa les mains sur mes épaules, puis entreprit de m'ôter mon chapeau et mes gants, et, s'il avait continué en me déshabillant de mon corsage à mes bas, je n'aurais pas protesté.

— Vous devriez vous sécher tout de suite, dit-il. Je n'aimerais pas que vous soyez enrhumée le jour de la cérémonie !

Plus tard, il me demanda si je savais pourquoi il ne s'était jamais marié, et il me raconta alors l'amour impossible qu'il avait eu cinq ans durant pour une jeune fille catholique.

— En 1811, pendant cette période de relative paix qui avait suivi le mariage de l'Empereur avec Marie-Louise, j'étais un jeune sous-lieutenant et je suis resté un an en garnison à Metz, où je m'occupais naturellement de la formation des recrues. C'est là que j'ai connu Anne et que nous nous sommes aimés. Elle était d'une excellente famille, quoique peu fortunée... et catholique. Ses parents m'ont bien accueilli, malgré ma religion, car ils avaient deux fils officiers et voyaient plutôt d'un bon œil un gendre officier aussi. J'ai écrit aux miens, avec toutes sortes de précautions, pour les avertir de mes projets sans les brusquer. Je savais que ma mère ne verrait pas sans un très grand déplaisir un de ses fils épouser une catholique, mais je pensais qu'elle finirait par s'y résoudre. L'Empire s'étendait sur la grande moitié de l'Europe, beaucoup d'officiers y voyaient le prélude à de vastes mouvements et mélanges de religions et de populations. Je n'étais pas loin d'imaginer que Anne et moi allions donner un signal qui serait suivi de la Prusse au Languedoc.

« J'échangeai une bonne douzaine de lettres avec ma famille, sans obtenir le moindre début de consentement. Ma mère ne semblait entendre ni mes explications ni mes demandes ; elle me proposait sans se lasser d'excellents partis et toujours, bien sûr, des jeunes filles de religion réformée, comme si Anne n'existait pas, comme si mes lettres n'étaient pas pleines de mes sentiments pour elle et des projets que nous formions. L'été 1812, Napoléon ayant rompu son alliance avec le czar Nicolas Ier, je partis pour la campagne de Russie comme lieutenant ; Anne jura de m'attendre jusqu'à mon retour victorieux. J'entrai à Moscou en septembre 1812 et passai la Berezina en novembre. Après la campagne de Russie, il y eut la campagne de Prusse. J'étais à Lützen, où je fus nommé capitaine après la victoire, puis à Leipzig, où je reçus une blessure mais sans gravité, puis... qu'importe. Je me battais comme un démon, il me semblait dans ma naïveté qu'un haut grade m'assurerait la fidélité d'Anne et l'approbation de mes parents. Après la campagne de Prusse vint la campagne de France, de l'hiver 1814. J'aurais dû être nommé commandant après la victoire de Champaubert, victoire sans lendemain, mais un camarade me fut préféré : un catholique. Napoléon partit pour l'île d'Elbe, et je revins à Metz, après un séjour de quelques semaines dans les Cévennes. Anne attendit avec une patience d'ange le consentement de mes parents, qui ne venait toujours pas. Je retournai aux Trois-Vallées, décidé cette fois à les persuader ou à passer outre à leur volonté. J'y étais encore lorsque Napoléon revint de l'île d'Elbe, au printemps 1815, puis au moment de la seconde terreur blanche qui succéda à la défaite de Waterloo.

« Dans une bonne partie du Gard, ce fut quasiment la guerre civile. Je dus repartir sans avoir obtenu l'assentiment de ma mère, sans même avoir réussi à lui faire entendre mon projet. Je n'allai pas plus loin que Nîmes, où je fus arrêté par les bandes royalistes ; je m'évadai très vite, je pris part aux escarmouches violentes qui opposaient les *verdets* et les *taillons* aux bonapartistes et aux huguenots. Je fus témoin des mauvais traitements infligés à quelques-uns et quelques-unes des nôtres par les amis du comte d'Artois, ceux qui assassinèrent le maréchal Brune à Avignon et bien d'autres...

« Je rentrai à Metz indigné, blessé, malade de colère et de honte, et il me parut alors qu'épouser Anne contre l'avis de ma famille serait trahir les miens, d'autant que son père s'était rallié au roi. C'est à ce moment que je la perdis, par ma seule faute. Lassée de ces fiançailles éternelles, se sentant vieillir, car elle avait vingt-trois ans, elle répondit à la première demande que lui fit un de mes camarades de la garnison, catholique, royaliste... et pressé. C'est seulement le jour de son mariage, avec un autre, que je connus la force et la profondeur de mes sentiments pour elle.

« Le grade que l'Empereur n'avait pas eu le temps de me donner, le roi me l'accorda quelques mois plus tard, malgré ma religion. J'étais ainsi récompensé de n'avoir pas participé à l'aventure des Cent-Jours, bien que ce fût par le plus grand des hasards. Alors, on m'eût nommé général, cela ne m'eût fait ni chaud ni froid, puisque j'avais perdu Anne !

« Je quittai l'armée en 1822 et me promis de ne jamais me marier. J'aurais tenu parole si je n'avais rencontré, aux portes de la vieillesse, une certaine Xarine !

28

Louis-Xavier, mon mari

Lyon, 1854

Louis-Xavier décida de régler toutes ses affaires avant notre mariage, à commencer par la réunion de son commerce avec celui de Pierre ; et, sitôt après, il partirait pour un long voyage, vers l'Orient, sous le prétexte d'étudier la situation de la sériciculture en Chine et au Japon.

Avant la cérémonie au temple du Change, il me prévint qu'il avait retenu une chambre pour la nuit prochaine à l'hôtel des Courriers, rue Saint-Dominique. Il partait par chemin de fer le lendemain et devait se rendre à la gare de Perrache tôt le matin. Il ne pouvait différer son départ, ses billets étant pris. Je ne cédai pas, j'étais bien décidée à le retenir par tous les moyens.

— Ainsi, vous m'abandonnez ?

— Je vous donne les rênes.

Je réussis à l'entraîner à sa maison du Gourguillon, presque une campagne, où je le soupçonnais d'avoir reçu longtemps des jeunes femmes qui l'aidaient à oublier son amour éternel. Il nous fallut demander la clef à une vieille voisine un peu sourde et qui n'y voyait pas très clair. Elle me regarda entre les yeux et décida qu'elle ne m'avait jamais vue.

— Au moins, celle-ci est jeune et jolie ! dit-elle en nous laissant.

Le logement, richement meublé et douillet, semblait fermé depuis longtemps ; une odeur de poussière et de moisi ne chassait pas tout à fait certains parfums qui flottaient encore entre les chambres et le cabinet de toilette.

— Cette maison est la vôtre, me dit mon mari.

Je répondis que je ne l'avais pas épousé pour ses maisons. Il soupira :

— Je commence à le croire !

Nous étions seuls, mais je savais que le cocher nous attendait au bas de la pente. Louis-Xavier m'ôta mes gants, le seul geste d'affection qu'il se permît ; pourtant je crus qu'il allait au moins me déchausser, puisque nous étions mariés. Il profita d'une absence que je fis au cabinet de toilette pour s'enfuir, je le poursuivis dans la descente, la tenue en grand désordre, il se retourna et se laissa rejoindre.

— Vous n'en démordriez pas pour le pape !

— Surtout pour le pape !

Je lui dis que ne point accomplir notre mariage comme l'exigeait la loi de Dieu serait un péché encore pire que le faux témoignage.

— Vous ne m'accordez pas même l'exception de l'âge ?

— Je vois en vous le sous-lieutenant de Metz, toujours jeune dans son cœur.

On quitta la maison du Gourguillon pour l'hôtel de la rue Saint-Dominique. Dans la chambre, il sortit de sa malle un sac de filasse, au col attaché, avec un cachet sur le nœud.

— Je comptais vous envoyer ceci par le cocher, pour que vous l'ayez après mon départ, mais puisque nous sommes là...

Il prit dans le sac un portefeuille de cuir, attaché par une faveur verte avec un cachet de cire ; il fit sauter le cachet pour ouvrir le portefeuille, en tira une liasse épinglée à un carton sur lequel il avait écrit de sa main « billets de comptoir ». Il ôta l'épingle et étala sur le lit au moins deux douzaines de billets, de diverses provenances et valeurs, chacun portant le nom d'un comptoir de la Banque de France. Je lus au hasard comptoir de Saint-Étienne, comptoir de Clermont-Ferrand, de Strasbourg, de Lille, de Marseille, de Lyon...

— Pendant que je voyagerai en Orient, dit-il, vous voyagerez en France, car vous devez connaître votre pays. Ces billets de comptoir de la Banque de France sont payables sur place. Ainsi voilà un billet du comptoir de Lille, vous irez à Lille, vous vous ferez rembourser vos deux cent cinquante francs, qui vous permettront de passer quelques jours dans un bon hôtel de la ville. Pour plusieurs destinations, comme Strasbourg et Lille, vous serez obligée de passer par Paris, que vous visiterez aussi longtemps que vous voudrez : vous n'oublierez pas de voir l'Exposition universelle qui s'ouvre au mois de mai. Il y a aussi plusieurs billets de la Banque de France de Paris, payables partout pour vos frais de voyage.

Je fis glisser deux ou trois billets sous mes doigts.

— Cela fait beaucoup d'argent !

Je calculais déjà. Puisqu'il le fallait, j'irais dans toutes ces villes, même les plus lointaines, Lille, Bordeaux, Strasbourg, mais je resterais le moins possible et j'économiserais l'argent pour mon commerce. Et même à Paris, où, disait-on, l'on vous purgeait la bourse en un tournemain, je ne séjournerais que le temps de voir la Seine. Louis-Xavier s'en alla ouvrir une des deux fenêtres de la chambre, et aussitôt le vent s'engouffra et fit voler partout les billets de banque. Il se précipita pour les ramasser, courbé en deux, et je l'imitai en marchant sur les genoux, je fis exprès de me cogner contre lui, tombai à la renverse et lui tendis les bras pour être relevée, mais je pesai de tout mon poids, on roula ensemble sur le tapis de la chambre et il me tint par le cou et par la taille. Il me releva longtemps après et je le vis enfin disposé à remplir les obligations du mariage.

Au cours de la nuit, je le menai tant et si bien qu'il s'oublia, le sang se mit à lui bouillir dans le corps, il m'étreignit comme il eût fait de sa fiancée quand il était un fougueux jeune sous-lieutenant.

Au matin, il me demanda pardon, je répondis :

— Pardon pour avoir si bien accompli la loi de la Bible ?

— Si bien ? Oh, je ne sais. J'admire votre art d'accommoder la Bible à toutes les sauces !

— Mais avez-vous lu le Cantique de Salomon ?

— Qui ne l'a lu ? En tout cas, il ne me fut jamais, de toute ma vie, si agréable d'accomplir la volonté du Seigneur !

Il consentit à retarder son voyage d'une semaine, malgré toutes les complications pour ses correspondances. Notre lune de miel eut pour cadre la chambre de l'hôtel des Courriers, et l'on fit pour prendre l'air une dizaine de fois le tour de la place Bellecour, sous un même parapluie, l'on regarda la statue équestre de Louis XIV, le tyran, le grand persécuteur des huguenots, et, comme personne ne nous voyait, on s'amusa à lui jeter des cailloux pour venger nos ancêtres chassés ou martyrisés. On se rendit au théâtre des Célestins, à une portée de fusil de la rue Saint-Dominique, comme disait Louis-Xavier, et l'on paya cinq francs pour deux places de balcon ; je ne compris rien à la pièce que l'on jouait, peut-être étais-je trop préoccupée par ma nouvelle situation. Et puis ces cinq francs me tourmentaient, je ne pouvais m'empêcher de calculer combien cette somme représentait d'heures de travail pour une fileuse, une moulinière ou un compagnon tisseur.

Avant de me quitter, Louis-Xavier me demanda si, à mon avis, il avait bien accompli son devoir et la volonté de l'Éternel. Je chuchotai que je ne pouvais répondre pour l'Éternel, mais que selon moi le roi Salomon eût admiré ses prouesses et que je le croyais quitte devant la loi divine.

Il me donna alors une procuration par laquelle il me chargeait de l'administration de ses biens.

— Le fait est qu'Émile Chambet s'occupera de tout. Ni vous ni moi ne pouvons nous passer de lui.

29

La magie du chemin de fer

Lyon-Paris, 1855

Tout le monde le disait : on vivait les derniers temps des diligences ; l'ouverture de la ligne de chemin de fer de Lyon à Avignon, remise de mois en mois, se ferait sans doute cette année, et on pourrait bientôt aller de Paris à Marseille par train. Je lus même que la Malle des Indes passerait par Lyon ; des locomotives tiraient leurs voitures à soixante-dix kilomètres à l'heure, on annonçait des machines qui atteindraient cent vingt kilomètres à l'heure... Déjà, de nombreux relais de poste étaient fermés et les postillons obligés de changer de métier. De même, presque tous les bateaux avaient une chaudière et crachaient la fumée au-dessus des eaux.

Pierre m'avait dit : « Si tu ne te hâtes pas d'aller à la mer, tu ne verras jamais un voilier, tu ne pourras pas raconter à tes petits-enfants de quoi avaient l'air les anciens bateaux, car dans vingt ans la dernière voile aura disparu ! »

Entre Lyon et Paris, la ligne n'était pas encore tout à fait terminée ; elle le serait avant la fin de cette année 1855, disait-on, on pouvait déjà faire le trajet en un jour et une nuit, y compris un parcours en diligence, dans de longues voitures spacieuses, entièrement fermées et percées de fenêtres... mais il était recommandé de ne pas coincer sa crinoline dans une portière, comme cela s'était produit un jour à Paris, provoquant un retard d'une demi-heure au train de Rouen !

Je finis par persuader Brunette de m'accompagner. Émile se chargea de nos billets et nous prit une « berline », c'est-à-dire une voiture de première classe : il n'y en avait souvent qu'une seule par train et elle était parfois à moitié vide, car les gens de la haute société boudaient encore le chemin de fer. Mais quel bonheur d'échapper à la pluie, à la neige, au vent pendant tout le voyage, et d'avoir toujours les pieds chauds grâce aux bouillottes que les employés nous fournissaient et renouvelaient à chaque gare !

Un jeune clerc envoyé par son patron, Me Barnabé, nous attendait gare de Lyon pour nous conduire à l'hôtel. Il nous accompagna ensuite au jardin d'hiver des Tuileries et nous fit promettre de revenir pour l'Exposition universelle. Me Barnabé nous conduisit au Théâtre-Français voir *La Czarine,* une pièce d'un M. Eugène Scribe... C'était un théâtre fort luxueux, et notre mise semblait assez piètre, mais l'avoué de Paris nous rassura bien vite :

— Juste un peu provinciale, nous dit-il, et pas au point de rebuter certains messieurs que j'ai surpris à vous lorgner !

La pièce de théâtre me parut plutôt moqueuse, pour ce que je pus en saisir, d'autant que l'on était en guerre avec la Russie et que nos troupes faisaient le siège de Sébastopol depuis septembre 1854. Brunette, elle, ne se creusa pas la cervelle pour tenter de suivre une intrigue compliquée, elle était trop occupée à répondre aux avances de Me Barnabé ; et le soir, après le repas au restaurant, elle me demanda si j'acceptais qu'elle fît une fugue pour la nuit. Je lui dis qu'un avoué de Paris était une relation bien utile quand on était dans le commerce et que, de toute manière, j'avais besoin de tranquillité pour écrire mon journal.

Je notai une citation de L'Ecclésiaste, puis *La Czarine,* pièce d'Eugène Scribe. Mlle Rachel, qui est paraît-il fort connue, jouait ce rôle et sûrement fort bien, je n'ai pas su l'apprécier.

Je fus surprise qu'on ne parle pas plus de la guerre à Paris, ni des républicains. On aurait dit que l'Empereur n'avait plus qu'un ennemi, Victor Hugo, mais le poète n'avait pas d'infanterie de marine, alors que Napoléon avait la meilleure du monde !

(C'était une réflexion entendue au théâtre, si je n'avais pas l'esprit vif, j'avais l'oreille fine !)

À mon arrivée à Strasbourg, je croyais que Gutenberg était né dans cette ville, je fus un peu déçue d'apprendre qu'il était né à Mayence. Il avait vécu sa jeunesse et fait ses études à Strasbourg, avant de voyager beaucoup dans toute l'Europe. De tous les grands hommes de l'histoire, c'était celui que j'admirais le plus. Et Luther ? Et Calvin ? Mais, sans Gutenberg, la Bible ne se serait jamais répandue, ni la Réforme avec elle. Et s'il a inventé l'imprimerie, c'est bien dans la pensée de faire distribuer partout la parole de Dieu.

J'ai demandé à voir sa statue. Les gens que j'ai questionnés ne parlaient pas très bien le français et n'ont pu me répondre. Par contre, je n'ai eu aucune peine à me faire conduire au comptoir de la Banque de France, où l'on m'a remboursé tout de suite en pièces d'argent et en billets de cent francs de la Banque de Paris.

J'envoyai par la poste, au premier de l'an, cinq cents francs à Juliette, mille francs à Thirza et deux cents francs à Mlle Lucie. Ces étrennes à mes amies furent la plus grande joie de ma vie après la naissance de ma fille. Mais étais-je tout de bon riche ?

Je ne voulais pas m'éterniser à Strasbourg, quoique l'hiver fût assez agréable dans cette ville et dans cet hôtel où toutes les pièces étaient chauffées.

Plus tard...

J'eus un accès de fièvre dans le train de Paris et Brunette crut que j'avais attrapé un rhume de poitrine. Pourtant, je me suis sentie mieux en arrivant à la capitale, où je fus accueillie par un certain M. Lambert, qui représentait les Soieries Saône & Rhône à Paris. Un fort galant homme, et bien de sa personne.

Enfin, j'étais heureuse de rentrer à Lyon et de partir bientôt dans les Cévennes. Ah ! la magie du chemin de fer !

30

Mais quelle cabale ?

Cévennes, 1855

En cette fin d'avril, j'étais au Grand-Mas pour la saison d'éducation. Je n'avais aucune nouvelle de Louis-Xavier, parti pour un très long voyage.

En feuilletant le journal de ma jeunesse, je trouvai quelques lignes écrites à la date du 30 avril 1840, quinze ans plus tôt, jour pour jour :

Chères petites choses chéries d'amour, parfaites créatures de Dieu, vivez-vous déjà dans la graine ? Oui, oui, je vous sens dans mon sang !

À cette époque, je portais le nouet pour la première fois, je couvais la graine, la graine abondante et sans tare que pondaient nos papillons. Et j'écrivais encore ces lignes :

Ô mes magnans, mes vaillants ! Vers de la poésie, versets de la Bible, vers à soie tant aimés !

Les éclosions avaient été plutôt réussies, confirmant l'excellente qualité de la graine italienne ; mais Louis-Xavier m'avait confié son inquiétude pour l'avenir de la soie ; avant de me quitter pour son voyage, il m'avait dit : « Que se passera-t-il si la graine lombarde est à son tour *contagionnée* par la maladie ? Un jour, sans doute, il faudra aller chercher la semence des vers jusqu'en Chine ou au Japon, et peut-être même acheter les cocons en Extrême-Orient ! »

— Ma chère belle-sœur...

Je regardai M. Gabriel et me retins de lui faire la révérence, comme chaque fois qu'il m'appelait sa belle-sœur, d'un air sérieux et quasiment respectueux.

— Ma chère belle-sœur, *notre nièce* Valentine, qui se

trouve par un grand hasard à la Maison-Neuve, m'a prié de vous dire qu'elle serait flattée et heureuse de recevoir votre visite.

Il me guignait, un sourire narquois aux lèvres, et je ne pus m'empêcher de pouffer. Je n'avais même pas songé que, par mon mariage, M. François-David était devenu mon neveu, et Mme Valentine ma nièce. J'avais honte et j'étais fière en même temps, si fière de porter le nom de Favière.

— Merci, monsieur. Je vais descendre à la Maison-Neuve.

— Attendez-vous à voir notre chère nièce bien diminuée.

J'arrivai le cœur battant à la grande maison que je connaissais si bien ; je vis comme en un songe la terrasse à balustrade, l'escalier double, le cadran solaire entre les vastes portes vitrées... Puis un nuage passa dans le ciel et, soudain, tout se ternit et s'abîma, la rouille recouvrit la balustrade, la mousse, les marches et la terrasse, l'usure du plâtre effaça à moitié le cadran solaire. Beaucoup de volets restaient fermés et d'autres s'ouvraient sur des fenêtres aux carreaux fêlés. La broussaille et les mauvaises herbes avaient envahi le parc et mêlaient leurs tiges aux basses branches des saules pleureurs, les mûriers n'étaient pas taillés... Je reconnaissais à peine les lieux et j'avais la gorge serrée.

À la porte, après trois ou quatre coups de clochette, une servante mal tenue m'interpella d'un ton brusque. Elle me repoussa d'abord en disant que madame était toute seule, puis elle se reprit : « Madame n'est pas là ! « Je devinai que dans son esprit c'était la même chose. À force d'insistance et sous la menace de me fâcher tout de bon, j'accédai enfin à l'espèce de boudoir où Valentine se tenait, près d'une fenêtre, à l'abri d'un rideau, vêtue d'une robe mauve à fleurs blanches, un peu défraîchie et froissée. Je l'appelai, elle me répondit d'un signe sans se déranger de la lecture qui semblait l'absorber. Je crus la voir une seconde telle que je l'avais connue douze ou treize ans plus tôt, avec ses longues boucles blondes, ses cils dorés, son regard vif, ses traits animés et ses joues roses, je crus la voir sauter, danser, tourbillonner. Mais elle bougeait à peine, ramassée et presque pelotonnée sur sa chaise ; sa peau luisait comme la cire sur son front et ses joues creuses, ses cheveux gris pendaient sur son cou.

J'enlevai mes gants, m'agenouillai près d'elle et caressai ses mains nues. Quel chagrin de voir dans cet état une femme jeune encore et qui avait été si vivante et si belle ! Il me vint à la bouche, pour la première fois de ma vie, un mot lyonnais que je ne savais traduire ni en français ni en patois : *Beauseigne !* Un joli mot de pitié et de tendresse. Une femme qui avait été si bonne pour moi, et qu'avais-je fait pour lui rendre ses bontés ? Beauseigne !

Elle sembla soudain me reconnaître, son visage s'adoucit et une lueur de joie éclaira son regard myope ; elle me reprit ses mains pour ôter ses lunettes, elle me montra le livre qu'elle tenait sur ses genoux et qu'elle referma à demi, un doigt entre les pages.

— Je relis cette histoire que nous avions lue ensemble aux temps heureux... *Valentine,* de George Sand, vous vous souvenez ?

Si je m'en souvenais ! Elle retourna le livre, leva vers moi ses yeux mouillés de larmes et me tira le poignet, m'invitant d'une douce pression à quitter ma posture agenouillée.

— Asseyez-vous, ma chère. Et si nous parlions de votre mariage ?

Je pris une chauffeuse devant la cheminée et l'attirai près de la fenêtre. Valentine s'exclama d'un ton vif et presque joyeux :

— Vous avez épousé Pierre... le seul homme que j'aie aimé !

Je crus que le sang me tournait. Pierre ! Avait-elle imaginé seule cette fable dans son esprit malade ? Ou bien, pour lui cacher que j'entrais dans la famille Favière, lui avait-on soufflé le nom de Pierre en place de Louis-Xavier ? Elle s'aperçut de mon trouble.

— Quelle émotion, au seul nom de votre mari ! Le mien, mon cher François-David, ajouta-t-elle en baissant la voix, est retenu à Paris pour ses affaires... ou ce qu'il en reste. Cela fait plus de deux mois que je ne l'ai vu. Savez-vous, ma chère enfant, que nous sommes ruinés. Mon pauvre François-David pense que tout est de sa faute. Je suis sûre que l'empereur ne lui pardonne pas ses opinions républicaines... ou si ce n'est l'empereur, ce sont ses ministres et sa police. Et ces gens-là ont trouvé un parfait moyen de nous saigner à blanc : ils ont répandu à Lyon et partout mille calomnies sur notre maison et notre soie, que personne ne veut plus acheter, sinon au plus bas prix. Oui, nous savons que cette cabale est l'œuvre de la police, et mon mari est allé à Paris plaider sa cause dans un ministère. Mais il est trop tard, Alexandrine. Nous sommes perdus !

Je songeai : Une cabale, mais quelle cabale ? Mille calomnies ou seulement deux ou trois, ou bien toujours la même, indéfiniment répétée, et c'est ainsi qu'on mène un homme à la ruine. Et un jour prochain, au bord de la faillite, il devra vendre ses fabriques, son commerce, que l'on rachètera pour une bouchée de pain...

Et ce n'est pas l'empereur qui rachètera. Et tout cela n'est pas l'œuvre de la police !

Mais Valentine ne connaissait pas Émile.

Je baissais les yeux pour ne pas croiser son regard ; je serrais les poings et me mordais les lèvres pour ne pas lui montrer ma consternation. En même temps, j'avais honte de ma lâcheté ; je n'attendais qu'une occasion de m'enfuir et je me disais : Tu lui dois pour une bonne part ce que tu possèdes, ce que tu es, tu ne peux pas l'abandonner ainsi. Il t'incombe de l'aider, de la sauver peut-être, si tu peux.

Je lui promis de revenir bientôt et elle hocha la tête, déjà plongée dans son livre, déjà absente, poursuivant je ne sais quel rêve. Et moi, je courus sur le chemin du Grand-Mas.

C'est à ce moment, je crois, que je formai le projet de l'emmener à Lyon et de m'occuper d'elle aussi longtemps qu'il le faudrait.

31

Quai Saint-Clair

Lyon, 1855

En septembre 1855, le général Mac-Mahon remporta à Malakoff, en Crimée, une importante victoire. Le siège de Sébastopol continue, disait-on, mais pas pour longtemps. Je ne comprenais rien à cette guerre lointaine. Pourquoi des pays chrétiens comme la France et l'Angleterre étaient-ils alliés à un pays mahométan, l'Empire turc, contre un autre pays chrétien, la Russie ?

Oh, je savais bien que le Czar avait été très cruel pour les Polonais et sans doute ignorait-il la loi de Dieu...

Puis Sébastopol fut prise, on parla de signer la paix. « Merci, mon Dieu ! » m'écriai-je.

Début octobre, Valentine vint s'installer avec Marie, Louisette et moi, place Tolozan. Je priai Tonine, notre servante, de supporter ses plaintes en silence.

— Je n'ai pas été engagée pour m'occuper d'une folle, me dit-elle, j'en ai par-dessus la tête.

— Je le sais, Tonine, mais Mme Valentine n'est pas folle, seulement très malheureuse. Et puis vous êtes bien récompensée.

— Ma foi, convint-elle, je suis payée comme une nourrice, et c'est ce que je suis, à me charger d'une personne retombée en enfance ! Ah, j'ai beaucoup à faire, j'y abonde pas. La maison est si grande, madame, il y a tellement à frotter, récurer, cirer...

Ce qu'elle appelait « la maison » était la réunion de deux logements, le mien et un autre plus petit, que les locataires avaient quitté, laissant impayé un an de loyer. Cela faisait en effet beaucoup de pièces à entretenir, quoique la plupart fussent vides.

Mais Tonine avait beaucoup de temps libre quand elle avait conduit ma fille à l'école évangélique de la rue Lanterne. Je la priai de comparer son sort à celui des ouvrières ou même des femmes de canuts. Elle reconnut qu'elle était née sous une bonne planète !

Pierre, Émile, Brunette, les hommes d'affaires, les hommes de loi, et même les domestiques, tout le monde me pressait de m'installer à la maison Favière, quai Saint-Clair. Louis-Xavier lui-même, dans une lettre postée aux Indes, me priait d'y songer, sans insister.

Je répondis à tous que j'attendais le retour de mon mari pour habiter avec lui. Cette situation faisait jaser, je n'avais pas l'air mariée tout de bon tant que je ne vivais pas dans la maison commune.

Non seulement je n'avais pas envie de devenir maîtresse de la maison Favière, mais cette idée m'effrayait. Il me semblait que j'allais perdre quelque chose à quoi j'étais très attachée et que je ne savais pas bien nommer. Était-ce, encore une fois, ma liberté ?

Les deux domestiques de Louis-Xavier, Jérôme et Félicité, vinrent me supplier de les rejoindre quai Saint-Clair sans attendre le retour de monsieur, qui risquait, me dit Jérôme, « de se faire attendre longtemps ».

Je finis par dire oui et ajoutai que j'aimerais bien voir MM. Théo et Henri habiter chez nous.

Ce projet me tenait beaucoup à cœur : réunir les fils Favière autour de leur mère. Ce serait, croyais-je, le plus sûr moyen de l'aider à vivre cette épreuve cruelle. Il fallait encore que leur père, M. François-David, fût consentant. Je lui écrivis une longue lettre pour lui demander son agrément, et je lui proposai de prendre à ma charge leur entretien : nourriture et vêtements, frais d'études et menue monnaie pour Henri qui était encore au lycée.

Théo promit de m'aider à persuader son père, mais il m'avoua qu'il aurait plus de mal à fléchir ses oncles Chavanier, les frères de Valentine, très acharnés contre mon idée. Ils auraient préféré voir leur sœur enfermée dans une maison de santé, sous prétexte qu'il n'était pas bon pour des jeunes gens de vivre sous le même toit qu'une folle. Ne cherchaient-ils pas, tout bonnement, à priver leur sœur de la part d'héritage qui lui revenait ?

Fin novembre, je m'installai quai Saint-Clair. Jérôme et Félicité étaient aux petits soins pour moi, Tonine s'accordait assez bien avec eux, Valentine semblait se plaire dans cette vaste demeure qui lui rappelait la sienne, aux Trois-Vallées ; de ses fenêtres, la vue sur le Rhône était magnifique, et Tonine avait toute la journée pour l'emmener en promenade. Mais je désespérais de voir les garçons nous rejoindre. Les deux familles restaient opposées à cet arrangement, et le seul qui eût pu m'aider, mon cher Louis-Xavier, était bien loin vers l'Orient, sur la mer ou la terre, je ne savais.

Je demandai conseil à Me Thomassin, que Louis-Xavier appelait son « avoué de Lyon ». L'homme de loi soupira, tira sur ses favoris, tapota sa cravate.

— Je craindrais qu'une démarche de ma part n'eût un effet contraire, dit-il. Mais je connais quelqu'un qui, hum ! parfois n'y va pas de main morte, et réussit presque toujours à persuader les personnes les plus, hum ! récalcitrantes. Vous connaissez aussi bien que moi Émile Chambet, pourquoi ne lui soumettez-vous pas votre différend avec les deux familles ?

— Oui, pourquoi pas ?

Je connaissais assez maintenant les méthodes d'Émile : menace, intimidation, contrainte, quand ce n'était pas donnant donnant et friponnerie partagée. À M. François-David, qui était, disait-on, sur le point de manger sa chemise, Émile proposerait peut-être quelque accommodement financier de sa façon. Mais que pourrait-il inventer pour faire plier les Chavanier, marchands prospères, réputés sobres de vie et à cheval sur les principes ?

Je demandai l'avis de Brunette, qui me répondit :

— Sais-tu qu'Émile est aujourd'hui un des hommes les plus puissants de Lyon ? Je peux lui parler, si tu n'oses pas.

— Eh bien, j'oserai !

On a toujours entendu des gens sans scrupules déclarer que la fin justifiait les moyens, que tous les moyens étaient bons quand le but était noble. C'était la morale des papes et de l'Église catholique, pas celle de l'Évangile ! Mais je voulais les garçons pour soutenir Valentine, la sauver en lui rendant l'espoir. Alors, tant pis, j'abdiquerais ma fierté, s'il le fallait, je parlerais à Émile et lui demanderais d'intervenir.

— Ce sera une bonne occasion de voir s'il est aussi puissant que tu le dis.

Enfin, je considérai qu'Émile était pour une bonne part responsable du malheur de Valentine, et il devait bien le savoir, car il n'était ni naïf ni stupide. Il s'en moquait peut-être, mais il le savait !

Le forcer à réparer un peu le mal qu'il avait causé serait la meilleure punition qu'on pût lui infliger.

Et il comprendrait, comme un mauvais chien que l'on frappe en lui mettant le nez sur le cadavre encore chaud de la bête qu'il a tuée.

Je promis à Valentine que ses garçons viendraient bientôt habiter chez nous. Une heure après, elle commençait à les attendre.

Je rencontrai Émile quelques jours plus tard, vers le milieu de décembre, et lui exposai mon projet sur un ton assuré. Je savourais par avance sa punition et son tourment !

Je le vis pâlir, puis tout de suite après rougir ; enfin il essuya avec son mouchoir la sueur qui perlait sur son crâne fort dégarni au-dessus du front.

— On a donc recours à mes bons offices, quoiqu'on n'aime pas beaucoup mes façons ! dit-il d'une voix où je sentis rancune et résignation à la fois.

Je me troublai un instant, mais je repris mon aplomb tout de suite et jouai les innocentes.

— Je suis actionnaire des Soieries et je représente ici mon mari. Vous êtes le fondé de pouvoir de la compagnie. Il est normal que j'en appelle à vos compétences.

— On me dit brutal et sans scrupules. Cela ne vous gêne pas ?

— Ne vous inquiétez pas de mes sentiments.

— Vous me demandez là une assistance qui vaut son pesant d'or.

Je le regardai dans les yeux et m'obligeai à sourire.

— Si ce qu'on dit est vrai, persuader les Chavanier et les Favière ne serait pour vous qu'un jeu d'enfant !

— Et sait-on comment je m'y prendrais pour réussir ce tour de force ?

— On pense que vous préférez garder vos moyens secrets.

— On le pense ? On a une telle foi en mon entremise que l'on est prêt à acheter le poisson sans voir les écailles !

La honte me pinçait le cœur, mais je me disais : Xarine, tu le fais pour le bonheur des tiens ! Il se mit à me tourner autour en me lorgnant de façon éhontée.

— Le mariage vous réussit. Je vous vois toujours jeune et belle et même, j'ose dire, de plus en plus jeune et belle !

— S'il vous plaît, cessez vos galanteries.

— Eh bien, dit-il, n'en parlons plus. Mais, croyez-moi, je suis sincère. Et puisque vous me le demandez si aimablement, je m'occuperai de votre affaire. Il est rare qu'on ne puisse, en parlant à *mots couverts,* faire entendre raison à de bonnes gens. Tous ces protestants ont deux visages et ils tiennent à paraître plus vertueux que tout le monde, ce qui les rend assez influençables. Voilà une chose. Les frères Chavanier sont d'excellents fabricants, mais ils craignent pour la réputation de leur commerce comme le renard pour sa queue. Quant à ma *récompense,* nous en reparlerons plus tard. Je suis patient, vous me connaissez. N'oubliez pas tout de même que vous serez fatalement veuve une seconde fois.

— Dieu fixe l'heure et le jour pour chacun de nous. Et Lui seul.

— Oui, Lui seul. Pour chacun de nous.

— Vous et moi mourrons peut-être avant M. Favière.

— Je sais tout cela. Mais je souhaite dès maintenant agir en association avec vous, pour le bien de la compagnie... et pour notre bien à tous deux !

Voilà qui ressemblait beaucoup à une demande en mariage, même si elle n'était en bonne et due forme !

Il ajouta, avant de partir, qu'il me conseillait de songer à notre avenir à tête reposée et de bien voir que je ne pouvais me passer de lui.

Peu avant Noël, nous sortions de la réunion du conseil des Soieries, la dernière de l'année, lorsque Pierre posa sa main gauche sur mon coude. Je sursautai si fort qu'il retira son bras comme s'il s'était brûlé, puis il s'écarta de moi d'un air embarrassé. Je restai toute tremblante, transie et brûlante à la fois, comme si le plus grand froid et la plus vive chaleur se mêlaient dans ma poitrine et mes membres.

Je passai une nuit blanche à maudire ma faiblesse, bouleversée par l'empire que Pierre gardait sur mes sens et mes nerfs. Toute honte bue, je me disais que, pour connaître de nouveau les jours heureux de notre passion, je renoncerais à mon honneur, je céderais ma place aux Soieries et j'accepterais de devenir bonne d'enfant comme il le souhaitait jadis.

Je sacrifierais même ma liberté !

Mais j'avais choisi d'être une femme libre et j'étais fière de mon courage. Je suppliai le Seigneur de m'aider à endurer la privation qui tenaillait mon corps et harcelait mon cœur.

Voilà ce que je songeais dans la brume du sommeil. En m'éveillant, je courus me tremper la tête dans une cuvette d'eau.

Non. Je répétai : Non, non, non. Je regrette, Pierre. Je n'irai pas me jeter à nouveau dans tes bras, à tes pieds, dussé-je mourir de chagrin.

Je vécus un des jours les plus pénibles de toute ma vie. Je me forçai à penser aux projets qui me tenaient le cœur aussi fort que le désir de Pierre. Quand le visage de Pierre venait me hanter, je songeais à tous ceux que j'aimais et qui avaient besoin de moi, et même à Émile... Émile, mon cher ennemi !

32

Émile fait son devoir

Le mont Pilat, 1855

À la Noël, je réunis autour de moi un semblant de famille, pour compenser une privation insupportable. J'allai donc passer les fêtes à Pélussin, en compagnie de Valentine, Marie, Brunette, Louisette et Tonine, Mlle Lucie. Thirza et Jules nous rejoignirent au Blanchet, le soir de Noël, puis Marius Jayol et sa femme Jeannette, et encore Joseph, contremaître du moulinage Doivieux, et Just Rivoire, le maître d'école républicain qui travaillait maintenant à restaurer le moulinage Gaudras.

Les garçons Favière étaient aux Trois-Vallées, près de leur père ; ils me manquaient beaucoup, mais je me réjouissais de les savoir réunis. Cette famille comptait tant pour moi !

J'étais sûre que le Seigneur nous enverrait un inconnu, un pauvre, un mendiant, pour que nous soyons treize à table, et ainsi nous ferions la nique à la superstition.

... Et le treizième convive cogna à la porte le soir du 24 décembre, au milieu d'une tempête de neige : c'était Joannès Apollinard, un rhabilleur ou rebouteur du Pilat. Venant de Chavanay, il avait eu toutes les peines du monde pour monter jusqu'à Pélussin. Quant à rentrer chez lui, dans la montagne, on ne voyait même pas le chemin.

Et s'il était venu un Juif de Palestine, un Arabe d'Arabie ou un Chinois de Chine, il aurait fait partie aussi de ma famille, pour ce soir-là.

Émile Chambet, que je croyais occupé à semoncer les Favière ou les Chavanier, la foudre au poing, arriva au Pilat, à cheval sur un malheureux bidet, montrant à peine le bout de son nez rond et rouge, entre un bonnet de laine et un col fourré. Il ne payait guère de mine, et je songeai en riant : L'homme le plus puissant de Lyon, ah, donc, comme c'est croyable !

D'abord, il visita nos magasins, la fabrique Doivieux, que Jules et Thirza menaient tambour battant, et le chantier du moulinage Gaudras, où Just Rivoire travaillait avec un ouvrier, malgré le froid et la neige. Averti par mes soins, Just Rivoire put se cacher à temps. Je compris bientôt que le voyage d'Émile à Pélussin avait un tout autre but que cette inspection.

Après avoir tourné autour du pot un bon moment, parlé de la pluie et du beau temps et m'avoir donné des « madame Favière » gros comme le bras, il me dit tout à trac :

— Votre affaire est quasiment réglée, ma chère. Vous aviez raison : ce n'était qu'un jeu d'enfant. Théo Favière va donc habiter chez vous dès cette semaine. Vous devriez rentrer à Lyon sans tarder pour l'aider à s'installer. Henri viendra plus tard.

Il me regarda de ses gros yeux humides, sous les sourcils épais. À ce moment, il avait l'air d'un brave homme, tout simple. L'instant suivant, son regard durcit, se fit menaçant ; et il dit sur un ton de raillerie :

— Ne me remerciez pas, je n'ai fait que mon devoir.

Je voyais bien que j'avais mis la main dans un piège qui se refermerait un jour sur mon bras. Mais j'avais voulu ce défi, et le moment venu je serais prête à me battre. Il le fallait.

— Vous avez un sens élevé de votre devoir, Émile, je vous en félicite.

Il serra les dents et je vis trembler son menton. Je le guettai d'un air innocent. Que se passerait-il si je racontais toute l'affaire à Louis-Xavier, dès son retour ? Il ne me croirait pas, tout simplement. C'était encore trop tôt, il me fallait rassembler des preuves... Je dis en souriant :

— Vous m'avez convaincue de votre habileté, Émile. Je vous remercie également de toute l'aide que vous apportez à mon neveu.

Il me répondit sur un ton sec :

— Ne me remerciez pas. Une fois de plus, je n'ai fait

que mon devoir. Son père, qui nous livre de la mauvaise soie et laisse péricliter les affaires de la famille, aurait été un très mauvais maître pour lui. Allez vite à Lyon et dites à votre protégé qu'il recevra de nouvelles fonctions et une augmentation de salaire dès la semaine prochaine.

33

Départ de Théo... pour la conquête du monde

Lyon, 1856

À mon arrivée quai Saint-Clair, Valentine se précipita vers moi et me prit les mains.

— Alexandrine, mes fils vont habiter avec nous. Théo a un nouvel emploi aux Soieries, il commence demain ! Seigneur, que je suis heureuse !

— Je suis très heureuse aussi, chère Valentine.

Je n'osais trop me réjouir, pourtant ; tout avait été si facile. Soit Émile accédait à mes demandes pour mieux me prendre dans ses filets, soit mes sollicitations coïncidaient avec ses propres projets. Oui ! Il misait comme moi sur les Favière ; ou, plutôt, il plaçait les Favière au centre de ses intrigues.

En paraissant m'obliger, il jouait sa propre partie.

Théo arriva le jour même, avec armes et bagages, et ce n'est pas une simple façon de parler, car il possédait un poignard, une épée, deux pistolets et un fusil !

Nous attendions Henri deux jours plus tard.

Théo m'annonça tout de suite le départ d'Émile pour les Cévennes.

— Il est parti visiter ses fournisseurs du Languedoc, du moins c'est ce qu'il a dit. Je suppose qu'il va voir mon père pour lui proposer d'acheter nos fabriques. Je ne sais pas ce que répondra mon père, je suppose qu'il résistera encore, mais il a le couteau sous la gorge et je suis très inquiet.

Le commis occupait une place de plus en plus grande dans nos pensées et nos vies.

Brunette me parla de lui fort longuement.

— Sais-tu qu'il te désire pour femme, depuis que vous avez joué aux fiancés ? C'était bien imprudent, n'est-ce pas ? Il est prêt à te partager avec Pierre, il s'en moque.

— Pierre n'a plus de place dans ma vie. Ni moi dans la sienne.

— On dit ça... Tu posséderas un jour, par héritage de ton mari, un bon quart des Soieries Saône & Rhône. Émile, avec un petit cinq pour cent, est déjà le vrai maître de cette maison, il espère en t'épousant devenir le principal actionnaire.

— Ce n'est pas tout, n'est-ce pas ?

— Hé, si vous étiez mariés, tu ne pourrais lui refuser ton lit !

— On appelle cela faire d'une pierre deux coups, c'est le mot ?

— Et qu'en dit la pierre ?

— Je suis la pierre ? Le dur calcaire des Cévennes, alors. La pierre se tait et songe.

Quoi ? Partager mon lit avec ce monsieur ? J'eus envie de répondre : Jamais ! Je préférerais fuir en Chine pour éduquer des vers à soie et vivre de mes cocons, ou sauter par-dessus le bord du paquebot qui m'emporterait ! Je gardai le silence.

La guerre se préparait, il me fallait tenir secrètes mes pensées et mes intentions, même devant mon amie. D'autant que Brunette était bavarde ! Émile devait être persuadé qu'il avait une chance de m'épouser finalement.

Vers le milieu de février, Valentine put parcourir seule le quai Saint-Clair ; elle se promena une demi-heure, puis rentra tout tranquillement, sans se tromper de maison ni de porte.

— Que le Rhône est gros et beau ! s'écria-t-elle. Je l'avais oublié. Oui, j'avais oublié mon pays. Je suis heureuse que mes fils aient choisi cette ville.

— Vous avez choisi pour nous, mère, dit Théo. Mais vous avez bien choisi, nous ne vous remercierons jamais assez. Pour moi, c'est bien de Lyon que je partirai à la conquête du monde !

Il éclata de rire, sa mère le regarda gravement.

— Oui, mon Théo, j'ai toujours su que vous partiriez. Mais, de grâce, attendez encore un peu.

Elle sortait chaque jour un peu plus de sa mélancolie ; elle parlait des quartiers de Lyon, des nouvelles rues, des changements qu'il y avait eus depuis son enfance, de ses escapades à l'île Barbe, quand elle était jeune fille. Elle plaignait son époux que les requins des affaires acculaient à la faillite. Ainsi, elle ne croyait plus à une cabale de la police.

Elle écrivit à sa fille aînée, mariée à un riche commerçant de Montauban, puis à sa cadette en pension à Nîmes.

Je priais pour que ce mieux ne fût pas un simple feu de paille.

Émile Chambet regretta que Théo fût moins assidu à son travail depuis qu'il habitait chez moi. Je répondis que mon neveu n'était pas un employé ordinaire : il était aux Soieries pour apprendre le métier de marchand, il avait une bonne place dans le testament de mon mari, et il posséderait un jour des actions de la compagnie. Émile serra ses petits poings grassouillets, d'un geste de courroux, vrai ou bien imité.

— Et c'est ainsi que vous faites l'éducation de votre protégé !

— Je veux qu'il se souvienne à chaque heure de sa vie qu'il est un Favière... monsieur le fondé de pouvoir, ajoutai-je presque sans moquerie.

Louis-Xavier disait « mon factotum », en parlant de son commis principal ; maintenant tout le monde avait la bouche pleine de son nouveau titre : M. le fondé de pouvoir par-ci, M. le fondé de pouvoir par-là.

Émile grommela : « Oh, oh ! » Il avait raison, bien sûr, et je ne manquerais pas de sermonner Théo. Mais l'occasion était bonne pour moi de lancer un avertissement à Émile qu'il n'oublierait pas.

Au mois de février, on lut dans les journaux : la guerre contre la Russie est sur le point de finir. La guerre si mauvaise pour le commerce... et pas très bonne non plus pour les pauvres soldats qui se faisaient tuer ou mutiler !

34

Escarmouches au conseil

Le mont Pilat, 1856

À Pélussin, les moulinages tournaient rond, la succursale fonctionnait très bien et... perdait de l'argent, à cause du moulinage Gaudras, toujours improductif. Tant pis pour moi.

J'acceptais la responsabilité des mauvaises affaires comme des bonnes. Jules, Thirza, Marius, Just Rivoire, les contremaîtres et les ouvrières travaillaient de tout leur cœur ; et Émile avait cessé de mettre des bâtons dans les roues. Il installait des ateliers de tissage à Chavanay pour la compagnie.

J'essayai de m'expliquer son revirement. À coup sûr, il avait changé de tactique, mais non de dessein ; il n'était pas homme à renoncer facilement. Ce qu'il voulait maintenant, et peut-être depuis toujours, c'était me détourner de toute activité, m'ôter l'envie de travailler. Celle qu'il épouserait un jour, quand il serait le maître des Soieries, devait être une *dame,* et une dame ne travaillait pas, à Lyon en tout cas. Il avait d'abord essayé de me décourager en me poussant à l'échec ; puis il avait compris que cette manœuvre risquait de tourner à son tort, si je m'acharnais et si je découvrais ses intrigues et les dénonçais à Louis-Xavier ou à Pierre. Enfin, ce gâchis était au détriment de la compagnie, dont il défendait les intérêts avec une ardeur sincère.

Il comptait maintenant me prouver que tout allait sans moi, que j'étais inutile et n'avais aucune raison de me salir les mains.

Mes mains, il ne cessait de les guetter ; il m'eût souvent arraché mes gants s'il avait osé. C'est que, dans la haute société, une femme ne pouvait se permettre de montrer des doigts de travailleuse !

Il avait gagné. Mais ce n'était pas une défaite pour moi.

N'avais-je pas obtenu ce que je désirais depuis toujours ? J'étais devenue par mon mariage une personne importante dans l'administration des Soieries, où je représentais mon mari. Et beaucoup pensaient que je le remplacerais bientôt.

Et cette compagnie qui réunissait les établissements de Louis-Xavier Favière et Pierre Jurieu régirait sans doute, d'ici à quelques années (avec d'autres compagnies pareilles), toute l'industrie de la soie.

Ce qui comptait encore plus que moi, ma chère Thirza semblait heureuse, enfin, même si tout n'était pas rose dans son ménage.

Je n'avais plus qu'à vivre oisive et frivole, entre le quai Saint-Clair et le Blanchet, en tirant l'aiguille pour mon plaisir et en lisant les romans à la mode : par exemple, ce livre écrit par une jeune fille américaine, dont on parlait tant à Lyon, *L'Allumeur de réverbères*. Et, de temps en temps, je poserais le livre sur mes genoux et je songerais à Pierre. Je me mordrais les lèvres pour ne pas pleurer sur mon amour perdu.

Mon amour sacrifié en vain, peut-être, car la liberté que j'avais tant désirée était toujours très loin.

À peine rentrée de Pélussin pour assister à un conseil des Soieries, je m'entendis souffler, partout, que je ne devais plus m'occuper d'affaires triviales, que ce n'était plus ma place.

Je me rendis compte un peu plus tard que le conseil des Soieries n'était pas ma place non plus. On ne pouvait m'en chasser facilement, tant que Louis-Xavier était vivant, mais on oubliait de m'appeler. Ou bien l'on faisait de fausses réunions, vite expédiées, puis on se réunissait en secret, sans moi, pour le vrai conseil.

Me Thomassin, qui avait un faible pour mes yeux de Sarrasine et mon nez cévenol, me servait d'espion ; mais j'avais honte pour lui. Il m'avoua que le prochain conseil prévu, déjà reporté deux fois, aurait lieu à la fin de mars ou au début d'avril, « sans doute pour la frime », ajouta-t-il à voix basse.

Je me demandai si j'allais y assister ou si je ne suivrais pas plutôt Théo à l'île Barbe pour apprendre à tirer au pistolet !

Il eut lieu, finalement, un des derniers jours de mars, par temps de pluie et de brouillard. La pluie et le brouillard noyaient aussi mon cœur. Je n'avais pas dormi de la nuit.

J'allais revoir Pierre. Je ne pouvais m'empêcher de revivre nos plus beaux moments, nos heures de folie. Je me disais : Jamais tu ne feras le premier pas vers lui. Et puis je songeais : Tu ne dois pas le laisser devenir ton ennemi, ne serait-ce que pour Théo !

Je ne sais si le conseil des Soieries où je me rendis était le vrai ou bien une mascarade montée par les hommes d'affaires et de loi qui ne voulaient pas de moi devant leur tapis. En tout cas, on y disputa d'une importante opération de commerce, sur laquelle je pensai d'abord m'opposer à Émile. Le fondé de pouvoir déclara qu'il avait trouvé acquéreur à bon prix pour les pépinières de mûriers de la Drôme. Pierre ne semblait pas d'accord.

— Pourquoi vendre ces excellentes pépinières qui rapportent de l'argent ?

Émile répondit en énumérant et en frappant chaque fois de ses phalanges sur le bord de la table :

— Pour cinq bonnes raisons. Un, parce que M. Favière le souhaitait et attendait seulement une occasion. Deux, parce que nous n'avons guère le temps de nous occuper de pépinières et que notre gérant profite de sa liberté pour faire danser l'anse du panier. Trois, car il vaut mieux laisser l'agriculture aux jardiniers, n'est-ce pas ? ou alors pourquoi ne pas élever aussi les mulets des charretiers et fabriquer les sabots des ouvrières ? Quatre, parce que nous avons besoin d'argent pour la recherche de nouveaux clients et fournisseurs et l'établissement de nos comptoirs. Cinq, car si la maladie des vers se répand comme nous le craignons, plus personne n'achètera de plants de mûriers. Cette raison nous commande de nous hâter, elle est suffisante à elle seule.

Quelques messieurs appelaient Émile « maître Cinq-Raisons » : au début, je comprenais Saint-Raison, et cela m'intriguait fort.

Mais toujours, la dernière de ses raisons, qu'il récitait en tapant sur la table, était la meilleure et valait plus que les autres réunies.

Pierre soupira, déjà persuadé et plein de regrets à la pensée de vendre une province du royaume ; les autres membres du bureau jasaient à tort et à travers, en attendant de voir quelle opinion l'emporterait pour se ranger du côté du plus fort, Émile sans doute. Je demandai la parole, surtout pour montrer à Émile que je n'étais pas intimidée.

— Aucune de ces raisons ne me paraît suffisante, la dernière pas plus que les autres. Si l'on croit que la maladie du ver va se répandre, autant abandonner les soieries pour faire des cotonnades !

Je conclus qu'à mon avis on devrait attendre le retour de M. Favière. Les messieurs me regardaient en prenant des airs penchés et en faisant la petite bouche. Et puisqu'il est permis à une pauvre femme innocente de sauter du coq à l'âne, je parlai d'un règlement au moulinage Doivieux, que je voulais changer, et de la position de Théo Favière dans la compagnie, que je souhaitais améliorer.

Les messieurs sourirent en se disant que j'étais une tête de linotte, comme toutes les femmes, et que M. Émile passerait outre à ma protestation sans aucune peine. Mais notre commis, et peut-être Pierre aussi, virent bien que c'était un marché. Émile soutint que la vente des pépinières devait se traiter tout de suite, avant que les éducations ne commencent.

— Si la saison s'avérait mauvaise, notre acheteur ne serait pas aussi bien disposé.

Quelqu'un fit la remarque qu'il était déjà bien tard pour régler l'affaire avant le commencement de la saison. Émile souriait, il tourna les yeux vers moi et je vis à son expression qu'il avait déjà vendu, de son chef : il me demandait ma complicité, en échange de la sienne. Je battis des paupières en signe d'accord, et il hocha légèrement la tête. Et c'est ainsi que j'eus gain de cause pour deux choses qui me tenaient à cœur. C'était un grain de mil dans la bouche d'un âne, comme eût dit mon frère, mais ces messieurs furent surpris de mon ardeur à la dispute ; pris de court, ils me cédèrent facilement.

Je quittai la séance très frappée par l'impudence d'Émile. Le fondé de pouvoir n'avait que mépris pour ses partenaires. Il les manœuvrait habilement et sans aucun scrupule.

Et Théo et moi avions l'intention de nous mesurer à cet homme, de lui disputer les Soieries... Une paysanne à peine dégrossie et un tout jeune homme sans expérience. Il ne ferait de nous qu'une bouchée !

J'écrivis aussitôt à Jules et à Thirza au sujet du règlement de moulinage. « J'espère qu'on pourra bientôt appliquer les adoucissements d'horaire que je demande à toutes les machinaires... »

Mon pétulant neveu me serra dans ses bras dès le lendemain.

— Savez-vous que je pourrai maintenant choisir mes tâches à mon gré, tout en assistant les autres commis où et quand on m'en priera. Et Émile m'a dit : « J'espère que vous deviendrez bientôt mon bras droit. »

Ah, je souhaitais un traitement de faveur pour mon protégé ? Eh bien, M. le fondé de pouvoir avait pris Théo sous son aile pour commencer de lui enseigner ses façons, et notre jeune homme admirait déjà son maître : il se préparait à devenir un disciple obéissant.

Je reconnaissais bien la façon d'Émile, qui était de paraître céder facilement, puis de retourner la situation à son avantage. Ces péripéties montraient chez l'ancien commis un art consommé de la manœuvre. À toute occasion, je le découvrais encore plus habile que je n'avais cru.

Enfin, Théo n'était plus tenu par l'heure du service et pouvait être très souvent près de Valentine, que la compagnie de son fils aîné réjouissait fort et qui voyait tout couleur de rose. Oui, en ce début d'avril très doux, Valentine me semblait en voie de guérison.

Que pouvions-nous faire de plus pour la sauver des mauvaises pensées qui la hantaient ?

J'avais obtenu qu'une rente lui fût versée par la compagnie, puisqu'il semblait établi que les fabriques Favière des Trois-Vallées seraient un jour réunies aux Soieries Saône & Rhône. C'était une sorte d'avance sur la part qui lui reviendrait un jour et une façon de compenser le revenu que son mari ne lui versait plus. Ces trois cents francs le mois, à peu près dix fois le salaire d'une ouvrière ou d'une compagnonne, eurent un effet merveilleux sur son équilibre et son humeur.

Le 15 avril, elle partit avec moi pour les Cévennes. Elle rentrait chez elle gaie et forte, presque heureuse. J'emmenai aussi Marie. Théo devait nous rejoindre un peu plus tard, Émile ayant consenti à lui accorder un congé d'une semaine au moment de l'éducation.

35

Au mois de mai, suivant le temps qu'il fait

Cévennes, 1856

Alexandrine Jourdan, aide-magnanière de Margot Pieyre, au Grand-Mas !

Je n'avais qu'à me précipiter hors du mas et je voyais mes chères montagnes, couronnées par le sommet de l'Aigoual.

Telle aurait pu être ma vie, pour toujours. J'aurais épousé un garçon du pays, comme Élie Chabal, qui livrait toujours sa belle bruyère aux magnaneries des environs. Je n'aurais jamais connu Lyon, je ne saurais rien de la ville et du monde.

Tout en aidant Margot comme une simple journalière, je consacrais une heure par jour au moins à l'instruction de ma fille.

Marie chantait, avec moi, une complainte de mon invention sur les vers et l'éducation : « Au mois d'avril ou de mai, suivant le temps qu'il fait, on met la graine à couver au castelet, elle éclôt quinze jours après. »

Je repris : « Les magnans sont très voraces, pour les nourrir, on ramasse à pleines besaces la feuille de mûrier... »

Marie : « Quand ils ont grossi, on les place à la magnanerie... »

Moi : « On met les vers sur des tables, où ils croquent et mangent, petites bêtes infatigables, et grossissent tout le temps souhaitable. »

Marie : « Ils mâchent avec appétit, à grand bruit, un bruit de pluie, et puis les voilà tout engourdis. Ils s'endorment pour changer de costume, à la première, à la deuxième, à la troisième, à la quatrième... »

Ma fille avait si bien progressé en lecture qu'elle pouvait lire couramment dans le *Livre de lectures des écoles primaires*. En passant à Nîmes, nous avions acheté à la librairie Giraud, du boulevard Saint-Antoine, un deuxième petit livre bleu. J'avais acheté aussi pour Marie *L'Enfant de la vallée,* par Mlle Adèle L., dont le titre me donna à rêver.

Je décidai de le lire d'abord pour lui raconter l'histoire, qui était celle de Marthe, une enfant trouvée, recueillie par une riche famille. Je ne fus pas obligée d'expliquer « enfant trouvée » : très avertie pour son âge des faits de la vie, Marie en avait une notion assez juste ; ainsi, elle décréta :

— Moi, je ne suis pas une enfant trouvée !

— Non, bien sûr, tu es l'enfant de ton père et de ta mère.

Elle me regarda d'un air sérieux et grave, secoua sa mignonne petite tête et balança ses tresses.

— Oh oui, et je suis vraiment la cousine de mon cousin Théo, puisque je l'aime !

Jamais une saison d'éducation n'avait suscité autant de craintes ni autant d'espérances.

Dans la plupart des magnaneries cévenoles, on employait la graine de Lombardie. Par précaution, Margot avait mis à incuber deux ou trois onces de plus que l'année dernière. Les mûriers bourgeonnaient à point et, si certains semblaient un peu en retard, ce n'était que mieux. Tous les gens du voisinage que je rencontrais, sauf M. Gabriel et le vieux Tobie Pellet, notre voisin de La Croix-aux-Vents, avaient l'air plus confiants que les autres saisons. Il est vrai que certains journaux annonçaient la fin de l'épizootie (épidémie touchant les animaux).

J'espérais que les savants ne se trompaient pas en prédisant la guérison des vers. Alors qu'on avait vu en 1854 et 1855 des malheureux commencer à arracher leurs mûriers, quelques-uns en plantaient de nouveaux. Mais je pensais à Émile Chambet et à sa hâte de vendre les pépinières de Romans ; il n'était pas homme à agir sans réflexion et, si quelqu'un pouvait être renseigné sur tous les risques du commerce et de l'industrie, c'était le fondé de pouvoir des Soieries.

Un matin, je sortis devant le mas et regardai le ciel et les étoiles qui commençaient à pâlir ; les crêtes et les cimes étaient toujours plongées dans la nuit. Je m'agenouillai sur la terre ; je contemplai la montagne, qui était toujours pour moi le temple du Seigneur, et je demandai la fin de la maladie.

Après une assez bonne éclosion, les vers mouraient en grand nombre dès leur deuxième âge. Margot faisait contre mauvaise fortune bon cœur ; elle soutenait qu'elle avait eu autant de pertes les deux dernières années et qu'il resterait toujours assez de magnans pour réussir la saison. Mais elle commençait à ôter de sur les planches les vers les plus mal en point, qu'elle jetait dans une corbeille, une *campanège,* avec des débris de feuilles. Tant pis, tant pis pour eux. Le cœur m'en saignait, je lui proposai de les donner aux oiseaux au lieu de les jeter sur le tas de fumier, ce qui me semblait une infamie pour les vaillantes bêtes.

— Ma pauvre petite, donne-les donc aux oiseaux !

Les larmes coulaient en ruisseaux sur ses joues que l'âge avait ternies et creusées.

— Oh, dit-elle en s'essuyant le visage, je sais qu'il en restera assez pour avoir une belle récolte, encore plus belle que l'an dernier, encore plus belle...

Elle continuait de pleurer, et j'essayais de la consoler. Elle eut un soupir à s'arracher le poumon.

— J'en ai tellement ramassé, des pauvres vers morts, depuis cinq ans, j'espérais que ça finirait bientôt avec le beau temps et la bonne graine. Je vois qu'il me faudra ramasser de pleines corbeilles de morts jusqu'à ma dernière saison !

L'idée me vint de déposer sur un mûrier quelques poignées de vers qui bougeaient encore. Je songeai : Si on pouvait les élever dans les arbres plutôt qu'enfermés dans la magnanerie ! J'en cueillis une poignée et relevai les doigts pour creuser ma paume. J'en vis un se réveiller, monter le long de mon petit doigt et se hisser sur l'ongle, où un bout de feuille était collé. Un second le rejoignit, ils se mirent à tourner l'un autour de l'autre, on aurait dit qu'ils allaient danser. À cause de l'air et peut-être de la lumière qui les revigoraient, l'appétit leur était revenu, ils cherchaient leur nourriture et ne comprenaient pas ce qui leur arrivait.

Je retroussai ma manche et deux ou trois vers commencèrent à grimper sur mon poignet. Il était plus difficile que je ne pensais de les disposer sur les branches de mûrier, je fus obligée de les prendre entre mes doigts, par un ou deux à la fois, et la plupart étaient trop malades pour avoir la force de s'accrocher. Il y en eut pourtant une demi-douzaine qui s'attaquèrent à de jeunes bourgeons. Quelle ardeur !

Je les regardai en souriant, le cœur sur les lèvres. Pauvres, pauvres magnans... Je me pris à rêver à des vergers de mûriers tout blancs de cocons... Puis je vidai ma campanège au bord d'un pré, à cinquante pas de la maison, et les oiseaux qui semblaient guetter la manne s'abattirent en troupes sautillantes et se mirent à picorer férocement.

36

Le fardeau de l'homme

Cévennes, 1856

Tobie Pellet dévala un matin au Grand-Mas et appela Margot à grands cris :

— Je crois que tous mes vers sont en train de mourir !

Il déclama deux ou trois versets de la Bible sur le pas de la porte, en gesticulant et en se frappant le front, et j'arrivai pour l'entendre citer Job. Il me reconnut et se calma tout de suite.

— Ah, c'est la Jourdanette que voilà. Je suis content de te voir, j'ai toujours regretté que tu sois partie, on dirait que tu as emporté avec toi la bénédiction du Seigneur.

Tobie Pellet était maintenant un vieil homme aux airs de patriarche, quoiqu'il fût célibataire ; il avait la barbe et les cheveux tout blancs, des rides si profondes que des vers au troisième âge auraient pu s'y nicher et des membres secs et noueux comme une branche d'yeuse. Il avait perdu ses dents, ce qui donnait à sa voix un zézaiement plaintif, fort comique pour citer les prophètes.

Margot arriva, fit atteler un mulet, qui se trouva être un des miens, et nous montâmes en charrette à La Croix-aux-Vents.

Un peu avant le début de la saison, Tobie Pellet avait eu une inspiration : il avait décidé de commencer sa petite éducation avant tout le monde et même longtemps avant. Sa chambrée avait bien prospéré pendant les quatre premiers âges, peu de vers étaient morts et la plupart semblaient en bonne santé, au moins jusqu'à la quatrième mue ; alors, il s'était persuadé d'avoir trouvé le secret de vaincre la maladie, inspiré par l'Éternel. Ses vers avaient environ un mois, ils atteignaient la fin du cinquième âge, qui est aussi la fin de l'éducation, et se préparaient à monter sur la bruyère pour faire leurs cocons. Mais, depuis quelques jours, ils étaient devenus plus lents, ils avaient perdu l'appétit ; beaucoup laissaient voir de petites taches noirâtres sur la peau ou à l'intérieur du corps : c'était un des signes de la maladie. Il avait presque fini d'*embruguer,* c'est-à-dire de poser la bruyère ; il attendait que ses vers montent... et aucun ne bougeait. En entrant dans sa minuscule magnanerie, je fus presque suffoquée par l'air épais et empuanti, et je fis un pas en arrière ; puis je me forçai à avancer jusqu'au milieu de la pièce petite et très sombre. Les rayons du soleil, pourtant déjà haut, filtraient à peine par les lucarnes, et, sans la lueur du foyer, on n'aurait pu se diriger entre les tables. En outre, il faisait trop chaud et on ne sentait pas le moindre souffle d'air. Le silence nous serra le cœur. Tobie tenait sa petite lampe, son *calel,* dans la main droite, et il l'approcha pour nous montrer les gros vers vautrés sur une litière de vieille feuille.

— Tous morts et bientôt pourris !

Il cacha sa figure sous ses mains.

— Voilà la punition du Seigneur pour mes péchés. Ton tour viendra, Margot, sauf si Alexandrine te sauve par ses prières.

Il baissa les bras et s'avança pour me regarder dans les yeux.

— Je ne crois pas à cette nouvelle maladie. Il y a une espèce de malédiction qui donne la faiblesse aux vers, et ils meurent tous des vieilles maladies : la grasserie, la flacherie, la muscardine... Vois donc ces « vaches », ces « morts flats », et ceux-là, tiens, qui ont... Je ne sais même pas ce qu'ils ont !

Margot hochait la tête.

— Tu as raison. Il n'y a peut-être pas de nouvelle maladie...

Et le pauvre homme me fixait d'un air suppliant, comme s'il attendait de moi une explication, un signe, un miracle. J'avais de la peine à respirer dans ce cachot sans air qu'il appelait sa magnanerie. Son regard se fit presque malveillant, il posa sa lampe dans une niche du mur et leva les poings.

— Je vais charger toute cette ordure dans le tombereau

et la porter au poulailler... Non, même pas au poulailler, que j'empoisonnerais mes poules ! Je vais les jeter dans un roncier !

— Ne te presse pas, il s'en peut sauver encore, dit Margot.

— Aucun ! s'écria Tobie. Aucun ne se sauvera, ils sont maudits, nous sommes tous maudits !

Il posa sa main sur mon épaule, me serra l'os de ses doigts nerveux et se mit à débiter des versets de la Bible, d'une voix étouffée :

— « Alors, l'Éternel te frappera, toi et ta postérité, de plaies étranges, de plaies grandes et de durée, de maladies malignes et de durée... »

Je crus reconnaître un passage du Lévitique ou du Deutéronome. Le pauvre homme s'échauffa et récita plus fort :

— « L'Éternel enverra sur toi la malédiction, l'effroi et la ruine dans toutes les choses où tu mettras la main... Le fruit de ton ventre sera maudit, et le fruit de ta terre, la portée de tes vaches, et les brebis de ton troupeau... »

— Alexandrine, vas-tu prier avec nous ?

Je dégageai mon épaule d'un mouvement sec.

— Tobie, je ne crois pas à une malédiction. Oui, certes, les vers ont une faiblesse qui les empêche de se défendre contre les vieilles maladies, mais cette faiblesse n'est pas une malédiction : c'est une autre maladie, qui est dans la graine. Jusqu'à l'an dernier, la graine lombarde était saine, et maintenant elle est empoisonnée aussi. Je vous demande, Tobie, de ne pas confondre la malédiction de Dieu et le fardeau de l'homme.

Il me répondit en déclamant encore :

— « L'Éternel fera que la mortalité s'attachera à toi, jusqu'à ce qu'Il t'ait consumé de dessus la terre ! »

J'étais lasse de ces folies, lasse même d'entendre citer la Bible pour un oui ou pour un non, en guise d'excuse ou de raison. Je me campai devant lui et demandai sévèrement :

— Tobie, combien avez-vous d'onces dans cette magnanerie ?

Il arrêta de battre la campagne et se frotta le front.

— Deux onces. Deux onces de graine, mais la malédiction...

— Autrefois, si je me souviens, vous n'aviez qu'une once ?

— Oui, tu te souviens bien.

— Vous avez doublé votre éducation, mais vous n'avez pas agrandi votre magnanerie !

Il détourna les yeux et se tut. J'étais sûre que la nouvelle maladie existait bien, qu'elle affaiblissait les vers et les tuait à petit feu ou bien les laissait sans forces pour résister aux vieilles maladies. Mais quand les magnaneries étaient propres et bien aérées, les tables pas trop chargées, beaucoup de vers pouvaient vivre avec la nouvelle maladie jusqu'au cinquième âge, monter à la bruyère et filer un cocon presque normal.

Ce me semblait une folie de doubler l'éclosion sans augmenter la surface de la magnanerie. Personne ne voulait le comprendre, et ceux qui avaient dépensé de l'argent pour s'agrandir essayaient de rattraper leur mise le plus vite possible, achetaient de la graine d'Italie, réputée saine, mais chère, et entassaient encore plus de vers dans les nouveaux locaux. Certains faisaient éclore, en même temps, pour plus de sûreté, la graine étrangère et la graine de pays, puis ils bourraient leurs chambrées de fond en comble, les pauvres vers se montaient quasiment dessus et s'étouffaient à moitié, et les animaux sains étaient contaminés.

Mais, quand j'ouvris la bouche pour dire mon idée, Margot me regarda d'un air de penser : Alors, les gens de Lyon, qui n'ont jamais vu un magnan, qui confondraient un mûrier et un abricotier, vont nous prouver que nous ne savons pas notre métier ? Et toi, tu viens nous donner des leçons !

37

La chaîne et la trame

Cévennes, 1856

En passant au bourg, un matin, je vis les fenêtres de la Maison-Neuve grandes ouvertes au soleil du printemps, deux jardiniers occupés à bêcher et à tailler dans le jardin, trois ou quatre ouvriers éparpillés entre la toiture et les échelles dressées contre les murs, truelle ou pinceau en main.

Valentine m'accueillit sur sa terrasse, en capeline et robe claire, prête à sortir, frivole et grave à la fois, comme je l'avais connue quinze ans plus tôt, quand j'étais devenue sa demoiselle de compagnie. Elle me serra dans ses bras.

— Vous savez que vous êtes mon bon ange, Alexandrine !

— Vous avez été le mien, Valentine.

— L'éducation s'annonce-t-elle réussie ?

— Il est trop tôt pour le dire.

— Mais voici de bonnes nouvelles. Mes fils et mes filles seront ici pour la Pentecôte, et je compte bien les accueillir dans une maison digne des Favière.

— Théo vient donc aux Trois-Vallées ?

— Oui, Alexandrine, grâce à vous et à votre bonne influence sur son directeur, Émile Chambet. Il m'a confirmé sa venue par une lettre que j'ai reçue aujourd'hui même.

Quelques jours plus tard, je vis Théo arriver à cheval au Grand-Mas, portant deux ballots de soie, qu'il jeta à mes pieds.

— Voulez-vous examiner ces flottes avec moi ?

L'une était de grège, l'autre de soie ouvrée ; la première

provenait de la filature Favière, où j'avais travaillé plusieurs saisons, la seconde du nouveau moulinage que je n'avais pas connu. Je regardai la soie, puis le beau visage fin, mais échauffé et un peu rageur, de mon jeune ami. Théo prit une flotte et me la jeta dans les bras.

— Touchez-la donc ! N'est-ce pas votre art de juger la qualité des produits livrés par les fabriques ?

— Oui. Et c'est désormais le vôtre aussi.

Le cheval attaché à un anneau, je fis entrer Théo dans mon logement, nous portions chacun une flotte, j'étalai la mienne sur une table, il posa la sienne à côté, ôta son chapeau, repoussa une mèche brune, trempée de sueur, qui tombait sur son front.

— On raconte partout à Lyon que la marchandise de mon père est de mauvaise qualité, fardée, pleine de défauts, etc. C'est une rumeur qui court la ville et qu'un ou plusieurs individus attisent sciemment pour nous nuire... Est-ce vrai ?

— Que la marchandise est mauvaise ?

— Mais non. Qu'on répand partout ces calomnies !

— Oui, c'est vrai.

— Et cela dure depuis des années ?

— Oui.

Il avait parlé sur un ton d'accusation ; ses yeux sombres étincelaient de colère.

— Et ce sont, bien sûr, d'infâmes mensonges ?

— Oui.

— Et vous le saviez ?

— Oui.

— Vous avez examiné la soie de mon père ?

— J'attendais que vous soyez capable de le faire.

Il s'emporta davantage.

— Mais pourquoi ? Dites-moi pourquoi vous avez laissé cette cabale se développer et ruiner mon père !

— Cabale est le mot de votre mère.

— J'attends votre réponse, Xarine. Nous avez-vous trahis ?

— Vous deviez découvrir la vérité par vous-même et, pour cela, il fallait que vous ayez assez d'expérience. Je craignais de vous influencer ; il fallait que l'idée vous vienne d'examiner la soie de votre père, sans que je vous aie dit un mot.

— Mais pourquoi ?

Je le regardai en silence et lui souris. Cette réponse aussi, il devait la trouver seul.

— Ainsi, vous n'avez jamais été trompée par la rumeur malveillante ?

— Oh si, je l'ai été quelque temps.

— Et voilà pourquoi mon père s'est enfoncé jour après jour, sans pouvoir réagir. Il n'a pu lutter, car il ne trouvait plus de clients... sauf les maisons Favière et Jurieu, et maintenant la compagnie des Soieries Saône & Rhône, qui le payaient au plus bas tarif et le plus tard possible.

Théo s'agenouilla sur le sol, prit entre ses mains une flotte qu'il se mit à presser, puis à caresser comme si c'était une chevelure de femme.

— J'avoue que je me doutais de tout cela depuis bien longtemps, mais je ne me croyais pas encore capable d'évaluer justement la qualité des soies, surtout des soies ouvrées, des organsins... J'ai fait bien des vérifications à Lyon, à la barbe de *monsieur* Chambet, et maintenant, ici, j'ai passé plusieurs heures dans les filatures, au moulinage, aux entrepôts, et je suis sûr de mon fait. Ce qui se passe est très clair : la compagnie des Soieries essaie de ruiner mon père, et il faut dire que le jeu a commencé avant que la compagnie ne soit fondée, mais déjà le même homme était là qui commençait à nouer ses intrigues. C'est à cause de *monsieur* Chambet que vous ne pouviez rien me dire ? Vous aviez peur ?

— Oui, Théo, j'avais peur de cet homme. Si je vous avais dit trop tôt ce que je savais, que se serait-il passé ?

Il baissa la tête, se couvrit le visage d'un écheveau.

— Vous avez raison, qu'aurais-je fait si j'avais su la vérité un an plus tôt ?

— Vous étiez très jeune, Théo, encore impulsif... Ou bien vous ne m'auriez crue qu'à moitié, vous auriez demandé des explications à Émile, vous auriez mis ma parole en balance avec la sienne. Ou bien je vous aurais persuadé et vous auriez défié Émile, avec la violence de la jeunesse et de la passion, et vous auriez été défait à plate couture, car vous n'étiez pas assez mûr, assez endurci pour tenir la dragée haute à un Émile Chambet.

— *Monsieur* Émile. Le commis qui veut être plus puissant que ses maîtres... et qui l'est presque devenu.

— Vous auriez perdu sinon votre place, du moins toutes vos chances de monter dans la compagnie. Vous n'auriez pas aidé votre père, vous auriez peut-être même précipité sa ruine.

Nous étions agenouillés, tête contre tête, les mains dans la soie, et nos doigts se rencontraient au milieu des écheveaux.

— Cette soie est magnifique ! s'écria Théo.

— Elle est bien filée, dis-je, bien ouvrée, de bonne qualité moyenne.

— Pas plus ?

— N'est-ce pas suffisant ?

Théo se releva brusquement, lâchant la flotte qu'il tenait.

— Selon vous, Émile est le seul coupable ?

— Seul coupable, je ne sais pas. Mais je suis sûre qu'il a ruiné votre père pour racheter son commerce et ses fabriques au nom de la compagnie. Quelles que soient les faiblesses et les erreurs de votre père, sa déconfiture a été voulue, préparée, organisée par l'homme implacable qui est aujourd'hui le fondé de pouvoir des Soieries. Cela *se tramait, s'enchaînait,* lentement, comme une étoffe que l'on tisse, sous nos yeux, sans que personne n'eût jamais été capable de voir agir toute la machinerie. Et quand votre mère croyait votre père victime de persécution, elle avait raison ; seulement il n'était pas poursuivi par la police de l'Empereur, mais par un ancien commis dévoré d'ambition !

Soudain, Théo bondit, avança la main pour me prendre le poignet, puis retint son geste et s'excusa d'un pauvre sourire.

— Qu'allons-nous faire, Alexandrine, pour les arrêter ?

Je le regardai sans répondre. Je me demandai s'il était maintenant, à vingt ans, assez aguerri pour se mesurer à Émile, sur son terrain, le monde sans pitié du commerce et des affaires. Il insista :

— Nous devons agir vite. Je crains qu'Émile ne soit sur le point de réussir. Je n'ai pas vu les comptes de mon père, mais je sais que nous sommes bien près de la faillite. Et les Soieries vont reprendre nos fabriques un bon prix en actions, M. Émile sait être généreux quand il a gagné. Mais mon père n'a pas signé, on peut encore tout arrêter.

— Non, dis-je très bas, il ne faut rien arrêter.

Je vis la déception et le chagrin creuser les traits et voiler le regard de mon pauvre Théo. Ce fut moi qui lui pris le poignet et le forçai à se rapprocher.

— Théo, écoutez-moi. D'abord, j'ai cru que vous étiez passé de son côté, qu'il vous avait détourné...

— Ha, ha, c'était une feinte, il me fallait inspirer sa confiance pour voir ce qu'il complotait. Il ne l'emportera pas au paradis.

— Calmez-vous, Théo.

— Je ferai rendre gorge à ce bandit de grand chemin.

— Vous n'êtes pas prêt à vous battre sur ces chemins-là.

— S'il le faut, je ferai parler la poudre ! Attendez une minute !

Il sortit, courut à son cheval, revint un moment après, une petite sacoche à la main qu'il posa et ouvrit. Ses yeux se mirent à briller et il fit sauter dans sa main un gros pistolet ventru, muni en son milieu d'une espèce de boîte ronde percée de trous.

— Je l'ai, dit-il, depuis le temps que j'en cherchais un. Le pistolet-revolver Devîmes, qui arme maintenant les officiers de l'armée. Six coups sans recharger !

Il posa le pistolet dans mes mains, me força à le prendre.

— Alexandrine, je sais que je vous dois beaucoup. Voici mon premier cadeau, j'en ai déjà un et je vous offre celui-là, vous pourriez avoir à vous défendre un jour.

Je glissai le pistolet dans son étui.

— Merci, j'accepte votre cadeau. Mais, Théo, il ne s'agit pas de faire parler la poudre. Il faut jouer serré, être plus malin que notre homme. À trompeur, trompeur et demi ! D'abord, nous devons connaître nos faiblesses pour mieux rassembler nos forces : vous êtes encore trop jeune pour prendre la place de votre père, qui est usé par un long combat. Et moi je suis une femme, mais ce qui est une infériorité peut être tourné à mon avantage.

— Nos partis sont liés. L'héritage de votre fille est pour une bonne part placé dans nos affaires.

— Vous avez gagné la confiance d'Émile ? Ne changez rien à vos façons d'être avec lui... Ne criez pas ! Émile a gagné la première manche, vous devez vous le mettre dans la tête, même si ça ne vous fait pas plaisir, et il nous reste à disputer la seconde. Vous ne pouvez plus renverser le cours des choses. L'indépendance des fabriques est perdue sans espoir, les dettes sont très lourdes : le passif n'est pas loin de couvrir l'actif. Il faut accepter le rachat par la compagnie des Soieries...

— Oh non, Alexandrine, non, je ne pourrai jamais.

— Vous devez être fort, Théo, et songer dès maintenant à la reconquête. Votre patrimoine, avec toutes les dettes, ne vaut pas grand-chose en espèces sonnantes, ni même en billets de la Banque de France, mais vous pourrez exiger beaucoup plus en actions de la compagnie. Émile sera tout heureux d'être arrivé à ses fins et il ne discutera pas trop nos demandes. Et je pense que Pierre ne voudra pas me faire de peine. Votre père gardera la Maison-Neuve et il touchera une rente ; votre mère aura aussi la sienne, j'y veillerai. Et n'oubliez pas que votre grand-oncle... mon mari... vous laissera aussi un legs en actions des Soieries, de même qu'à votre frère, à vos sœurs, cousins et cousines... Et à moi aussi, bien sûr. Vous devez assurer votre position dans la compagnie, de façon à représenter tous les Favière au conseil.

— Mais pas vous ?

— Vous me représenterez moi aussi, et Marie et tout votre cousinage. Il vous faudra être patient : la patience est une vertu d'homme. Seules les femmes... et les femmelettes ont la maladie de la précipitation. Vous avez besoin de cinq ans pour vous préparer, dans les pas d'Émile. Et prenez des leçons de droit et de finances pour être aussi instruit que lui le moment venu. Vous aurez alors vingt-cinq ans, l'âge qu'il faut pour commander et diriger. Et écoutez Émile, vous apprendrez plus qu'aux écoles.

Il se mit à marcher de long en large, les poings serrés, tandis que je rangeais le pistolet-revolver dans un cabinet à forte serrure. Je me retournai, il s'arrêta de déambuler et me regarda.

— Vous croyez que je serai assez fort pour reprendre un jour ce que ce bandit nous a volé à tous ?

— Vous ferez bien mieux : vous succéderez à votre oncle et vous serez l'égal de Pierre aux Soieries. Et Pierre préférant les voyages à l'administration, vous deviendrez le directeur de la compagnie, vous pourrez donner ses huit jours à Émile... ou l'engager comme concierge !

Théo éclata de rire et s'avança pour me serrer dans ses bras. En mon for intérieur, j'éprouvais un grand doute : Théo saurait-il dominer son impatience ? Et serait-il assez fort, dans cinq ans, pour tenir tête à Émile ?

38

Le drame

Cévennes, 1856

Pendant que nos vers grossissaient, dévoraient, muaient et mouraient, une bonne nouvelle était arrivée : la paix était enfin signée avec la Russie. M. Gabriel vint commenter l'événement jusque dans les magnaneries ; il nous montra un dessin, paru dans quelque journal, où l'on voyait un gros oiseau de proie posé sur un sol de plancher, le bec menaçant, et trois hommes près d'une porte, l'un habillé en ouvrier et deux autres en bourgeois, coiffés de gibus. Tout le monde fut intrigué et il nous lut l'explication en se forçant au sérieux. La veille de la signature de la paix, M. Feuillet de Conches, chef du protocole, suivi de deux secrétaires, se rendit au Jardin des Plantes et se fit conduire devant la cage du grand aigle. Un garçon de jardin arracha à la queue de l'animal la plume qui devait servir à signer le traité.

— Je vous assure, dit-il, c'est ce qui est imprimé, je ne me moque pas. C'est ainsi que cela s'est passé. Hélas, cette paix ne durera pas. L'empereur a soif de conquêtes, tout comme l'Angleterre, je vous parie que ça finira aussi mal qu'en 1815 !

Louis-Xavier, en séjour à Londres, où il soignait une mauvaise fièvre rapportée des Indes, m'écrivait tout le contraire : « Je pense que nous vivrons désormais en paix avec nos voisins, et pour longtemps, car l'essor de l'industrie et du chemin de fer va changer le monde. Ici, la reine Victoria est une souveraine très aimée, de même que son époux, le prince Albert de Saxe-Cobourg. Le Premier ministre, lord Palmerston, est un homme habile et sage : tous sont acquis à la paix et à la liberté du commerce. »

J'admirais la reine Victoria, cette puissante souveraine de trente ans, qui eût d'un regard réduit en cendres et en fumée le commis Émile Chambet ! Je répondis à Louis-Xavier qu'il s'efforce de rentrer vite. « On a besoin de vous ici, autant que de la paix et de la prospérité ! »

Jamais on n'avait vu un mois de mai aussi humide ; la pluie tombait à seaux presque partout en France ; les rivières débordaient et les crues endommageaient bien des fabriques. On devait nourrir des vers sans appétit avec des feuilles mouillées, ou qui avaient perdu leur fraîcheur et leur goût en séchant trop vite. La mortalité s'accrut encore, au Grand-Mas comme ailleurs ; bon nombre de vers ne sortirent pas de la troisième mue ; et au milieu du quatrième âge, il y eut encore une hécatombe.

Je passais de longs moments à observer les sujets malades ; j'empruntai une loupe à M. Gabriel pour essayer d'apercevoir les signes de la nouvelle maladie, qui hâtait le progrès des anciennes, flacherie et muscarine, mais qui était beaucoup moins aisée à distinguer. Avec la loupe, on voyait bien sur certains vers des petites taches noirâtres, que certains donnaient pour une marque de la maladie. Mais d'autres affirmaient que ces points noirs n'étaient que les traits de quelques espèces italiennes. Je m'assurai en visitant les voisins que la graine de pays donnait aussi une bonne proportion de vers tachés ; dans quelques cas, les taches devenaient visibles à l'œil nu. Et, même si les vers qui portaient cette marque ne semblaient pas d'abord plus incommodés que les autres, j'eus vite le sentiment que là était bien le stigmate du mal.

Je choisis le plus long ver que je pus dénicher dans une tablée avancée, qui arrivait au cinquième âge, je me mis en tête plusieurs particularités pour bien le reconnaître et je le nommai, par jeu, Salomon Ier. (Ils ne sont ni mâles ni femelles, quand ils sont vers, mais on parle toujours d'eux au masculin...) Je le retrouvai sans peine une heure après, deux heures, et même le lendemain. Il portait quelques « taches de poivre », cependant assez peu, et semblait d'une vigueur à peu près normale, quoique nullement affamé, car il sortait tout juste de la quatrième mue et il n'était peut-être pas tout à fait réveillé. J'essayai de le prendre dans ma paume en l'attirant avec un bout de feuille, mais il ne vint pas.

Je le caressai, en souriant au souvenir de ma grand qui défendait de toucher le dos des vers, au risque de leur donner la flacherie. Deux ou trois jours passèrent. Je dormais maintenant à la magnanerie, car les rats, chassés de la vallée par les eaux, avaient envahi les mas et hameaux de la côte. Mon sommeil était coupé de brusques réveils et de cauchemars.

Le matin, j'étais très soulagée d'entendre le bruit normal des vers en train de manger, qui couvrait celui, tout semblable de l'averse sur les toits. « Il a plu encore toute la nuit », me dit Margot. Je cherchai Salomon Ier et ne le trouvai pas. À la place où il aurait dû prendre son premier repas de feuilles du jour, je vis deux ou trois vers morts, dont un me parut plus long que les autres, mais à part cela tout à fait méconnaissable.

Salomon Ier était mort. Un grand froid me prit, et j'eus la certitude que toute la tablée était condamnée. Au deuxième repas, je remarquai beaucoup de vers touchés par la torpeur, qui ne cherchaient même pas la feuille. Quelques-uns mangeaient encore, mais sans la voracité qui caractérise le cinquième âge. Certains erraient, tête levée, comme s'ils cherchaient déjà la bruyère, mais il leur manquait encore plusieurs jours pour monter. À l'heure du troisième repas, la table était jonchée de morts, et seulement quelques vers se mirent à dévorer la feuille fraîche qu'on avait servie. J'examinai les cadavres, qui représentaient à peu près un quart de la totalité sur cette table ; la plupart ne portaient pas les signes de la flacherie ni de la muscardine : ils avaient succombé à la nouvelle maladie, et je me dis qu'en de meilleures conditions ils auraient peut-être vécu assez longtemps pour filer leur cocon.

Les mauvaises nouvelles commençaient à arriver de Lyon.

Une partie de la ville était sous les eaux depuis le 15 mai ; le 18 mai, il y eut une baisse, et le fleuve ne déborda plus que sur le quai de Retz. Mais, le 30 mai, il était chez nous, quai Saint-Clair, face à la rue de Berry ! Jusqu'à quelle hauteur ? les journaux ne le disaient pas, mais le rez-de-chaussée de la maison Favière était sans doute sous les eaux. Quai de Retz, les chevaux avaient de l'eau jusqu'au ventre ! La rue Impériale fut atteinte dans la matinée du 30 mai, le port Saint-Clair était alors complètement inondé. On sut un peu plus tard que le 31 au soir le Rhône avait atteint 5,80 mètres au pont Lafayette et 5,30 mètres au pont de la Mulatière. La Saône s'était répandue aussi hors de son lit ; presque partout les quais étaient submergés, bien des habitations et des boutiques étaient inondées jusqu'au premier étage ; et, dans les régions basses de la ville, la crue détruisait les maisons par centaines ; on comptait les morts et les disparus par dizaines, et des milliers de gens sans feu ni lieu cherchaient refuge vers les coteaux et les collines.

J'espérais que Jérôme et Félicité tenaient la grande maison du quai Saint-Clair ouverte aux malheureux, à moins qu'elle ne fût noyée aussi : on devait peut-être y accéder en barque et entrer par les fenêtres du premier. Bien sûr, l'inondation épargnait la Croix-Rousse et Fourvière ; mais les quartiers de la fabrique autour des Terreaux et de la Croix-Paquet ne devaient pas échapper à la montée du flot. J'imaginai de considérables dégâts et peut-être même la destruction de nos magasins, de nos entrepôts et réserves de soie et de tissus.

Et pendant ce temps, au Grand-Mas comme dans toutes les Cévennes, nous regardions nos vers mourir, au fur et à mesure qu'ils sortaient de la quatrième. Pour les plus avancés, qui tournaient et se dressaient, l'air de vouloir monter, nous avions mis en hâte quelques tiges de bruyère. Un très petit nombre entama l'ascension ; aucun ne dépassa la partie dénudée des tiges, c'est-à-dire la mi-hauteur.

De nouvelles tablées dormaient à la quatrième, et parmi ceux-là les vers les plus atteints ne se réveillèrent pas. Je pensais : la maladie va mettre à la misère les paysans, saigner à blanc les filateurs, et les dégâts des inondations vont ruiner même les plus riches compagnies de Lyon. Les Soieries Saône & Rhône mettront la clef sous la porte et Émile Chambet pourra exercer son grand talent dans la cotonnade, le gaz d'éclairage ou le chemin de fer !

Je connus des heures de complet découragement ; et je voyais tout le monde autour de moi dans le souci et le chagrin : Margot, Théo, Juliette, les voisins, les fileuses qui se demandaient si elles auraient encore du travail après la saison.

François-David arriva un jour au Grand-Mas à pied, après avoir cassé une roue de son cabriolet sur la route de Ganges et loué un cheval qui avait perdu un fer au bout d'une lieue. Il apportait de mauvaises nouvelles d'Avignon et Beaucaire, villes ravagées aussi par la crue du Rhône, et de pires encore de toutes les éducations de la plaine.

De quinze jours plus avancées que les nôtres, les grandes magnaneries de la région de Nîmes, Beaucaire, Uzès, étaient encore plus infestées par la maladie, et l'on disait que pas un ver sur cinq ne ferait son cocon. François-David se lamentait sur son sort, oubliant les pauvres gens dans une situation plus mauvaise.

— Comprenez-vous qu'il va falloir importer tous nos cocons d'Italie ou d'Orient ? Et avec quel argent les payer ?

Avec quel argent payer quand on n'a plus que des dettes et aucun crédit ? Prétextant une grande fatigue, car il était venu du Rhône d'une seule traite, il se fit servir par Margot plusieurs petits verres d'eau-de-vie. Je m'avançai alors vers lui, et l'odeur de l'alcool autant que son haleine quand il tourna la tête me repoussèrent assez fortement ; je fis un pas de côté et le saluai d'une inclination de tête sans pouvoir cacher ma gêne.

— Monsieur...

— Ah ! Alexandrine Jourdan... ou plutôt Rabanel. Mais non : Favière, ah, Favière !

Il était ivre et, pourtant, la honte fut sur moi, comme si j'avais volé le nom de sa famille.

— Eh bien, dit-il, c'est une chance que tu sois ici, à l'abri dans nos montagnes, avec ta fille. J'ai lu que la moitié de Lyon était sous les eaux, que la Saône et le Rhône se rejoignaient à Bellecour au lieu de la Mulatière et qu'il y aurait dix mille morts !

Tout cela me parut tellement exagéré que je haussai les épaules, mais j'eus quand même le cœur serré à la pensée de tant de malheur ici-bas. François-David posa sur un chenet son chapeau mouillé, revint à la bouteille, se servit lui-même une bonne rasade. Je songeai à toute la souffrance que cet homme avait endurée depuis qu'Émile Chambet avait commencé ses intrigues pour miner la maison Favière... Il posa son verre et fit le tour de la table d'une démarche peu sûre, les mains derrière le dos et la tête penchée. Il s'arrêta assez loin de moi et dit, sans me regarder :

— Si ma part du Grand-Mas t'inspire toujours intérêt, je suis prêt à baisser le prix, à condition d'être payé comptant.

— Mais votre fils Théo est très attaché à cette maison, je crois qu'il souhaiterait garder votre part.

— Théo n'a pas de souhaits à former !

Il frappa le pavé du talon de sa botte.

— Vois-tu combien la situation est grave pour nos fabriques ? La récolte de cocons va être très mauvaise par ici, personne n'en doute plus. Le peu qu'il y aura sera très disputé, et je ne te cache pas que beaucoup d'usiniers, dans nos vallées mêmes, ont *meilleurs reins* que moi... je veux dire : la bourse mieux garnie ! Je n'ai pas de crédit pour acheter de la marchandise étrangère, et puis il est bien tard pour s'en occuper. Le seul moyen pour moi d'avoir des cocons sinon en suffisance, du moins assez pour faire tourner mes filatures quelques semaines et éviter la ruine complète, c'est de retenir les récoltes dès maintenant auprès des éducateurs de la région, en leur versant des arrhes. Voilà pourquoi je suis prêt à vendre ma part du Grand-Mas, en passant outre aux caprices de mon fils aîné !

Il ne fit aucune allusion à l'offre de rachat par les Soieries, et je n'en dis rien non plus. Ce n'était pas le moment. Je lui proposai alors de lui prêter l'argent nécessaire à ses achats, par procuration de mon mari.

— Puisque tu le veux, dit-il, pourquoi pas ? J'ai déjà tant de dettes, ce ne sera qu'une goutte d'eau dans la mer !

Ce n'était pas une manœuvre fort habile ; j'allai retarder de quelques mois tout au plus la transaction préparée par Émile et ainsi brûler en vain les premières cartouches de la guerre. Mais il me fallait parer au plus pressé et protéger François-David contre un acte de désespoir ou de folie.

Avant la signature du prêt, Me Aulas demanda à me voir seule.

— Êtes-vous sûre que votre mari approuverait l'opération ?

— J'en suis sûre, répondis-je sur un ton sans réplique.

Et il dut s'exécuter. À la Maison-Neuve, Valentine me prit les mains pour me remercier.

— Vous nous sauvez une fois de plus !

Mais François-David, qui empochait dix mille francs, restait sombre et me regardait avec plus de rancune que de reconnaissance. Il avait toujours pensé qu'une bonne partie de l'argent qu'il me devait anciennement, à moi ou pour le compte de ma fille, lui avait été volée sur son propre héritage.

Je sentais le malheur rôder autour de nous ; je me demandais quelle nouvelle figure il prendrait pour nous frapper.

Les rares vers en bonne santé commençaient à monter. Beaucoup mouraient, de la flacherie, de la muscardine ou de la nouvelle maladie ; d'autres semblaient à moitié endormis, on aurait presque dit qu'ils voulaient faire leur cocon à plat sur la table. On passait du temps à ôter les feuilles à peine entamées et à trier les vivants en trois catégories : les bien vivants, les bien morts et les douteux ; on avait aussi une invasion de fourmis, sans doute à cause des cadavres qui jonchaient les tablées. Mais le pire était la fatigue et l'accablement de tous ; on ne voyait dans les magnaneries que figures de papier mâché et yeux battus par le chagrin : les gens comme les vers étaient à bout de forces.

Je m'échappai un moment pour aller voir nos voisins de La Croix-aux-Vents ; je passai devant le mas de Tobie Pellet et je vis une chose qui ne me surprit pas trop, car je l'avais déjà observée au mas Gout, autrefois. Tobie avait jeté tous les vers qu'il croyait morts dans un fourré de ronces ; ranimés par un air plus vif que celui de la chambrée, un grand nombre de magnans moribonds avaient dévoré les feuilles de ronce, la seule nourriture qui leur convenait à part la feuille de mûrier ; puis ils avaient filé leurs cocons dans le roncier, tout couvert de belles olives blanches et peluchées. Ces cocons brillaient au soleil et offraient le tableau le plus joli et le plus émouvant que j'aie jamais vu. C'était aussi une raison d'espérer.

Je me remis à prier, en regardant la montagne et le ciel.

Les vers mouraient toujours plus nombreux, et la bruyère, que l'on avait mise, se couvrait de très rares fils. François-David montait tous les jours au Grand-Mas ; je le vis une fois comme cloué devant une table haute, la troisième à partir du bas, et observant fixement un rameau où deux malheureux vers avaient gagné les branches, et deux autres étaient arrêtés au milieu de la tige. Son immobilité et l'éclat de son regard me firent peur ; je m'approchai à petits pas et il ne parut ni m'entendre ni me voir.

Le silence de la magnanerie était effrayant ; aucun ver ne mangeait plus, quelques-uns essayaient encore de monter, et pour un certain nombre, figés sur leur table au milieu des débris, on n'aurait pu dire s'ils étaient morts ou vifs. Après un moment, François-David baissa la tête, puis tourna les talons et sortit de la magnanerie en me frôlant. Je descendis et le vis sauter à cheval et s'éloigner du mas.

Le lendemain, quelques tablées reprirent vie, sans que personne pût l'expliquer, et les vers survivants attaquèrent assez bravement la montée. Margot fit les comptes ; au mieux, on ne pouvait espérer plus d'un quart d'une récolte ordinaire ; au pis, ce serait la dixième partie. Dans les environs, à part quelques éducations, toutes parmi les plus petites, qui semblaient sur le point de réussir comme aux meilleurs jours, les espérances allaient de la moitié au quart ; et les grandes magnaneries s'attendaient à moins encore. La maladie avait frappé presque partout, et la rumeur publique jetait le soupçon sur ceux qui avaient échappé au fléau, on ne savait pourquoi, si ce n'était par la volonté du Seigneur.

Les nouvelles de Lyon étaient très mauvaises quant aux dégâts de la ville et aux victimes, les morts, les blessés qui emplissaient les hôpitaux, et les pauvres gens chassés des quartiers détruits, qui ne savaient plus où trouver refuge. Elles étaient plus rassurantes pour le commerce de la soie ; la fabrique lyonnaise n'avait pas subi tous les dommages qu'on pouvait craindre.

Émile avait pris la peine de m'écrire une courte lettre, où il prétendait avec quelque inconvenance que tout allait bien pour la compagnie des Soieries.

« Les actionnaires et les administrateurs qui m'ont fait confiance ne le regretteront pas. Les Soieries Saône & Rhône ne subiront que de faibles pertes du fait des inondations ; les approvisionnements en cocons, soies grèges et ouvrées sont assurés même si la récolte 1856, en France et en Italie, est aussi mauvaise que les derniers avis reçus de toutes régions le donnent à penser. La vente des pépinières de mûriers de la Drôme est un exemple des saines mesures que nous avons prises. Notre compagnie est désormais bien placée pour profiter des embarras de certains concurrents, soit en prenant leur place sur quelques marchés, soit, en des cas extrêmes, en rachetant leurs commerces ou leurs fabriques. »

Celui que je nommais toujours en moi-même « le commis » avait gagné une fois de plus ; sa puissance dans la compagnie, dans tout le commerce de la soie, dans la ville de Lyon, allait encore s'accroître et plus personne n'oserait s'opposer à ses volontés. Les fabriques Favière des Trois-Vallées allaient bien vite tomber sous sa coupe. Pauvre Théo, la reconquête serait longue !

Quelques jours après, à la fin de l'après-midi, je surpris de nouveau François-David dans la même attitude, la même immobilité étrange, mais cette fois il se tenait devant une fenêtre de mon logement au Grand-Mas, et il semblait regarder vers la montagne. Il s'aperçut de ma présence et dit sans se retourner :

— Oh ! je te cherchais. Voici l'argent que le notaire m'a remis sur ton prêt, la moitié, soit cinq mille francs en billets.

Alors, il se retourna avec un mouvement bizarre, comme s'il essayait de me cacher son visage, et il jeta une grande enveloppe sur un guéridon. Je fis un pas ou deux vers lui, j'eus un geste pour prendre l'enveloppe, mais je me retins et dis :

— Je ne comprends pas. Pourquoi me donnez-vous cet argent ?

— Pour mon fils Théo, dit-il en s'échappant de la pièce.

Je restai un moment indécise. Soudain, je pressentis son intention et je me lançai à sa poursuite dans le couloir ; j'entendis son pas lourd dans un escalier, puis une porte grinça du côté d'un logement inoccupé où personne ne graissait plus depuis longtemps les gonds ni les serrures. La porte se referma avec un frottement, un verrou claqua.

Situer la chambre où François-David venait de s'enfermer me prit une minute ou deux, je me précipitai, frappai du poing contre l'huis et l'appelai à voix basse, puis plus fort :

— S'il vous plaît, monsieur François, quelque chose ne va pas ?

Je savais que derrière la porte se tenait un homme vaincu, presque en faillite, seul entre Dieu et sa conscience. Je me doutais qu'il méditait un mauvais geste ; l'argent qu'il m'avait remis montrait sa résolution, et je me reprochais de n'avoir pas agi tout de suite pour l'empêcher d'être seul dans cette chambre. Mais, si je criais au secours, je risquais de précipiter un acte de désespoir. Mieux valait le raisonner... Je me penchai sur le trou de la serrure et répétai :

— S'il vous plaît, ouvrez-moi, il faut que je vous parle !

Alors, je ne sais pourquoi, il me vint dans le cœur la certitude que c'était trop tard, je criai le nom de Théo, comme s'il était là et allait arriver pour sauver son père. Théo ! Théo ! Une servante nommée Rachel se montra au bout du couloir puis s'en alla aussitôt. Une détonation éclata derrière la porte, pas très forte, mais assez nette pour ôter le doute : c'était bien un coup de pistolet, et aussitôt après il y eut le choc lourd d'un corps tombant sur le plancher. Je dis tout bas : « Pardon, Théo, pardon... », et, quand Margot et Louis Pieyre arrivèrent, je murmurais toujours ce prénom en tapant sur la porte de mes deux mains, si bien qu'ils crurent Théo dans la chambre. Ils furent très étonnés de voir son père étendu sur la face, inanimé et sanglant, le pistolet échappé de sa main, et sa montre qui avait roulé de son gousset, touchant la crosse du pistolet. Margot fit le signe de la croix, puis se voila le visage dans ses mains. Le sentiment d'avoir commis une faute s'ajoutait à mon émotion. Quelle faute ? je ne savais, je me persuadai que j'aurais dû et pu empêcher ce suicide.

À ce moment précis, j'entendis quelques notes de musique qui me semblèrent venir du piano de Mme Adrienne qu'on n'avait jamais ouvert, je crois bien, depuis la mort de la pauvre dame. Des notes claires qui s'égrenaient lentement, avec harmonie. Deux pensées me vinrent presque en même temps. La première : Oh ! que c'est beau ! Puis, aussitôt après : On a un mort dans la maison, il faut faire cesser cette musique ! Je courus vers mon logement, mais les notes ne sonnaient pas plus fortement tandis que j'approchais. Était-ce Marie ? Elle savait un peu le piano... Non, cette musique magnifique ne pouvait naître que sous la main d'un artiste. Théo ? Valentine ? Je n'avais vu ni l'un ni l'autre au Grand-Mas. La musique cessa, et le silence me fit presque mal. J'avançai jusqu'au piano et le trouvai fermé, comme je l'avais toujours vu depuis que Mme Adrienne n'était plus là pour jouer.

J'appelai à mi-voix :

— Valentine ! Théo ! Marie !

Personne ne me répondit. Mais d'où venait donc la musique, puisqu'il n'existait pas d'autre piano au Grand-Mas ?

L'horloge sonna quatre coups. Je rejoignis Margot et Louis, qui se tenaient hébétés devant le corps de leur maître. Et je songeai : Émile a gagné, les fabriques sont à lui !

39
L'agneau de la montagne
Cévennes, 1856

Une fois de plus, je tentais une ascension de l'Aigoual, pour voir clair dans mes projets, à la lumière des cimes, et aussi pour oublier les moments que je venais de vivre et qui compteraient parmi les plus tristes de ma vie. J'avais accompagné en terre François-David, partagé le deuil des siens ; Valentine et Théo étaient maintenant ma famille. Et pour un grand nombre d'hommes et de femmes des Trois-Vallées, qui suivaient le cortège, c'était aussi le deuil de la soie, après une saison funeste. Plus d'un paysan parlait d'abattre ses mûriers pour faire du feu et de replanter des châtaigniers à la place. Les fabriques Favière n'ouvriraient sans doute pas leurs portes ; et seule à ce jour la maison Nouvel avait annoncé son ouverture prochaine. Il n'y aurait de toute façon pas assez de cocons pour donner plus d'un mois de travail aux ouvrières.

Les Soieries Saône & Rhône survivraient, bien sûr : on pouvait faire confiance à Émile Chambet pour tirer les marrons du feu avec la patte du chat ; la compagnie profiterait même du malheur général pour enrichir un peu plus ses actionnaires. J'avais honte d'être parmi ceux qui échapperaient à la misère, ne connaîtraient ni la faim ni le froid, grâce à la puissance inhumaine du commerce et des finances.

J'étais partie avant le jour ; j'avais admiré, le cœur battant, les pâles lueurs de l'aube sur les rochers et les feuillages des châtaigniers. Je marchais maintenant dans un sentier de chèvres, sous le soleil du matin. Je n'avais plus envie de chercher dans les versets de la Bible la vérité ni l'espérance. Il me restait la montagne, fidèle, éternelle, avec le ciel au-dessus, et le Dieu de mon cœur qui régnait sur les arbres, les oiseaux, sur le plus minuscule brin d'herbe et la plus lointaine étoile.

Chaque mètre gagné m'apportait un peu de soulagement et un peu de force. La montagne ne m'avait pas trahie.

J'entendis des sonnailles au loin ; plus tard, je sentis l'odeur des moutons et, peu après, je rejoignis un berger qui menait son troupeau, aidé par un gros chien aussi frisé que les brebis. L'homme portait dans ses bras un jeune agneau qu'il reposa par terre en me voyant. Je marchai un moment en sa compagnie. Il me raconta que cet agneau tardif était né par surprise ; puis il me regarda dans les yeux et parla à voix basse :

— Tant pis si vous me croyez fou... Tous nos magnans sont morts en sortant de la troisième, ma femme s'est résignée, elle a dit : « C'est la volonté du Seigneur. Seigneur, que Ta volonté soit faite ! » Mais moi, j'étais bien près de maudire l'Éternel. Qu'Il me pardonne, oui je l'ai fait, j'ai maudit le Créateur. Et après, j'ai pensé : Mon pauvre Ésaïe, c'est mon nom, tu n'as plus qu'à rendre ton âme à Celui que tu as offensé. Et c'est alors que l'agneau est né. Ainsi, l'Éternel m'avait répondu en me donnant Son pardon et en me montrant la voie. Je sais que je dois maintenant vivre de mes moutons, en augmentant leur nombre, et l'hiver prochain je commencerai d'arracher mes mûriers.

— Attendez donc pour arracher les arbres, lui dis-je, que le Seigneur vous ait envoyé un autre signe !

Il hocha la tête et me toucha le bras.

— Toi, je te connais : tu es la fille de Virgile-Paul Jourdan, partie à la ville il y a dix ans. Ton père disait aussi des choses telles, alors je veux bien t'écouter. Dis-moi ce que tu crois.

— Je crois qu'un jour la graine sera à nouveau sans tare et que les vers donneront à nouveau de beaux et bons cocons. Et alors ceux qui auront arraché leurs mûriers se mordront les doigts.

— Tu crois cela ?

— Oui, Ésaïe. Tes ancêtres et les miens ont eu les dragons du roi dans leurs villages, dans leurs maisons. Beaucoup sont morts assassinés, sur le bûcher ou aux galères. Puis des temps meilleurs sont venus. La maladie des vers n'est pas la fin du monde. Il y aura de meilleures saisons. Aie espoir en l'avenir, Ésaïe. Garde tes mûriers et fais ton éducation l'an prochain, en laissant un peu plus d'air et d'espace à tes vers. Et soigne bien tes moutons : puisque tu as la grâce, l'Éternel Se chargera de tout le reste !

Au retour d'une journée dans la montagne, je me sentais plus forte et prête à aider les miens dans une épreuve qui s'annonçait peut-être la plus rude qu'on ait connue depuis le temps du Désert. En réveillant la foi du berger Ésaïe, j'avais retrouvé la mienne : l'agneau tardif était venu pour moi aussi. Comme la fatigue me rentrait les jambes dans le corps, je vis Théo marcher à ma rencontre avec deux mulets. Il m'aida à me hisser sur la plus tranquille des bêtes, et l'on chemina un moment en silence tandis que le jour tombait sur les pentes ; puis il me dit :

— Vous êtes allée dans la montagne pour réfléchir à notre situation ? Tout est perdu pour notre famille, n'est-ce pas ?

— Rien n'est perdu si vous êtes prêt à jouer serré.

Il se tut un moment, soupira en se vidant le poumon.

— Je vous écoute, Xarine, et je ferai de mon mieux.

— Ce qu'il faut maintenant, c'est sauver les fabriques et non se les disputer. Je crois de toute mon âme que la maladie sera vaincue un jour. Mais en attendant le pays doit vivre, et donc les fabriques doivent tourner, avec des cocons achetés à l'étranger. Il y aura une période difficile pour l'industrie et le commerce, et vous êtes trop jeune pour prendre la succession de votre père.

— Bonaparte...

— À vingt ans, Bonaparte était tout bonnement en garnison, il apprenait son métier et se préparait pour l'avenir. Nous devons reconnaître, même si ça nous chagrine un peu, que seul Émile Chambet peut nous tirer d'affaire. Si les fabriques ferment cette saison, l'an prochain, elles auront perdu le quart de leur valeur, et la moitié si elles restent fermées deux saisons.

— Mais vous, Xarine, vous pourriez...

— Je ne peux rien, Théo, sachez-le, sauf manœuvrer au conseil de la compagnie, ruser avec Émile... mais certes pas agir contre lui. Je suis une femme, Théo. Émile a brisé votre père, on raconte qu'il est devenu un des hommes les plus puissants dans le commerce de la soie et la ville de Lyon. L'attaquer de front serait pure folie.

On médita en silence et on arriva au bourg des Trois-Vallées.

— Et vous pensez que nous pouvons damer le pion à Émile en le laissant devenir encore plus puissant ? demanda Théo.

— Il est vrai que nous avons besoin de lui pour le moment.

— Je veux venger mon père !

— Théo, nous n'avons pas le choix.

— Mais j'aimerais savoir si vous avez un plan.

— Émile travaille avec succès à enrichir les Soieries dont il ne possède presque rien. Tôt ou tard, il voudra mettre la main sur la compagnie, c'est-à-dire s'emparer d'une grande quantité d'actions. Il songe sans doute à divers moyens de le faire, j'en connais un et c'est pour lui le meilleur et le plus sûr : faire de moi sa femme, quand je serai veuve de Louis-Xavier.

— Et vous accepteriez de l'épouser ? Xarine, oh non, non !

— Jamais, soyez tranquille. Mais il sera à ma merci.

— Et vous à la sienne.

Ce que je ferais à ce moment et dans cette situation, je n'en savais rien, mais je ne pouvais l'avouer à Théo.

— Vous m'aiderez, nous serons en force contre lui. Il paiera tout, l'intérêt et le principal.

— Xarine, je me battrai à vos côtés, jusqu'à la mort, s'il le faut !

Je le laissai me prendre dans ses bras pour sceller notre pacte.

S'il doutait de ma résolution, je faillis douter de la sienne au cours des semaines suivantes. Jamais je ne l'avais vu plus proche d'Émile Chambet qu'en ces mauvais jours, plus attentif aux enseignements de son maître et plus dévoué à ses plans. C'était bien la façon d'agir que je lui avais prêchée ; mais il semblait si à l'aise dans ce rôle qu'on aurait pu le croire sincèrement attaché au service de son mentor. Le fonds de commerce des Favière, avec l'ensemble des fabriques, bâtiments, machines, matériel, réserve de marchandises, fut donc racheté par Émile pour la compagnie.

Louis-Xavier était rentré en France à la fin du mois de juin ; il restait à Paris, pour bénéficier des meilleurs soins de la médecine, expliquait-il. Émile se rendit près de lui et ils fixèrent ensemble le prix de l'acquisition et les modalités de l'affaire ; les deux étant à l'avantage de la famille Favière, je n'eus pas à insister pour défendre les intérêts de Théo et de ses frère et sœurs. Pierre se désintéressait de ces questions, qu'il disait « sordides » ; mais il reconnaissait que, sans le savoir-faire financier de son fondé de pouvoir, il aurait déjà fait faillite comme son père.

Les avoués et les banquiers trouvèrent pourtant Émile trop généreux, et ils obtinrent de rogner un peu la rente versée à Valentine et à ses jeunes enfants. Averti, Louis-Xavier décida de la compléter sur ses propres deniers. Valentine eut ainsi quatre mille cinq cents francs par an, ce qui équivalait au salaire d'une bonne douzaine de fileuses ou de machinaires ; elle garda pour elle et ses enfants la Maison-Neuve et une part du Grand-Mas, et Théo et moi nous partagerions la charge d'Henri, tant qu'il n'aurait pas fini ses études. Comme je l'avais prédit, le prix payé en actions des Soieries fut très généreux, mais ces valeurs devaient rester indivises et ne pouvaient être vendues à des étrangers pendant une période de vingt ans. J'obtins que Théo représenterait sa famille au conseil, pour l'ensemble des actions, dès qu'il aurait vingt et un ans ; je craignais une dispute avec Émile sur ce point ; bien au contraire, le fondé de pouvoir appuya ma proposition, tant il était sûr de son influence sur le jeune homme.

Les Soieries possédaient une réserve de cocons suffisante pour commencer la saison de filature, en attendant les cargaisons qui devaient arriver d'Italie au mois d'août et d'Orient un peu plus tard. Les fabriques Favière entamèrent leur saison avec huit jours à peine de retard sur les autres usines des Trois-Vallées et bien avant que la transaction fût réglée. On imagine le soulagement des fileuses et de leurs familles : cette année-là, après la plus faible récolte qu'on ait vue depuis le règne de Charles X, bien des salaires d'ouvrières, au lieu d'être mis en réserve pour les trousseaux, payèrent les dépenses nécessaires de nourriture et d'habillement que la vente des cocons n'assurait plus. Je fis tout ce que je pus pour mettre au crédit de Théo le redressement d'une situation que tout le monde aux Trois-Vallées jugeait désespérée.

Pierre offrit à Théo de prendre la suite de son père à la tête des affaires familiales, sous mandat de la compagnie et pour un juste salaire, malgré son jeune âge. Émile souhaitait garder près de lui son protégé, pour achever de l'instruire et aussi, je suppose, pour l'avoir sous sa coupe ; et Théo, considérant les avantages de chaque situation, ne savait que décider. Il me demanda conseil.

— Je suis bien tenté de reprendre la place de mon père, tant que l'on ignore aux Trois-Vallées la vente de nos affaires. Je sais que je serais bien accueilli par les ouvrières, ce qui n'arrivera pas forcément dans quelques mois ou quelques années.

— N'en faites rien, lui dis-je, ne lâchez pas la proie pour l'ombre. Même après votre majorité, vous ne seriez qu'un simple gérant, une sorte de premier contremaître, sans indépendance. C'est en restant près d'Émile, le plus près possible, que vous deviendrez son bras droit et partagerez son pouvoir. Et si un jour vous revenez gouverner vos fabriques, il faudra que ce soit comme directeur de la compagnie, et surtout pour montrer aux gens des Trois-Vallées qu'elles sont toujours à vous.

Il me regarda dans les yeux et s'approcha de moi si près que je dus le repousser d'un petit signe de la main.

— Visez la plus haute place de la compagnie, et c'est ainsi seulement que vous vengerez votre père !

40

Folle rivière

Paris, 1856

Le Moniteur des soies avait donné les chiffres de la récolte 1856, accompagnés de commentaires très alarmants. Sept mille cinq cents tonnes de cocons, ce qui était moitié moins que la moyenne des années 1830-1840, trois fois moins qu'entre 1840 et 1850, et à peine plus d'un quart de la récolte 1853, la meilleure de tous les temps.

J'envoyai à Louis-Xavier un compte rendu de mes observations au Grand-Mas et dans les environs, sans oublier le cas des vers de Tobie Pellet, qu'on avait jetés pour morts et qui s'étaient réveillés et avaient filé leurs cocons dans les ronces. Il me répondit une lettre rassurante.

« Ce que vous me dites à propos des vers du bon Tobie ne me surprend pas du tout. Cela prouve que la maladie est aggravée ou peut-être même produite par les mauvaises conditions de nos éducations, surtout les grosses. Ses effets seront diminués ou même abolis par ce qu'on nomme hygiène, c'est-à-dire la pratique tendant à préserver la santé des gens et des animaux. Le moyen me paraît être le bon aérage, car le ver à soie est un insecte créé pour vivre sur un arbre, au grand air : il faut donc lui donner cet air en abondance, et aussi pur que possible... »

Louis-Xavier m'exposait ensuite son intention de rédiger un autre testament. Il me laissait entendre qu'il voulait avantager son petit-neveu Théo dans le partage de ses actions ; mais personne ne serait oublié et sa chère femme moins que personne.

Il ajoutait en post-scriptum :

« Vous ne serez pas surprise d'apprendre que je lègue un certain nombre d'actions au fidèle Émile Chambet, qui le mérite et doit être intéressé davantage aux bénéfices et au développement de la compagnie. »

Louis-Xavier réaffirmait sa volonté de ne pas revenir à Lyon ; il en donnait plusieurs explications, mais je savais que j'étais la seule vraie cause : en restant à Paris, il se tenait loin de moi et me laissait la liberté qu'il n'avait jamais tenté de me prendre ; et puis il eût sans doute été embarrassant pour lui de se montrer dans une ville où beaucoup de gens connaissaient ma liaison passée avec Pierre et auraient pu le soupçonner de complaisance.

Son attitude envers moi avait toujours été d'une extrême bienveillance et il continuait d'agir dans le sens qu'il pensait être le plus juste pour mon intérêt et mon bonheur. Personne ne m'avait jamais aimée de façon aussi généreuse et aussi dénuée de tout égoïsme. Je désirais de toute mon âme lui rendre ses bienfaits, et je décidai d'aller à Paris et pour ainsi dire de forcer sa porte.

Je lui écrivis mon vœu de le rejoindre pour quelques jours. Il accepta de me recevoir.

Le voyage de Lyon à Paris en chemin de fer était devenu facile, et j'arrivai assez reposée. Dès que je fus dans cette ville immense, agitée et bruyante, où Me Barnabé m'accueillit aimablement, comme la dernière fois, il me sembla que Lyon, les affaires des Soieries et les miennes étaient plus loin que la Chine et sans grande importance. Je ne pensai qu'à me distraire pour oublier les peines et les deuils.

Je portais une tenue de petit deuil, robe gris foncé et bonnet noir et voilette, le tout d'une grande simplicité.

L'« avoué de Paris » me conduisit en fiacre chez mon mari, rue du Faubourg-du-Temple. Il me prit à témoin que M. Favière aurait pu résider dans un hôtel, alors qu'il se contentait d'un petit appartement.

— Ah ! vous êtes bien un huguenot, mon cher ami !

Mais l'appartement n'était pas si petit : on eût logé trois familles ouvrières dans ces cinq ou six pièces ! Louis-Xavier me fit remarquer sur un ton d'aimable moquerie qu'il n'avait pas choisi la rue pour son nom.

— Il n'y a plus ici que les ruines d'un ancien temple, l'actuel se trouve à Belleville, et je dois avouer que je n'y vais pas souvent. Mon logement a l'avantage de se trouver à bonne proximité de l'hôpital Saint-Louis et du cimetière du Père-Lachaise. Ce sera bien commode un jour !

À ma surprise, je le trouvai en bonne santé, vif, l'esprit clair, et toujours jeune pour son âge, que je préférais d'ailleurs oublier. Moi qui détestais le théâtre, ou du moins le croyais, je fus tout de suite consentante quand il me proposa d'aller au spectacle. Il choisit l'Opéra-Comique où se jouait *Manon Lescaut,* une pièce de M. Scribe, l'auteur même de cette *Czarine* que j'avais vue dix-huit mois plus tôt au Théâtre-Français. Dix-huit mois ? Cela me semblait dix ans, tant il y avait eu d'événements et de bouleversements dans ma vie, tant j'avais moi aussi changé.

Le temps était beau, sec, un peu venteux, en cette fin d'été, et je me promenai longuement au bras de mon mari ; je pris beaucoup de fiacres et de voitures, montai et descendis beaucoup d'escaliers. Je m'assis deux ou trois fois à la terrasse d'un café ; je me rappelle le Café du Helder et le Café de Paris, sur le boulevard Italien... mais non, celui-là était un restaurant, où l'on *déjeuna* à midi, comme disent les Parisiens. Mme Barnabé accompagnait son mari, ce qui était rare, et l'avoué nous offrit un repas de milord. Je me souviens des *laitances de carpes à la Stuart* et des *filets de perdreaux à la Penthièvre,* mais durant tout le repas je ne pus m'empêcher de calculer le prix des mets en heures et jours de travail des machinaires ou des compagnons. Me Barnabé nous raconta que M. Balzac faisait souvent dîner ses personnages au Café de Paris, ainsi Maxime de Trailles, Vandenesse, Rastignac, Rubempré et d'autres... Hélas ! ce fameux restaurant devrait fermer dans quelques semaines, pour cause de faillite, et ce serait un grand malheur pour la vie parisienne.

Je demandai s'il était vrai que M. Balzac était mort pauvre.

— Hélas, répondit Me Barnabé, Balzac est mort épuisé, ruiné et désespéré, comme bien des artistes. Outre son œuvre, énorme et souvent, on doit l'avouer, assez ennuyeuse, il s'était occupé aussi d'industrie, où son incompétence l'a vite mis à sec.

L'avoué me regarda d'un air malicieux et conclut :

— Les affaires ne sont pas pour les écrivains... ni pour les jolies femmes !

Une pierre dans mon jardin. Je me contentai de baisser la tête en rougissant, comme si le compliment me ravissait.

— Pour les femmes, remarqua Louis-Xavier, cela va changer et j'en connais qui auraient donné d'utiles leçons à M. de Balzac !

J'assistai aussi à un spectacle de *café chantant,* que l'on appelait aussi, tout nouvellement, *café-concert.* J'admirai les toilettes des dames, cherchai à distinguer les vêtements de soie, de la laine, du coton, de l'indienne et autres étoffes, et de loin, sans toucher, ce n'était pas toujours facile. La profusion de volants et de dentelles rendait les rues de Paris beaucoup plus gaies que celles de Lyon.

Les odeurs, les parfums étaient plus vifs et en général assez agréables, sauf si l'on s'engageait dans quelque passage sordide et puant. Les bruits vous rompaient les oreilles au début, mais devenaient, quand on s'habituait, une espèce de musique qui vous portait le corps et vous secouait l'âme comme un tamis de moulin. Au bout de deux jours, il me sembla que je n'avais cessé de monter et descendre des escaliers, de sauter d'un fiacre à une voiture publique, d'une boutique à un magasin.

Je demandai à voir le Bon Marché, et M. Gustave Lambert, agent des Soieries à Paris, accepta de me conduire, car ni mon mari ni l'avoué n'osaient se lancer dans cette aventure. Au bout d'une heure, la tête me tourna, et je demandai à ressortir sans avoir presque rien vu ; je me retrouvai dans la rue aussi épuisée que M. Balzac quand il eut écrit cent vingt livres. M. Lambert, parent des Lambert-Gondi, la belle-famille de Pierre, se présenta comme un jeune homme de grand avenir ; il me marqua un intérêt très vif et je dus lui rappeler que j'étais la femme de son patron.

— Eh ! dit-il, M. Favière a soixante-cinq ans et vous vingt-cinq...

Je ne pus m'empêcher de me piquer au jeu.

— Seriez-vous surpris si je vous disais trente ans ?

— Surpris ! s'exclama-t-il. Stupéfait, ébaubi, confondu, et, d'ailleurs, je ne vous crois pas !

Sans doute s'attendait-il à me voir hériter prochainement de mon vieux mari et devenir une personne importante des Soieries Saône & Rhône. Il m'eût bien prise pour maîtresse, sans se soucier de mon âge, et il me laissa entendre que c'était une chose assez naturelle à Paris, qui ne tirait pas à conséquence, pourvu que cela se fît dans la discrétion. Je lui promis d'y réfléchir, mais je renonçai à visiter en sa compagnie l'atelier de couture qui appartenait aux Soieries. Ses entreprises galantes n'étaient pas la seule raison de mon refus ; j'avais longtemps désiré avoir moi-même un atelier dans ce genre, et les circonstances me tenaient toujours plus éloignée de ce rêve. Je craignais le regret et la mélancolie que cette vue pourrait m'inspirer.

Il me montra les grisettes sur le boulevard, car j'eus le tort de lui dire que ce nom et ces personnes m'intriguaient.

— Leur heure de gloire est passée avec le romantisme. Celles que l'on voit encore sont un simple vestige d'une époque que je regrette de n'avoir pas connue. Elles ne sont pas même vêtues de gris, mais en général de percaline rose l'été et de mérinos bleu l'hiver. Vous me direz : voilà une façon de s'habiller bien peu variée. Je vous répondrai : leur façon de se déshabiller ne l'est pas davantage. Vous les reconnaissez à leur démarche, à leur façon de danser des hanches. Quelques-unes sont des femmes du peuple, certaines assurent venir d'un bon milieu, et en tout cas elles ont lu les bons romans, et les mauvais aussi. Celles qui sont de province ont toujours manqué d'épouser le fils du sous-préfet, le fils du maire ou de quelque important notable. Beaucoup travaillent chez elles, quelques-unes en boutique ou dans les ateliers. Elles sont ouvrières de couture, lingères, fleuristes, chamoiseuses, giletières, culottières, passementières... et j'en passe cent et plus. Quel que soit leur travail, elles gagnent assez péniblement trente sous par jour, ce qui fait au plus cinq cents francs par an, cinq cents francs pour payer nourriture, loyer, entretien, chandelle, charbon, eau de senteur et pommade, et, les jours de sortie, la bière ou le coco... Il faut pardonner à celles qui ont la tentation d'augmenter leurs revenus par certain commerce.

Le quatrième soir, je dis à Louis-Xavier que j'avais beaucoup joui de mon séjour et que, pour le lendemain, j'avais envie de dormir la grasse matinée et de rester dans ma chambre tout le jour.

— Et si vous vouliez ce soir être mon mari comme ce fut pendant notre lune de miel, croyez que je serais comblée.

— Mais vous savez bien... Ah, on n'a jamais le dernier mot avec vous, Xarine. Et, comme je souhaite par-dessus tout vous combler, je veux l'essayer de cette façon-là aussi !

41

Théo au conseil

Lyon, 1856

Après la terrible crue du mois de mai, il y avait tant à faire pour secourir les malheureux chassés de leur maison, privés de toit et souvent de pain, que je restai à Lyon tout l'été et une partie de l'automne, excepté deux ou trois voyages à Paris et à Pélussin.

J'eus la joie de revoir Valentine en bonne santé et la tête bien en place, quoiqu'elle ne fût pas encore tout à fait remise de ses épreuves ; elle n'osa pas me demander, par décence, si sa robe de deuil lui seyait bien, mais je vis qu'elle en avait grande envie et je lui fis un discret compliment.

Elle s'excusa de ne rester que quelques jours à Lyon et me pria de l'aider dans ses comptes. Elle n'avait jamais été très habile à tenir son budget et, la sagesse lui étant venue dans un temps de vaches maigres, elle désirait faire le meilleur emploi de ses trois cent soixante-quinze francs par mois et s'assurer qu'elle pourrait aller toute l'année de ville de bains en villégiature, d'hôtel en théâtre ou café chantant. Je lui montrai chiffres en main qu'elle le pouvait maintenant, grâce au chemin de fer qui rendait les voyages plus rapides et moins coûteux. Il s'ouvrait sans cesse de nouvelles lignes, et l'on pouvait se rendre dans presque toutes les grandes villes. On étudia ensemble le livret guide Chaix et, chaque fois qu'elle découvrait une destination, elle battait des mains et poussait des cris de plaisir.

— Le chemin de fer, quelle merveille !

Avant de prendre le train pour Paris, elle posa pour une photographie entre son fils et moi. Elle avait beau se forcer à faire bonne figure, elle paraissait dix ans de plus que son âge, et nous avions l'air d'être tous deux sa fille et son petit-fils.

Lyon ne serait plus jamais ce qu'elle avait été ; mais quelques quartiers ruinés commençaient à renaître ; l'entraide, la charité alliée à la solidarité avaient pu soulager les misères les plus criantes. Je m'étais instituée dame patronnesse.

Je donnais aux victimes des inondations, aux canuses touchées par la *morte* — la morte-saison — et aux compagnonnes, aux apprentisses, aux indigents, aux parents d'écoliers et même, sans le noter dans aucun cahier, aux républicains qui publiaient des libelles et pamphlets contre l'Empire et secouraient les prisonniers. Je fus admise à une société de secours mutuel lyonnaise, où l'on accepta mes dons et mon travail aux écritures, mais où l'on me voyait d'un mauvais œil, parce que j'étais une femme et venais du monde des marchands.

Je rencontrais sans cesse de nouveaux obstacles. Savinien Henriet, qui faisait moins que jamais mystère de ses opinions républicaines, m'avoua son embarras.

— Ma pauvre dame, les commis, mon rondier et un du magasin m'ont confié dans le tuyau de l'oreille que j'aurais avantage à faire une croix sur cette société. Je les ai bien entendus...

— Qu'avez-vous entendu au juste, mon ami ?

— Hé, hé, ma foi, j'ai entendu que, si je persistais, les Soieries ne me donneraient plus de travail !

Une fois de plus, Émile me barrait le chemin.

Et il se mêlait toujours de mes affaires sans la moindre gêne.

— Vous vous trouveriez bien de vous reposer sur moi.

— Mais je me repose sur vous pour ce qui touche l'administration de la compagnie, comme tout le monde.

— Allons, vous savez bien ce que je veux dire.

Si je l'avais ignoré, je n'aurais pas tardé à le découvrir. À chaque saison au Grand-Mas, je quittais mes gants pour travailler avec Margot et les magnanières et ne les remettais que pour aller au temple ou chez le notaire. Au retour, il m'était pénible de devoir les porter en toute occasion, comme il sied dans les villes à une femme qui n'est pas en permanence occupée de ses mains. Ils me pinçaient fort ; aussi, dès que je le pouvais, par exemple en me promenant sur les quais, dans les montées, n'importe où loin de mon quartier, je m'empressais de les quitter, pour pouvoir bouger mes doigts librement et laisser l'air caresser ma peau. À ce moment-là, n'importe qui me voyant devait penser avec raison que j'étais une paysanne déguisée en dame.

Il me fallait plusieurs semaines pour reprendre les façons de la ville ; et quand une chose ou une autre me portait sur les nerfs, je ne pouvais m'empêcher de tirer sur mes gants ou de les ôter sans y penser. Le fondé de pouvoir guettait mes gestes en secret, et un jour, comme nous sortions de la salle du conseil et que tous les autres nous tournaient le dos, il prit mon poignet, me força à retourner ma paume en l'air et s'exclama sur un ton de reproche :

— Ma chère amie, comme vous soignez peu vos mains ! On voit trop que vous travaillez. À Lyon, une *dame* ne *travaille* pas. Jamais vous ne serez admise dans la société si vous continuez à vous gâter la peau et le teint à ces occupations d'ouvrière.

Je dégageai mon poignet et répondis vivement :

— Mais qu'ai-je à faire de la société ?

— Vous serez obligée d'y entrer quand vous serez héritière de votre mari. Et un homme de condition peut exiger que sa femme ait des mains nettes.

— Vous n'êtes pas cet homme-là, n'est-ce pas, Émile ?

Il s'éloigna d'un air furieux, en balançant sa canne. Peu de temps après, il me dit :

— Je ne souhaite la mort de personne, surtout de quelqu'un que je respecte autant que M. Louis-Xavier, mais il faut trancher le mot et avoir son franc-parler : un jour, vous serez la veuve Favière. J'espère que vous n'oubliez pas votre promesse.

— Enfin, Émile, quelle promesse ?

À Lyon, quelques jours plus tard, Brunette me servit un bol de chocolat brûlant qu'elle me força à boire d'un trait.

— Il ne faut surtout pas que tu te laisses encore amincir. Voilà qui pourrait bien fâcher notre M. Pierre !

— Pierre et moi nous sommes quittés. Il ne veut plus me voir et je ne veux plus le voir.

— Folle, folle que l'on est ! Notre M. Pierre est tout vexé d'avoir fait chou blanc. Il est venu sonder le gué voilà deux jours à peine, je lui ai dit : « Mon pauvre ami, si vous n'avez pas d'autre sifflet, votre chien est perdu. » J'ai bien compris qu'il n'attendait qu'une bonne occasion pour siffler plus fort !

Nous avons ri, cependant je songeais que, si je revenais dans les bras de Pierre, mon cœur impatienté céderait de nouveau à ses désirs ; et je ne trouverais pas la force de me libérer tout de bon.

Non, je n'accepterais plus d'être domptée et soumise.

Mais elle le fit venir pour me rencontrer et s'éclipsa aussitôt, nous laissant en tête à tête.

L'émotion me prit par surprise, l'espoir et la crainte se mêlaient dans mon cœur, la tête me tournait, je dus m'appuyer contre un meuble et j'essayai en vain de cacher mon trouble. Je vis, avec une joie amère, avec délice et horreur, que j'étais encore enchaînée et à la merci de Pierre. Plus rien ne comptait que les mots qui allaient tomber de sa bouche, et il me regardait, il se taisait. Une souffrance aiguë et un peu enivrante me perçait la poitrine, et j'aurais crié sans le serrement de ma gorge.

Je m'accrochai des deux mains à la commode qui était derrière moi et je restai debout, les yeux baissés et les lèvres tremblantes. Il me sembla que mon cœur ne battait plus, mais enflait dans ma poitrine et m'étouffait. J'entendais des sonnailles dans ma tête, comme si j'étais près de m'évanouir. Ce moment de faiblesse dura à peine quelques secondes, pourtant il me parut long comme doit l'être une chute dans l'abîme. Pierre fit mine de m'admirer, examina ma robe et ma coiffure, baissa les yeux, et sous son regard mes pieds me fourmillèrent. Puis il me fixa au visage et dit :

— Vous êtes très jolie, madame. J'envie votre heureux époux !

Il se moquait, bien sûr, mais je sentis en même temps sa sincérité, son envie, sa jalousie, sa colère, et je m'en gorgeai, m'en soûlai. Il s'avança, prit mes mains que je lui arrachai, non certes par répulsion, mais parce que ses doigts me brûlaient à travers la fine peau et que c'était presque une douleur. Il s'approcha encore, sans me toucher, et je sentis sur mon visage son haleine parfumée de tabac de pipe et d'une essence âcre que je ne reconnus pas. Je fermai les yeux, de peur de me perdre dans les siens. Il dit alors, de sa voix dure de commandement :

— Alexandrine, je veux que cette bouffonnerie finisse !

Quelle bouffonnerie ? Je m'en moquais. J'étais transportée de joie, et un vertige de tentation me tournait de nouveau la tête. Ma chair et mon âme l'appelaient ensemble, j'aurais aimé m'abandonner, m'offrir, et avant qu'il n'ouvrît la bouche, je sus que j'étais prête à tout pour le retrouver.

— Quelle bouffonnerie, s'il vous plaît ?

Il répondit sur un ton fâché que j'aimais bien, car il me donnait l'occasion de m'incliner avec bonheur devant sa volonté.

— Vous ne voyez donc pas que vous vous rendez ridicule ? Quoi ? Mais en vous asseyant au bureau du conseil, pauvre sotte ! Vous ne voyez donc pas que vous êtes la risée du monde ? Que vous me faites honte ?

— Je ne puis vous faire honte, comme vous dites, puisque je ne suis rien pour vous.

— Eh bien, ce n'est pas ce que croient nos amis... ni même nos ennemis.

J'ouvris les yeux et lui souris humblement : puisqu'il me grondait, c'est qu'il tenait à moi, et cette pensée était si exquise qu'elle emplissait mon esprit et mon cœur. Et il continua sa réprimande d'une voix un peu radoucie.

— Cette place n'est pas la vôtre, vous êtes trop jeune et trop jolie. Votre présence gêne la plupart des hommes qui sont autour de vous. Ah ! si vous aviez dix ans de plus, ou quinze ans, personne ne s'offusquerait. Ne sentez-vous pas qu'en vous faisant l'égale des hommes, au milieu des hommes, vous gâtez votre attrait de femme, vos avantages de femme ?

Il me prit aux épaules, se pencha vers moi et me parla tout bas, dans l'oreille. Il me dit en mots crus l'éloignement que lui causait ma présence au conseil de la compagnie ; il m'expliqua qu'il ne pouvait plus désirer pour amante celle qu'il avait vue disputer des affaires de la compagnie avec Émile Chambet et les banquiers.

Je pris plaisir à l'écouter un moment, puis je le repoussai.

Je fis semblant de paraître vaincue, je plaidai en bredouillant que mon mari l'avait demandé, que je devais assister aux séances pour obéir à sa volonté. Pierre éclata de rire.

— Il serait si simple de vous faire représenter par Théo. Il n'est pas majeur, certes, mais il le sera bientôt...

C'est ce que je souhaitais, bien sûr ; il fallait néanmoins que la proposition vînt de lui. Je répondis par une moue de doute.

— Théo... mais, pour moi, c'est encore un enfant.

— Quelle erreur ! Xarine. Vous ne connaissez pas les hommes !

Je soupirai et feignis d'hésiter encore.

— Si vous savez persuader votre cher Émile d'accepter mon neveu au conseil à ma place, je veux bien m'effacer devant lui.

— Émile ? Ha, ha ! il sera trop heureux, il vous supporte encore moins que moi à la table du conseil.

Il ajouta sur un ton de réconfort, comme il eût parlé pour consoler un enfant :

— Théo vous racontera ce qui s'est dit et vous demandera votre signature quand ce sera utile. Voilà une affaire réglée.

Réglée par ses soins, comme je le souhaitais.

Émile donna son approbation et il fut décidé que Théo prendrait ma place au conseil des Soieries, avant d'avoir vingt et un ans, bien que ce ne fût pas légal. J'écrivis à Louis-Xavier, qui accorda tout de suite sa permission par l'intermédiaire des avoués.

Dès lors, Théo se rangea sous la bannière d'Émile Chambet ; il se pendait à ses basques, filait doux, se laissait manger la laine sur le dos et hurlait avec les loups.

— Nous devenons camarades comme cochons, me disait-il. Nous sommes comme les deux doigts de la main, comme saint Roch et son chien... pourvu que je n'oublie pas qui est le maître !

Il tint sa place, ou la mienne, aux deux ou trois conseils suivants, et Me Thomassin me dit le plus grand bien de lui.

Quelques mois plus tard, Émile le dépêcha aux Trois-Vallées pour surveiller les fabriques de son défunt père. On lui dit qu'il serait prévenu à chaque conseil des Soieries et que ce serait une excellente occasion de venir à Lyon. Je songeai : Et rien n'empêchera de l'oublier en Cévennes si l'on ne tient pas trop à sa présence ! Il serait plus que jamais à la merci d'Émile, qui avait trouvé ce moyen de renverser une fois de plus la situation à son avantage.

Théo fut très heureux ; toutefois, il ne voulut pas partir pour les Trois-Vallées sans mon approbation. Je ne jugeai pas utile de le contrarier en insistant sur les mauvais côtés de cet éloignement, qui semblait bien une sorte d'exil. En même temps, c'était pour lui une chance extraordinaire de s'endurcir à la pratique industrielle, dans les fabriques, et pas n'importe lesquelles : celles-ci mêmes qu'il allait reconquérir au nom de sa famille.

— C'est une bonne occasion pour vous d'apprendre ce qui ne s'apprend ni dans les écoles ni dans les bureaux : diriger les ouvriers et les ouvrières et faire fonctionner une usine. Mais vous ne devrez pas rester éloigné de Lyon trop longtemps. Dans le cas où Émile oublierait de vous rappeler d'ici à un semestre au plus, il vous faudra demander vous-même à revenir.

Après le départ de Théo, je n'eus, quelque temps, plus d'autre activité que mes œuvres de charité, les secours mutuels et mon instruction.

Je n'avais aucune envie de devenir une *dame de la société*, d'être invitée par les riches bourgeoises de la ville, d'avoir aussi mon « jour », de recevoir et de papoter, de me gaver de pâtisserie et de me pavaner dans une robe de soie, dont pas un fil ne viendrait de mon travail.

Pourtant, je n'abandonnais pas l'idée de faciliter l'existence des ouvrières en soie, et surtout des machinaires. Théo avouait que les gens d'affaires et les fabricants se préoccupaient bien plus de la condition des soies que de la condition des femmes et des enfants, qui filaient, ouvraient, tissaient et cousaient.

J'avais le dessein d'entrer en relations avec des personnes qui partageaient mon souci et écrivaient des articles ou des livres sur le sujet ; mais j'eus aussi, pour commencer, quelques déboires. J'écrivis une lettre à une dame Flora Tristan, qui avait écrit *Pérégrination d'une paria* et *L'Unité ouvrière ;* mais j'appris qu'elle était morte depuis une bonne douzaine d'années. Je confondis M. Jules Simon, dont j'avais lu un article sur le travail des femmes, avec M. Claude de Saint-Simon, auteur du *Système industriel* et du *Nouveau Christianisme.* Le second était mort aussi, l'année de ma naissance, et j'ignorai longtemps que le premier vivait toujours et qu'il était un républicain très actif. Mais il me fallait d'abord apprendre à écrire des lettres bien tournées, sans fautes d'orthographe ni de grammaire, et les livres ne suffisaient pas à m'enseigner cet art.

Je fis un mot à Mlle Lucie pour solliciter son aide. Elle me répondit qu'elle n'était pas assez savante. « Apprenons ensemble, proposai-je. Écrivons à tous les républicains pour nous exercer. »

42

Les cerisiers sauvages et le règlement

Le mont Pilat, 1856

En ce mois de septembre, le Pilat était plus beau que jamais, sous la lumière de soie et le manteau aux mille couleurs de l'automne.

Cette splendeur de la nature, minée en secret par l'approche de l'hiver, s'harmonisait avec ma joie barbouillée de mélancolie. Pélussin et ses vallées d'industrie étaient toujours la même ruche bourdonnante au milieu des prairies et des forêts. Les vaches paissaient encore l'herbe épaisse et verte des champs, presque toujours accompagnées d'un petit nombre de chèvres et plus rarement de brebis. Il régnait sur le pays une douceur mystérieuse, et la rumeur qui montait des usines, le grincement des charrettes sur les pentes, les appels des bergers et des paysans, le bruit des cascades, le meuglement des vaches, le chant des oiseaux, faisaient une musique à la gloire de toutes les créatures. Mais c'était une musique plus gaie et plus aimable que celle des vallées cévenoles, une chanson au lieu d'un cantique.

Les moulinages, approvisionnés en soie étrangère par la fabrique lyonnaise, semblaient tourner à fond et à plein. Du moins, c'est ce que je crus d'abord ; je m'aperçus vite que plusieurs usines n'avaient de commandes assurées que pour une ou deux semaines, un mois tout au plus. Les mouliniers recevaient des marchands la soie grège en même temps que la commande de telle ou telle sorte de fil ; ils travaillaient à façon, comme les canuts, et comme eux étaient tributaires de la fabrique. Une vive inquiétude se faisait jour parmi les usiniers, car les journaux et le courrier d'affaires annonçaient un nouveau marasme dans le commerce, après la pénurie de matières premières. Mais l'humeur des gens, ouvriers et bourgeois, me parut moins sombre qu'aux Trois-Vallées.

Je dévalai les pentes de la ville en fredonnant une chanson lyonnaise.

Daudon, descends de ta soupente,
C'est un parti qui se présente...

Je riais toute seule et m'amusais à chercher les raisons de ma bonne humeur en ignorant la seule qui comptait. Je me retenais de courir, de bondir. Aux Trois-Vallées, j'aurais eu l'air folle ; ici, la gaieté et le goût de la chanson étaient dans les mœurs du pays et dans le cœur des gens, et je me sentais à ma place mieux que nulle part ailleurs, même au pied de l'Aigoual. On me saluait dans la rue, on me criait de grands bonjours, et mes vêtements de deuil me donnaient pour ainsi dire une popularité nouvelle ; mais je m'aperçus que les bourgeoises, épouses et filles des usiniers, quand je les croisais au hasard, feignaient de ne pas me voir ou me tournaient le dos sans vergogne. Ceux qui m'aimaient bien et me fêtaient sans quelquefois me connaître, c'étaient les ouvriers, les ouvrières, et j'en étais fière. Je me dis : Tu auras beau garder tes mains gantées ou enfouies dans un manchon et laisser le commerce et le conseil aux hommes, tu ne seras jamais une vraie dame, Alexandrine !

Je descendis au moulinage Gaudras que Jules Doivieux, Marius Jayol et Just Rivoire avaient réparé entièrement, de la toiture aux mécaniques, puis remis en marche, et qui fonctionnait maintenant depuis quelques jours. Jules m'accueillit cérémonieusement à la porte de la fabrique.

— Vous avez été vite, mon ami, lui dis-je. Je vous félicite pour ce magnifique travail. Je ne pensais pas que ces moulins tourneraient avant l'année prochaine.

Il se frappa la poitrine et soupira :

— Que ne ferait-on pas pour notre Xarine !

Il se rembrunit soudain et changea de ton.

— Je suis toujours heureux d'enrichir la compagnie, dont vous serez bientôt, dit-on, parmi les plus gros actionnaires. Je me trompe peut-être ?

Du pas de la porte, j'entendais les grondements, grincements et cliquetis des moulins, tout un vacarme délicieux, qui était la musique de ma jeunesse et m'allait au cœur. L'envie me brûlait d'entrer et de me mêler aux ouvrières, et je songeais aussi à voir le règlement que j'aurais aimé adoucir de quelque façon, mais je savais que Jules n'accepterait pas mon intrusion dans ses affaires.

Et puis j'avais le cœur serré par sa réflexion. Au lieu d'entrer, je reculai d'un pas, puis de deux, puis de trois.

— Merci pour la compagnie, dis-je, moitié sincère, moitié pince-sans-rire. Je veillerai qu'elle vous soit reconnaissante !

Je tournai le dos et jouai des talons ; il me rappela, je fis mine de ne pas l'entendre.

Je retrouvai le Blanchet avec grand plaisir. Je me sentais mieux dans cette maison qu'en tout autre lieu, et l'alentour était délicieux aussi, avec ses prairies traversées d'un ruisseau, sa source qui ne tarissait jamais, ses bouleaux à la peau si douce, ses cerisiers sauvages tout blancs au printemps et parés de mille couleurs à l'automne, ses sorbiers des oiseaux, ses hêtres, ses sapins... C'était un paysage aux contours moelleux, au pied de la montagne, qui était plus qu'à moitié cachée, vague, presque vaporeuse, comme une chaîne de nuées dans un ciel couvert. Enfin, le Blanchet était pour moi un séjour qui, par quelque façon mystérieuse, me donnait au cœur l'image du jardin d'Éden, ni trop ordonné ni trop sauvage, quitté puis retrouvé, à la fois secret et facile à découvrir.

Je croyais alors que cette maison serait toujours mon abri, mon refuge, encore plus que mon mas natal, et que j'y retournerais jusqu'à la fin de ma vie, si Dieu le permettait. En mon absence, Thirza y venait de temps en temps, pour deux ou trois jours, quand Jules s'en allait, à Lyon ou ailleurs. Elle s'imagina que j'aurais peur d'y passer une nuit seule et insista pour me tenir compagnie.

J'acceptai avec joie, non parce que je craignais d'avoir peur, mais parce que je me réjouissais d'être près d'elle ; alors, elle m'annonça tout à trac son souhait de me suivre à Lyon.

— Je croyais que tu détestais cette ville.

— Oh non, c'est seulement que la vie était trop dure, toute seule. Mais à présent que tu es riche, je serai ta servante, si tu veux, ou ta dame de compagnie, comme ce soir...

J'éclatai de rire, j'étais si heureuse que je n'avais pas le cœur de la gronder. Je pris quand même un ton sévère pour lui dire que sa place était dans la maison de son mari.

— Oh ! Jules n'a plus le temps d'être mon mari. Il travaille comme un forçat ! Lui qui jetait l'argent par les fenêtres quand nous sommes connus économise maintenant sou à sou, pour racheter un jour son moulinage. Je crois qu'il veut marcher sur les pas d'Émile, grand bien lui fasse. Je partirais à Lyon un mois qu'il ne s'en apercevrait pas !

— De quoi te plains-tu ? Un jour, tu seras patronne de fabrique.

Une semaine plus tard, il y eut un dîner chez les Doivieux, avec Marius Jayol, les contremaîtres des moulinages et un ou deux couples de mouliniers. Jules se montra un convive charmant. Trop poli pour être honnête, pensais-je, sans croire tout de bon à cet adage.

Tout à coup, au milieu du repas, il leva son verre, me lorgna effrontément et dit :

— Trinquons, mes bons amis. À la santé de la compagnie et de nos seigneurs et maîtres et de leur dame de cœur !

Il me défiait du regard.

— Si vous croyez que la dame de cœur ne songe qu'aux intérêts de la compagnie, Jules, vous vous trompez. Regardons ensemble le règlement des fabriques de la compagnie et essayons de voir comment l'améliorer au bénéfice des ouvrières.

Je le vis blêmir, il se leva de table et se mit à marcher en tapant le sol.

— Le règlement est le même partout, si nous y changeons une ligne, tous les maîtres de fabrique de la région vont crier tollé après nous et M. Émile sera furieux.

— Voyons quand même.

Il essuya la sueur sur son visage et regarda Marius Jayol puis les autres mouliniers, qui baissèrent la tête. Il moquait la compagnie devant moi, mais tremblait à la seule pensée d'une réprimande de son chef.

— Vous me demandez de mettre un nid de souris dans l'oreille du chat, dit-il. Mais à l'impossible nul n'est tenu !

— Je vous ai connu républicain, Jules.

— Moi ? Jamais ! Et même, croyez-vous que la république, si elle était établie, n'aurait pas besoin d'ordre, de discipline et de moralité ?

J'allai chercher mon sac et y pris l'affiche du règlement. Il pinça les lèvres, revint s'asseoir à sa place et se versa une large rasade de vin. Je vins me pencher sur lui.

— Voyez ici, mon ami. Que pensez-vous de l'article 10 ? Je lis : « Il est interdit aux ouvrières de chanter des chansons et de tenir des conversations immorales. »

Jules répondit, en serrant son verre à le briser :

— Si nous y touchons, le curé nous dénoncera en chaire et se plaindra à l'évêque. Nous ne trouverons plus d'apprenties.

— Et l'article 17, sur les amendes. Les contrevenantes aux articles 2, 6, 7, 8, 10, 11, 12... Ne peut-on pas baisser les amendes ?

— Pas à moins d'un sou. Tout le monde s'en ficherait.

— Je vois partout : il est défendu, il est interdit, défense expresse, il ne doit... Ça ressemble au code pénal. Vous croyez qu'on ne pourrait pas le dire moins méchamment ?

Je soupirai, Jules fit de même. Je regrettais déjà ma dernière phrase ; si on ne faisait que changer un mot ici, une phrase là, quel avantage en auraient les ouvrières ? Et même si l'on ramenait la plus forte amende de cinq sous à trois sous, ce serait bien peu de chose et le jeu n'en valait peut-être pas la chandelle. D'un autre côté, il serait bon de prouver que le règlement des fabriques n'était pas la Bible et qu'on pouvait l'améliorer si peu que ce fût.

Ainsi, peu à peu, les ouvrières grignoteraient des avantages, sans doute minuscules, mais au bout de quelques années leur tâche serait adoucie et leur vie facilitée.

Enfin, Jules leva la tête, me regarda dans les yeux.

— Ah ! madame Favière, vous avez été... enfin, je sais ce que je vous dois. Je vais essayer. Qui ne risque rien n'a rien. Puis-je seulement espérer avoir quelque chose ?

— Vous aurez ma reconnaissance et mon amitié.

43

Lectures et chansons

Lyon, 1856

Nous avions chez nous un livre de lectures courantes de Mme Lebrun, imprimé par une très bonne librairie de Paris, Hachette et Cie, et bien plus difficile que celui des sœurs. On y trouvait, ainsi qu'il était dit, « la plupart des notions utiles, à la portée des enfants de huit à douze ans ».

Un jour Marie me lut plusieurs pages sur les nouvelles inventions, et je fus très étonnée par son aisance et la justesse de sa diction. Elle m'avoua qu'elle s'exerçait pour faire plaisir à son cousin Théo, qui aimait tant les inventions.

— Écoutez ! dit-elle. « Combien d'inventions heureuses ont pris naissance dans des têtes françaises, ont été méprisées à leur origine, ont été portées par leurs auteurs découragés chez nos voisins mieux avisés et sont ensuite revenues en France lorsque des essais heureux eurent prouvé la légèreté de notre premier mouvement ! Lorsqu'on est venu nous dire que sans chevaux les voitures rouleraient, que sans rames ni voiles les navires cingleraient les mers, et que nos machines, nos mécaniques les plus puissantes n'auraient pour moteur qu'un peu de feu et d'eau, chacun se prit à rire, et l'inventeur fut traité de fou. L'Amérique et l'Angleterre ont eu plus de raison, et les machines à vapeur ont été importées en France, d'où elles auraient dû être exportées. »

Marie me regarda avec ce mélange de rouerie et d'innocence qui était bien au-dessus de son âge.

— Quand je serai grande, j'aiderai Théo à faire de belles inventions. Et on ira les vendre en Amérique !

Je décidai d'ajouter un vocabulaire anglais à la liste des livres que je comptais me procurer pour elle.

Vers cette époque, je joignis à mon répertoire de cantiques une belle chanson lyonnaise de Pierre Dupont, *La Soie,* que Marie apprit avec moi.

Que de métiers ! Que de bobines !
Que de travaux et d'œuvres d'art !
Quel essor donnent aux machines
Vaucanson et l'humble Jacquard !
Quand l'insecte a fini sa tâche,
Des milliers de doigts sont en jeu,
Les fils sont croisés sans relâche,
L'homme achève l'œuvre de Dieu.

44

Un ami dévoué et discret

Paris, 1857

Mon mari m'écrivit que je devais m'attendre à le trouver bien vieilli et fatigué, lors de ma prochaine visite.

Mais ses plaintes étaient si habituelles et, en général, si peu fondées que j'y voyais surtout un brin de coquetterie et un signe de complicité. Enfin, il me promettait de me conduire au théâtre, au café-concert, dans les magasins et même dans les gares, car je lui avais dit que je m'intéressais au chemin de fer. Il me parlait d'un voyage au Havre pour voir la mer et les paquebots.

À Paris, je fus accueillie une fois de plus par Me Barnabé, qui m'annonça avec ménagement que mon mari souffrait de pneumonie et devait garder la chambre. Louis-Xavier s'était levé au prix d'un gros effort. Il n'avait pas exagéré en me parlant de sa mauvaise santé et de son amaigrissement. Je le trouvai en effet bien vieilli depuis ma visite du mois d'octobre et, le cœur serré, je me demandai si je ne le voyais pas pour la dernière fois.

Je pensai : Vivez, monsieur, je vous en supplie, vivez longtemps, ne m'abandonnez pas aux mains de votre fondé de pouvoir !

Ce fut M. Lambert, l'agent des Soieries, qui s'offrit à me servir de cicérone au théâtre, et il m'expliqua même ce mot latin qui signifie à peu près guide des étrangers : je le notai tout de suite dans mon carnet.

Après m'avoir invitée à boire des liqueurs dans plusieurs cafés et cafés-concerts, il me conduisit à un théâtre bizarrement appelé Gymnase. On y jouait une comédie en cinq actes, *La Question d'argent,* par M. Alexandre Dumas fils. Je connaissais le beau nom d'Alexandre Dumas : c'était l'auteur préféré de Théo. Cela m'amusait beaucoup que M. Dumas le père eût un fils du même prénom car, chez les Favière, l'aîné des garçons s'était longtemps appelé François, jusqu'à François IV, père de François-David et grand-père de Théo. Je fis remarquer à M. Lambert qu'on aurait pu nommer ce second Dumas Alexandre II... si ce n'était déjà le nom du nouveau Czar de Russie, fils de Nicolas Ier. L'agent de la compagnie rit beaucoup plus que ma réflexion ne le méritait.

— Les belles Lyonnaises sont-elles toutes aussi spirituelles ?

J'aurais mieux fait de me taire. Je répondis que je n'étais ni belle, ni lyonnaise, ni spirituelle. Il s'exclama :

— Vous êtes une jolie menteuse, madame, et les jolies menteuses me rendent fou !

— Les fous, monsieur, me portent sur les nerfs !

Il se le tint pour dit, mais je savais bien qu'il recommencerait à me conter fleurette si je lui en laissais l'occasion.

La pièce m'intéressait, pourtant je fus bientôt prise d'une invincible lassitude. Tout en essayant d'écouter les acteurs et les actrices et de suivre ce qui se passait sur la scène, je songeais que j'aurais été mieux dans mon lit. Comme j'aurais bien dormi dans ma chambre du Blanchet, seule, les volets fermés, les couvertures sur le nez ! Une nuit, un jour et peut-être encore une nuit.

Le sommeil pesait sur mes paupières, je résistais de toutes mes forces, pour ne pas être ridicule ; puis je me dis : Tant pis si je prête à rire, tant pis si ce bon M. Lambert a honte de moi, il me laissera enfin tranquille !

J'entendais les voix des acteurs dans le lointain, et il me semblait que j'étais au mont Pilat et qu'ils déclamaient sur un bateau au milieu du Rhône ; alors, je m'abandonnai à une délicieuse somnolence. Je fus réveillée par une main qui me serrait le genou, je songeai en pur lyonnais, à ma grande honte : Voilà ce *gognand* qui me *pitrogne !* Ce fainéant qui me tripote ! Je chassai en riant la main de M. Lambert. Il me prit le bras, me força à me lever.

— Rentrons, vous avez besoin d'une bonne nuit de sommeil.

Je le suivis docilement, car j'étais incapable de faire un pas toute seule. Dans le fiacre, je sentis ses bras m'envelopper et je n'eus pas la force de me débattre.

Le lendemain matin, je me réveillai en camisole dans un lit inconnu. Je me levai et fis un pas en me tenant au bois du lit. La chambre m'était aussi inconnue, je cherchai mes vêtements et ne les trouvai pas.

— Où suis-je ? Mes vêtements ! Mes vêtements !

Une jeune servante se précipita, ma robe à la main.

— Voilà, voilà, je viens de vous la repasser.

Je n'osai pas demander qui m'avait déshabillée, la veille. M. Lambert m'annonça qu'il avait fait prévenir mon mari de mon indisposition et qu'il était prêt à me reconduire.

— Souvenez-vous, dit-il, que vous aurez toujours en moi un ami dévoué et discret.

Discret, je n'étais pas sûre qu'il l'eût été parfaitement la veille au soir ; mais j'avais grand besoin d'amis dévoués et je le remerciai en toute sincérité. Louis-Xavier se précipita en s'inquiétant de mon malaise, et je dus avouer que je m'étais laissé persuader de boire des liqueurs nouvelles qui, s'ajoutant à la chaleur et au bruit du théâtre, m'avaient fait tourner la tête.

— Chère Alexandrine, je vois bien qu'il y a aussi trop de soucis dans votre jolie tête, je voudrais que vous m'en parliez sans cérémonie quand vous serez remise.

En bonne huguenote, j'eus honte d'avouer mes espoirs et mes craintes, je préférai me taire. Louis-Xavier devina pourtant la principale source de mes tourments.

— Émile Chambet, n'est-ce pas ?

— Si Émile doit être puni, répondis-je, il le sera par le Seigneur quand le temps sera venu. Mais je ferai tout pour qu'un Favière tienne un jour le gouvernail de la compagnie, pour le bien de tous, et ce ne sera que justice.

Louis-Xavier hocha longuement la tête, ouvrit sa tabatière, puis la referma sans avoir pris de tabac.

— Mon petit-neveu, Théophile-François-Daniel Favière, vous devra une grande reconnaissance ; vous avez la première aperçu ses qualités et lui avez mis le pied à l'étrier. Je crois qu'il méritera votre confiance, et vous ferez avec lui d'une pierre trois coups : vous placerez un Favière à la tête des Soieries ; vous délogerez Émile Chambet le moment venu ; vous servirez les intérêts de la compagnie et de ses actionnaires. Je léguerai à Théo la part que je réservais à la famille, à charge pour lui de verser une rente à ses cousins, suivant ses moyens.

« En ce qui regarde Émile Chambet, vous devez prendre votre mal en patience. Il est irremplaçable en attendant que Théo ait l'âge de tenir les rênes. L'âge et l'expérience... et il devra poursuivre son instruction près d'Émile plusieurs années encore. Il a de bonnes aptitudes, il est intelligent et courageux, mais il n'est pas encore aguerri à cette lutte contre les hommes et contre le sort que sont en général les affaires commerciales et industrielles. De plus, le vaisseau des Soieries devra naviguer quelque temps sur une mer houleuse. Je ne vois pas mon petit-neveu tenir la place d'Émile avant d'avoir vingt-cinq ans.

Je songeais : Tant que vous vivrez, je serai tranquille. Mais, si vous me laissez veuve, Émile exigera que je l'épouse sitôt le délai écoulé, car c'est pour lui le meilleur moyen de mettre la main sur les actions qu'il convoite !

45

Louis Pieyre est devenu fou !

Cévennes, 1857

La saison 1857 était déjà avancée. Tout le monde pensait sans oser le dire qu'elle allait trancher de l'avenir. Ce n'étaient pas des élections législatives, prévues au mois de mai, qui préoccupaient les gens ; personne ne doutait que l'Empire ne fût renforcé par cette consultation, et les républicains battus à plate couture.

Si la campagne électorale soulevait quelque passion à Lyon et dans les grandes villes, en Cévennes une seule question hantait les esprits : la prochaine récolte de cocons. Ou bien elle serait bonne, le pays retrouverait sa prospérité d'antan et l'on oublierait pour toujours les affres de la maladie ; ou bien elle serait mauvaise, pareille à la saison de l'année dernière, peut-être pire encore, c'en serait fait à jamais de la prospérité et de l'espérance.

Au Grand-Mas, la saison ne s'annonçait guère meilleure que la précédente. La santé de Margot suivait celle des vers ; la pauvre femme, qui avait passé de peu ses cinquante ans, ne prenait plus tant à cœur le travail de la magnanerie et abandonnait la maison aux servantes. Elle disait : « Ah ! c'est sûr, je ne ferai pas de vieux os. » M. Gabriel riait d'elle : « Disons que vous ne ferez pas de vieille graisse ! » Alors, les larmes venaient aux yeux de Margot, elle les essuyait d'un coin de tablier ; elle se plaignait d'avoir perdu l'appétit, mais elle ne maigrissait pas, au contraire, ce qui amusait fort les journaliers. On l'accusait de manger en cachette, et les servantes la guettaient sans fin ni cesse ; en vain, car elle ne supportait plus que la purée, la compote et le pain trempé dans le lait de vache. Et tout ce qu'elle se mettait dans l'estomac après la mi-journée était vomi presque aussitôt. Pour moi, je ne m'étonnais guère de son état : à Lyon, pendant la période de misère d'après les inondations, j'avais vu bien des pauvres gens privés du nécessaire, surtout des femmes et des enfants, se bouffir au lieu de maigrir, si bien qu'on les regardait avec soupçon et qu'on leur refusait la charité.

Théo était toujours aux Trois-Vallées ; il s'occupait avec ardeur des fabriques de son père, et le roi n'était pas son cousin.

— À quelque chose, malheur est bon : j'ai dû mettre en pratique tout ce que j'avais appris et même improviser à l'occasion. Je peux dire sans me vanter que j'ai fait de la bonne besogne !

Il attendait un compliment, je retins la semonce qui me venait à la bouche. Théo, pensais-je, ton avenir n'est pas aux Trois-Vallées, il est à Lyon. À Lyon ! J'avais raison de m'inquiéter : il m'annonça bientôt son intention de rester en Cévennes et de gérer les fabriques Favière pour le compte des Soieries.

— C'est ici et nulle part ailleurs que je ferai ma place au soleil.

Je ne pus retenir plus longtemps ma colère.

— Vous resterez si on vous dit de rester, et vous partirez si on vous commande de partir.

— Et qui me le dira ?

— Mon avis ne compte pas pour vous ?

— Ah ! si vous vouliez, cousine, avec quelle joie je me rangerais sous votre bannière et me soumettrais à votre volonté !

— Arrêtez vos jolis discours, cousin. Ce que je *veux,* vous le savez, vous en étiez d'accord. Il ne s'agit pas de votre place au soleil, mais de notre plan pour que vous soyez un jour le maître de la compagnie.

Il commença une de ses bouderies qui m'exaspéraient et m'attendrissaient en même temps. Quelques jours plus tard, je le vis arriver au Grand-Mas un matin, brandissant une lettre.

— Je viens d'écrire à *monsieur* Chambet pour lui faire

connaître ma décision de rester aux Trois-Vallées. J'ai apporté la lettre avant de l'expédier, pour que vous me donniez votre opinion.

Je pris le pli sans le regarder, je fixai Théo dans les yeux et le forçai à baisser les paupières. J'étais fort soulagée qu'il m'eût apporté la lettre avant de l'envoyer ; il remettait ainsi sa décision et donc son avenir entre mes mains.

— Je suis heureuse que vous me demandiez mon opinion. La voici !

Et, devant lui, je déchirai son courrier en vingt morceaux que je lui tendis.

— Je vous demande de les garder précieusement dans un coffret. Quand vous aurez pris la place d'Émile, vous m'apporterez le coffret et nous brûlerons ensemble ces bouts de papier !

Il serrait les poings et refusait de prendre les miettes de sa lettre ; enfin il se décida et les enfouit dans sa poche. Il se mit à rire, s'approcha vivement de moi et me prit dans ses bras par surprise. Je ne me débattis pas très fort, car j'étais trop heureuse, et je dus me laisser embrasser un peu plus qu'il n'était décent.

— Voulez-vous que je rentre avec vous à Lyon, à la fin de la saison ? Xarine, dites-moi oui !

Je répondis oui, doucement, très bas : Oui, je le veux.

M. Gabriel eut sur ces entrefaites un grave accès de rhumatismes et il dut garder la chambre, car il ne pouvait plus descendre ou monter un escalier et à peine se rendre de son lit à la fenêtre. Il me fit demander d'aller le visiter à sa maison du bourg ; il me rappela qu'il était né en 1792, deux ans après Louis-Xavier : à soixante-cinq ans, il n'attendait rien de bon de la vie. Il m'offrit de me vendre sa part du Grand-Mas « avant qu'elle ne vaille plus rien du tout ».

Je répondis que pour moi le Grand-Mas aurait toujours une grande valeur, même si, dans le pire des cas, les magnaneries ne produisaient plus un cocon.

— Et je veux que Louis et Margot Pieyre soient chez eux dans ce mas, comme ils l'ont toujours été, jusqu'à la fin de leur vie.

Il me prit aux épaules, m'appela « chère petite belle-sœur » et pleura sur mon corsage. En sortant de chez lui, je me rendis chez le notaire et le priai de payer un bon prix pour la part du Grand-Mas qui appartenait à M. Gabriel.

— Quel prix ? Vous savez que les terres de mûriers ont beaucoup baissé depuis deux ou trois ans dans tout le Languedoc, et aussi tous les biens agricoles et les magnaneries.

— Payez le prix de 1854, dis-je. Et puis ce n'est pas tout : l'achat est à mon compte, mais la propriété devra être inscrite au nom de mon neveu Théo Favière.

Le notaire ajusta son lorgnon et marmonna :

— Hum, hum, Théophile, dit Théo. Fils de François-David, petit-fils de François-Abraham Favière...

Il se leva, vint vers moi comme s'il allait lui aussi me serrer dans ses bras ; il n'osa pas et déclara sur un ton pénétré :

— Je suis heureux, je suis très heureux pour cette famille qui va continuer en son nom et en ses biens.

Le plus grand nombre de nos vers « dormaient à la quatrième ». Les dix prochains jours, comptant la sortie de la dernière mue, la semaine du cinquième âge et la montée à la bruyère trancheraient de la réussite.

J'aimais à regarder dormir les vers survivants, qui avaient entre cinq et sept centimètres de longueur, un peu moins que mon petit doigt. Sous leur peau tendue et luisante, on distinguait, de-ci, de-là, les minuscules taches de la maladie, mais ils n'en paraissaient pas trop incommodés. On pouvait encore espérer qu'ils auraient presque tout le temps et la force de monter et de filer leur cocon. Sur leur tête gonflée, on voyait par transparence deux marques plus grosses que les points de la maladie : le museau de l'ancienne peau et celui de la nouvelle... Ils n'étaient pas trop pressés de se réveiller, mais cela tenait sans doute au temps orageux : la chaleur était plus lourde, l'air plus mou.

Une *touffe*, c'est-à-dire une période de grande touffeur comme j'en avais connu quelques-unes dans mon enfance et ma jeunesse, menaçait une fois de plus les éducations de la vallée. Heureusement, les magnaneries du Grand-Mas étaient assez bien ventées, et l'air circulait entre les fenêtres et les ouvertures du toit. On tenait les feux allumés, pour chasser l'humidité, en veillant que la chaleur ne fût pas trop forte dans les salles. On observait le ciel, la montagne ; le vent finirait bien par descendre de là-haut.

On guettait avec angoisse les vers endormis. Quand donc se décideraient-ils à changer de peau et à courir à la feuille ? Je soupirai d'aise quand j'aperçus le premier sorti, gris clair, le museau brun et carré, qui attaquait voracement le bord d'une feuille. Vite, il y en eut partout des dizaines, mais quelques-uns tardaient, quelques-uns ne se réveillaient pas.

Les journalières avaient le cœur gros, persuadées que la plupart d'entre elles ne seraient pas engagées pour la prochaine saison et qu'il faudrait trouver un autre gagne-pain, et le découragement et le chagrin les poussaient à négliger leur tâche.

Je résolus d'être plus vigilante pour les derniers jours de la saison et de mieux lutter contre ma paresse et la paresse des autres.

Le souci et la fatigue furent plus forts que ma bonne volonté, et je dormis presque une nuit entière vers le moment du cinquième âge. Je fus réveillée par des cris et des exclamations de surprise ou d'horreur. Je me précipitai à la magnanerie la plus proche, et je vis à la lueur des lanternes le désastre survenu pendant la nuit. Les femmes accusaient quelque bête enragée. Les chats ! Les rats ! Le renard ! Une femme sans doute catholique s'écria : « Le diable ! Le diable est sur nous ! »

De nombreuses tables, hautes et basses, avaient été en partie balayées, et peut-être un quart des vers couraient sur le sol en cherchant la feuille. Le bruit que l'on faisait en les écrasant et la sensation que l'on avait au pied étaient affreux, et je me mordis la lèvre à pleines dents pour ne pas vomir. Une bête n'avait pu faire cela, c'était sans aucun doute une personne, mais qui ?

En questionnant les journalières, je soupçonnai une femme nommée Léontine de connaître le coupable, qu'elle ne voulait pas dénoncer, et je n'insistai guère. Louis Pieyre, le baile, menaçait les magnanières de les chasser toutes si la coupable ne se dénonçait. Il me jetait des regards malveillants, je devinais qu'il m'eût volontiers accusée s'il avait osé. Ou bien Marie !

J'emmenai ma fille marcher dans les champs ; l'orage avait enfin éclaté la veille, la pluie était tombée une bonne partie de la nuit, puis le soleil était revenu. La journée s'annonçait magnifique, je tenais Marie par la main, nous ne pouvions nous empêcher de sauter et de courir. Je m'arrêtai soudain et la regardai dans les yeux.

— Marie, dis-moi la vérité. L'as-tu fait pour t'amuser ?

Elle me rendit mon regard et leva une main, la gauche car elle se trompait souvent :

— Ce n'est pas moi, maman, je le jure sur la tête de mon cousin Théo !

La sincérité et l'indignation la rendaient encore plus jolie. Je pris sa main et la serrai dans les miennes, je lui dis que je la croyais. J'ajoutai qu'elle n'était pas assez grande pour atteindre les tables hautes, qu'elle aurait dû prendre l'échelle et qu'elle aurait fait beaucoup de bruit et sûrement réveillé quelqu'un.

Le lendemain, Léontine vint frapper à ma chambre.

— J'ai vu qui a fait tomber les vers, c'était un homme, grand et fort, je le dirai si le baile reparle de nous chasser ! C'est lui que j'ai vu, Louis de Margot ! Seigneur, je crois qu'il est devenu fou !

Louis de Margot, c'est ainsi que les magnanières appelaient Louis Pieyre.

Léontine couvrit son visage de ses mains et resta ainsi un moment. Enfin, elle demanda à voix basse :

— Que dois-je faire, madame ?

— Taisez-vous pour le moment. Vous avez raison, il est sans doute devenu fou, et il n'est pas le seul, d'après ce que j'entends dire. Mais j'espère que la raison lui reviendra. Soyez tranquille, Margot et moi, on ne le laissera pas vous chasser.

Quelques jours plus tard, il se mit à couper les plus beaux mûriers de la propriété. Je partis à sa recherche pour l'empêcher de détruire ces arbres qui avaient fait la richesse des Cévennes et qui redeviendraient un jour, j'en étais sûre, nos précieux arbres d'or.

Moïse, le jeune berger, survint, très effrayé, et me guida vers les traversiers au-dessus du Grand-Mas.

— Il tape sur tous les arbres et il s'est fait très mal au pied !

Je commençai à entendre les chocs de la cognée contre les troncs, sourds et violents, et je frissonnai de tout le corps, comme si ma propre chair était entaillée à chaque coup. D'escalier en escalier, on gagna un traversier où se mêlaient de très vieux et très beaux mûriers et de jeunes plants de cinq à dix ans. Moïse avait dit vrai : au lieu d'abattre quelques arbres de-ci, de-là, Louis s'acharnait à les blesser tous mortellement. Je songeai : Il est bien fou, il ne va pas en laisser un seul vivant !

Je crus entendre, à quelque distance, les mêmes bruits de cognée frappant et mordant les troncs. Était-ce l'écho ou bien un voisin qui imitait Louis ? À chaque coup, ma colère montait, je serrai les poings et avançai vers Louis, qui tourna la tête, me vit et balança son outil d'un geste menaçant. Puis, laissant le mûrier qu'il venait d'entamer, il courut au prochain en boitillant. Je le rejoignis, Moïse me suivant aux talons. Le pauvre homme était trempé de sueur, il avait le nœud de la gorge qui sautait et une paupière à moitié baissée, comme s'il avait reçu un éclat de bois dans l'œil ; des larmes coulaient de son autre œil et se mélangeaient à la sueur. Par l'ouverture de sa chemise, déboutonnée sur la poitrine et déchirée d'un côté, de l'épaule au ventre, on voyait sous le poil blanc une longue estafilade encore saignante. Je lui criai de poser sa hache et de venir se faire panser à la maison pour arrêter le sang.

— Du sang ?

Il arracha ce qui restait de sa chemise.

— Tu en perdras plus si je t'attrape !

Il marcha vers moi, chancelant à chaque pas, m'injuria en français et en patois, puis se tut, à court d'insultes et le gosier noué. Je vis, sous le bord relevé de son pantalon, la blessure qui le faisait boiter, une grosse mâchure déjà bleue, avec une entaille profonde au milieu, juste au-dessous de la cheville ; un morceau de son sabot avait été brisé par le coup, il le perdit, me jeta l'autre que je reçus contre l'os de la jambe. Je tentai de lui arracher son outil, en le poussant en arrière pour le renverser, mais il se tenait bien d'aplomb sur ses pieds nus, et j'avais très mal à la jambe et la tête me tournait. Il fit des moulinets avec sa cognée et je dus reculer au bord du traversier, que je ne savais pas si près. Moïse me cria quelque chose, je ne compris pas l'avertissement. Louis serra sa cognée par la tête et m'enfonça le manche dans le ventre ; la douleur m'étourdit une seconde, je reculai un peu plus, je sentis une pierre du mur bouger sous mon talon. Louis me poussa encore avec le manche, je lâchai pied et tombai en arrière. Ce n'était qu'une chute de moins de deux mètres, sans grand danger, mais je m'accrochai d'une main au bord du mur, ce qui me tira la tête contre la pierre et ma tempe porta contre un saillant. J'atterris sur le traversier au-dessous, la figure dans l'herbe, car je m'étais complètement retournée, et je me blessai le nez à un caillou tranchant.

Le sang me bouchait les narines, j'avais de la peine à respirer, je pus bouger tout de même le cou sans effort et je soufflai par la bouche. Je sentis que je n'avais pas grand mal, je me remis debout aussitôt, je vis Louis près de moi, sans sa cognée, les bras pendants, l'air contrit, et je lui dis que je ne lui en voulais pas, que la maladie des vers faisait perdre la raison aux gens. Puis je me retrouvai allongée, le nez par terre ; je me rendis compte que je ne m'étais pas levée du tout, quelqu'un essayait de me soulever, c'était le petit Moïse qui n'avait pas assez de forces. Pour lui dire de me laisser, je ne pus que faire des grognements de cochon, et à la fin il s'en alla chercher du secours.

La douleur me prenait tous les os de la figure et montait jusqu'en haut de ma tête, je respirais par la bouche et je bavais du sang sur mon corsage. Tout à coup, je ne souffris presque plus et je sentis que j'allais perdre connaissance, je me pinçai pour résister. Après, je ne puis dire ce qui se passa d'un long moment.

Soudain, Margot s'agenouilla près de moi. Margot qui avait trouvé la force de grimper quatre ou cinq traversiers à toutes jambes, malgré son poids.

— Je te demande pardon pour mon homme, dit-elle, il n'est plus lui-même, il dit qu'il veut se pendre !

Puis les hommes m'emportèrent, leur mouvement me berçait, je commençai à m'endormir. Je me réveillai dans la salle du Grand-Mas, Margot me fit boire une potion au laudanum, et je dormis tout de bon assez longtemps.

Après, il y eut un docteur qui me pansa le nez, et je bus à nouveau de la potion. Je respirais toujours très mal, mais je souffrais moins. À un moment, je ne reconnus plus ma chambre, et une servante me dit que j'étais à la Maison-Neuve, chez Mme Favière et M. Théo Favière.

Et, un peu plus tard, je vis Valentine près de mon lit.

— Dieu a voulu que je sois là au moment de votre accident, me dit-elle, et que je puisse vous rendre tout ce que vous avez fait pour moi !

J'aurais préféré que Dieu trouvât un autre moyen, cependant je me tus pour ne pas la peiner. Plus tard, j'entendis le médecin déclarer que je souffrais d'une fièvre cérébrale persistante, sans parler de mon nez cassé. Théo, qui devait rentrer à Lyon sans délai, offrit de m'emmener. Le docteur hésitait.

— Certes, elle serait mieux soignée à Lyon, mais le voyage pourrait lui être fatal.

Finalement, je restai aux Trois-Vallées. Outre Valentine, je voyais tous les jours Juliette et ma fille ; et de temps en temps Margot. On m'apprit que Louis se repentait de son geste, mais qu'il ne pouvait quitter le Grand-Mas à cause de sa blessure qui s'était infectée ; il craignait même de mourir et il avait demandé le curé.

La récolte de cocons du Grand-Mas avait été à peu près égale à celle de l'année d'avant, et il en était de même aux Trois-Vallées et dans les cantons voisins. Comme en 1856, le prix du kilo de cocons restait au-dessus de sept francs ; mais les éducateurs les plus chanceux ne recevraient pas en argent la moitié de leurs revenus de 1850. Les gens étaient découragés, et certains commençaient à *arracher* les mûriers, décision réfléchie et raisonnée, au contraire du geste fou de Louis Pieyre.

Bientôt, je pus lire mon courrier ; enfin on me jugea assez rétablie pour m'annoncer que j'étais une deuxième fois veuve. Mon mari était mort le jour même de mon accident, d'une maladie appelée « embolie », j'entendais pour la première fois ce nom. On l'avait enterré au cimetière du Père-Lachaise, situé près de chez lui. Une lettre de M. Lambert, l'agent des Soieries, me faisait un compte rendu de la cérémonie ; il me joignait une copie du testament de Louis-

Xavier, modifié peu avant sa mort, et que mon mari lui avait remise.

J'eus beaucoup de peine à lire ce papier, car la tête me tournait au bout de quelques lignes. Je m'assurai que Louis-Xavier avait tenu sa promesse et avantagé Théo comme je le souhaitais, mais je n'avais jamais douté de lui.

On m'ôta mon pansement de sur la figure et, à peu près en même temps, je pus tenir la plume ; j'écrivis à Théo, à Brunette et à Thirza que j'avais le nez cassé et que j'étais devenue laide, désespérément laide et pour toujours. Je ne pouvais m'empêcher de penser : Voilà la punition de mes péchés ! Je ne l'écrivis pas, mais je mouillai le papier d'une larme de chagrin, et l'encre fit une tache qui ressemblait à un papillon.

Je commençai une lettre à Pierre, m'arrêtai après quelques lignes, froissai le papier et le jetai au feu.

46

En rêvant à Madame Bovary

Lyon, 1857

À mon retour à Lyon, Pierre et Théo étaient en voyage tous les deux, chacun de son côté ; Pierre en Italie, Théo à Paris.

Brunette me serra contre elle, les larmes aux yeux, et bredouilla une pauvre condoléance. En fait, elle grillait de connaître le testament de Louis-Xavier.

— Le notaire attend le retour de Théo pour nous recevoir, dis-je, mais je ne veux surtout rien changer à ma vie.

— N'empêche que cette fois tu es tout de bon riche. Dommage que les actions des compagnies de chemin de fer aient tant baissé, car je sais que ton mari en possédait beaucoup. Ne te soucie pas, elles remonteront ; c'est ainsi, les actions.

Les visites de condoléances se succédèrent les jours suivants, et je reçus chaque après-midi les hommes d'affaires, de justice, les dames bourgeoises et les gens de la grande société, tous ceux qui étaient pour moi les « riches » et le seraient toujours, même quand je serais de leur monde ; les matinées furent réservées aux canuts, aux fournisseurs, aux gens du petit commerce, au « menu peuple », comme disait Émile Chambet, oublieux de ses origines. Le fondé de pouvoir fut un des premiers à se présenter quai Saint-Clair, cérémonieux et guindé, mais le regard insistant ; il revint plusieurs fois, pour accompagner des hommes que je n'avais jamais vus, mais dont le nom et la réputation, presque toujours, m'étaient connus. Même s'il veillait à ne pas jouer les importants, je voyais bien qu'il l'était réellement, d'ailleurs je n'avais jamais douté de son crédit. Il m'offrit une fois de plus ses services, je fis mine de ne pas l'entendre.

J'étouffais dans le salon du premier étage, aux meubles sévères, aux tentures sombres, où je n'avais pas passé un quart d'heure avant la mort de Louis-Xavier. Très souvent, je m'approchais d'une fenêtre entrouverte, pour respirer l'air du dehors, rafraîchi par le Rhône, et reposer mon regard sur le paysage du fleuve, l'eau miroitante... Il m'arrivait aussi de pencher la tête pour voir qui venait, qui partait, observer les allées et venues des gens entre le quai et les rues avoisinantes.

Théo arriva enfin. Il se précipita pour m'embrasser, s'arrêta net en songeant aux circonstances.

— Oh ! pardonnez-moi... Vous êtes changée, ajouta-t-il, ma foi, comme rajeunie...

— Tellement changée que je vous fais peur ?

— Les jeunes filles m'intimident !

La lecture du testament et les explications du notaire ne m'apprirent rien que je ne savais déjà. Émile, qui héritait de quelques actions de la compagnie, me remit une évaluation de celles qui me revenaient. Le chiffre me parut énorme. J'étais donc vraiment riche !

— Il y a aussi les chemins de fer, qui sont au plus bas. Nous en reparlerons dans quelques jours.

Je n'avais aucune envie de parler avec lui de mes affaires ni des siennes ; mais je ne pouvais échapper à son empire, que la mort de Louis-Xavier renforçait encore, comme je l'avais prévu.

Enfin Pierre se fit annoncer quai Saint-Clair, et il fut là, devant moi, à côté de moi, tout autour de moi, bougeant tout le temps, si bien que je ne pouvais pas même croiser son regard. Mon cœur roulait en grinçant dans ma poitrine comme une vieille charrette, je me sentais une figure de papier mâché, les yeux battus, les jambes raidies, et j'attendais en silence je ne sais quel jugement.

Il s'arrêta, posa son chapeau sur un guéridon, m'examina un long moment, se racla la gorge, sans se décider à parler, s'inclina puis hocha la tête à petits coups d'un air de flagornerie.

— Comme le noir vous va, chère Alexandrine !

— Oh ! monsieur, il me semble que vous m'avez presque toujours vue en deuil depuis que je suis à Lyon.

— Ah oui ? Bon, cela vous sied, cela vous sied !

Il ôta ses gants, me prit le menton, me força à lever la tête, et je ne pus m'empêcher de penser qu'il avait découvert une cicatrice sur l'arête de mon nez. J'essayai de le repousser.

— Si les domestiques nous voyaient !

Il me lâcha et recula sans arrêter de me lorgner.

— Vous ressemblez à l'une de ces veuves vengeresses que l'on voit parfois en Sardaigne ou en Sicile. Au lieu d'un bijou, j'ai envie de vous offrir un pistolet.

— N'étiez-vous pas venu me dire votre condoléance ?

— Si fait. Vous avez perdu, chère madame, un époux délicat et généreux : j'ai eu plus d'une occasion d'apprécier sa délicatesse et vous sa générosité. Enfin, il vous reste l'héritage, qui...

Ma main partit toute seule, et la gifle claqua délicieusement sur sa figure. Il se frotta la joue en riant, recula, chercha son chapeau et se coiffa d'un geste théâtral.

— Voilà qui clôt notre badinage sur un joli mouvement. Je tiens à vous dire aussi que je vais partir dans moins de deux semaines pour un très long voyage en Orient... d'où je ne reviendrai peut-être pas, vu la situation actuelle en Chine et la guerre qui couve sous la cendre de la diplomatie. Je souhaite que nous nous retrouvions avant mon départ... le plus vite possible, car de nombreux rendez-vous sont pris et je ne puis les remettre. Je regrette que les convenances soient mises à mal.

— Je le regrette aussi, dis-je. Je ne peux pas. Mon deuil...

Il retint un geste, et ne put empêcher sa voix de monter.

— Pleurez des larmes de crocodile tant que vous voudrez, mais comptez que je serai absent six mois au moins. Maximin, mon nouveau cocher, vous attendra après-demain avec la voiture, à trois heures devant votre porte, et, si vous n'êtes pas disposée, il reviendra tous les jours à la même heure. Ne le laissez pas se morfondre trop longtemps.

Je sentis mon sang s'échauffer, mes joues me brûler. Pierre marcha vers la porte à reculons et ajouta, un ton plus bas :

— Et ne me laissez pas languir en vous attendant.

Il me fit signe qu'il connaissait la sortie.

— Inutile de sonner votre domestique.

Après son départ, je me mis à trembler de tout le corps ; j'avalai une cuillerée de potion calmante et courus me jeter sur mon lit. Une demi-heure plus tard, je me levai et allai me regarder dans la glace. Il me parut que mon veuvage ou mon accident avait changé quelque chose dans mes traits, mon regard et jusque dans l'expression de ma bouche. C'était l'Alexandrine de toujours et en même temps un peu une autre...

Et cette autre avait définitivement conquis sa liberté ; elle ne craignait pas de la perdre en rejoignant un vieil amant.

Pierre revint le lendemain.

Il avait les traits tirés, les yeux comme agrandis, des sortes de tics à la bouche, un léger tremblement des mains, et il titubait parfois en marchant à travers la pièce où je l'avais reçu. Je songeai qu'il avait peut-être décidé de m'attendrir, mais je souhaitais quand même en savoir plus sur son mal et sa souffrance qui me paraissaient bien réels.

Il me répondit qu'il aurait eu besoin d'une médecine de cheval, que je n'en avais pas, et pas même une médecine d'âne ! Je le questionnai sur son prochain voyage et au sujet de la Chine où il devait se rendre pour visiter la succursale de la compagnie et augmenter les achats de cocons et de soie grège. Je lui demandai si la nouvelle guerre qui se préparait selon lui était toujours au sujet de l'opium. À ce moment, il s'emporta et il se mit à crier :

— L'opium ! Qui t'a parlé d'opium ? Cette affaire est oubliée depuis quinze ans, ce n'était qu'une bêtise des Anglais.

Il maugréa en haussant les épaules :

— L'opium... Qu'en sais-tu ? Rien, alors n'en parle pas !

Je le priai de me pardonner et de m'expliquer les raisons de cette nouvelle querelle avec les Chinois. Il se moqua de mon ignorance et m'assura que je ne pouvais rien comprendre, car j'étais restée, par ma faute, une paysanne arriérée et que je n'aurais même pas su nommer la Chine sur une carte du monde.

Il me lut enfin, en scandant chaque phrase, des extraits d'un article de journal, que je découpai plus tard et collai sur mon cahier, de sorte que je le possède encore. « Le but que poursuivent en Chine les puissances occidentales a été publiquement annoncé. Révision des traités de 1842 et 1843, libre accès dans l'intérieur de l'empire, liberté des transactions commerciales, égalité dans les relations politiques, consacrée par le séjour d'un ambassadeur à Pékin, telles sont les concessions que réclament l'Angleterre et la France, telles sont les conditions auxquelles de gré ou de force devra se plier dans un prochain avenir la politique chinoise. »

— Il fut un temps, dit-il, où le commerce avec la Chine était une chose importante. Maintenant, depuis la maladie du ver à soie, c'est une question de vie ou de mort pour notre industrie !

Puis il termina la lecture de l'article. « Au milieu des événements qui se préparent, quel sera le rôle de la France ? Il suffit de savoir que notre pays est dignement représenté dans ces lointains pays. Là comme ailleurs, nous l'espérons, elle saura rester fidèle aux nobles traditions de sa politique et faire respecter une influence qui ne s'est jamais exercée qu'au profit de la civilisation. » Il éclata de rire.

— J'espère aussi qu'on n'oubliera pas le commerce.

Le soir, je ne pus m'endormir ; après des heures à me manger les sangs, je décidai d'aller au rendez-vous qu'il m'avait fixé.

Le lendemain, je me mis à guetter la calèche de Maximin avec une bonne heure d'avance. Le cocher arriva et je montai dans la voiture en me cachant derrière mon voile.

Maximin fouetta ses chevaux, les guida par les Terreaux puis leur fit longer la Saône au quai Saint-Vincent. Enfin il prit la direction de Vaise et roula vers le Mont-d'Or.

Sur la route, près de Champagne-au-Mont-d'Or, un cavalier nous rejoignit à bride abattue : c'était Pierre. Il galopa un moment à hauteur de la voiture, puis il commanda à Maximin de s'arrêter et à moi de monter en croupe derrière lui. Je protestai que je n'en avais aucune envie, que je n'étais pas habillée pour le cheval et qu'en plus il commençait à pleuvoir.

— Eh bien, dépêche-toi, avant l'averse !

En fait, le temps était gris et un orage montait au fond

du ciel, mais il ne pleuvait pas. Pierre sauta de sa monture avec une agilité que je lui enviai, il me força à me hisser en me soulevant plus qu'à moitié, et je me laissai manier comme un paquet parce que l'émotion me paralysait.

Le cheval n'apprécia pas ce fardeau supplémentaire sur sa croupe, et Pierre dut le dompter tandis que je m'accrochais à sa taille. Il s'engagea dans un sentier à travers champs, puis dans un bosquet, et il partit au galop entre les arbres, se courbant de temps en temps pour passer sous une branche basse. J'eus quelques sueurs froides, et mon cœur battit un moment aussi vite que les sabots du cheval frappaient la terre. Pierre aimait bien m'effrayer, car il me trouvait mieux disposée à m'abandonner après une grande peur. Mais, cette fois, je fus vexée et humiliée, et le spectacle que je vis en arrivant me donna l'idée de lui rendre la pareille.

La maison était isolée dans un pays de prés et de bosquets touffus, de hêtres, de chênes, de bouleaux et d'aulnes, qui cachaient la vue presque partout. À l'entrée, des saules pleureurs entouraient un grand bassin ; d'autres cernaient les bâtiments. Pierre me dit qu'ils lui avaient donné son nom : les Saules.

C'était une caricature de château, avec des tourelles, des pignons, des chapiteaux. Deux ouvriers couvreurs travaillaient sur un toit élevé ; je crus d'abord qu'ils réparaient la plus haute tourelle, puis je m'aperçus qu'ils étaient en train d'installer un paratonnerre. Je donnai mes bagages à une jeune servante que Pierre nomma Delphine et m'avançai vers l'échelle d'un air de curiosité nonchalante ; puis, tournant la tête, je m'assurai que Pierre ne s'occupait pas de moi, je montai vite jusqu'au premier toit. Je me tenais d'une main et soulevais ma jupe de l'autre. Là, les ouvriers avaient dressé une seconde échelle pour atteindre le faîte de la tour, très pentue, où ils étaient accrochés ; je m'assurai qu'elle était bien calée et continuai mon ascension, sous le regard ébaubi des deux hommes.

J'entendis tout en bas des cris de femme : c'était Delphine, qui appelait les autres domestiques en battant des mains. L'admiration de la servante me réchauffa le cœur. J'atteignis sans peine le toit de la tourelle ; le plus jeune des ouvriers voulut me tendre la main pour m'aider à le rejoindre, et l'autre l'en empêcha.

— C'est trop raide, elle va glisser sur les ardoises !

Cramponnée d'une main au montant de l'échelle, je tournai la tête et vis Pierre entre Delphine et une femme plus âgée ; ils me regardaient, et la jeune fille continuait d'applaudir, Pierre lui tapa sur les doigts et elle s'arrêta. Je leur fis un signe de ma main libre, puis je montai un échelon et me rétablis sur le rebord du toit.

Je crus revivre ce jour où, montant à l'Aigoual avec Pierre et les Favière, j'avais eu la fantaisie de marcher sur une murette au bord du ravin : je me tenais sur le qui-vive et réprimais mon envie de sauter. Trois cents ou quatre cents mètres ? La tourelle des Saules était vingt fois moins haute, mais le rebord du toit était moins large, moins plat et beaucoup plus lisse... J'avançai un pied, puis l'autre, je lâchai le montant de l'échelle. Le soleil, déjà bas sur l'horizon, m'éblouit un instant, et je fermai les yeux. J'entendis gémir un des ouvriers.

— Madame, madame...

Bien sûr, ils me croyaient folle et ils n'avaient pas tout à fait tort. Le jour de la montée à l'Aigoual, Pierre aussi m'avait dit : « Vous êtes folle, folle à lier ! » Un seul faux pas, et je pouvais me tuer, comme à l'Aigoual, et cette pensée m'exaltait bien plus que le jour de l'Aigoual. Qu'*il* vienne, maintenant, j'avais besoin de lui, je n'avais plus seize ans et je n'étais plus du tout sûre de pouvoir reprendre l'échelle pour descendre. Et impossible de faire un petit saut sur le côté pour me retrouver au milieu du chemin... car il n'y avait pas de chemin ! Et puis le paysage que je voyais au-dessous de moi n'avait pas la sauvagerie grandiose des Cévennes, il me semblait plat et écrasé : ce n'était pas le temple du Seigneur... et j'avais passé l'âge de croire que je pouvais m'envoler.

Je tournai la tête vers les ouvriers et, du regard, implorai leur aide. Le jeune me prit la main en se tenant à une corde qu'il me donna, puis il me tira par le bras jusqu'à l'échelle et me retint pendant que je l'enjambais. Deux ou trois minutes plus tard, j'étais dans la cour ; je défroissai ma robe, pris la main de Delphine qui s'était avancée à ma rencontre et je défiai Pierre d'un coup d'œil.

— Tu t'es bien vengée ? dit-il. Tu veux que je te répète *exactement* ce que je t'ai dit sur le chemin de l'Aigoual ? « Vous avez beau jouer les mademoiselles sans-peur, vous auriez pu vous rompre le cou mille pieds plus bas et me gâcher ainsi cette excursion et le séjour de six mois au moins que je compte faire aux Trois-Vallées ! » Es-tu satisfaite ?

— Et tu portes une cravate de soie beige, *exactement* comme ce jour-là.

— C'est très émouvant. Et maintenant, viens !

Il m'entraîna dans la maison, je n'osai protester, je me laissai conduire dans un petit salon très sombre et très frais, et je vis alors que je transpirais de la tête aux pieds : la sueur ruisselait sur ma figure, dans mon cou, tout le long de mon dos. Je frissonnai de froid et aussi du souvenir de la peur que j'avais eue sur la tourelle. Pierre me lorgnait, les mâchoires et les poings serrés, l'air si furieux, si farouche, que j'éclatai de rire. Sa main droite s'ouvrit et s'abattit sur ma joue une seconde plus tard.

— Je te la devais, celle-là !

Les jours suivants, Pierre me prouva que certaines fièvres sommeillaient encore dans mon sang et qu'il savait toujours les éveiller, au moins pour quelques heures. Mais il n'est de magie qui ne lasse et ne se consume.

Un soir, il décida d'éclairer notre chambre de cent chandelles, il envoya Maximin en acheter plusieurs paquets chez l'épicier du village et se fit aider par Delphine pour l'allumage. Je trouvai cette fantaisie bien enfantine, il me supplia de partager son divertissement, et je fis de mon mieux pour le satisfaire et pour réchauffer ma ferveur à la flamme des bougies. La fumée et l'odeur me firent tousser, et lui mima une danse triomphale au milieu des lumières, comme une espèce de Méphisto. Je dis que ça ne valait pas un bon éclairage au gaz, il me pinça pour me punir de « tuer la poésie », alors je répondis :

— Musset est mort.

Et lui :

— Imagine l'enfer où peut-être nous brûlerons pour avoir eu le paradis sur terre !

Une chouette vint ricaner à nos fenêtres.

— Je suis heureuse que tu aies retrouvé la foi de ton enfance !

— Craindre l'enfer donne du piquant à la vie !

Tout ce théâtre fut sans effet sur moi, de même que l'orage du lendemain, sous lequel Pierre me traîna à moitié nue. Et pas davantage la lune, la pomme verte qu'il me fit croquer au verger, la vipère en cage qu'il fit apporter près de notre lit, la couche de paille de l'écurie et les chevaux qui hennirent pour nous.

Je me promis de ne jamais revenir dans cette maison et je n'eus plus qu'un désir : écourter un séjour qui ne m'apportait que honte et chagrin. Une nuit, Pierre fut pris de malaise, ce qui ne m'étonna pas, car les chandelles avaient rendu l'air irrespirable, même après que l'on eût venté la chambre. Les jours suivants, il fut souvent incommodé et se plaignit que telle ou telle chose lui faisait lever le cœur ou que les pieds et les mains lui fourmillaient. Il s'enfermait tous les jours dans une petite pièce du rez-de-chaussée, très sombre, dont il gardait toujours la clef sur lui et où il ne m'invita jamais à entrer.

Je m'étonnais un peu de son entêtement à défendre l'entrée de cette salle. Il était d'une humeur massacrante, il se fâchait pour un oui ou pour un non, il n'était que fiel et vinaigre. Je le crus souffrant, j'insistai pour m'occuper de lui et le questionnai sur sa santé. D'abord, il me rabroua, en disant qu'il se portait comme un charme, et même comme un hêtre, et même comme tous les hêtres du pays ! Pourtant, il avait une figure de papier mâché, les yeux un peu sanguinolents, des sortes de tics à la bouche, un léger tremblement des mains, et il titubait parfois en marchant à mon bras. Il préférait les soins de Delphine, sa jeune servante, qui connaissait mieux que moi ses goûts et ses habitudes, mais il acceptait mes mains sur son front et son visage, toujours moites et souvent brûlants.

Au retour, il me récita du Musset tout le long du chemin, en se trompant assez souvent, et alors nous riions ensemble, bien que les poésies fussent toutes assez tristes.

Il est sous le soleil de douces créatures
Sur qui le ciel versa ses beautés les plus pures,
Êtres faibles et bons, trop charmants pour souffrir,
Que l'homme peut tuer, mais qu'il ne peut flétrir...

Je savais bien qu'il me reprochait en secret de n'être pas une faible créature. Il me dit que les morts de Musset, de Béranger et de Louis-Xavier Favière marquaient la vraie fin de cette première moitié du siècle et le commencement d'une autre époque, qui serait celle du commerce et de l'industrie.

Je savais qu'une époque finissait pour de bon, ce n'était pas la moitié du siècle, ni rien d'aussi important pour le monde ; c'était tout simplement notre jeunesse, déjà prolongée bien au-delà des conventions de la vie. J'aurais bientôt trente-deux ans ; Pierre approchait de la quarantaine, et lui qui m'avait toujours paru si vert et fringant se laissait tout à coup rattraper par la mélancolie de l'âge.

Pour la première fois, je l'entendis se soucier de la vieillesse et de la mort ; il calcula que Musset avait dix ans de plus que lui et qu'il était donc mort à quarante-sept ans ; Mme Sand avait cinquante-trois ans ; M. de Balzac était mort à cinquante et un ans... Et Gustave Flaubert, un nouvel écrivain, qui venait de publier un livre très scandaleux, *Madame Bovary*, avait son âge à un an près. Il répéta ces deux noms d'une voix rêveuse, et je vis bien qu'il eût aimé être Gustave Flaubert et créateur d'Emma Bovary, au lieu de Pierre Jurieu, amant d'Alexandrine Jourdan.

47

Les deux Gustave

Paris-Lyon, 1857-1858

Je me rendis à Paris pour me recueillir une première fois sur la tombe de Louis-Xavier, au Père-Lachaise.

Je vis avec plaisir que l'on avait inscrit son grade dans l'armée : colonel Favière, cela sonnait bien. 1790-1857. Il était né la même année qu'Alphonse de Lamartine et mort la même année qu'Alfred de Musset. Je versai des larmes sincères en me demandant s'il avait pensé à moi à son dernier instant ou plutôt à cette Anne, qu'il avait aimée autrefois et qui devait être restée toujours jeune en sa mémoire ; mais, si elle vivait encore, elle avait plus de soixante ans, et peut-être l'avait-elle oublié. Ou bien rêvait-elle à la vie merveilleuse qu'elle aurait eue si elle l'avait épousé.

Le cimetière m'impressionna beaucoup ; c'était le plus grand champ de morts que j'eusse jamais vu, et je m'y serais perdue volontiers des heures et des jours. Mais mon aimable cicérone, Gustave Lambert, m'attendait impatiemment à un croisement d'allées, en lisant *Le Moniteur des soies* ou un autre journal de commerce. Quand je le rejoignis, je lui fis par distraction une demande assez indiscrète sur son âge, il crut que je l'envisageais comme un parti possible et me retourna ma question :

— Combien me donneriez-vous ?

— Pardonnez-moi, dis-je. Vous portez le même prénom que ce romancier dont on parle beaucoup, M. Flaubert, et je songeais que vous deviez avoir à peu près le même âge.

— J'espère que vous n'avez pas lu cet affreux livre !

— Et vous, monsieur ?

— Moi... croyez-vous que j'ai le temps de lire des romans ?

À la fin, il avoua l'âge même de M. Flaubert, trente-six ans.

Cette fois-là, je ne voulus pas aller au théâtre, ni au café-concert, non plus qu'au voyage suivant, qui eut lieu pour la Toussaint. Mon deuil était une raison suffisante. Gustave Lambert le comprit fort bien ; Me Barnabé, qui m'accueillit à Toussaint, se montra plus insistant : lui n'avait pas en vue de m'épouser. Je ne cédai pas, quoique la tentation d'accepter une invitation à l'Opéra, où l'on jouait encore une pièce de M. Scribe, fût très grande. J'avais aussi très envie de lire *Madame Bovary,* pour voir si j'y retrouverais la poésie des sens que j'avais découverte bien des années plus tôt dans le Cantique des cantiques. Mais je n'osai pas entrer dans une librairie pour demander ce livre réprouvé.

À la fin du mois de janvier 1858, je retournai à Paris, à la fois pour m'incliner sur la tombe de Louis-Xavier et pour rencontrer Gustave Lambert, qui devait me montrer le fonctionnement de la succursale de Paris. J'entendais me faire de lui un allié contre Émile, en cas de nécessité, quitte à le laisser espérer bien plus que je ne comptais donner.

On ne parlait que de l'attentat d'Orsini, ce proscrit italien qui avait tenté de tuer l'empereur avec ses complices Pieri et Rudio, devant l'Opéra. Napoléon avait été blessé légèrement par un éclat de verre, mais une centaine de personnes innocentes avaient été tuées ou gravement blessées, pour une obscure histoire d'étrangers où pas un Français ne voyait goutte. Même les bons républicains condamnaient cette folie. Gustave me montra les lieux de l'attentat et me fit visiter tout le quartier ; il me proposa aussi de me conduire à l'Opéra pour voir une pièce du fameux M. Scribe ; je pensai qu'en allant à ce théâtre j'aurais témoigné quelque dévouement à l'empereur ; je refusai donc. Gustave me proposa de revenir à Paris au printemps pour assister à l'exécution publique d'Orsini et de ses complices.

— Ils ne sont même pas jugés, comment pouvez-vous savoir qu'ils seront exécutés ?

— Ils seront condamnés à mort, c'est sûr. L'empereur,

qui est un homme généreux, ferait sans doute grâce, s'il ne pensait qu'à lui, mais il ne le peut à cause des morts innocents.

Je répondis que ce genre de spectacle me ferait horreur et qu'il lui faudrait trouver un meilleur prétexte pour ma visite. On alla voir au théâtre du Gymnase une nouvelle comédie d'Alexandre Dumas, *Le Fils naturel.*

Le jour de mon départ, Gustave poussa un immense soupir et me regarda avec des yeux de carpe frite.

— Chère Alexandrine, vous voici donc veuve... pour la deuxième fois. Dans quelques mois, vous pourrez vous remarier.

— C'est ce que dit la loi, mais croyez-vous que j'aie envie de tenter si vite l'aventure ?

Orsini, de sa prison, écrivit à l'empereur pour plaider la cause de son pays, l'Italie : une lettre magnifique, que l'empereur laissa publier par les journaux, mais qui ne ressuscita pas les morts. Il fut exécuté, avec un de ses complices, Pieri, le 13 mars, place de la Roquette. Ce jour-là, cette sotte de Louisette pleura comme un veau. Je lui demandai les raisons de son chagrin ; elle finit par m'avouer qu'elle avait aimé un proscrit italien.

Émile maugréa que l'autorisation donnée aux journaux de publier la lettre d'Orsini à l'empereur était un mauvais signe.

— Oui, Sa Majesté pourrait bien déclarer la guerre à l'Autriche pour libérer l'Italie. Une guerre qui se passerait surtout en Lombardie et serait très fâcheuse pour le commerce de la soie.

Il se servait de cette affaire pour exhiber son cynisme et sa volonté de réaliser ses projets coûte que coûte. Après cette conversation, je cherchai mon pistolet-revolver et demandai à Théo de le charger.

— Bonne idée, dit-il, avec cette arme, vous serez invincible, Xarine. Allons à l'île Barbe nous exercer au tir.

48

La pébrine

Cévennes, 1858

Je fis un voyage de deux semaines en Cévennes dès les premiers jours du printemps 1858. Je trouvai Juliette au Grand-Mas, fort affairée et, je crois, plus heureuse que je ne l'avais vue depuis des années. C'est bien ce que nous désirions, Théo et moi, puisque Margot ne pouvait plus mener la maison ni s'occuper de l'éducation ; quant à Louis Pieyre, une jambe en moins, il avait gardé son titre de baile, mais ne pouvait plus guère travailler.

Juliette me pria de venir l'aider pour la saison qui commençait, je vis cependant qu'elle n'y tenait pas trop, car elle préférait avoir les coudées franches ; le commandement est difficile à partager, et je redoutais les querelles que nous n'aurions pu nous empêcher d'avoir.

J'avais décidé de réparer et d'agrandir le Mas-Haut, que j'avais complètement racheté à mon frère, et d'y établir une vaste magnanerie, bien aérée.

Je lus pour la première fois le mot « pébrine » dans un article d'un savant cévenol, M. Quatrefages de Bréau, qui allait dans le sens de mes remarques et m'encouragea dans mon projet.

« Le symptôme caractéristique de cette affection est la tache que je viens de décrire, et voilà pourquoi, ayant à la désigner par un nom nouveau, je l'ai baptisé de celui de pébrine, qui en langage du Midi signifie maladie du poivre.

« La marche de cette maladie est d'ailleurs lente, et sa terminaison non moins exceptionnelle que ses autres symptômes. Le ver "pébriné" languit et s'éteint insensiblement.

Enfin, une fois morts, ces vers, au lieu de se décomposer, durcissent de plus en plus et se momifient. Ils ressemblent alors à des muscardins que n'auraient pas envahis les efflorescences caractéristiques. Là même se trouve l'explication du silence gardé par les auteurs sur la pébrine : ils l'ont tous confondue avec la muscardine, parce que ces deux maladies ont en commun un signe qui les sépare de toutes les autres, la momification des cadavres.

« Ainsi, à côté des maladies locales, variables, se montre une maladie bien distincte, universelle, constante. (...) Le mal actuel, considéré dans son ensemble, n'est donc pas simple comme on l'avait cru d'abord, il se compose de deux éléments, l'un fondamental, l'autre pour ainsi dire accessoire. Le premier, la pébrine, envahit en totalité les chambrées, affaiblit les vers bien longtemps avant de les tuer et les prédispose à subir avec une facilité déplorable l'action de toutes les causes morbides quelles qu'elles soient. Le second est le résultat de ces causes et varie avec elles. Ainsi compris, le fléau s'explique, et ses caprices apparents ne sont plus que les conséquences logiques de sa nature.

« Des détails que je viens de donner, il résulte que dans une contrée atteinte par l'épidémie tous les vers doivent être considérés comme malades ou sur le point de le devenir. Seulement cette maladie n'est d'abord que la pébrine et, grâce à sa marche lente, celle-ci laisse presque toujours les vers à soie vivre assez pour filer le cocon. Les chambrées atteintes de pébrine donnent presque à coup sûr des récoltes rémunératrices. Malheureusement un ver pébriné est aussi délicat qu'un phtisique. On sait, hélas, trop bien comment ce dernier prend une fluxion de poitrine mortelle là où l'homme sain serait à peine enrhumé. Alors il est tué en quelques jours par la maladie intercurrente. Il en est de même des vers à soie pébrinés. Là où des vers bien portants eussent certainement fait leurs cocons, ils contractent trop souvent des affections qui s'ajoutent à la première, se développent avec une rapidité foudroyante et détruisent parfois en deux ou trois jours, à la veille du coconnage, des chambrées de la plus belle apparence.

« Au risque de prêcher dans le désert, je voudrais rappeler une fois de plus aux sériciculteurs les principes fondamentaux de toute éducation de vers à soie. À vrai dire, tous ces principes peuvent se ramener à un seul, celui d'un bon aérage. Le ver à soie n'est autre qu'une chenille créée pour vivre au grand air sur un arbre. Donnez-lui donc cet air qu'elle est destinée à respirer si largement, donnez-le-lui en abondance, et parfaitement pur. »

Un meilleur éclairage aussi, peut-être, car il me semblait que les vers à soie avaient été créés pour vivre sous le soleil ; mais les Cévenols jugeaient cette idée quasiment impie. L'éducation s'était toujours faite dans la pénombre, elle devait continuer, avec ou sans la maladie ; et je ne trouverais ici personne pour approuver mon projet.

Je finis par douter et décidai de n'aller qu'à bonne enseigne, de débuter en douceur. Les travaux dureraient tout l'été 1858, et je ne pourrais habiter mon mas natal qu'au printemps prochain.

Tout au mieux, je mènerai ma première éducation en 1859... sauf si Émile Chambet réussissait à entraver mon projet.

49

Derniers jours au paradis

Le mont Pilat, 1858

J'aimais m'enfouir dans la forêt du Pilat, à mi-hauteur des crêts : la forêt touffue et fraîche, où se mêlaient cent espèces d'arbres et d'arbustes, avec le fayard et le sapin pour seigneurs, et des sous-bois regorgeant de fleurs et de fruits en guise de jardin. Je courais dans les sentiers, me fouettais le visage aux noisetiers, picorais les petites cerises noires aux basses branches des merisiers, caressais le tronc si doux des bouleaux. Je dévalais dans les prés en pente, où l'herbe me montait à mi-jambe, je dérangeais des vaches paisibles, des chèvres curieuses et des bergères toujours occupées à une broderie ou au milieu d'une chanson. Je bondissais à travers les vastes éboulis, que les gens appelaient « chirats », ou dans les champs de bruyères en fleur où butinaient un million d'abeilles.

Les dentelles des fougères me battaient la figure, les épines crochues des églantiers me déchiraient les mains, et je suçais mon sang avec délice. La pluie, bien plus habituelle qu'en Cévennes, et aussi bien plus froide, ne m'arrêtait qu'un moment, ou pas du tout. Tant pis si je trempais ma jupe et mon jupon, c'était le printemps ; l'été, j'ôtais le jupon et la jupe séchait vite.

Quand j'arrivais à découvert, sortant d'un fourré ou de l'arrière d'une haie, je tournais la tête, levais les yeux vers les crêts, comme autrefois vers l'Aigoual. Les montagnes du Pilat étaient habitées par les fées et non par les prophètes, et j'avais envie de rire et de jouer, au lieu d'adorer et de prier. Tout ici me donnait du bonheur, mais c'était un autre bonheur que celui des Cévennes, plus intime, plus chaud et plus païen aussi.

Je me retrouvai donc toute seule au Blanchet ; une jeune voisine, qui *parait* ses chèvres et vaches dans le pré à côté du mien, venait m'aider pour les grands travaux de nettoyage, la lessive et le lavage des vitres.

Louisette, restée à Lyon avec Marie, me rendit visite deux ou trois fois dans l'été. Thirza montait souvent de la Rivière de Pélussin, où se trouvaient la plupart des moulinages. Je la rencontrais aussi dans le village, toujours bruissant de vie : elle bavardait une heure dans chaque boutique où elle entrait pour ses achats ou pour son plaisir. Elle avait beaucoup d'amies ; bientôt, je l'imitai et j'en eus autant.

J'aimais ce pays où l'on entendait tout le temps des chansons, mais où l'on gardait les cantiques pour la messe.

Une fin d'après-midi, alors que je remontais du village dans ma charrette de paysan, attelée à un mulet capricieux, qui s'arrêtait tous les dix mètres, je fus rattrapée par un élégant cabriolet, tiré par le cheval le plus noir que j'aie vu de ma vie. Le conducteur attacha ses rênes, sauta sur le chemin et me rejoignit : c'était Théo.

— Quelle joie, ma cousine, de vous voir enfin ! J'allais justement chez vous. Allons-y ensemble, prenez le cabriolet, je me charge de mater votre mulet.

— Je vous croyait fâché, monsieur le fondé de pouvoir du fondé de pouvoir !

Il éclata de rire.

— Allons vite, vous verrez le cadeau que je vous ai apporté.

— Mais je ne veux pas de cadeau.

— Vous voudrez celui-là, j'en donnerais ma tête à couper !

Il put garder son chef sur ses épaules et aussi sa barbe naissante, j'acceptai son cadeau avec émotion et joie : une flotte de soie ouvrée, retordue par un moulin des Favière, aux Trois-Vallées.

— Cette soie n'est pas meilleure que celle de mon père, elle est aussi bonne, ce qui est déjà fort bien. N'allez pas penser que j'ai fait tort à la compagnie, je l'ai remboursée de mes deniers.

Il rit très fort, un peu trop fort ; je l'imitai et ris aux larmes, et on pleura ensemble.

Avant de partir, il me parla d'un moulinage à vendre, dans la région d'Aubenas, et je chargeai Me Malassagny de l'acheter pour moi. Le notaire connaissait les propriétaires, obligés de vendre pour cause de succession et de partage, et il s'occupa de la négociation sans perdre une minute. L'acte de vente fut signé à la vitesse de l'éclair, et il s'avéra plus tard que j'avais fait, par l'occasion, une des meilleures affaires de ma vie.

50

Votre sincère et fidèle : Émile Chambet

Le mont Pilat, 1858

Émile Chambet arriva au Blanchet sur une espèce de charrette, tirée par un brave vieux cheval qui n'en pouvait plus de souffler. Une grosse femme dans sa bonne trentaine l'accompagnait, et il posa sa canne pour l'aider à descendre, car elle s'était engourdie et pesait le poids d'un veau : sans doute la cuisinière qu'il m'avait promise.

— Je m'appelle Césarine Forgeux, cria-t-elle en touchant la terre, on me dit toujours « mademoiselle Forgeux ».

Émile Chambet faillit s'écrouler en la recevant dans ses bras, elle se moqua de lui.

— Ah ! vous n'êtes pas bien fort, mon bon monsieur.

Elle vint vers moi si près qu'elle me touchait presque de la poitrine et je me retins de lui dire : Vous vous trompez d'adresse, on n'a pas besoin de nourrice ! Elle avait un joli visage, un peu bouffi de graisse, de beaux yeux bleus, et elle me parut assez propre ; elle sentait un parfum que j'avais respiré dans la boutique de Brunette : c'était à coup sûr notre amie qui l'avait dégotée.

Elle leva un doigt à la façon d'une maîtresse d'école.

— On m'appelle *mademoiselle* Forgeux, pas *la* Forgeux.

Agacé, Émile la poussa par l'épaule vers le seuil de la maison.

— Allons, mademoiselle Forgeux...

Mais elle secoua le bras.

— Hé, vous, dites donc, je suis capable d'avancer toute seule !

Elle se piqua face aux bois, l'air d'attendre de pied ferme les loups, les ours et les brigands, puis elle se racla la gorge.

— Faites-moi passer le fusil, mon bon monsieur.

Émile me regarda avec un sourire embarrassé.

— La... hum, Mlle Forgeux pense qu'un fusil est utile quand on vit à la montagne, ne serait-ce que pour éloigner les... les renards.

La dame se mit à gronder :

— Les renards ? Foin des renards ! Je me suis laissé dire que les chauffeurs n'étaient pas rares, par ici.

Sur l'instant, je pensai aux chauffeurs des locomotives et non à ces malfaiteurs qui torturaient de pauvres gens par le feu pour les forcer à révéler la cachette de leur magot, et je ne vis pas le rapport avec un fusil. Quand je m'aperçus de ma méprise, j'éclatai de rire. Voilà que le Blanchet allait vivre sous la hantise des brigands ! Mlle Forgeux me jeta un mauvais regard, et Émile courut après elle en portant le fusil dans son étui, et une sacoche qui devait contenir les munitions.

Plus tard, il me fit un clin d'œil complice :

— C'est un gendarme, Mlle Forgeux, vous serez en sûreté avec elle. Et, de plus, vous mangerez d'excellente cuisine !

Émile m'attira au bord du jardin pour me morigéner.

— Si l'on apprenait à Lyon que vous vivez en ce lieu sauvage sans une seule domestique, vous seriez perdue de réputation. Césarine va rester à votre service comme cuisinière et je lui ai promis que vous auriez bientôt une femme de chambre.

Je me retenais de pouffer, Émile me regarda sévèrement.

— Il vous faut au moins deux domestiques. Et puis cette masure... Je vais voir si je peux trouver pour vous une vraie maison de maître dans les environs.

— Cette maison est la mienne, elle me plaît. Je vous défie de m'en chasser. Et de quel droit venez-vous régenter ma vie ?

Il voulut m'apaiser d'un geste en évitant mon regard.

— Vous le savez fort bien. Vous n'ignorez pas que vous êtes maintenant actionnaire en second des Soieries, madame *veuve* Favière. Vous devez tenir votre rang, vous ne pouvez y échapper. On comprend à Lyon que vous vous soyez réfugiée à la campagne après votre deuil, pour une année ou un peu plus, mais on serait scandalisé si l'on savait que vous vivez comme une pauvresse. Ou si vous tenez à la pauvreté, à la privation, faites retraite dans un couvent. Nos concurrents seraient trop heureux si le bruit venait à courir que vous êtes devenue mélancolique et que vous souffrez peut-être de quelque névrose. Tout le monde croit pour le moment que M. de Jurieu est parti visiter nos comptoirs d'Orient et s'occuper de nos approvisionnements en soie, mais de méchantes rumeurs commencent à se répandre sur sa santé, et, si son absence se prolonge, notre crédit pourrait être atteint. Comme il pourrait l'être par vos excentricités. Théo Favière est un excellent jeune homme, mais il n'a que vingt-deux ans. Votre responsabilité est beaucoup plus grande que vous ne l'imaginez.

Je savais que je serais obligée de rentrer à Lyon tôt ou tard ; pourtant je ne me sentais pas prête à m'engager dans une lutte à corps perdu, où je serais sans doute prise entre deux feux.

— Je vous demande six mois de grâce.

— Non, c'est trop. Vous êtes veuve depuis bientôt un an.

— Entre-temps, M. *de* Jurieu sera revenu de voyage.

— Nous ne pouvons pas attendre son retour. La situation du commerce n'est guère bonne, vous devez rentrer à Lyon le plus vite possible, et au plus tard à la fin du mois d'août pour tenir votre rang aux côtés de Théo Favière et de... euh... de moi-même.

— Très bien, je serai à Lyon à la fin de l'année.

— La fin de l'année, dites-vous, c'est loin.

— J'ai besoin d'un temps de réflexion. Peut-être déciderai-je de vendre mes actions.

Je le vis blêmir comme je m'y attendais.

— Vendre vos actions ? Mais à qui ?

— Au plus offrant. N'est-ce pas ainsi que l'on fait ?

Il me fixa entre les deux yeux, et je sentis le rouge de la honte chauffer mon front et mes joues. Je n'avais aucune intention de vendre mes actions, du moins pour le moment ; beaucoup plus tard, peut-être, et seulement à Théo quand il pourrait les payer. Cette menace était une sorte de mensonge, et je me sus devinée presque aussitôt ; non, je ne pourrais jamais me battre contre Émile Chambet à armes égales, il était ridicule d'essayer.

— Votre mari ne l'aurait guère apprécié, dit-il. Y avez-vous songé ?

Il me tourna le dos.

— Je suis obligé de rentrer à Lyon sans retard, mais je reviendrai la semaine prochaine voir si tout va bien, si vous ne vous ennuyez pas de la ville. Je vous confie aux soins de Césarine, en attendant de trouver une femme de chambre. Un cocher vous serait aussi nécessaire.

— Amenez-moi un cocher, mon mulet n'en fait qu'à sa tête.

— Vous avez un mulet ? Il vous faut un cheval !

Il me procura donc un vieux pommelé, nommé Casimir, d'encore belle allure, mais si tranquille que rien au monde n'aurait pu le faire trotter plus de dix mètres ; et, dans les côtes, il s'arrêtait aussi souvent que mon mulet, par langueur et non par rechignement. En compensation, il était parfait dans les descentes, et j'appréciai bientôt sa patience et son humeur bon enfant.

Émile revint comme convenu une semaine plus tard.

Mlle Forgeux avait disposé dans notre plus beau vase les fleurs que le fondé de pouvoir avait apportées de Lyon. J'aurais refusé tout cadeau, mais comment refuser un bouquet ?

Xarine, te voilà au pied du mur, l'heure est venue.

Émile demanda à visiter le Blanchet, puis il me pria de lui montrer les environs, et je supposai qu'il désirait me conduire à travers bois pour me déclarer ses sentiments. J'acceptai, mais entraînai Mlle Forgeux et Louisette avec nous. Après s'être raclé la gorge une douzaine de fois, Émile me demanda quel était mon arbre préféré, le mûrier mis à part ; je répondis que c'était le fayard, le hêtre. Il s'étonna, car ce n'était pas un arbre des Cévennes, et j'admis qu'il fallait monter haut dans la montagne, chez nous, pour trouver le hêtre en abondance. Émile me guettait, espérant que je lui retournerais sa question ; je n'en fis rien, il poussa un soupir à chasser tous les oiseaux du bois.

— Pour moi, j'hésite entre le sapin et le chêne. Ils sont tous les deux ce que je ne suis pas : grands et forts. Mais vous connaissez sans doute la fable de La Fontaine, *Le Chêne et le Roseau* ? Je me sens de l'espèce du roseau, qui plie mais ne rompt pas.

Il m'aurait presque attendrie, si je ne l'avais su coupable d'avoir poussé au suicide François-David Favière. S'en souvenait-il seulement ? Il croyait préserver son innocence par ses façons fourbes et l'excuse du commerce.

Une averse nous prit sous le couvert, et nous fûmes vite trempés tous les quatre. Dès que Mlle Forgeux lui eut nettoyé et repassé son habit, Émile monta dans le cabriolet d'un air de grande dignité et se fit conduire à Chavanay.

La cuisinière gronda :

— Ah ! madame, le pauvre homme, il n'a pas encore osé se déclarer ? Amoureux de carême, honteux comme une pucelle ! J'ai fort envie d'aller de ce pas à Lyon lui passer un savon.

Louisette se mit à pleurer.

— Vous ne m'abandonnerez pas, si vous l'épousez, vrai ?

Je reçus peu après une déclaration d'amour par lettre, en bonne et due forme.

« Madame,

Après la perte douloureuse que vous avez subie, les convenances me donnaient le devoir de respecter votre douleur. Mais aujourd'hui que vous avez payé à la mémoire de votre époux un juste tribut de regrets, me sera-t-il permis de vous renouveler un aveu que j'ai retardé jusqu'ici ? Oui, Madame, je viens solliciter la faveur de remplacer près de vous celui que la mort vous a enlevé. Sans doute, je ne possède pas toutes les qualités et tous les mérites dont le Seigneur avait doué l'homme sur la tombe duquel vous avez versé tant de larmes. Mais vous le savez, Madame, il vous serait aussi difficile de retrouver cet époux parfait qu'il le serait à vos adorateurs de rencontrer jamais une femme aussi accomplie que vous l'êtes. Du moins, croyez-le bien, nul ne peut vous aimer plus que moi ; je vous offre un cœur tout entier à vous ; je vous promets la tendresse la plus constante, et j'attends une réponse qui doit faire le bonheur ou le malheur de mon existence. Remplie de tous les charmes et de toutes les forces de la jeunesse, vous ne pouvez persister, Madame, dans un éternel veuvage. Mère d'une adorable jeune fille, n'aimerez-vous pas lui donner un solide et bienveillant appui, un second père qui l'aimera de toute l'ardeur qu'il ressent pour vous ? Ne rejetez pas mon hommage et, en faisant votre bonheur et celui de votre enfant, je serai moi-même le plus heureux des hommes.

C'est dans ces sentiments que je suis avec respect, Madame, votre sincère et fidèle : Émile Chambet. »

Pas un mot de la compagnie ni de ma prétendue promesse... la promesse qu'il m'avait extorquée. Je commençai tout de suite ma réponse :

« Monsieur,

Permettez-moi de vous parler sans détour : les sentiments que vous me témoignez m'honorent beaucoup, mais ils sont adressés à une personne qui ne peut agréer votre affection, car elle est, comme vous le savez, engagée ailleurs... »

Ma plume s'arrêta là. À quoi bon ? Émile savait tout de ma vie et de mes sentiments, il ne m'avait envoyé cette lettre que par convenance, par calcul.

Comment affirmer mon refus, faire front à sa colère sans nuire à Théo ? Mais il me fallait gagner du temps. Je terminai ma lettre en le priant d'attendre ma décision jusqu'au retour de Pierre.

Louisette et Mlle Forgeux dînaient debout à la cuisine, j'entendais les cuillers choquer le bord des assiettes. Elles chuchotaient tout bas, et je les supposai en train de dire mes sept péchés. Je m'échappai dans les bois et courus le plus loin que je pus sans reprendre haleine.

Les oiseaux s'envolèrent devant moi, et j'enviai leur liberté. Un hérisson traversa un sentier, et j'enviai sa coque de piquants ; un écureuil bondit de branche en branche, et je fus jalouse de l'agilité qui lui permettait de vivre loin au-dessus de la terre.

51

En lisant *Madame Bovary*

Le mont Pilat, 1858

Je m'accordais plutôt bien avec Mlle Forgeux, malgré son obsession des chauffeurs.

Théo me fit une assez longue visite au milieu de l'été, et elle le trouva charmant, avant même de découvrir qu'il partageait son goût pour les armes.

— Quel beau jeune homme ! On aimerait être une dame, mon Dieu ! pour trouver grâce aux yeux d'un jeune monsieur comme M. Théo... et pour nouer la partie avec lui !

Elle avait ainsi des drôleries de langage qui m'amusaient beaucoup et que je notais parfois dans mon cahier.

Théo se montra fort sensible à ses attentions et se laissa dorloter par cette aimable dondon pendant tout son séjour. Peu après son arrivée, elle lui proposa un bain chaud, il répondit que par ce temps de canicule il préférait un bain froid ; mais elle insista :

— Je vois bien que vous voyagez beaucoup par chemin de fer. Vous avez de la crasse de fumée par tout le corps, comme les messieurs qui prennent souvent le train.

Puis Théo examina le fusil qu'elle avait apporté.

— Je connais mieux qu'un mauvais fusil de chasse pour se défendre des brigands. Alexandrine, as-tu gardé le pistolet-revolver que je t'ai donné ?

Mlle Forgeux joignit les mains.

— Un pistolet-revolver ? Je savais que cela existait en Amérique ! Ah ! madame, vous possédez cette merveille et vous ne m'en aviez rien dit !

Je gardais l'arme au fond de ma valise. Mlle Forgeux s'extasia et voulut tout savoir de cette invention française. Théo lui montra le chargement et le tir, ils allèrent s'exercer dans le verger, sur un épouvantail, puis sur un bouleau, au fond du pré.

— J'en achèterai un pour vous, promit-il à ma belliqueuse cuisinière, et je vous l'apporterai à ma prochaine visite.

— Ah ! monsieur, pour moi ? Ai-je bien compris ?

— Vous avez bien compris. Pour vous aider à défendre Mme Favière, au cas où les chauffeurs l'attaqueraient !

Deux soirées passèrent à raconter des histoires de chauffeurs ; mes deux hôtes se plaisaient à évoquer les sévices que les brigands infligeaient à leurs victimes, et je voyais bien que Théo lâchait la bride à son imagination, aidé par ses souvenirs de lectures.

Et moi, j'essayais de lire *Madame Bovary,* de Gustave Flaubert, que j'avais fini par me procurer. J'écoutais d'une oreille Théo et la cuisinière se délecter d'infamies, vraies ou inventées, et je pensai soudain que j'avais trente-deux ans, que je n'arriverais pas à trente-trois sans qu'il y eût de grands changements dans ma vie.

Théo me demanda ce que je pensais du roman de Gustave Flaubert. Je répondis sèchement :

— Qu'est-ce que ça peut vous faire ?

Et je me sentis rougir aussitôt.

— Cette histoire vous émeut donc tant ?

— Cette histoire ne...

Je m'aperçus que j'avais été très près de proférer un stupide mensonge.

— Eh bien, oui, elle m'émeut. Êtes-vous content ?

— J'aurais été surpris du contraire. C'est un roman *moderne.*

Il insista sur le mot.

— Un roman de l'époque de la science et de l'industrie. Et vous, Xarine, êtes une femme de ce temps.

— Vous pensez que je ressemble à Emma Bovary ?

— Non, justement, vous ne lui ressemblez pas. Vous êtes tout son contraire...

— Merci ! Je suis son contraire et je lui ressemble un peu. Je pourrais être tout à fait comme elle, si j'étais aussi abandonnée de Dieu. Et je suis certaine que si l'avais connue..., si j'avais été sa voisine, j'aurais pu l'aider et peut-être la sauver.

— Vous parlez de Madame Bovary comme si elle était une personne réelle.

— Mais elle était sûrement une personne réelle. Et son histoire est vraie, on le sent bien, même si l'auteur a changé beaucoup de choses. C'est la plus belle et la plus vraie que j'aie jamais lue !

Pendant un certain temps, j'avais reçu régulièrement du courrier de Pierre ; après avoir traversé l'Italie en chemin de fer et en diligence, il s'était embarqué pour Alep, une ville de Turquie, grand centre du commerce de la soie, sous toutes les formes. Son intention était de rencontrer les courtiers, commissionnaires et mandataires qui s'occupaient dans ces régions de l'achat de la graine, des cocons et de la soie grège. Il comptait étudier les résultats des grainages des dernières saisons et vérifier que la maladie du ver à soie commençait à atteindre la province de Syrie.

Il continua sa route par caravane jusqu'à Damas, puis Bagdad, à la frontière de l'Empire ottoman, une ville de commerce très importante, où le consul général de France, un Lyonnais, était de ses amis (il m'avait demandé de lui écrire à ce consulat). Puis il rejoignit un port de mer et prit le bateau jusqu'aux Indes.

Il m'écrivit :

« Ce sera sans doute mon dernier voyage en caravane, puisque les Français et les Anglais vont commencer à creuser ce canal d'Alexandrie à Suez, qui est l'idée de Bonaparte, et l'on pourra d'ici peu aller en Asie par voie de mer en évitant le tour de l'Afrique. Ce sera un immense progrès pour le commerce avec la Chine et le Japon. Mais cela pourrait bien porter un coup fatal à la sériciculture française, déjà affaiblie par la maladie... »

Je lui connaissais l'habitude de mélanger ses chimères avec les faits de la nature et de la géographie, aussi demandai-je à Théo son avis sur ce projet de canal, que j'entendais souvent dauber par les Lyonnais, gens peu enclins au rêve.

Théo prit son air docte qui m'amusait tant.

— Eh bien, ce canal n'est pas une invention de Bonaparte : il a déjà existé sous les pharaons, sous Darius et Ptolémée. Je crois que M. de Lesseps le fera percer beaucoup plus large et plus profond, de sorte que les grands vapeurs puissent l'emprunter. Non d'Alexandrie, qui est trop à l'ouest, mais d'un port situé à l'est du delta du Nil. Et voici ce qui va arriver, Xarine : la maladie continuant, nous allons importer de plus en plus de soie d'Orient, de Chine et du Japon, sous forme de cocons et de grège. Les deux sont produits par les Orientaux beaucoup moins cher que chez nous, mais le transport par mer, avec l'immense détour du cap de Bonne-Espérance, est très coûteux. Grâce au canal de la mer Rouge, et grâce aux progrès de la navigation à vapeur, le prix du transport diminuera de moitié, peut-être plus. Le kilogramme de cocons est payé cette année sept francs cinquante aux éducateurs, ce qui est peu pour eux, mais beaucoup pour l'industrie. Supposons qu'une fois la maladie guérie le prix revienne à quatre ou cinq francs, comme avant. Eh bien, les cocons importés par la voie du canal coûteront aux fabricants... peut-être trois francs, peut-être moins. Tôt ou tard, ce prix-là s'imposera à tous, et les éducateurs français ne gagneront plus assez, et la sériciculture sera abandonnée dans notre pays.

Je copiai dans mon cahier, en mars 1858 : « Et l'Éternel dit à Moïse : Étends ta main sur la mer, et les eaux retourneront sur les Égyptiens... » (Exode XIV, 26 et 27.) Puis :

« ... Les enfants d'Israël marchèrent au milieu de la mer à sec ; et les eaux leur servaient de mur et à droite et à gauche. » (Exode XIV, 29.)

Et j'ajoutai cette remarque : « Qu'est-ce qui servira de mur aux éducateurs de France quand M. de Lesseps aura creusé son canal de la mer Rouge ? »

Quelques semaines plus tard, dans la dernière lettre qu'il m'envoya au cours de ce voyage, Pierre me raconta aussi un cauchemar qu'il avait eu dans un port indien où il était resté quelques jours, mais dont je ne pus lire le nom, car son écriture était très déformée. Je crus comprendre qu'il hésitait à se rendre dans l'intérieur du pays, à cause d'une révolte violente et sanglante des (un mot illisible). Je sus plus tard que la ville était Calcutta et qu'il voulait parler de la révolte des *Cipayes,* les soldats indigènes au service de l'Angleterre.

Quatre ou cinq pages griffonnées d'une main lasse et malhabile étaient occupées plus qu'à moitié par le récit de ce rêve qui avait duré, disait-il, une journée entière.

Il dormait donc la journée, sans doute parce qu'il ne pouvait sortir à cause de la chaleur. Il croyait être seul sur un vapeur au milieu de la mer, le bateau était en feu, et, tout autour, des sortes de langues rouges sortaient de l'eau et montaient jusqu'à hauteur du pont. Le bateau transportait des cocons : il rêvait donc de soie, cela au moins était une bonne nouvelle. Il lui fallait défendre la cargaison, très inflammable, contre l'incendie à bord et les langues gourmandes qui jaillissaient de la mer. Pour lutter contre le feu, il n'avait qu'une clef, et les flammes s'éteignaient devant lui quand il la brandissait, mais elles se rallumaient aussitôt après...

Il me décrivait ces extravagances de son esprit comme si elles étaient vraies et importantes, et peut-être les croyait-il un peu vraies, car il semblait encore mal réveillé.

Je m'aperçus que cette lettre était déjà vieille de deux mois. Inquiète, je me rendis à Lyon pour questionner Brunette.

— Tu sais, me dit mon amie, que Pierre a pris goût aux gommes et aux poudres qui se fument dans les pays chauds et, dès qu'il part, il retrouve ses habitudes. Les rêves qu'il aime raconter sont assez bizarres et surtout très longs : je pense qu'il les a en fumant des narcotiques.

Elle m'expliqua que ses voyages en pays lointains, au lieu de le distraire de sa langueur, lui portaient le coup de grâce. Cause ou effet de ses habitudes, il souffrait d'une maladie qui s'aggravait peu à peu, et, en parcourant ainsi le monde, en se laissant aller à ses fantaisies, il mettait sûrement sa vie en danger.

— Je crains, me dit-elle, qu'aussitôt arrivé dans les pays chauds il ne se soit encore laissé aller à ses penchants. Seigneur, dans quel état va-t-il nous revenir, ma pauvre Xarine !

52

L'opium

Lyon, 1858

Pierre rentra début septembre, très fatigué et dans un état de mélancolie extrême. En arrivant à Lyon, il se rendit à son cercle, place Bellecour, et là, il eut un accès d'égarement et fut conduit à l'Hôtel-Dieu.

— À l'Hôtel-Dieu ? dis-je à Brunette. L'hôpital des pauvres !

— Mais il y a aussi à l'Hôtel-Dieu des chambres pour riches, à douze francs par jour.

On y courut. Après de longues démarches, on nous apprit que M. Jurieu n'était resté qu'un jour à l'Hôtel-Dieu, car sa maladie n'était pas assez grave pour obliger son admission.

Brunette connaissait un jeune médecin de l'hôpital, qui accepta de nous recevoir après deux heures d'attente ; il se renseigna et nous présenta à celui de ses confrères qui avait examiné Pierre à son arrivée. D'abord, ce professeur ne voulut pas répondre à nos questions et il prétexta une visite urgente pour nous quitter, mais Brunette osa lui barrer le passage.

— Est-ce l'opium, monsieur le professeur ?

C'était un homme de cinquante à soixante ans, assez vert, le regard très vif. Le professeur nous dévora des yeux l'une après l'autre. L'air de l'hôpital était étouffant et âcre, je ne cessais de lever mon voile pour mieux respirer, puis de le baisser pour me protéger les narines. Enfin il poussa un soupir d'accablement et haussa les épaules.

— Oui, l'opium, la pâte de mort... Savez-vous que certains adeptes peuvent fumer jusqu'à cent pipes par jour ?

Il parut tout à coup moins pressé de s'en aller ; il nous conduisit dans une pièce où il nous montra l'image d'un homme assez jeune, couché sur un tapis ou une natte, en petite tenue, la chemise ouverte sur sa poitrine. Une sorte de lampe était posée à côté de lui et il tenait une longue pipe fermée d'une calotte. Le professeur commença une explication que nous n'avions pas envie d'écouter, il s'aperçut de notre inattention et se tut brusquement. Il posa la main sur le coude de Brunette.

— Revenez me voir. Si vous devez vous occuper de cet homme, il faut que vous sachiez tout de son vice. Je vous renseignerai autant que nécessaire. Demandez le professeur...

Brunette parut sensible à cette offre. Il nous confia enfin que M. Jurieu était soigné dans une maison de santé qu'il ne pouvait nommer. En sortant, Brunette me fit un clin d'œil.

— J'aurai cette adresse quand je voudrai. Mais allons voir à la maison de santé des frères de Saint-Jean-de-Dieu, à la Guillotière.

Pierre n'était pas non plus chez les frères. Au pont Morand, Brunette me serra le bras et me guigna du coin de l'œil.

— As-tu vraiment envie de voir Pierre dans cet état ?

— Je n'en sais rien, mais je voudrais l'aider.

Un mot d'Émile m'attendait chez moi, cérémonieusement adressé à Mme Vve Louis-Xavier Favière.

« Veuillez passer au bureau de la compagnie pour m'y fixer un rendez-vous très urgent. Comme vous le savez peut-être déjà ou ne tarderez pas à l'apprendre, nous devons tenir tête à une certaine famille, prête à faire main basse sur une bonne part des actions des Soieries... »

L'avertissement visait sans aucun doute les Lambert-Gondi, belle-famille de Pierre.

Eh bien, non. De ces riches banquiers, je ne voulais pas faire mes ennemis ; je m'allierais même à eux, contre Émile, si j'y étais obligée. Et j'avais avisé de ma situation Gustave Lambert, cousin éloigné de M. Mathias Lambert-Gondi, le beau-père de Pierre.

C'était mon va-tout, et je ne le jouerais qu'à la fin des

fins, si je ne voyais aucun autre moyen de tirer mon épingle du jeu. Cette famille que j'avais redoutée ou maudite, mon ultime planche de salut ! L'avenir de Théo était-il du côté d'Émile ou du côté des banquiers ? Bien avisé qui eût pu le dire ; en tout cas, il me semblait inutile et dangereux de prendre parti tant que je n'y serais pas forcée.

Un mot de Pierre me parvint peu après.

« N'essayez pas de me voir avant que je ne vous donne un signe. Premièrement, vous ne me trouveriez pas à mon avantage, et j'en serais attristé. Secondement, votre visite ne passerait guère inaperçue, et il faut prendre garde de réveiller le chat qui dort, surtout quand il a la grosseur d'un tigre du Bengale et ne dort que d'un œil ! Ne vous faites pas de mauvais sang pour la compagnie : je ne vendrai ni ne céderai d'aucune façon une seule de mes actions. Je vous baise la main, Madame. »

J'avais demandé à Émile de patienter jusqu'au retour de Pierre : l'échéance était maintenant proche.

Je me rendis chez Me Thomassin pour en savoir un peu plus sur les actionnaires des Soieries. L'avoué étala devant lui un gros registre ouvert.

— La famille Favière et, essentiellement, M. Théo Favière, M. Jurieu et vous-même détenez ensemble une nette majorité des actions. Disons environ soixante pour cent. Les Lambert-Gondi et leurs alliés ou amis ont à peu près la moitié de ce chiffre. S'ils mettaient la main, de n'importe quelle façon, sur les actions de M. Jurieu, ils pourraient devenir les maîtres des Soieries.

« J'ai toujours représenté les intérêts de M. Louis-Xavier Favière, avec Me Labbé, de Paris, et Me Genas-Jonage. Je continuerai de défendre les vôtres et ceux de M. Théo Favière, que je crois liés, sauf, bien entendu, si vous me déchargiez de cette tâche, qui a été facile jusqu'ici, mais pourrait devenir plus compliquée à l'avenir.

— Au contraire, je souhaite que vous restiez près de moi et de mon neveu. Mais je me demande si une alliance entre les familles Lambert-Gondi et Favière ne serait pas utile, en raison de la maladie de M. Jurieu...

Me Thomassin réfléchit longuement, le visage entre ses mains.

— Certes, mais ce genre d'entente est généralement dirigée *contre* quelqu'un. Contre qui voyez-vous celle-ci ?

— Je crains l'influence de M. Chambet sur M. Jurieu, dis-je franchement. Si aujourd'hui Émile Chambet est le vrai maître de la compagnie, c'est par la volonté de M. Jurieu...

— Ce fut aussi la volonté de votre mari.

— Je le sais.

— Et d'ailleurs M. Chambet a montré de grandes qualités d'administrateur. La compagnie a prospéré plus qu'aucune autre, sous son gouvernement, dans cette période difficile.

— Oui. Mais je crains qu'il ne profite de la mauvaise santé de M. Jurieu pour renforcer encore son influence sur lui et devenir ainsi le maître tout-puissant des Soieries.

L'avoué leva les yeux et chercha mon regard.

— Parlons franc, madame. On raconte que M. Chambet vous a renouvelé récemment sa demande en mariage ; ce n'est pas une surprise, car vous aviez été fiancés autrefois. Et l'on croit savoir aussi que votre réponse se fait attendre...

— J'avais promis à Émile Chambet de lui donner une réponse peu après le retour de M. Jurieu. C'est ce que je vais faire.

— Et ce sera non ?

On se regarda en silence. L'avoué hocha la tête.

— Dans ce cas, une alliance entre les familles Lambert-Gondi et Favière pourrait être utile. Mais, le cas échéant, qui remplacerait M. Chambet à la direction de la compagnie ? Y avez-vous songé ?

— Mon neveu, Théo Favière, est jeune et manque d'expérience, je ne crois pas qu'on puisse lui confier cette charge avant quelques années, peut-être cinq ans. J'ai pensé, pour assurer la transition, à M. Gustave Lambert, qui administre le comptoir de Paris. Je lui ai écrit il y a quelques jours, sans lui dire précisément ce que j'envisage, et je n'ai pas eu de réponse à ma lettre. Connaissez-vous son lien de parenté avec M. Lambert-Gondi ?

Me Thomassin acquiesça d'un signe.

— Gustave Lambert est un petit-cousin de M. Mathias Lambert-Gondi. Son père, Georges Lambert, est un riche rentier lyonnais, ancien actionnaire de l'Omnium de banque, qui a beaucoup misé sur le gaz d'éclairage et les chemins de fer, parfois en association avec M. Favière, je veux dire votre mari. Je crois savoir que M. Gustave Lambert s'intéresse peu au gaz d'éclairage. Peut-être...

L'avoué sourit.

— Peut-être préfère-t-il le milieu de la soierie, où l'on a plus de chances de faire des rencontres féminines.

— Voulez-vous dire qu'il est un homme à femmes ?

Me Thomassin lissa délicatement sa moustache.

— Je ne le connais pas assez pour en répondre, mais c'est la réputation qu'on lui fait.

— Pensez-vous qu'il pourrait remplacer quelque temps M. Chambet ?

— Une sorte d'intérim ? Mais oui. Certes. À condition qu'il soit épaulé, conseillé et tenu en lisière... Et c'est bien ce que vous souhaitez, n'est-ce pas ?

— Oui. Et serait-il accepté par l'ensemble des actionnaires ?

— Sans aucun doute. Avec soulagement même par ceux, et ils sont nombreux, que M. Chambet a indisposés.

— Pouvez-vous entrer en relation avec lui sans aucun délai ?

L'avoué se pinça le menton.

— Ah ! je crois me souvenir qu'il a été envoyé par la compagnie en mission aux États-Unis. Peut-être y est-il encore ? Dans ce cas...

— Dans ce cas, dis-je, il faut essayer de le joindre le plus vite possible. Même au bout du monde ! Et songer à quelque moyen de brider Émile... M. Chambet, en attendant son retour.

— Eh bien, on en trouvera un.

Et Me Thomassin se frotta les mains.

Oui, ce serait une jolie bataille. Émile devait être en train de faire chauffer son huile de vitriol. Je ne me sentais pas tout à fait rassurée. Prête ? À condition que Gustave Lambert n'eût pas fait naufrage sur l'Atlantique ou épousé une riche Américaine !

53

En attendant Émile

Le mont Pilat, 1858

Je préférais oublier tout ce qui pouvait déranger une vie libre et heureuse, que je ne connaîtrais peut-être plus jamais. Je ne faisais même pas l'effort de vêtir mon attifement de veuve pour descendre au village.

Mon veuvage datait maintenant de plus d'un an ; la lettre d'Émile de trois mois ; le retour de Pierre d'un peu plus d'une semaine...

J'espérais une lettre de Gustave Lambert ou, à défaut, un mot de Me Thomassin, m'annonçant l'arrivée prochaine de Gustave.

Je me rendis à la succursale de Pélussin, visitai les deux moulinages de la Rivière, rencontrai Jules Doivieux et Marius Jayol, chacun de son côté, puis ensemble, au logement de Jules et de Thirza. Nos comptes étaient toujours en perte, mais l'activité des fabriques battait son plein, et l'atelier de tissage de Chavanay était sur le point d'ouvrir ses portes à une douzaine d'ouvriers.

Pourtant, Jules et Marius étaient inquiets. Ils avaient reçu une lettre des Soieries, signée d'Émile Chambet, « Fondé de pouvoir », annonçant qu'un certain M. Villette, de Lyon, prendrait la direction de la succursale, à compter du 2 novembre 1858. Les deux hommes seraient alors placés sous son autorité.

Jules baissait la tête ; Marius m'adressa un regard de chien battu.

— Il nous faut savoir, madame, si vous l'avez décidé ainsi ?

Je faillis m'écrier : Non, je ne l'ai pas décidé ! Émile ne m'a pas consultée, ni même avertie ! Mais c'était avouer que je n'étais plus la patronne de la succursale, si je l'avais jamais été, que mon avis comptait pour rien et que je n'étais plus dans la compagnie que la cinquième roue du carrosse. Et je risquais par le fait de porter mes deux fidèles au désespoir, qui est un très mauvais conseiller.

Je posai une main sur le bras de Marius, l'autre sur l'épaule de Jules.

— Mes amis, certains événements graves se préparent. M. Jurieu est malade et se repose actuellement dans une maison de santé. Une bataille longue et incertaine va s'engager à l'intérieur de la compagnie, entre les amis de M. Chambet et... les autres. Laissons venir le nouveau directeur, mais ne lui facilitons pas la tâche, ni la vie. Je le connais, c'est un homme de cinquante ans, qui aime le bien-être et les commodités de la ville. Je gage qu'il ne restera pas longtemps dans nos montagnes.

« Soyons patients et prudents. Je ne vous dis pas que les choses vont se régler par miracle à notre satisfaction, mais je vous promets qu'Émile ne vous chassera pas, dussé-je...

J'avais pensé une seconde : Dussé-je l'assommer de ma main ! Je fus très effrayée par la haine que je sentais venir en mon cœur, et je ne finis pas ma phrase.

Marius Jayol retira son bras et recula d'un pas.

— On dit qu'Émile Chambet vous a demandée en mariage, et que vous n'avez pas encore répondu. Est-ce bien vrai ?

« On » ? Émile faisait ses confidences à Mlle Forgeux qui bavardait au village. Tout le monde à Pélussin devait connaître la demande d'Émile. Je convins que c'était vrai.

Jules Doivieux s'écarta aussi de moi et me jeta un regard froid et soupçonneux.

— Si Émile veut vous épouser et attend votre réponse, il n'a rien à vous refuser, n'est-ce pas ? Et il ne ferait rien qui puisse vous déplaire, sans doute ?

Je nouai les mains derrière mon dos, pour ne pas serrer les poings de colère.

— Et vous croyez donc qu'il n'aurait pas nommé ce M. Villette à Pélussin, sans que j'en sois d'accord ?

— Dame, oui ! fit Marius.

Je me rappelai la réflexion que Pierre avait jetée à la face du commis, le jour de notre rencontre à Anse : « Vous ne connaissez rien aux femmes, ce qui s'appelle rien. Même quand vous étiez acteur, le métier le plus propice du monde aux amours de rencontre, vous n'avez jamais été aimé, ne fût-ce qu'un jour, un soir, une nuit. »

— C'est bien raisonné, avouai-je, mais Émile ne sait pas le b.a.-ba des bons sentiments. S'il est adroit en affaires, pour séduire une femme, il est le plus maladroit des hommes.

— Si on comprend bien, dit Marius, il vous fait sa demande en mariage avec un fagot d'épines, en guise de bouquet !

— Il ne cherche même pas à me séduire : il me propose une affaire, comme il l'a fait à d'autres, Jules, rappelez-vous. Comme pour vous et pour M. Favière, il croit habile de me pousser à une situation où je serais obligée de vendre, de *me vendre*. Voilà ce qu'il essaie de faire.

— Mais vous n'êtes pas disposée à signer l'acte de vente ? demanda Marius.

— S'il ne me voit pas comme une affaire à acheter, c'est comme une place forte à assiéger, puis à enlever d'assaut, la famine venue. Je n'en suis pas encore à la famine !

Ils rirent tous les deux assez tristement.

— Le sort de la bataille n'est pas joué, dis-je. Et maintenant, j'espère Grouchy !

Ils se regardèrent en hochant la tête. Je croyais que l'un des deux allait dire : Et si c'était Blücher ? Je préparais ma réponse, mais ils se turent. Peut-être ne connaissaient-ils pas l'histoire de la bataille de Waterloo !

— À sa dernière visite, dit Marius, M. Chambet nous a laissé entendre qu'il formait le projet d'acheter les unes après les autres toutes les usines de la région. Le savez-vous ?

Encore une fois, je manquai de répondre : certes pas. Encore une fois, je me retins d'avouer mon ignorance. Émile avait dit au conseil que les actions ne seraient plus, en cas de malheur, que des chiffons de papier, comme les assignats de sinistre mémoire. Il soutenait, à bonne raison, que les bâtiments et les machines, choses réelles et solides, ne risquaient pas de se déprécier en trois mois ou un an. Et il avait ajouté pour moi, en me regardant au fond des yeux : « M. Pierre, lui, n'estime rien que les comptoirs lointains, pourtant à la merci des ruptures d'alliances, des guerres et des batailles. Quelle erreur ! »

Je priai Jules et Marius de garder le secret sur ce projet.

— Ce n'est pas mon idée, ni celle de M. Jurieu. Et si ce bruit se répandait, il nous ferait beaucoup d'ennemis, ici et ailleurs !

J'étais horrifiée à la pensée de voir toute l'industrie de Pélussin tomber un jour aux mains de la compagnie : je ferais tout ce qui était en mon pouvoir pour contrarier les desseins d'Émile, même si c'était au dommage des Soieries.

Seule, plus tard, je songeais : Émile n'a pas de Blücher dans sa manche, c'est un fait. Mais j'attendais toujours, quant à moi, un signe de Gustave Lambert-Grouchy.

Une semaine passa.

Ce fut Théo qui arriva.

En entrant dans la salle du Blanchet, je vis, attablé devant une soupe fumante, un jeune homme que je ne reconnus pas tout de suite, car il ne montrait que son dos. Louisette était appuyée au mur du fond, en larmes ; Mlle Forgeux se tenait les yeux baissés, la soupière dans les bras.

L'homme se tourna à demi, un verre de vin rouge à la main, sans se lever : grand et mince, le buste un peu étroit, les cheveux bouclés en grand désordre autour d'un visage encore presque enfantin, un fil de moustache sur la lèvre, un pinceau de barbe au menton, c'était Théo en train de se restaurer gloutonnement.

Ses yeux brillaient de fièvre, sa bouche tachée de vin et de nourriture se crispait sur un rictus de colère.

Il vida son verre d'un trait.

— Merci pour l'hospitalité, Xarine. Excusez-moi d'arriver à l'improviste... et d'avoir commencé mon repas par une moitié de gâteau, avant de continuer par la soupe. Très bonne, hum !

— Quand êtes-vous parti ? Comment êtes-vous venu ?

Il répondit par un haussement d'épaules.

— Une question à la fois. Je suis venu par le train jusqu'à

Givors. À Givors, j'ai trouvé un cheval... qui a perdu un fer à Chuyer, sur la place du village.

— Le mauvais cavalier perd toujours un fer, ici ou là.

Il éclata de rire.

— Mieux vaut perdre un fer que perdre l'esprit ! Enfin, un brave homme a bien voulu me conduire à Pélussin avec son mulet. Je lui ai payé un canon ou deux.

Il avait bu plus que deux canons ; c'était la première fois que je le voyais ivre ou presque. J'en fus un peu peinée ; mon cher Théo était donc un homme comme les autres. Il s'essuya la bouche des deux mains, reprit sa cuiller et la plongea dans la soupe.

— En arrivant chez vous, je me suis rappelé que je n'avais pas mangé depuis presque deux jours ! Depuis que j'ai appris la nouvelle !

Je le laissai vider son assiette, puis demandai :

— Quelle nouvelle ?

— Comme si vous ne le saviez pas ! Tout Lyon... ou du moins tout le Griffon se régale du bruit que vous avez accepté, enfin, d'épouser M. Émile Chambet ! Bien sûr, quand je l'ai entendu pour la première fois, je ne l'ai pas cru. J'ai tout quitté pour courir quai Saint-Clair, vous veniez de partir. J'ai pensé : Elle a fui pour ne pas me voir. J'ai questionné Émile sur le mode cavalier... cavalier qui a perdu un fer. Et alors, ce mariage, c'est pour l'été de la Saint-Martin ou pour Pâques prochain ?

Je l'écoutais sans un mot, amusée et agacée, à peine surprise de voir se développer l'offensive d'Émile. Il me regarda dans les yeux.

— Et puis Émile m'a montré votre lettre... votre réponse à sa demande.

— Et alors ?

— Alors, quoi ? Êtes-vous devenue folle, Xarine ? Émile dans votre lit ! Pouvez-vous y songer sans crier de dégoût !

Je ris de sa véhémence, puis l'évocation d'Émile partageant ma chambre me serra la gorge. Je réprimai un haut-le-corps.

— Puisque vous avez lu ma lettre, ce qui est assez indélicat, vous savez que je demandais à Émile d'attendre ma décision jusqu'au retour de Pierre. Ce n'était qu'un moyen de gagner du temps, dans votre intérêt.

— Mais, Xarine... Xarine ! Vous ne dites pas cela dans votre réponse. Vous écrivez exactement... Laissez-moi me souvenir. Hum !... « L'aveu que vous me faites aujourd'hui n'a rien qui me soit désagréable. Hum, hum ! Toutefois, je crains que vous ne preniez pour un amour durable un goût fugitif... hum... une fantaisie passagère. Réfléchissez donc bien, Monsieur, sur la nature de vos sentiments, et, si vous persistez dans votre inclination pour moi... hum... je me trouverai honorée de votre constance. » C'est bien ce que vous avez écrit, Xarine !

Je l'avais écouté sans pouvoir prononcer un seul mot, en proie à la plus extrême stupéfaction.

— Mais, Théo, vous avez rêvé !

— Dites que je suis fou. D'ailleurs, c'est ce que j'ai cru. J'ai erré dans Lyon, la moitié d'une nuit. J'ai rendu visite à mes amis républicains, dont certains que je n'avais pas vus depuis des années. Je leur ai demandé s'ils ne pensaient pas que le moment était venu de renverser l'Empire. Nous avons bu à la république. Je cherchais une occasion de mourir pour oublier votre trahison !

— Je n'ai jamais écrit ces mots.

— Alors, l'un de nous a perdu son fer !

Il tendit son verre que Mlle Forgeux s'empressa de remplir. Il but d'un trait, puis se leva brusquement, renversa sa chaise et s'avança vers moi, presque menaçant. Je le forçai aussitôt à reculer en marchant sur lui, les poings serrés contre ma poitrine. Il trébucha, à moitié ivre et aussi le corps moulu de fatigue, épuisé par le manque de sommeil, mais il me défia du regard.

— C'est vous qui êtes folle, Xarine, dit-il d'une voix sourde. Vous allez donc épouser cet affreux petit bonhomme ! Ce fils de putain ! Ce coquin ! Cette canaille !

Je regardai Louisette, qui baissa la tête ; elle croyait aussi que je mentais ou que j'avais perdu l'esprit.

— Je n'ai pas l'intention d'épouser Émile ! criai-je à tous les deux. Et je n'ai jamais écrit la lettre qu'il vous a donnée à lire. C'est un faux. Théo, pour la première fois de ma vie, je vais jurer devant Dieu... Je dis la vérité et je vous supplie de me croire.

Il essuya d'un revers de main la sueur de son front, épousseta sa barbe et revint s'asseoir, puis réclama du boudin.

— On n'en a pas, dit Mlle Forgeux, ce n'est pas tant la saison.

Elle lui apporta deux *rigottes* de fromage frais qu'il se mit à manger gloutonnement. Je le regardais, j'attendais.

— Ah ! je ne sais plus, dit-il enfin. Je voudrais tant vous croire. Mais pourquoi Émile aurait-il écrit une fausse lettre ?

— Les manœuvres d'Émile Chambet sont toujours surprenantes, dis-je. Il attaque toujours du côté où on ne l'attend pas. Je suppose qu'il l'a écrite pour la montrer aux hommes de loi, aux actionnaires des Soieries, à Pierre... ainsi qu'à toi. Surtout à toi, peut-être !

Théo haussa les épaules.

— Je doute qu'il ait écrit cette lettre lui-même. L'écriture m'a paru très ressemblante. Il a dû s'adresser à un faussaire de métier.

— Devant moi, il niera son existence.

Théo prit sa tête dans ses mains.

— Je crois qu'il l'a faite parce qu'il s'attend à un refus. Il a certainement l'intention de s'en servir contre vous, contre nous.

— Je crois plutôt qu'il veut s'en servir pour persuader Pierre de lui donner une procuration. Il a peut-être déjà réussi !

Théo se tourna vers Louisette.

— J'ai besoin d'un bain. Veux-tu me mettre un peu d'eau à chauffer, tout de suite.

Louisette courut s'activer au feu. Théo la rappela en riant.

— Si tu me laves bien gentiment, je promets de t'épouser !

Il me jeta un regard de défi. Quel que soit l'avenir, les manigances d'Émile laisseraient entre Théo et moi une méfiance, une rancœur.

— Xarine...

Son regard devint suppliant. Il cacha de nouveau son visage dans ses mains.

— Pardonnez-moi, Xarine. Vous avez raison, je suis fou.

Il baissa les mains et s'avança pour saisir les miennes, je le repoussai doucement.

Il se mit à examiner le fusil accroché au mur et le pistolet posé sur la cheminée, tout à côté : celui qu'il m'avait offert des années plus tôt. Il s'approcha de la cheminée et tendit la main vers le fusil, mais je m'interposai et lui barrai le passage. Il recula jusqu'à la table où il s'appuya en riant.

— Si Émile voyait cet arsenal, il n'oserait pas mettre les pieds ici !

— Nous sommes trois femmes seules, et les chauffeurs rôdent dans la montagne ! s'écria Mlle Forgeux.

— Les chauffeurs, fit Théo. Ha, ha, je ne connais comme chauffeurs que les valets de l'empereur, qui torturent les prisonniers et volent le peuple ! Pouvez-vous me prêter ce pistolet, Xarine ? Je suis parti si vite que j'ai oublié le mien.

— Certes non, dis-je. Dans l'état où je vous vois, il ne faut pas tenter le diable. Mais je vais vous donner la clef de la maison de Virieu. Vous y passerez cette nuit et vous y resterez autant que vous voudrez, en attendant de retourner à votre travail. Émile aurait beau jeu de vous reprocher cette escapade. Il vous faut rentrer le plus vite possible.

— Je ne suis plus sous les ordres de M. Chambet. J'ai donné ma démission avant de partir.

— Théo !

— J'accepte votre hospitalité, mais pas à la maison de Virieu, ici. Je veux rester avec vous, pour vous aider à recevoir monsieur votre fiancé !

— Je n'ai pas besoin de vous pour recevoir mon fiancé, mon cher neveu. Vous allez prendre votre bain et aller dormir bien sagement à la maison de Virieu. Et demain matin, vous partirez à l'aube, vous rentrerez à Lyon et reprendrez votre place comme si vous aviez oublié votre démission.

— Jamais. Je ne partirai pas sans avoir entendu les explications de M. Émile Chambet au sujet de la lettre. Si c'est un faux, comme tout porte à le croire, je le traînerai devant les tribunaux !

J'acceptai de le garder quelques heures au Blanchet. Louisette le conduisit à une chambre, il s'étendit sur le lit sans défaire ses vêtements et tomba aussitôt endormi. Deux heures plus tard, Louisette essaya en vain de le réveiller en lui criant dans les oreilles que son eau de bain bouillait depuis longtemps ; et ce fut encore pareil une heure plus tard.

— Laisse-le tranquille, dis-je à Louisette. Il est parti pour un tour de cadran. C'est la seule bonne chose qu'il puisse faire !

Pendant qu'il dormait, je trouvai les mots pour dire mon refus à Émile. Je me répetai avec délice cette phrase : Non, monsieur, on ne vous épouserait pas pour tout l'or du monde.

Mais cela ne me contentait pas vraiment.

En tout cas, j'espérais que Théo serait sur la route de Lyon quand Émile arriverait au Blanchet avec ses gros sabots.

Je songeai : On verra du beau jeu si la corde ne casse ! Je passai une excellente nuit et m'éveillai bonne dernière de la maisonnée. Théo, habillé de pied en cap, s'occupait d'atteler le cheval avec l'aide de Louisette qui le suppliait de l'emmener à Lyon.

— S'il vous plaît, monsieur Théo ! J'ai peur de M. Émile !

Théo se retourna vers moi.

— Louisette m'accompagne à Chuyer, je reprendrai mon cheval ferré et elle vous ramènera le vôtre.

Il me sourit, les mains sur les hanches, l'air franc et assuré, et j'eus le sentiment qu'il essayait de jouer au plus fin avec moi.

— Allez ! dis-je.

Il caressa les naseaux de Casimir.

— J'aurais bien voulu demander quelques explications à Émile, mais je me rends à vos raisons, Xarine. Je pars.

— Rentrez vite à Lyon. Si, le mois prochain, Émile n'est plus le fondé de pouvoir des Soieries, il faut que vous soyez à votre place.

— Et s'il l'est encore ?

— L'homme propose et Dieu dispose.

Il me cria au revoir du pas de la porte.

— Je vous souhaite de belles noces.

— Gardez vos vœux, il n'y aura pas de noces.

Tout en se donnant un air de dédain, il me dévorait des

yeux ; il m'eût semblé presque comique si je n'avais lu dans son regard tant de rancune et de chagrin.

— Je tiens votre parole pour donnée, Xarine. Et moi, je vous dis que ce chien ne vous aura jamais. Si vous l'épousez, je vous tue. Adieu, madame !

Il tourna les talons et s'en alla en faisant claquer ses bottes sur les pierres du chemin. Puis il sauta dans la voiture où Louisette tenait les guides, qu'elle lui donna. « Hue ! » Et Casimir, lentement, s'ébranla.

Je rentrai, la tête bourdonnante de cette menace qui n'était peut-être pas vaine : Si vous l'épousez, je vous tue. Je vous tue ! J'avais senti dans sa voix, lu dans son regard une jalousie d'enfant gâté et de bête sauvage en même temps : il aurait pu me tuer, j'en étais sûre. Mais je n'épouserais jamais Émile, ni personne ; l'état de veuve m'allait bien, je le garderais jusqu'à la fin de mes jours.

Je me penchai sur le foyer pour ranimer le feu, j'avais soudain très froid, et la chair de poule me courait tout le long des bras. La pendule sonna la demie de neuf heures. À quelques kilomètres, les machinaires sortaient du travail pour leur temps de repos. Jamais de ma vie je ne m'étais levée aussi tard ! Je fermai les yeux et récitai le règlement des fabriques de la Rivière : « La demi-heure de repos des ouvrières, de neuf heures et demie du matin à dix heures, sera employée pour faire leurs lits et les approprier, et balayer le dortoir, chacune à leur tour, deux à deux. »

J'aurais donné l'empire du Czar pour être avec elles, en train de faire mon lit, à ma vraie place, que je n'aurais jamais dû quitter.

Je m'appuyai au coin de la cheminée, fermai les yeux et me mis à composer une suite à ma réponse. « Non, monsieur, on ne vous épouserait pas pour tout l'or du monde. Ah ! si nous pouvions l'un ou l'autre ressusciter M. François-David Favière, je réfléchirais peut-être à vos propositions... » Cela, c'était une vraie déclaration de guerre, par laquelle j'engageais Théo.

Oui ! l'heure n'était plus à tergiverser, à faire patte de velours et à ménager la chèvre et le chou. Il me faudrait seulement mener la lutte jusqu'au bout, et gagner.

Louisette ramena la voiture à la fin de l'après-midi. Je

m'abstins de remarquer que Chuyer se trouvait à une lieue et demie du Blanchet et qu'elle avait été bien longue.

Je reçus un billet de Pierre, qui m'écrivait depuis une maison de santé des environs de Lyon et m'offrait ses vœux pour mon mariage.

« Émile a eu je ne sais comment l'adresse de cette maison, qui donc pourrait cacher sa trace à notre cher "fondé de pouvoir". Il souhaite que je lui signe une procuration pour agir en mon nom pendant la durée de mon indisposition, qui sera, je l'espère, fort courte. Mais, justement, parce qu'elle devrait être courte, cela me paraît bien inutile.

« Pourquoi réveiller sans nécessité notre tigre du Bengale et risquer un coup de griffe ? J'ai donc différé ma réponse, en prétextant que je n'avais pas la tête assez claire en ce moment pour prendre une décision de ce genre... »

C'était une bonne nouvelle : malgré ses intrigues, Émile n'avait pas réussi à capter les actions de Pierre. Pourtant le commis ne s'avouait pas facilement vaincu ; il devait tenter d'autres démarches, ce qui expliquait son retard. Peut-être jouait-il là sa dernière carte. Et il ne se présenterait pas sans avoir un fort moyen d'intimidation.

Deux jours plus tard, ce fut une brève lettre de Me Thomassin. Gustave Lambert était retrouvé !

« Je le croyais en Amérique. Il était seulement sur le point de partir : M. Chambet l'avait nommé à la succursale de New York. Il se reposait avant le voyage à Enghien-les-Bains, village près de Paris, célèbre pour un bel établissement d'eaux thermales... »

J'en eus un frisson dans le dos. Ainsi, Émile connaissait mes bonnes relations avec Gustave Lambert, pour peu suivies qu'elles fussent ; et, à une semaine près, il aurait réussi à éloigner son rival pour longtemps, peut-être pour toujours : un accident est vite arrivé durant un voyage en mer... Sans doute le beau Gustave ne se reposait-il pas seul à Enghien. Que m'importait !

Me Thomassin terminait en disant qu'il avait pris la liberté d'appeler M. Lambert à Lyon, au nom de la Société des soieries, toutes affaires cessantes.

54
L'orage
Le mont Pilat, 1858

Au début de l'après-midi, ce jour-là, j'entendis un cheval trotter et une paire de roues grincer sur le chemin.

Je priai pour que ce fût, enfin, Émile. Je l'attendais depuis trop longtemps et je sentais parfois ma résolution faiblir.

J'allai à la fenêtre et je reconnus le tilbury d'un voiturier de Pélussin nommé Camyer, tiré par un étalon bai-noir assez capricieux que j'avais souvent admiré.

Le cocher cria : ho ! le cheval hennit et s'arrêta.

Émile descendit, très raide, un petit sac de voyage dans une main, s'appuyant de l'autre sur sa canne. Il s'était vêtu en grande fantaisie, avec une redingote, un gilet, une cravate de couleurs vives et mal assorties, et coiffé d'un chapeau ridiculement petit. Sa canne était neuve, et plus courte que l'ancienne. On l'aurait dit déguisé pour un rôle comique, dans une tournée de la troupe Vital.

Le cocher commença à tirer les bagages, un second sac et un objet plat mais encombrant, enveloppé d'une toile grise, peut-être un tableau ou un grand miroir.

Mlle Forgeux se précipita pour accueillir son maître.

J'eus soudain le sentiment que ma robe était fripée et souillée par je ne sais quoi, peut-être une trop longue attente. Je pensai à me réfugier dans ma chambre pour en changer. Mais non, c'était moi-même qui me sentais froissée, salie par le désir d'Émile.

J'eus aussi la tentation de fuir dans les bois, pour échapper à l'entrevue, gagner encore du temps.

Je n'en avais que trop perdu.

Je me contentai d'ouvrir la fenêtre. Je ne bougeai pas, j'attendis Émile de pied coi, dans l'embrasure. Il entra et s'inclina pour me saluer, rose et gras, frais comme un gardon, paré comme une épousée de village ; il était sans doute arrivé la veille au soir et il avait dû dormir à l'auberge Gerin, à Virieu.

Il donna son chapeau et sa canne à Mlle Forgeux et s'avança vers moi, à tout petits pas, embarrassé de ses pieds et de ses mains.

— Je vous salue respectueusement, madame.

C'était donc là ce personnage redouté, l'homme le plus puissant de Lyon ? Je n'en croyais pas mes yeux.

Je répondis sans m'éloigner de la fenêtre :

— Je vous salue aussi, monsieur.

Le cocher déposa son colis contre la table, au milieu de la salle ; Émile se pencha pour l'aider.

— S'il vous plaît, mon ami, maniez ce tableau avec précaution, cela vaut plus cher qu'un quintal de poivre ! Aimez-vous les tableaux de peinture ? demanda-t-il en se tournant vers moi. C'est un sujet tiré de la Bible.

J'aurais dû crier : Remballez votre cadeau, je n'en veux pas ! J'ouvris la bouche, mais ce furent d'autres mots qui vinrent.

— Je ne sais pas, je n'ai jamais possédé de tableaux.

Émile se mit à rire, tout en pinçant les lèvres.

— Oh ! madame, il me semblait en avoir vu quelques-uns dans votre maison du quai Saint-Clair, et de fort beaux.

— Ils ne sont pas à moi, ils sont... ils étaient à mon mari.

— Ils sont à vous maintenant, madame, et on vous les envie.

Émile tira de son sac une chemise de carton nouée par un ruban qu'il posa sur la table.

— Si vous préférez les cadeaux utiles, voilà une chose qui devrait vous convenir...

Une flamme de triomphe s'éclaira dans ses yeux. Je fis un demi-pas vers lui, puis me détournai, mais je ne pus m'empêcher de le guetter du coin de l'œil pendant qu'il dénouait le ruban.

— Voici l'ensemble des projets que j'étudie en ce

moment pour la compagnie. Cette lecture vous passionnera sûrement. Quant à ceci...

Il tira de son dossier une chemise d'un vilain papier gris.

— ... ceci, vous pourrez vous dispenser de le lire, mais vous aurez plaisir de le brûler dans la cheminée. Ou bien nous le brûlerons ensemble quand nous serons mariés !

Je me doutai bien qu'il n'était pas venu désarmé. Qu'était-ce que ce dossier ? Sans aucun doute une menace, le moyen d'intimidation que je prévoyais... Je m'accoudai à la fenêtre et observai le ciel gris, traversé de lueurs ; un orage grondait derrière la montagne.

Un long silence se fit, à l'intérieur et à l'extérieur, troublé seulement par les chants d'oiseaux, le bruit du vent dans les feuillages et celui, plus lointain, d'une source.

Puis il y eut un coup de tonnerre lointain ; Émile vint vers moi et regarda aussi par la fenêtre.

— *Il* est ici, n'est-ce pas ? *Il* se cache dans la montagne...

— De qui parlez-vous donc ?

Émile secoua la tête et soupira :

— Vous *le* protégez, c'est à votre honneur, madame. J'estime et j'admire votre sens de la famille, moi qui n'ai guère de parents. Si nous n'étions deux à veiller sur *lui*, ce garçon finirait au bagne !

— S'il vous plaît, cessez vos énigmes.

Il se retourna et prit la chemise grise qu'il fit mine de soupeser.

— Vous devez savoir, madame, qu'il y a de très lourdes charges contre *notre* protégé. Ses liens avec les républicains, communistes, anarchistes, babouvistes et autres bandits de grand chemin vont bien au-delà des mauvaises fréquentations. Tout est là... tout ou presque. Et quand ces feuillets seront partis en fumée par nos soins, notre cher Théo sera tiré d'affaire, pour peu qu'il se tienne désormais sur ses gardes !

Je répondis, les yeux toujours fixés sur la forêt et la montagne :

— Vous voulez me faire croire que vous avez soustrait ces papiers à la police ?

— Je suis tenu par le secret. Croyez ce que vous voudrez.

Et puis il n'importe, prenez cela, détruisez-le ou gardez-le, à votre gré. Cela vous appartient !

— Enfin, ce serait à moi si je vous épousais, n'est-ce pas ? Alors, vous pouvez...

J'avais failli dire : Vous pouvez remballer votre marchandise tout de suite ! Cela me parut peu élégant, et je retins les mots sur mes lèvres. Émile haussa les épaules.

— Vous me connaissez mal, madame. Je ne suis pas venu pour exiger une réponse à ma demande en mariage, mais seulement vous exposer la situation de la compagnie et vous proposer une alliance contre les banquiers qui veulent nous voler ce que nous avons bâti et conquis ! Quant à Théo Favière, j'ai aussi beaucoup d'affection pour lui... ma foi, presque autant que pour vous !

Soudain, il me tourna le dos, s'avança jusqu'au bord du couloir et écouta le tonnerre, le vent, les jappements des chiens.

— Peut-être préférez-vous que je lui remette son dossier ? Se cache-t-il dans cette maison ? Appelez-le, s'il vous plaît.

— Théo est venu il y a quelques jours s'assurer que je n'avais besoin de rien. Il est reparti tout de suite pour Lyon où son travail...

— Il a quitté sa place ! cria Émile. Il n'est pas rentré à Lyon ! C'est grave, vous devez le savoir.

Le commis baissa la voix, se radoucit.

— Enfin, non, ce n'est pas si grave, à son âge. Mais il est ici. Il a été vu dans les environs pas plus tard qu'hier par une servante d'auberge et d'autres personnes. Pourquoi se cache-t-il ? Je suis son ami... son meilleur ami !

J'appelai Louisette, qui écoutait sûrement à la porte et se précipita, les mains jointes et les yeux baissés.

— Madame, s'il vous plaît, pardonnez-moi. Je ne croyais pas mal faire. J'ai... M. Théo m'a...

— Il n'est donc pas reparti ? Tu lui as donné la clef de la maison de Virieu ? Et tu l'as rejoint ?

À chaque question, Louisette hocha la tête, l'air contrit, en se tordant les mains. Je lui commandai de me regarder dans les yeux.

— Où est-il ?

— Je ne sais pas. Je crois...

Un éclair illumina la pièce, un coup de vent ouvrit la fenêtre, le tonnerre gronda au-dessus de la maison.

— Mademoiselle Forgeux ! cria Émile. Fermez les portes au verrou, les fenêtres... partout... vite ! L'orage me tourne les sens. Surtout ces tonnerres de fin de saison, qui sont les plus violents... Je croirais presque ma dernière heure arrivée ! S'il vous plaît, vite !

J'entendis la cuisinière répondre du fond de la maison :

— Oui, monsieur, oui, oui.

Un volet claqua. Émile revint vers moi en serrant sa canne sous son bras.

— Et vous, aidez-moi ! Fermez les contrevents !

Je songeai une seconde : Mais pourquoi a-t-il si peur ? Jamais je n'avais vu un homme si effrayé par l'orage. Et je me souvins du jour où nous nous étions réfugiés dans la traboule et où j'avais dû réconforter le pauvre petit homme qui suffoquait entre deux angoisses.

Il courut à la porte d'entrée, tira bruyamment le verrou.

— Y a-t-il d'autres portes ?

Il avait perdu le ton de maître qu'il avait encore une minute plus tôt, j'entendais sa respiration haletante.

Je répondis que la foudre n'avait pas besoin de portes pour entrer, que c'était à la grâce de Dieu.

— Allumez une lampe, dit-il d'une voix blanche.

Il y avait une lanterne au coin de la cheminée, je ne trouvai pas les allumettes et je l'allumai avec un bout de tison. La flamme monta, je vis Émile penché sur son sac de voyage : il remballait la chemise grise.

Il me prit par le bras de sa main libre, la canne accrochée à son poignet.

— Montons à l'étage, nous y serons plus en sûreté.

— Je me sens en toute sûreté n'importe où dans ma maison.

Je lui échappai et reculai au fond de la salle ; il hésita un instant, puis il me suivit, reposa son sac sur la table et essaya de me reprendre le bras. Je criai :

— Laissez-moi ! laissez-moi !

À travers le claquement du tonnerre, je crus entendre Mlle Forgeux parler à quelqu'un je ne sais où ; elle haussa le ton, une voix de jeune homme lui répondit. Théo. Théo était ici !

— Théo ? cria Émile. Que voulez-vous ?

— Je suis venu...

Je n'entendis pas la suite. Ces deux intrus, l'orage et Théo, étaient en train de ruiner mon entrevue avec Émile, que j'aurais souhaitée froide et nette.

Je poussai la seconde porte de la salle qui donnait sur une ancienne bibliothèque, pleine de vieux meubles ; mais quelque chose l'empêchait de s'ouvrir. J'avais songé à faire passer Émile dans cette pièce, qui n'avait aucune ouverture sur l'extérieur, pour qu'il se sentît plus à l'abri. Pendant ce temps, j'aurais pu persuader Théo de s'en aller.

Je revins vers le couloir.

À la lueur de la lanterne que balançait Émile, je vis Théo échevelé, ruisselant, hagard, livide. Il dominait de la tête Émile, qui ne pouvait maîtriser le tremblement de ses mains, et la lanterne dansait au bout de son bras.

Émile menaça Théo de sa canne et cria :

— Que faites-vous ici ?

— Je suis venu vous apporter la réponse d'Alexandrine, au cas où elle serait embarrassée de vous la donner ! répondit Théo.

La lanterne jetait de grandes ombres mouvantes sur les murs. Émile la cogna contre un meuble, je la pris de peur qu'il ne la brise.

Puis je vins me placer face aux deux hommes, prête à m'interposer entre eux. Théo sortit alors le pistolet qui ne quittait presque jamais sa poche, telle était sa passion des armes, et il fit sauter la crosse dans sa paume. Je m'avançai pour le repousser.

— Théo, vous perdez la raison. Laissez-nous !

Il me serra le bras de sa main libre.

— Xarine, osez dire son fait à ce monsieur.

— Lâchez-moi ! Taisez-vous !

Je me débattis, il me lâcha et revint se planter devant Émile, le pistolet pointé sur le sol, entre eux. Émile, de saisissement, laissa tomber sa canne et recula jusqu'à la cheminée. Théo la ramassa et essaya de la briser sur son genou, sans lâcher son pistolet, mais il ne put y réussir. Alors, il se releva et la lança dans le foyer.

— Vous n'aurez jamais la veuve Favière, monsieur le fondé de pouvoir ! Elle aimerait mieux se jeter du pont Morand que vous donner sa main !

Émile s'écria d'une voix rendue aigre par la peur, et plus qu'à demi couverte par le fracas de l'orage :

— Vous êtes ivre, monsieur ! Sortez d'ici !

Il essaya de reprendre sa canne, alors Théo le repoussa. Théo avait-il bu encore ?

— Théo, ça suffit, dis-je. Allez-vous-en tout de suite ou vous ne rentrerez plus jamais dans ma maison !

L'orage grondait au-dessus de nous. À travers l'imposte et les interstices des volets, un éclair illumina la salle. Je vis Émile trembler de peur et de colère. Théo fit aller de droite à gauche le canon de son arme.

— Que cet individu tire sa révérence et je m'en irai après lui.

Émile tendit la main devant son visage, comme pour se protéger, et recula vers la cheminée en bredouillant :

— Vous n'êtes qu'un chenapan... un... républicain et un débauché !

Théo releva une seconde le pistolet puis le rabaissa aussitôt.

— Oui, je suis républicain, je m'en flatte, et vous êtes une espèce de vieux cochon bonapartiste ! Et maintenant, partez d'ici ou je fais un trou à vos souliers de milord. Tous mes regrets, je n'ai qu'une balle là-dedans. Gauche, droite, le pied du cœur, le pied de l'or, un seul, choisissez !

À la lueur bleutée d'un nouvel éclair, je vis Émile tendre le bras vers le bord de la cheminée, où Mlle Forgeux avait posé le pistolet-revolver, cadeau de Théo.

— Vous allez retirer vos insultes, jeune homme, et vous excuser tout... tout de suite !

Je sentis Émile aux cent coups, affolé par l'orage, incapable de dominer le tremblement de ses mains et le bredouillement de sa voix. Et maintenant il savait qu'il avait tout perdu : les Soieries et moi, ses conquêtes, ses triomphes et ses espoirs insensés.

Pourvu que le pistolet-revolver ne soit pas chargé !

— Il est chargé ! Il est chargé ! cria Mlle Forgeux.

Je me jetai entre les deux hommes, et ils clamèrent tous les deux, presque ensemble, mon nom : Xarine ! Alexandrine ! Théo se campa, la main sur le cœur, pour défier Émile.

— Tirez donc le premier, si vous osez. Après avoir poignardé mon père dans le dos !

C'était pure folie, je les vis tous les deux près de perdre la boussole. Je frappai Théo de mes deux poings, sur la poitrine et son bras droit qui tenait le pistolet. Mais il me repoussa et ma tête cogna contre le montant de la cheminée.

Alors, il ouvrit son gilet de la main gauche, déchira le col de sa chemise et avança vers Émile, qu'il força à reculer.

— Mais vous n'oserez pas, parce que vous êtes un lâche !

Émile suffoqua, le visage convulsé.

— Je vais... vous faire regretter... ce mot !

Théo fit encore un pas et lui souffla des injures au visage :

— Bouffon ! Paillasse ! Nabot !

— Vous allez le reg...

Un coup de tonnerre plus violent ébranla le sol et les murs. Émile poussa un cri et parut se raidir tout entier. Louisette s'accrocha à son bras et lui donna une secousse qui dévia le canon du pistolet. Un éclair rougeâtre se mêla au bleu de la foudre et me frappa violemment à la tête, je sentis la lanterne m'échapper et tombai à genoux.

Puis je perdis conscience.

55

Adieu, Xarine !

François-Paul Favière, Lyon, juin 1912

Le 1er mars 1905, ma grand-mère, Alexandrine Jourdan-Favière, poursuivait depuis près de six ans la rédaction de ses souvenirs. Elle avait alors près de soixante-dix-neuf ans, elle était en parfaite santé ; pourtant, ce long travail d'écriture l'avait beaucoup fatiguée, car elle revivait avec intensité les scènes qu'elle racontait.

Ce jour-là, elle en était au face à face dramatique qui avait failli lui coûter la vie. L'émotion fut trop forte, provoquant un transport au cerveau ou, en langage plus médical, une congestion cérébrale : la plume glissa de ses doigts, et elle resta sans connaissance un court moment.

Elle se rétablit partiellement, mais ne put jamais terminer ses Mémoires, par défaillance de la main plus que de l'esprit ; elle vécut encore cinq ans, et mourut le 10 avril 1910, en me léguant ses cahiers — à moi, l'aîné de ses quatre petits-enfants, François-Paul Favière.

Antonin Carraud, journaliste au *Progrès de Lyon,* écrivain et mémorialiste, ayant lu ce récit l'a trouvé digne d'intérêt et annoté. Selon lui, ces pages mériteraient d'être livrées au public, si du moins telle était l'intention de notre Xarine.

Que voulait-elle faire de son journal ? Il s'avère après enquête dans la famille qu'elle ne l'a jamais dit ; et elle n'a rien précisé non plus dans son testament. Il est de toute façon beaucoup trop tôt pour envisager la publication de ce récit, alors que certaines personnes encore vivantes y sont peintes sans complaisance.

Nous avons décidé, mon frère, mes sœurs et moi, de

conserver ce manuscrit la durée d'une vie humaine, que nous avons généreusement fixée à quatre-vingts ans : ma grand-mère a vécu quatre-vingt-quatre ans, Thirza Doivieux quatre-vingt-trois... Et Juliette Pieyre, veuve de Victor Jan et deux fois remariée, a aujourd'hui quatre-vingt-six ans et bon pied, bon œil. Louisette Chosson née Henriet, à soixante-dix-neuf ans, monte encore la Grand-Côte sans souffler, pour rendre visite à un canut de cinq ans son cadet !

Ce sera pour 1990 : on a le vertige à essayer de se représenter une date aussi lointaine !

Je ne puis certes poursuivre la rédaction des Mémoires d'Alexandrine Jourdan-Favière ; même si je le souhaitais, j'en serais bien incapable : la direction de la société Favière et Cie occupe tout mon temps, depuis vingt ans, et j'en ai quarante-cinq. Je voudrais cependant résumer en quelques pages le demi-siècle qui a suivi les dramatiques événements du Blanchet (octobre 1858).

Cette scène, elle me l'a contée dix fois durant mon enfance et ma jeunesse ; il faut dire que j'étais le seul de ses petits-enfants à l'écouter : elle pensait alors que je serais poète, artiste, voyageur, tout cela à la fois peut-être, mais, jusqu'à ce jour, je n'ai écrit que des lettres d'affaires et voyagé seulement pour la société Favière.

Alexandrine resta évanouie quelques secondes, une minute peut-être. Quand elle se releva, elle vit Louisette qui se penchait sur elle et épongeait le sang de sa blessure. Théo serrait la gorge d'Émile Chambet, tandis que Mlle Forgeux essayait de séparer les deux hommes. Les éclairs illuminaient la scène par intermittence.

Théo lâcha Émile. Celui-ci, alors, s'enfuit dehors malgré sa terreur de l'orage. Théo tenta de le poursuivre, puis renonça.

Alexandrine saignait beaucoup d'une entaille au cuir chevelu ; elle était assez fortement commotionnée, mais sa blessure s'avéra sans gravité. Émile croyait-il l'avoir tuée, quand il s'enfuit ? On ne le sut jamais. En tout cas, morte ou vivante, elle était perdue pour lui ; et sans son agrément, à défaut de mariage, sans l'apport de ses actions, la compagnie lui échappait. C'était un homme vaincu et désespéré, qui marchait un couteau dans le cœur.

Il rentra à Lyon, annonça à sa mère qu'il partait pour un long voyage et la vieille femme ne le revit plus. Il ne reparut ni au magasin ni au siège des Soieries. Il fut aperçu errant sur les quais de la Saône ; mais c'est du Rhône que son corps fut repêché longtemps après.

Alexandrine vendit le Blanchet et garda sa maison de Virieu. Dès lors, elle partagea son temps et sa vie entre Lyon, le Pilat et les Trois-Vallées, toujours suivie de la fidèle Louisette, qui lui avait probablement sauvé la vie.

On lui prête alors une liaison avec Gustave Lambert, qui remplaça Émile à la direction des Soieries pendant quelques années, avant de céder la place à mon père.

Pierre Jurieu ne recouvra jamais complètement la santé, surtout la santé de l'esprit. Au cours des années 1860-1880, Alexandrine resta très proche de lui ; il y eut sans doute entre eux, sur cette période, un accord, un attachement, une intimité, qui n'avaient jamais existé avant. Alexandrine trouva une nouvelle occasion de se dévouer, elle s'y donna de grand cœur ; elle changea son rôle d'amante en celui de garde-malade, elle fut admirable de fidélité, d'indulgence, de générosité.

Elle accompagna Pierre en Extrême-Orient, en 1863, mais ce voyage dut être interrompu, « pour raison de santé », dit-on pudiquement. Alexandrine ramena son compagnon en Europe de façon précipitée, pour l'arracher une fois de plus à la tentation de l'opium. En 1865, dès la fin de la guerre de Sécession, elle accompagna aux États-Unis Gustave Lambert et mon père.

Tous les trois étaient à New York lors de l'assassinat de Lincoln. Plus tard, elle fit un autre voyage en Amérique, à bord du *Great Eastern,* en compagnie de mon père et de ma mère. Mais j'anticipe...

En 1858, Théo Favière, mon père, n'avait que vingt-deux ans ; la grande crainte d'Alexandrine était qu'il ne fût pas prêt, pas mûr, pour les lourdes responsabilités qui l'attendaient à la mort d'Émile Chambet.

Gustave Lambert assura un honnête intérim ; son principal mérite fut d'amadouer ceux qu'Émile appelait « les banquiers », c'est-à-dire la famille Lambert-Gondi et ses alliés. Il réussit même à nouer une entente durable avec ses cousins ;

et la compagnie fut administrée de longues années par un conseil presque unanime.

Mais Gustave se languissait de Paris, où il retourna dès qu'il le put et fonda sa propre affaire, en 1867.

Alexandrine s'inquiétait à tort pour mon père. Le drame du Blanchet, dont il se sentit responsable, même si tout se termina à son avantage, mit fin à la turbulence de sa jeunesse. Il avoua lui-même qu'il avait mûri de plusieurs années en quelques heures.

L'héritier des Favière se révéla digne de ses ancêtres, les quatre François, fondateurs de la lignée et créateurs des fabriques familiales. Il fut à la hauteur d'une situation difficile, au cœur d'une grave crise commerciale ; il sut concilier Pierre Jurieu et Gustave Lambert, il fit preuve de qualités extraordinaires et il fut, à l'âge de vingt-huit ans environ, le seul vrai patron des Soieries Saône & Rhône.

Alexandrine l'aida de toutes ses forces, sachant se tenir en retrait pour n'indisposer personne ; elle lui céda peu à peu ses actions de la compagnie, qu'il acheta à crédit, tandis qu'elle-même garantissait ses emprunts.

Ce fut une opération longue, complexe, habile, conduite par d'excellents avoués et financiers, au premier rang desquels se trouvait Me Barnabé, l'avoué de Paris. En 1869, à trente-trois ans, mon père devint actionnaire majoritaire de la compagnie, il en assura la direction jusqu'en 1896, date à laquelle mon frère David lui succéda.

Dès 1860, ma grand-mère créa son commerce, qui devint un peu plus tard la société en nom collectif Jourdan-Favière et Cie. Elle put enfin commencer à réaliser son vieux rêve d'une « filière de soie », du champ de mûriers à l'atelier de couture.

À un moment où beaucoup d'éducateurs cévenols arrachaient leurs arbres, elle se mit à en planter au Mas-Haut et sur des terres achetées, tout autour de La Croix-aux-Vents. Dans le mas de mes grands-parents, agrandi et rehaussé, elle acheva l'installation de deux magnaneries bien aérées, qui devaient accueillir chacune trois ou quatre onces de graine ; elle en ajouta bientôt une nouvelle. Elle provoqua l'étonnement des Cévenols, que la maladie du ver avait dégoûtés de la sériciculture, mais son exemple ne fut guère suivi.

Elle racheta à la compagnie la petite filature Gout, aux Trois-Vallées, celle-là même qu'elle avait exploitée un certain temps avec Charles, mon grand-père. Elle possédait, en Ardèche, le moulinage de Pont-d'Aubenas qu'elle avait acheté en 1858, peu avant le drame du Blanchet. En 1866, Jules et Thirza Doivieux prirent en charge cette excellente fabrique, qui se développa pendant les dernières années de l'Empire et le début de la république : trente-cinq ouvrières en 1867 ; plus de soixante-dix quatre ans après ; environ deux cents personnes, hommes et femmes, en 1875.

Alexandrine en acheta un autre à la Rivière de Pélussin, qui compta bientôt cinquante, puis cent ouvrières ; ces deux fabriques sont aujourd'hui encore en pleine activité, pour le compte de notre société.

Elle renonça par contre à posséder son propre atelier de tissage, préférant travailler avec ses amis canuts, et surtout Henriet et ses fils. Elle installa son commerce place Tolozan, à deux pas des Soieries ; elle acheta à Brunette son atelier, l'agrandit, en ouvrit un autre à Paris que Gustave Lambert géra à partir de 1864.

Vers 1869, le volume d'affaires commerciales de la société Jourdan-Favière et Cie représentait vingt fois le produit des activités industrielles, filature, moulinage, etc., mais Alexandrine tint à conserver celles-ci ; et beaucoup plus tard, lorsque je commençai à la seconder, vers 1887, et qu'il fut entendu que je lui succéderais, je m'engageai à conserver et à développer si possible ces activités.

À treize ans, Marie Rabanel disait bien haut : « Si je n'épouse pas mon cousin Théo, je me tuerai ! »

Dès cette époque, mon père reporta sur la fille le sentiment un peu trop tendre qu'il avait longtemps nourri pour la mère. Quand Marie eut quatorze ans, elle se considéra comme fiancée ; à seize ans, elle désira se marier, mais ma grand-mère lui imposa près de deux ans d'attente, qui faillirent, disait-elle, « la rendre folle »..., qui l'auraient peut-être rendue folle, si elle n'avait, comme elle s'en vantait, « mis des arrhes au coche ». Je ne trahis pas ici un grand secret ! Mes parents firent donc un mariage d'amour à une époque où ce n'était pas si fréquent que de nos jours, où c'était même assez mal vu, surtout dans la bonne société protestante.

Il est vrai que c'était aussi un mariage de raison, puisque, en ajoutant leurs actions à celles de ma grand-mère et à celles que Théo put racheter à sa parenté, mes parents devinrent actionnaires majoritaires des Soieries. Et c'est ainsi que leur union fut comprise à Lyon, chez les soyeux, les banquiers et les gens du monde... même s'ils n'ont pas toujours su cacher leur passion.

Alexandrine prit part à la lutte contre la pébrine, en relation avec les savants du Languedoc, Dumas et Quatrefages de Bréau ; plus tard, elle rencontra Louis Pasteur, fixé à Alais pour mener les recherches qui aboutirent à la prévention de la maladie. Elle fut une des premières à appliquer, puis à faire appliquer autour d'elle la méthode dite de « grainage cellulaire ».

Outre ses trois grands voyages, en Orient, puis aux États-Unis, deux fois, elle visita l'Italie, l'Allemagne, l'Angleterre ; puis la Suisse, à partir de 1868, tant pour ses affaires que pour rencontrer pasteurs et théologiens protestants ; elle se rendit deux fois chez son frère, en Algérie ; son pèlerinage à Jérusalem, en 1876, pour ses cinquante ans, fut interrompu par une grave broncho-pneumonie, qui la laissa plusieurs mois entre vie et mort. Elle se croyait guérie pour toujours de cette maladie qui l'avait tourmentée dans son adolescence ; elle avait pourtant gardé une certaine fragilité des poumons qui s'aggrava dans son âge mûr.

Dès lors, elle consacra beaucoup d'efforts et d'argent à améliorer l'hygiène dans les fabriques et à défendre la santé des ouvrières par la prévention et la médecine. Elle reprit son action dans les associations de secours mutuel et les œuvres d'aide à l'enfance.

J'ai retrouvé dans son journal, entre 1859 et 1879, pas moins de cent trente-huit indications de voyage à Paris, en vingt ans. Le plus souvent, elle notait le titre de la pièce qu'elle était allée voir, l'auteur, le théâtre, quelquefois le nom d'un acteur ou d'une actrice célèbre et, au début, la mention « avec G.L. » ou « sans G.L. » ou, une dizaine de fois, « avec P. ». Pierre Jurieu mourut en 1872 ; Gustave Lambert sortit de sa vie entre 1875 et 1876.

Par la suite, elle voyagea seule en général ou, de temps en temps, en compagnie de mes parents.

Elle garda toute la vie sa foi très personnelle, symbolisée par le cantique qu'elle cite souvent, adorant l'univers autant que Dieu et le Créateur à travers la création.

Elle recopia dans son journal, au prix d'un douloureux effort, d'une écriture presque illisible, à la date du 16 avril 1906 (elle avait donc quatre-vingts ans, et c'était un an après son accident) : « Mes frères, regardez comme le sujet d'une parfaite joie les diverses afflictions qui vous arrivent. » (Épître de saint Jacques, apôtre, I, 2.)

Sara-Marie Favière, Lyon, 1945.

Mon grand-père, François-Paul, a respecté exactement la durée qu'il avait fixée lui-même d'une vie humaine : né en 1865, il est mort à quatre-vingts ans, en 1945, après avoir vu la victoire alliée.

Mon père, le Dr Charles-François Favière, médecin du maquis, est, hélas, tombé en juillet 1944 dans le Vercors, à quarante-huit ans ; il avait été grièvement blessé en 1917, au Chemin des Dames.

C'est à moi, de préférence à mon frère Théo et à mes nombreux cousins et cousines, que mon grand-père a remis le manuscrit d'Alexandrine. À moi qui n'ai que seize ans !

Pourquoi ? Je ne sais pas. Peut-être parce que j'étais la seule à écouter les histoires qu'il me contait sur mon aïeule, à qui je ressemble, paraît-il, parce que j'aime passer mes vacances aux Trois-Vallées où, pourtant, mes parents ne possèdent plus rien... Ou aussi parce que j'ai une passion pour la soie et désire travailler plus tard dans la haute couture. Serai-je encore vivante en 1990 pour m'occuper de publier, si cela est possible, les souvenirs d'Alexandrine ?

Pourquoi ne vivrai-je pas aussi quatre-vingts ans ou même plus, avec les formidables progrès de la médecine qu'on voit à notre époque. En 1990, je n'aurai que soixante et un ans : la fleur de l'âge. Et puis j'aurai des enfants... Je veux deux garçons et deux filles. J'appellerai les garçons Théo et Paul, les filles Alexandrine et Thirza.

Alexandra Rossel-Johnson, Boston, 1996.

Moi, c'est Alexandra, non Alexandrine comme ma pauvre maman l'avait souhaité. Malgré les progrès de la médecine, Sara-Marie est morte à soixante ans, un an avant l'échéance de 1990. Cette année seulement, j'ai retrouvé les cahiers d'Alexandrine Jourdan-Favière dans un paquet que maman avait préparé pour moi, et qu'elle n'avait pu m'envoyer avant sa mort, mon adresse aux États-Unis étant à l'époque assez changeante et incertaine.

C'est donc moi, l'expatriée, l'*Américaine,* qui ai la charge d'accomplir un vœu... que tu n'as peut-être jamais formé, mais qui fut celui de mon arrière-grand-père, lui-même ton petit-fils préféré. Je vais, bien sûr, faire de mon mieux. Ton histoire m'a souvent émue, parfois amusée. Je me suis sentie plus proche de toi que je ne l'étais de ma mère et de ma grand-mère, moi qui suis née en 1961, cent trente-cinq ans après toi. On dirait que, par quelque caprice de la nature et du temps, je suis, après un siècle et plus, ta véritable héritière spirituelle... même si je ne connais rien à la soie.

Si je te disais que j'enseigne l'astrophysique dans une grande université américaine, cela ne manquerait pas de t'intriguer. J'ajouterai ceci pour que tu me comprennes mieux : l'univers est le temple de Dieu, et l'astrophysique la lumière qui permet de le connaître dans ses plus mystérieux recoins.

Mais sois tranquille, mes arrière-petits-enfants, et leurs arrière-petits-enfants, s'ils sont aussi des « savants », n'auront pas exploré la millième partie de la Jérusalem céleste...

Ô ma Xarine !

Annexes

VERS À SOIE

Quand l'arbre, dans nos champs, reprenant sa parure
Promet aux vers à soie une riche pâture,
Hâte-toi, jeune fille, en des réduits heureux,
Qu'une douce chaleur fasse éclore leurs œufs.
Guide-les par degrés au point du thermomètre ;
Dans des linges serrés garde-toi de les mettre ;
Pour que l'air soit plus pur, assainis le local.
Entretiens aux foyers un feu toujours égal ;
Laisse, si tu me crois, en ménagère sage
Des fumigations le trop funeste usage,
L'insecte bien souvent en est incommodé,
Il aime à respirer un air plus tempéré ;
Une douce vapeur dans la magnanerie,
Assurant sa santé lui redonne la vie.
Il faut aux vers à soie une égale chaleur,
Comme il faut à nos prés l'agréable fraîcheur.
Conserve, s'il se peut, cette bonne méthode :
Où, sans cesser de vivre, l'insecte va mourir,
Où nous serons bientôt au comble du désir.
À l'ouvrage, dès lors, invite-le toi-même,
Retranche par degrés le feuillage qu'il aime ;
Et qu'entre des rameaux adroitement placés
Il monte et file un or sans cesse entrelacé.
Soigne-le de plus près à cette heure dernière,
Montre-lui prudemment le pied de la bruyère,
Le sentier qu'il doit suivre et le sentier glissant.
Tout te prescrit ici l'extrême vigilance,

Ton devoir, l'intérêt et la douce espérance,
Qui te promet enfin de tirer des rayons
Pour prix de ton travail de beaux et bons cocons.
Sachons nous détacher de la vieille routine,
C'est au feu du soleil que le ver naît en Chine.
Le nôtre, moins ardent, peut être suppléé
Dans nos appartements par un feu ménagé.
D'un œil craintif toujours préside la couvée,
Comme le tendre oiseau qui niche dans la haie.
Laisse, laisse pour eux tout travail superflu ;
Quand le ver est éclos, ne l'abandonne plus,
La nuit, surtout la nuit, où toute la nature
Brunit, change de temps et de température
Et qu'en refroidissant ou gelant l'horizon,
Elle nuit au progrès du jeune nourrisson.
Mais lorsqu'à moins de frais tu nourris sa jeunesse,
Emploie utilement les loisirs qu'il te laisse,
Prends bien soin de cueillir avec attention
La feuille épanouie à travers le bourgeon ;
Au jeune ver, il faut un choix de nourriture.
C'est une loi pour tous, c'est la loi de nature.
Toi, dont l'œil inquiet veille sur les rayons ;
Toi qui répands la feuille, écoute mes leçons.
Si le matin, tu vois, par une nuit humide,
Tout le feuillage en pleurs et sa teinte livide,
Redoute son poison, attends que la chaleur
L'épure, en le séchant, ranime sa couleur ;
Si le nuage sombre obscurcissant les cieux
S'élève, s'épaissit, et devient pluvieux,
Ne perds pas un moment, ramasse avec prudence
La feuille qu'il te faut ; use de prévoyance
Pour ne pas retarder sa marche d'un instant,
Veiller sur cette feuille est un soin très urgent.
Pour la loger, choisis une cave bien saine
Et garde-toi surtout, par trop, qu'elle soit pleine ;
Bientôt, tu la verrais en fermentation,
Bientôt, tes vers mourraient de cet autre poison.
L'insecte est poursuivi d'une faim dévorante ;
Songe de lui donner de la feuille abondante.
Quatre fois, le sommeil lui verse ses pavots.

Quatre fois maladif il goûte le repos ;
Jusqu'au troisième jour son corps reste immobile,
Mais, bientôt, il s'éveille et devient plus agile.
Il est en s'éveillant plus pressé de la faim,
À la feuille nouvelle il s'attache soudain ;
Alors ta jeune main l'emporte avec sa proie ;
Un peuple immense, alors, sous tes yeux se déploie.
Jeune fille, jouis de voir tes nourrissons
Autant de fois encore quadrupler tes rayons.
Sois exacte souvent à lever leur litière.
En nombre suffisant mets-les sur l'étagère.
Et si tu les voyais languissants sous tes yeux,
Qu'un lit nouveau détourne un mal contagieux.
Ne crains pas de répandre une feuille plus fraîche.
Du jeune agneau souvent on regarnit la crèche.
Mais, ô prodige étrange, ô comble de bonheur,
Jeune fille, déjà, sens palpiter ton cœur,
Admire du Très-Haut la main toute-puissante,
Admire sa grandeur, sa bonté bienfaisante ;
L'insecte veut déjà déposer son fardeau,
Il languit, il s'apprête à bâtir son tombeau.
Monté sur la bruyère, il s'élève, il s'abaisse,
Son corps jaune en longs plis se joue avec souplesse,
Et par les brins légers qu'il enlace aux rameaux,
Ourdit les fondements de ses heureux travaux ;
Il se courbe, il s'étend, va, revient, s'entrelace
En cercles redoublés, se replie avec grâce,
Épaissit par degrés les murs de sa prison,
Et disparaît enfin sous sa riche toison.
Dans son réduit obscur, l'industrieux reptile
S'épuise en produisant une trame docile.

L'Écho des Cévennes, 6 mai 1837, cité par Adrienne Durand-Tullou.

Jacquard, par Alphonse de Lamartine
Michel Lévy Frères, Éditeurs, Paris, 1870
(Extraits)

Lyon, en France, et l'on peut dire maintenant en Europe, est la capitale du ver à soie. Son peuple routinier, sédentaire et laborieux comme l'insecte dont il achève l'ouvrage, répand en tissus dans l'univers ce que le ver à soie file en cocons ; l'un suffit à peine au travail de l'autre. De tout temps, Lyon a été sans rivalité en Europe pour la perfection de ses métiers. Ses travailleurs, plus patients et plus économes, lui ont conquis et lui assurent, par la supériorité de la main comme par le bas prix, le marché de l'univers. (...)

Jacquard revint à Lyon populariser sa découverte pour laquelle il conserva un privilège d'inventeur. Il offrit aux fabricants le moyen facile de s'enrichir en adoptant un métier qui se passait de tant de mains et qui réduisait tant de salaires. En peu de temps, l'instinct du lucre triompha des routines, ces ennemies immobiles des inventions. Les métiers auxquels Jacquard donna son nom se répandirent dans la ville. Chaque métier nouveau adopté rejetait des ouvriers, des ouvrières, des enfants, des familles, sans navette et sans pain, dans la rue. On commença à s'apercevoir que la machine, miraculeuse pour le fabricant, était meurtrière pour le prolétaire. Le nom de Jacquard, d'abord élevé aux nues, monta dans les murmures et dans les malédictions du peuple ; des groupes se formèrent pour briser ses machines et pour l'immoler lui-même aux ressentiments de ceux que son génie avait affamés.

— Voilà le traître, disaient en s'ameutant dans les rues des bandes oisives d'hommes et de femmes, d'enfants exténués par la misère, qui ne s'est mêlé à nous que pour nous ravir, avec le secret de nos métiers, le pain qui nous faisait vivre ! Il vend le peuple aux riches ! On le récompense de notre mort ! On lui paye le prix de notre sang ! Que veut-il que nous fassions, nous, à qui on n'a appris depuis notre berceau que le métier qu'il démolit sous nos mains ? Qu'il nourrisse donc nos femmes et nos enfants, repoussés maintenant de porte en porte, ou qu'il meure, le destructeur du travail du peuple, de la même mort que nous !

Ces murmures, ces attroupements, ces imprécations injustes à distance, justes dans la faim, faisaient trembler et se cacher le pauvre inventeur. Reconnu et enveloppé un jour sur le quai du Rhône par un groupe d'ouvriers sans pain, il fut hué, renversé, traîné dans la boue jusqu'au bord du fleuve où il allait être précipité. La force publique l'arracha, déchiré et sanglant, des mains de ces misérables. Il quitta la ville, consterné ; il se réfugia à la campagne pour laisser passer l'orage et attendre que le travail eût repris son niveau, toujours suspendu après une découverte. Le nombre accru des métiers ne tarda pas à compenser le nombre des ouvriers supprimés dans chaque fabrique. Cependant quelques-uns moururent, d'autres s'exilèrent, et leurs successeurs profitèrent de l'invention : effet ordinaire des révolutions d'idées comme des révolutions de procédés industriels.

Jacquard, retiré du monde où il avait involontairement creusé un si grand vide et fait un si grand bruit, vieillit dans le silence, dans le repos, dans l'illustration et peut-être aussi quelquefois dans la douleur des premiers résultats de sa découverte.

Bibliographie

Algoud H., *La Soie, art et histoire,* La Manufacture, Lyon, 1986.

Archives du Lyonnais, *Lyon, l'argent, le commerce et la soie,* La Manufacture, Lyon, 1986.

Auzias C. et Houel A., *La Grève des ovalistes, Lyon, juillet 1869,* Payot, 1982.

Batia abbé J., *Les Filleurs de soye de Virieu, Pélussin et Chavanay,* Visages de notre Pilat, Pélussin (Loire), 1994.

Bourg L., *Mont Pilat, l'oubli et la mémoire des lieux,* Didier-Richard, Grenoble, 1988.

Chabrol J.-P., *Les Seigneurs de la soie, trois siècles de la vie d'une famille cévenole,* Presses du Languedoc, 1994.

Challet L. et Plessy B., *Le Pilat insolite,* Le Hénaff, Saint-Étienne, 1981.

Duprat B. et coll., *Du fil à retordre,* Presses universitaires de Lyon, 1985.

Floris U., *Lectures variées à l'usage des écoles primaires,* Étienne Giraud Libraire, Paris, Nîmes, 1855.

Gontier J., *Pierre Joly, canut,* Jean-Pierre Delarge, 1978.

Hallays A., *La Provence,* Perrin et Cie.

L'Arbousset A. L. de, *Les Cévennes séricicoles,* 1875, réédition Lacour, Nîmes, 1992.

Lamartine A. de, *Jacquard,* Michel Lévy Frères, Paris, 1870.

Liger C., *Le Roman de Rossel,* Robert Laffont, 1998.

Marmier X., *Scènes et récits,* Hachette et Cie.

Morel J.-L., *Plantevin, moulinier : des fabriques de soie en Ardèche méridionale,* Lacour, Nîmes, 1996.

Navarre A., *Gens de la soie en Dauphiné,* Agence P. Ricard, 3, rue du Colonel-Fabien, 38130 Échirolles, 1989.

Nizier du Puitspelu, *Les Vieilleries lyonnaises,* Jean Honoré, Lyon, 1980.

Persoz J., *Essai des matières textiles,* Gauthier-Villars, Masson et Cie, 1900.
Plessy B. et Challet L., *La Vie quotidienne des canuts, passementiers et moulinières au XIXe siècle,* Hachette, 1987.
Plessy B., *La Vie quotidienne en Forez avant 1914,* Hachette, 1981.
Quatrefages A. de, « Le ver à soie », in *La Revue des Deux Mondes,* janvier 1860.
Sainte Bible (la), version revue par J.-F. Ostervald, Société biblique protestante, Paris, 1858.
Simon J., « *Le salaire et le travail des femmes — Les femmes dans la fabrique lyonnaise* », in *La Revue des Deux Mondes,* février 1860.
Simond Cl., *Paris de 1800 à 1900 : La vie parisienne à travers le XIXe siècle,* Librairie Plon, 1900.
Teissier du Cros R., *Chroniques cévenoles. Une famille de filateurs de soie à Valleraugue (1792-1904),* Presses du Languedoc, 1996.
Travier D., *Architectures et paysages de la soie,* Édition du Parc national des Cévennes, 1997.
Vignon L. et Bay I., *La Soie au point de vue scientifique et industriel,* Librairie J. B. Baillière & Fils, Paris, 1914.
Vingtrinier E., *La Vie lyonnaise — Autrefois, aujourd'hui,* Éditions du Lyon, 1898.

Remerciements

Je remercie très vivement :

Jean-Daniel Baltassat, pour sa participation à la mise au point de ce récit ;

Bernard Plessy, pour son aide, ses encouragements, ses recherches et ses livres, en particulier *La Vie quotidienne des canuts, passementiers et moulinières au* XIX*e siècle* ;

Antonin Chavas, pour ses recherches particulières sur Pélussin et le mont Pilat ;

Claude et Nicole Gagnière, pour leurs lectures, leurs conseils et leurs encouragements ;

Colette Gonod, pour sa fructueuse collecte de documentation à la bibliothèque de Lyon ;

Cathy et Benoît Lancry, pour leurs recherches en archives sur les inondations de 1856 ;

Antoine Caro, pour la correction du manuscrit et pour ses avis pertinents ;

Et tous ceux qui m'ont aidé par leurs lectures, les informations ou documents qu'ils m'ont apportés, par leur attention, leur soutien, ou de toute autre façon :

Antoine Audouard, mon éditeur ; Raymond Castans ; Jean-François et Muriel Couderc ; Jeanne Crouzet ; Robert Crouzet ; Yves et Muriel Crouzet ; Janine Galzin ; Alain Grousset ; Nicole Jeury ; Dany Jeury ; Georges et Annie Lancry ; Gildas et Françoise Le Bayon ; Isabelle Normand ; Bernard et Patricia Pignero ; Thérèse Planche ; Bernard Plessy ; Anna Rey ; Julie Sassier ; Daniel Travier...

Et, naturellement, tous les auteurs cités en bibliographie, du moins pour les vivants.

Si j'oublie quelqu'un, l'Éternel veuille me pardonner !

Table

Cet ouvrage a été imprimé par la
SOCIÉTÉ NOUVELLE FIRMIN-DIDOT
Mesnil-sur-l'Estrée
pour le compte des Éditions Robert Laffont
24, avenue Marceau, 75008 Paris
en mai 1999

Photocomposition : Nord Compo
59650 Villeneuve-d'Ascq

Imprimé en France
Dépôt légal : mai 1999
N° d'édition : 39834 - N° d'impression : 47131